三つの空白

太宰治の誕生

鵜飼哲夫

Ukai Tetsuo

白水社

三つの空白　太宰治の誕生

装幀＝菊地信義

目次

序章

ドイツのフランクフルトでブックフェアが行われた平成二年、津島佑子はドイツのバーで、作家の中上健次（昭和二十一年～平成四年）と口論になった。中上が津島の父親のことに触れ、「それにしてもなぜ、あんな死に方をしたんだろうね」と言いだしたことがきっかけだった。あんな死に方とは、妻と三人の子を遺して女性と心中した作家太宰治の死を指している。一瞬、考えて「さあ、わからない」と答えた津島に、中上は「おまえはなんだ、そんな大事なことも自分で考えようとしないのか」と激怒、「そんな怠惰なことがあるか」とかぶせるように言い放った。

この決めつけに、抑えていた津島の感情はいっぺんに爆発した。

「あんな死に方などと気軽に言ってほしくない」。全身を震わせながら大声で言い返した。「人の自死を解釈しようとすること自体が、死者への傲慢な、無神経な介入ではないか！」

直後のドイツでのシンポジウムでは、今度は中上が怒った。中上文学の重要なキーワードである生まれ故郷・紀州の「路地」について津島が「特殊な社会的差別を受けつづけている共同体」と説明すると、「全然違う！　なんだ、そのでたらめな説明は！」と怒り、その後、中上は沈黙を守りつづけたという。
昭和二十二年三月三十日生まれの津島と、二十一年八月二日に出生し、戦後生まれ初の芥川賞作家である中上とは同学年で、保高徳蔵が主宰した同人誌「文藝首都」に十代から参加した文学仲間。ともに肉親の自殺という体験までした小説家でありながら、「謎は謎のまま、宙吊りにして」抱えつづけようとする津島と、小説『奇蹟』で兄の死を一点の曇りもなく、解釈しつくしていた中上との文学態度の違いを鮮明にした出来事だった。

父の死について津島が押し黙ったのには訳があった。津島佑子（本名・里子）は、太宰（本名・津島修治）の妻・美知子との間に三人いる子供の末っ子で二女。太宰の戦後のベストセラー「斜陽」のもとになった「斜陽日記」の著者、太田静子との間に生まれた治子は七か月半ほど下の異母妹にあたる。昭和二十三年六月十三日、太宰が東京・三鷹の自宅近くにある玉川上水で妻ではない女性と心中、三十九回目の誕生日に当たる六月十九日に遺体が発見されたときはまだ一歳二か月。父親の記憶はまるでなかった。

母・美知子は、非業の死を遂げた夫についてはかたくなに口を開かなかった。小学生のころ「桜桃」など父の作品に自分の姿を探したがほとんどなかった。三歳年上の兄は知的な障害があり、自分はその兄とワンセットで見放されたという苦痛を感じていたと、津島はエッセイ「はじめての『小説』まで」（『幼き日々へ』に収録）で書いている。父の死後、十二歳の時にはダウン症の兄・正樹が亡くなる。母は、ますます口を閉ざす人になった。

物心がつくころから津島佑子は世間から「お父さんのいない人はかわいそう」と言われ、兄を亡くすと今度は「気の毒ね」と同情されたという。「冗談じゃないわよ。そんな陳腐な言葉で言わないでほしい」。この思いは、作家になってから長男、大夢《だいむ》が昭和六十年三月、自宅浴室で呼吸発作のため八歳で亡くなったことでさらに強まった。

「父と兄、そして息子の死の真相を謎のままにして宙吊りにして生きる。それでは気持ちが落ち着かないし、つらい。つらいけれど、人間の尊厳を守るために、『わからない』ということを受け入れることも必要ではないか」。それが持論となった。わからないからこそ、よりわかろうとするが、わかってしまい、納得すれば、それで終わり。わかるということは、人間関係の終わりの始まりでもある。父と兄、息子との関係は終わりにしたくなかった。だからこそ、簡単にわかるわけにはいかなかった。

父親が亡くなった年齢三十八歳を目前に控えて直面した息子の死は、津島佑子の作家人生を危機に追いやった。若いころは言葉を巧みに操り、物語世界の創造主を目指す意識が強かった。二十代で三度芥川賞候補になり、三十代になると『草の臥所』で泉鏡花賞、『寵児』で女流文学賞、『光の領分』で第一回野間文芸新人賞、そして昭和五十八年には「黙市」で川端康成文学賞を受けるなど順調な作家人生だった。それが、「自分の子供が亡くなってからでしょうか、書くということは、つくづくあほらしいと思わされました。何を書いたって状況は変わらない。すごいことを書いたら子供がよみがえるならまだ頑張るけれど。文学の力って何なんだという疑問を根本的に突きつけられました」。

そんな津島佑子を救ったのは、息子を亡くして焼き場から戻って来た時、夫を喪い、長男、そして孫にまで先立たれた母の、「不運なことだけど、不運におぼれていると不幸になる」という言葉だった。「それまでは不運と不幸は同じと思っていたが、以来、不幸は自分の責任と思うようになりました」。津島が筆者にこう語ったのは、平成九年の取材で、母とよく来たという東京・お茶の水の聖橋で会ったときのことだった。

以来、津島佑子は、死者の沈黙に向き合いつつ、それを安易に物語にすることはせず、「彼らの生きた、新鮮度の高い語りの奥にあるものを想像し、伝えることを私自身の課題にした」。

平成九年二月一日、その母が心臓発作のため八十五歳で亡くなり、太宰と長男正樹が眠る東京・三鷹の禅林寺に葬られた。母が元気なうちに昔のことを聞き出そうと、その晩年に試みたが、「私は過去を振り返るのは嫌だ。皆死んじゃったんだから悲しくなるだけで、嫌だ」と、母は口を閉ざしたという。

その年の「新潮」十月号で、津島は、母の死を題材にした短編「母の場所」を発表する。葬儀の日から、母の残した四冊の日記を語り手の「私」が読む形で進行するフィクションだが、かなり自らの体験を髣髴させる小説である。事実だけを淡々と書きつづる日記には、四か所の空白があった。最初のそれは夫の死、つまり「私」にとっての父が死んだ日から始まる。

敗戦後まだ間もないころ、肺病で兵隊にならずにすんだ会社員の父は祖父と妻子の住む自分の家を出て、一緒に住みはじめた若い女と薬を飲んで死んだ。母にとってこれ以上の最悪の出来事はなかっただろうと、娘の私も幼いころから了解していたので、母から直接聞かされなくても、父の死んだ日付は私の体に刻みこまれていた。

母の残した日記は、「私の父」が家族を残して心中した日から二か月間空白となり、その間についての感想は後日にも一言も書かれていない。次には母の義父が死んだ時の三週間、三つ目は、母の息子が死んだ時の五か月間。最後は「私」にとっての息子、つまり母の孫が死んだ時の一か月間……。フィクションとはいえ、ここでいう「私の父」とは太宰治であり、息子とは、ダウン症だった津島佑子の兄の死、「母の孫」とは、津島の長男の死を指しているのは明らかだ。

〈空白に、母の感情はすべて吸いこまれてしまっている〉

津島は、小説にこう記した。死を前に沈黙し、日記の空白というかたちで辛い現実と対峙した母と、その空白に耳を傾ける娘……。かけがえのない母を失った娘の「私」は、日記の空白を前に母を想う。そしていつしか見つめる母と娘の「私」の語りが交錯していく。

その津島佑子も平成二十八年二月十八日、肺がんのため六十八歳で世を去った。

自分の人生を啄むようにして小説にした太宰治にも、小説を書かない空白の期間が三つあった。年譜を見ると、その空白はいずれも「死」や「別離」に彩られている。青森県金木村（現在五所川原市）の新興地主の家に明治四十二年六月十九日に六男として生まれた太宰は、居室が二十近くあり、使用人が十人以上もいる、今日太宰治記念館「斜陽館」（国の重要文化財）として公開されている豪邸で育ち、エリート校である旧制青森中学校に進学。早くもこの時代に学友と同人誌「蜃気楼」を創刊し、旺盛な創作を始める。

最初の空白は、昭和二年春、旧制弘前高等学校に進学してからの一年ほどで、翌年五月に「無間奈落」（未完）を発表するまで一つも創作を発表していない。この空白期の昭和二年七月二十四日未明に、敬愛していた芥川龍之介が「何か僕の将来に対する唯ぼんやりとした不安」という言葉を遺して自殺、その直後から若い芸妓と遊ぶなど生活は一変している。

二度目は、昭和五年四月に東京帝国大学仏文科進学後、「学生群」を七月から十一月まで連載（中絶）してからの二年以上の長いブランクである。この期間は疾風怒濤の時代である。非合法運動への関与、芸妓・初代との結婚問題での実家からの分家除籍、その直後にはカフェの女給と心中を図り、女性だけが死んだ。それは太宰自身が「私の生涯の、黒点である」と記す事件だった。太宰は、初代とよりを戻して同棲を始めてからの生活を〈阿呆の時代である〉（「東京八景」）と回想している。

それが昭和七年七月、青森警察署に出頭し、左翼運動から離脱するや、創作に専念し、昭和八年二月、ふるさと青森県の地方紙「東奥日報」に短編「列車」を発表し、久しぶりに小説が活字になった。これが太宰治の筆名で初めて書いた小説である。つづく「魚服記」、「思い出」で文壇に注目された太宰に、若き作家檀一雄らは「天才」を感じた。中原中也、木山捷平、保田與重郎らとの文学的交友も始まり、本人も意欲満々であった。

しかし、文学三昧のつけはすぐにまわり、再び怒濤の日々が始まる。大学卒業の目途がたたず、昭和十年には縊死未遂騒動を起こし、再び周りをはらはらさせる。この直後には盲腸で入院後、腹膜炎となり、鎮痛のために使用したパビナールのため、中毒に苦しんだ。第一回芥川賞候補になったのはこの時期で、受賞の期待が一転、落選したことであわてふためき、薬の影響で被害妄想も強まり、昭和十一年十月、精神科病院の閉鎖病棟に一か月入院させられてしまう。自ら「HUMAN LOST」、つまり人間失格という体験である。

これで終わりではなかった。自分の入院中に、初代が哀しい過ちをしていたことがわかり、七年間の同棲生活に終止符を打ち、それから一年半以上、侘しいひとり身になる。それは、エッセイなどのほかはほとんど筆を断つ苦難の時期だった。この三つ目の空白を経て、昭和十四年、石原美知子との結婚を機に生活を建て直し、「富嶽百景」に始まる明るい佳品が生まれる。

太宰文学の特色は、こうした一連の空白の前後で、文体が大きく変わるところにある。そして、次第に、感受性が震え、読む者の自意識を揺さ振り、著者名を見なくても太宰作品とわかる文体を確立していく。

中学時代の文章にも自尊心とそれが破られたときの羞恥心を描く太宰の個性は出ているが、習作の閾を出なかった。それが第一の空白後に書いた「学生群」では、新興地主の家の生まれという出自と、プロレタリア文学の流行とに向き合い、時代に翻弄される精神の叫びが文章になった。

幾百回幾千回となく試みられながら、未だ一回も成功しなかった企図。プロレタリヤに読ませるプロレタリヤ小説。こんな皮肉な事実はあるか。インテリにはインテリに読ませるプロレタリヤ小説しか書けない。之は恥しながら事実だ。――

そんな認識を持つ、太宰と等身大の登場人物、青井は、挙句の果てにこう語る。「僕は君達のようにプチ、ブルでさえ無いんだぜ。直接搾取行為に携って居るブルジョアなんだぜ。地方の大地主の息子なんだぜ。革命はまさに僕達を倒さんが為のものなのだ……」

それでもまだ作家、太宰治の文体にはほど遠かった。自らを「滅亡の民」とみなす、終生のテーマこそ芽生えたが、ものの見方、表現は観念的で硬く、清新な息吹は感じられない。太宰の評伝でも知られる作家長部日出雄は「太宰治の習作には、後年の天才作家を予測させる作品はほとんどありません」とまで語っている。それが実家からの義絶、心中事件など、疾風怒濤の第二の空白期を経ると、もはや丸裸になった、震える自意識が、風にそよぐようにゆらめく太宰の文体が誕生する。

師と仰いだ作家、井伏鱒二から初めて褒められた文壇デビュー作「思い出」では、中・高校時の自尊心がへし折られた男のお道化の精神、臆病ゆえに人から侮られると尊大な羞恥心を発揮する青春の一断面を鮮やかに表現した。

私は散りかけている花弁であった。すこしの風にもふるえおののいた。人からどんな些細なさげすみを受けても死なん哉と悶えた。私は、自分を今にきっとえらくなるものと思っていたし、英雄としての名誉をまもって、たとい大人の侮りにでも容赦できなかった……

こうした初期作品の文体も、パビナール中毒による生活の破綻、閉鎖病棟への入院、初代との別れによって始まった三度目の空白を経ると、女性語り、昔語りなど様々に変幻する文体となり、軽やかさとユーモアを帯びる。

あさ、眼をさますときの気持ちは、面白い。かくれんぼのとき、押入れの真暗い中に、じっと、しゃがんで隠れていて、突然、でこちゃんに、がらっと襖をあけられ、日の光がどっと来て、でこちゃんに、「見つけた!」と大声で言われて、まぶしさ、それから、へんな間の悪さ、それから、胸がどきどきして、着物のまえを合せたりして、ちょっと、てれくさく、押入れから出て来て、急にむかむか腹立たしく、あの感じ、いや、ちがう、あの感じでもない、なんだか、もっとやりきれない。箱をあけると、その中に、また小さい箱があって、その小さい箱をあけると、またその中に、もっと小さい箱があって、そいつをあけると、また、また、小さい箱があって、その小さな箱をあけると、また箱があって、そうして、七つも、八つも、あけていって、とうとうおしまいに、さいころくらいの小さい箱が出て来て、そいつをそっとあけてみて、何もない、からっぽ、あの感じ、少し近い。(「女生徒」書き出し)

息せき切ったような絶妙な点の使い方、ひらがなの多用による自在さ、はずむ心……。耳元で語りかけられているようなくすぐったさ。誰よりも人を喜ばせるのが好きで、ユーモアがあった太宰が、伸びやかに書いている。

ちょうどこの時期は、井伏鱒二の仲人で石原美知子と結婚。家庭を大切にし、健康状態もよかった。昭和十五年には当時、若い作家にとっての檜舞台だった「中央公論」の二月号に、背信者ユダの視点からキリストを描いた異色作「駈込み訴え」を発表した。〈申し上げます。申し上げます。旦那さま。あの人は、酷い。酷い。はい。厭な奴です。悪い人です。ああ。我慢ならない。生かして置けねえ〉という書き出しの異色作を口述筆記したのは妻である。美知子は当時のことを〈「中央公論」に発表されるということで太宰も私もとくに緊張したのであろう。(中略)太宰は炬燵に当たって、盃をふくみながら全文、蚕が糸を吐くように口述し、淀みもなく、言い直しもなかった。ふだんと打って変わったきびしい彼の表情に威圧されて、私はただ機械的にペンを動かすだけだった〉(『回想の太宰治』)と回想している。

太宰は、小説を発表しない空白期を経るたびに新たな世界に脱皮し、新しい文学をつくった。そして、何度も沈黙した太宰だが、戦時下では言論統制で押し黙る作家が多い中で、書くことをやめることなく、「津軽」「お伽草紙」など暗い世相に対抗するかのような明るい作品を量産した。

太宰には、同年生まれの作家が、綺羅星の如くいる。全集が出ている作家だけでも生まれた順に、大岡昇平、中島敦、埴谷雄高、松本清張の四人がいる。中島敦は戦時下の昭和十七年に三十三歳で亡くなり、清張がデビューしたのが太宰没後であるように、活躍時期は違う。このうち太宰と多少なりとも交流があった埴谷と、大岡の対談集『二つの同時代史』ではこう回想されている。

大岡　……しかし二十二年のはやりは太宰治じゃなかったかな。

埴谷　もちろん太宰の時代だよ、戦後すぐは。

大岡　『斜陽』の「ギロチン、ギロチン、シュルシュルシュ」なんてのはおもしろかった。

大岡は、同時代に読んでいるときには、太宰が嫌いだったという。太宰没後八年の昭和三十一年に「文藝臨時増刊　太宰治読本」で、武田泰淳、山本健吉との鼎談「太宰文学を裁断する」では「おれはああいう人間の弱さをくどくど書くのは、嫌いなんだ」「結局あのメソメソした所が嫌いなんで、深いシサイはないんだ」と公言している。

それが後年になって太宰作品を新たに読み、昭和五十九年に埴谷と対談本を出した際には態度を軌道修正している。「今度太宰『津軽通信』というのが文庫で出て、読んでみたけど、戦争中、昭和十八年になっても、とにかく軍におもねったことは一つも書いてない。おれはいままで太宰は大っ嫌いだったんだ、あの甘ったれ根性が(笑)。だけど今度それを読んでみて、ちょっといい感じがしたな。あのとき、軍に協力しなかったやつもいたんだ」

戦後の昭和三十五年に「群像」が行った「戦後の小説ベスト5」(回答七十五氏)で松本清張は、太宰の「ヴィヨンの妻」を筆頭に、大岡昇平「俘虜記」、田宮虎彦「足摺岬」、谷崎潤一郎「少将滋幹の母」、井上靖「天平の甍」をあげ、太宰への親近感を示している。

中島敦は、戦後になって全集が出版され、「山月記」（昭和十七年）が教科書に載るようになってから評価が高まった作家である。〈性、狷介、自ら恃む所すこぶる厚く、賤吏に甘んずるを潔しとしなかった〉中国の李徴という男が、好きな詩業にも絶望し、ついには虎になる奇譚「山月記」には、〈我が臆病な自尊心と、尊大な羞恥心〉という有名なことばがある。これにさかのぼること七年、太宰はカフェの女性と自殺を図り、自分だけが生き残った事件を題材にした「道化の華」（昭和十年）で、こう記していた。

彼等のこころのなかには、渾沌と、それから、わけのわからぬ反撥とだけがある。或いは、自尊心だけ、と言ってよいかも知れぬ。しかも細くとぎすまされた自尊心である。どのような微風にでもふるえおののく。侮辱を受けたと思いこむやいなや、死なん哉ともだえる。

太宰、中島をはじめ五人が誕生した明治四十二年は、韓国の外交権を統括する韓国統監府の初代統監だった元首相、伊藤博文が、ハルビン駅のホームで、韓国の青年民族運動家、安重根に狙撃、暗殺された年で、これを機に日本は、翌年韓国と併合条約を結び、植民地化した。その後、日本の領土拡張の動きは強まる。彼らは、戦争の足音の高まりとともに成長し、中島は病死、太宰は故郷に疎開し、埴谷は治安維持法違反で逮捕され、大岡はフィリピンに、清張は朝鮮半島に出征し、三十代半ばで終戦を迎える。

青春期とは、誰もが自尊心が高まり、それが揺らぐ時代である。しかし、彼等の生きた昭和は、反戦の共産主義運動と戦争という二つのベクトル、個人主義と全体主義という二つの相反する思潮が渦巻き、社会的にも自尊心が引き裂かれる時代であった。そうした中で、若いころに非合法運動への関与、生家からの除籍、心中事件、精神科病院への入院などの出来事を通して、太宰の自尊心がいかに揺るがされ、泥沼のような空白時代に落ち込み、恍惚と不安という二つの思いを行き来しながらいかに文学を確立したのか、それが本書のテーマである。

もちろん、空白というのは、ほとんど小説を書いていない時代のことだから、それをどう書くかは難しい。友人の檀一雄、師の井伏鱒二らの証言や山内祥史による詳細な『太宰治の年譜』があるが、空白期の証言は限られている。空白期を太宰が回想した小説は、「道化の華」「姥捨」「東京八景」「苦悩の年鑑」など数多いが、太宰の小説は、いっけん事実をありのままに書いた私小説のように見えながらフィクションが多く、取り扱いにはかなり注意を要する。

昭和二十年七月、太宰一家は疎開中の甲府の家が空襲で全焼し、妻子を連れて津軽の生家に向かった。旅の途中、一家は深浦に遊び、四つになる長女園子は初めて海を見て、一家でつかの間の時を楽しんだ。「浦島さんの海だよ、ほら小さいお魚が泳いでいるよ」と、はしゃいだのは太宰だった。

それが戦後の昭和二十一年に発表された「海」では、「ほら！　海だ。ごらん、海だよ」という「私」に、子供は「川だわねえ、お母さん」と応えて、海とは気づかない。ラストは「川じゃないよ。海だよ。てんで、まるで、違うじゃないか！　川だなんて、ひどいじゃないか」と実につまらない思いで、「私」ひとり、黄昏の海を眺めるシーンで終わる。

「海」を読んだ美知子は、なぜ家族団欒を書いてはいけないのか――そう思い、やり切れない気持ちだった。暮らしを共にした美知子から見ると、〈太宰は事実の記録を書いているのではない。自己中心に、いわば身勝手な主観を書いているので、虚構や誇張がはなはだしく織り交ぜられている〉のであった。

太宰の書簡から空白を辿るという方法はある。太宰はかなり筆まめで、空白時代の書簡も数多く残されているからだ。だが、太宰の場合は書簡も曲者である。父が死去してから、津島家を継ぎ、県議を経て青森県知事になった兄津島文治は、〝親不孝病〟にかかった弟が自分や親類などに送った手紙を読んでは、みんなで笑っていたという。


というのは、彼の手紙というのは、「反省している」とか、「立派にやっている」とか、まるで聖人君子になったような文句が多いのです。ですから「修ちゃの手紙は手紙ではなくて、まるで小説だ」といって笑うのです。（「月刊噂」昭和四十八年六月号）

太宰自身、初期エッセイ「もの思う葦」の中で、〈諸作家の書簡集を読み、そこに作家の不用意きわまる素顔を発見したつもりで得々とし〉、〈作家が命をこめた作品集は、文学の初歩的なるものとしてこれを軽んじ、もっぱら日記や書簡集だけをあさり廻る〉輩を軽んじている。随想「一歩前進二歩退却」でも〈作品を、作家から離れた署名なしの一個の生き物として独立させては呉れない〉風潮を批判し、〈作家の私生活、底の底まで剝ごうとする。失敬である。安売りしているのは作品である。作家の人間までを売ってはいない。謙譲は、読者にこそ之を要求したい〉と我々に注文している。

研究や評論という行為についても、太宰は、〈なにを研究するの？　私は研究がきらいです。よい加減なひとり合点の註釈をつけることでしょう？　いやですよ。私は創るのだ〉（「彼は昔の彼ならず」）と書いている。〈生涯、己の礼讃の言葉を聞く以外、外部からのいかなる太宰治設定にもその都度、身もだえるような、はげしい当惑と拒絶で、そこのところに生一本の修道のいたましさが感じられた〉（朋友・檀一雄の評）作家の空白時代に迫るために出来ることは、どうもあの手この手しかなさそうだ。

第一章　空白以前

津軽・金木町

昭和四十（一九六五）年五月三日、月曜日。

曇りがちで、やや風がたち始めた芦野公園には定刻の午後一時より早めに関係者がかけつけ、約三百人が集った。公園の湖を望む登仙岬に建つ太宰治の文学碑の完成を祝って除幕式に集まる人々である。

青森県金木町（現五所川原市）に生まれた太宰が昭和二十三年六月に死去してから、生まれ故郷に初の文学碑ができるまでに十七年が経っていた。芦野公園は、太宰が幼少の頃、子守のタケに連れられて、何度も遊びに来た地で、桜と老松の名所として市民の憩いの場でもある。

美知子にも思い出深い場所である。初めて夫の故郷を訪れ、親子三人、公園に遊んだのは昭和十七年の秋である。夫のふるさと訪問が、結婚してから四年目になったのは太宰が勘当の身の上だったためだ。それが太宰の母夕子《たね》が重体になったため、生前に家族と対面させておきたいという周囲のはからいで、一歳四か月になる長女園子も連れて行った。

家族総出の帰郷にかける太宰の意気込みには並々ならぬものがあった。〈一日三越に行って、わが家始まって以来の、そして太宰の大きらいな買物〉をし、郷里の女性たちには色ちがいの帯締を何本も買い、美知子には高級品の駒撚りお召しと流行の黒いハンドバッグを買い与えた。〈私が太宰に着物その他身につける品を買ってもらったのは、あとにもさきにもこのとき一度だけである〉と美知子は『回想の太宰治』に記している。

初めて会った母は、離れの座敷に寝ていた。蠟燭の火が燃えつきるようにじりじり生命力が消えていくように見えたが、蒼みがかった頰、濃い長い睫毛の美しい人だった。時々話してくれる言葉は聞き取りにくかったが、それでも娘といっしょに会えたことが、とてもうれしかった。

「いいところへ連れて行ってやる、遠いから園子はおぶって行く方がよい」と、夫が珍しく散歩に誘い出してくれたことも忘れられない記憶で、嫂から借りたねんねこと半天で娘をおぶっていそいそとついて行った。旅に出ても酒、また酒、自然の風物には一向に無関心だった太宰は、生まれ故郷ではまるで別人で、道々を案内しながら連れて行ってくれた先が芦野公園である。公園には、かつて太宰が一年だけ通った明治高等小学校があり、石碑の残る高等小学校跡や湖のほとりに夫が佇み、感慨にふけっている様子が、美知子の目に焼き付いていた。

太宰が亡くなったときまだ一歳二か月だった次女里子は、母と姉が初めて金木を訪ねた当時はまだ生まれていない。母に連れられて除幕式に出た日は、すでに白百合女子大の一年生になっていた。高校時代、親に隠れてこそこそ三島由紀夫や谷崎潤一郎の小説を読んでいたが、その世界に深い思いを持つことはなく、当時目新しかった心理学を勉強しようと考えていたが、受験に失敗し、泣く泣く英文学科に通い始めていた。除幕式の日には、まさか自分が近い将来に、父と同じ小説家の道を歩むことになるとは考えていなかった。

中心になって作った同人誌「よせあつめ」に初の小説「手の死」を書くのは翌年、二年生になってからである。父の友人である作家たちと会ったことが影響を与えたかどうかは不明である。ただ、書くようになってからは、〈父のおかげで少しは小説を書くことの容易ではないことも感じ取っている。また、もし小説を書くのなら、中途半端なことでは終わらせることはできない。それだけはいやだと思った〉とエッセイに書いている。二年生のとき、同人誌「文藝首都」の会員になり、同世代の中上健次に出会い、本格的に書き始めた。津島佑子の筆名で初めて小説を書いた小説を「三田文学」に発表したのは、四年生の終わる年の一月だった。

式典で、お祓いの神事である修祓につづき、純白の幕を除幕したのは里子と、太宰の次兄英治の孫恭一である。スウェーデン産の黒石でできた碑石には、太宰が自分のために作られた言葉のごとく一生愛誦したヴェルレエヌの長詩「叡智」の中の一句「撰ばれてあることの　恍惚と不安と　二つわれにあり」が刻まれた。

制作したのは旧制青森中学時代にはよきライバルで、太宰の単行本『千代女』『風の便り』などの装幀を手がけた画家阿部合成である。戦争で阿部が出征する際には、風呂場で太宰は阿部の足の指を一本一本洗いながら、「生きて還って来いよ」と言って、泣いたという。

太宰治の名前の上に、金色に輝く不死鳥（フェニックス）を造形したのは、自分の肉体は燃焼しても、文学は不死であることを願った、自分よりも先に逝った友太宰を思ってのことであった。

除幕後には、小雨の降る中、記念式が行われ、太宰治の筆名で初めて書いた小説「列車」を新聞記者時代「東奥日報」に載せた竹内俊吉、太宰の第一作品集『晩年』を編集者として担当した浅見淵、太宰を「天才」といち早く評価し、『晩年』の出版に尽力した作家の檀一雄が祝辞を述べている。十七年という歳月は、それぞれの風貌に示されていた。竹内は青森県知事になっていた。浅見は文芸評論家として活躍し、この年の「文学界」四月号の同人雑誌評で、石原慎太郎のデビュー作「灰色の教室」を「今月第一の力作」であると評価した目利きで、これをきっかけに石原は「太陽の季節」を書き、翌年芥川賞を受賞している。

太宰の尽力もあり第一作品集『花筐』を昭和十二年に出した檀も昭和二十六年には「真説石川五右衛門」「長恨歌」で第二十四回直木賞を受賞し、すでに除幕式の頃には、畢生の大作「火宅の人」の連載を始めていた。

昭和二十三年に亡くなってから故郷の町に文学碑が出来るまでに十七年もの歳月がかかったのは、学生時代に実家から勘当されてからもさまざまな事を起こして「親不孝」の代名詞にもなった太宰が、ついには妻と三人の子を残して、別の女性と心中したからである。当時、青森県知事だった長兄津島文治は言葉を失うほど怒り、ふるさとに墓をつくるどころではなかった。太宰の墓は、東京・三鷹にあった自宅近くにある禅林寺の森鷗外の墓近くに建てられた。それは、太宰が短編「花吹雪」で、明治大正を通じて第一の文豪は〈おそらくは鷗外、森林太郎博士であろうと思う〉とした上で、禅林寺について言及し、〈私の汚い骨も、こんな小綺麗な墓地の片隅に埋められたら、死後の救いがあるかも知れない〉と書いていた遺志を尊重してのことだった。

太宰の桜桃忌は、その死の翌年から、遺体が発見された六月十九日（太宰の誕生日でもある）に禅林寺で開かれ、はじめのうちは遺族や友人たちで行われていた。それが三、四回目あたりから若い学生が参加するようになり、次第に関係者の数を凌駕、ふるさと金木にも文学碑を、という声が強くなっていた。だが、文治は認めなかった。とりわけ弟の太宰が東京都民の飲料水となる玉川上水で心中したことを特に気にかけ、「都民には迷惑をかけた」が口癖で、文学碑の話についても「わはあまり言えないが、自分の知事在職中は痛い」「故郷だけには建ててもらっては困る」と、なかなか許さなかったのだ。

太宰はその死の八年前の昭和十五年、「乞食学生」を連載し、玉川上水について、主人公の「私」にこう言わせている。〈人喰い川、と言われているのだ。それに、この川の水は、東京市の水道に使用されているんだ。清浄にして置かなくちゃ、いけない〉。

そうまで思っていた玉川上水で、なぜ心中したのか。その死は今なお多くの謎に包まれている。三人の子供と残された美知子は、途方に暮れるしかなかった。太宰治の死の直後に発売された「サンデー毎日」七月四日号では「太宰治の死」を特集している。その中で、美知子は〈私たち四人がこんなにはやくみすててしまわれるとは……私は今おちこんでいるこの深淵から、どのようにして躍り上がることが出来るか、今のところさっぱり自信がありません。三人の子供たちをたよりにここから抜け出さなければならないと心は必死になりますけれど、私の全身から生きる力がすっかり抜けた感じです。放心状態というのでしょうか、涙も出ない悲しみの深さというものをしみじみ味いました〉と取材に答えている。

太宰は、妻宛ての遺書で「子供は皆あまり出来ないやうですけど陽気に育てて下さい　たのみます」と書き残していたが、〈健康でない正樹（長男）のことを考えると、子供たちを陽気に育てられるかどうか、私には自信がありません〉とも語っている。

昭和三十五年には長男正樹が十五歳で肺炎のため死去し、さらなる悲しみの中にいたが、美知子は、子育てをしながら、夫の作品をしっかり後世に伝えようと懸命だった。太宰は書き損じた反故を破り捨てなかったので、生前それを保存してリンゴの空き箱を利用して作った整理棚に貼っていた。それを死後十年ぐらいたってから、「もう一字も新しく原稿用紙に書かれた字を読むことは出来ないのだ」と思いながら、一枚一枚丁寧にはがし、使っている原稿用紙の種類から書いた時期を推定、執筆過程のわかる草稿として整理したのは美知子だった。夫が遺した肉筆原稿を、太宰の着物できれいに装丁し、整理したのも妻である。

昭和二十七年、創藝社から刊行が始まった近代文庫版『太宰治全集』（全十六巻）では大半の巻に「後記」を書き、作品が執筆されたときの太宰の状況を、記憶と几帳面にノートに整理した記録をもとに簡潔に記した。太宰が仕事の記録として遺した「創作年表」をもとに、散逸した生原稿や、不明の掲載誌についての調査への協力を、「後記」で呼びかけ、断簡零墨まで夫の作品を丁寧に整理する仕事の先鞭もつけた。

戦争未亡人である山崎富栄との心中というスキャンダラスな話題で死後、太宰が残した『斜陽』『ヴィヨンの妻』や『人間失格』はベストセラーになったが、第一次ブームが去ると、しばらく太宰の人気は低迷している。毎日新聞は読書世論調査で、昭和二十四年から「好きな著者」を年度別に発表しているが、それによると太宰は、死の翌年の初年度に二十位だったが、その後姿を消し、再び登場するのは昭和三十四年の三十四位で、以降から常連となる。

『太宰治ブームの系譜』で、著者の滝口明祥は〈太宰の書誌・伝記研究はこの津島美知子による「後記」によって出発したと言っても過言ではない〉と強調する。創藝社版全集の成果も踏まえ、昭和三十年に筑摩書房は決定版『太宰治全集』（全十二巻）の刊行を始め、予想外のヒット、太宰の第二次ブームが再来した背景には、美知子の地道な努力が背景にあった。

それだけに、ふるさとの町に初めて完成した夫の文学碑への思いはひとしおだった。記念式の謝辞で、美知子が、「除幕の瞬間、亡き夫の面影が彷彿として浮かんだ」と述べたという記録が残されている。除幕式への参会者と関係者に配布された太宰治碑建立記念冊子編集委員会（代表・小野正文）が編集した記念誌には、阿部合成、伊馬春部、山岸外史らが文章を寄せ、美知子も関係者の尽力に感謝したうえで、こう記した。

純粋の津軽人太宰、骨の髄まで津軽人だった太宰、太宰と郷里とのきずなは、きわめて強いものでした。太宰にあっては、東京というところは、ついに旅の空であり、何年暮していても、根をおろすことができない土であったように思います。おそらく、夜な夜なの夢は、津軽に、金木に通っていたと、思います。その切切たる望郷の懐いを、見ておりました私には、太宰没後十七年を経て、出生地に碑が建ち、除幕式に参列させていただきまして、感慨無量と申すほかございません。

故郷に錦を飾る。これは美知子が語るように、死を選ぶまで勘当の身の上だった太宰が終生思い続けたことだった。

美知子と結婚した昭和十四年の九月二十日には「月刊東奥」主催の青森県出身在京芸術家の会があり、かつてのさまざまな汚名を返上し、少しでもいいところを見せれば、その評判が〈二百里離れた故郷の町までも幽かに響いて、病身の老母を、静かに笑わせることが、出来る〉と考え、出席する前から、心が波立っている様子が、美知子にはありありと感じられた。それは、みじめな失敗に終わった。翌十五年の「文藝」四月号に発表した「善蔵を思う」に記しているところによると、緊張のあまり挨拶の前に酒をがぶ飲みし、いざ挨拶の番になるとしどろもどろで、「もう、いっぺん!」というだみ声（板画家の棟方志功の発言）が発せられたことに逆上し、「うるせえ、だまってれ!」と言ってしまい、汚名を塗り重ねてしまうのである。美知子は、その日の夜、ザンザン降りの中を人力車で帰宅し、失敗談を語る夫の姿をよく覚えている。

故郷には帰れなかったが、ふるさとの味は忘れられず、家ではうまいものというと、すべて材料も料理法も津軽風に限る、というところがあった。たまに郷里から好物が届くと、大の男が有頂天になって喜んでいるのを妻は見ている。陸奥湾でとれる毛ガニが第一の好物だった。

太宰は亡くなる年に、八雲書店から決定版と銘打った全集の刊行を始め、白地の表紙には津島家の鶴の定紋を型押しした。全集の巻頭には肉親、生家の建物の写真も入れるなど、故郷への思い入れは晩年までつづいた。

死後十七年たってから、故郷の金木に文学碑が完成したこと、それはあまりにも遅い放蕩息子の帰還だった。

赤い屋根のモダンな芦野公園駅の駅舎は、今も外観は当時のまま残され、内部は一部改装されて、金木特産の馬肉をつかったカレーライスや豚まんならぬ馬まんなどを出す喫茶店になり、花見の季節や太宰の生誕日には、多くのファン、観光客で賑わっている。

芦野公園駅について、代表作「津軽」で、こんなふうにユーモラスに描いている。

ぼんやり窓外の津軽平野を眺め、やがて金木を過ぎ、芦野公園という踏切番の小屋くらいの小さい駅に着いて、金木の町長が東京からの帰りに上野で芦野公園の切符を求め、そんな駅はないと言われ憤然として、津軽鉄道の芦野公園を知らんかと言い、駅員に三十分も調べさせ、とうとう芦野公園の切符をせしめたという昔の逸事を思い出し……

いくらなんでも「駅員に三十分も調べさせ」というのは、人を喜ばせることが何よりも好きだった太宰特有のサービス精神で、津軽の田舎が故郷ということをはにかみながら表現したものだ。この鉄道が兄文治などの尽力で開通したのは、太宰が東京帝大に入学した昭和五年で、生まれた頃はまだ鉄道はなく、電灯も通っていない人口五千人ほどの町だった。奥津軽の中心地、五所川原に行くには、馬車や橇で行く時代だった。冬の雪は地吹雪と呼ばれ、雪は下から舞い上がる。厳寒の地に降り積もった雪がシベリアからの強風にあおられるためだ。

叔母キヱと子守のタケ

太宰治、本名津島修治は、明治四十二（一九〇九）年六月十九日、優美な岩木山の麓に広がる、地吹雪で有名な青森県北津軽郡の金木村に生まれた。津島家は〈源（ヤマゲン）〉と呼ばれ、曽祖父、祖父の代から農民への金貸しと、抵当としてとった農地を集めることで急速に台頭した。祖父惣五郎、祖母イシの第一子長女として生まれた夕子の婿養子になった父・津島源右衛門の代になると県下屈指の大地主へと成長した。源右衛門が家督を継いで四年目の明治三十七年には、津島家は県内多額納税者番付で、一躍四位に浮上、太宰が三歳になる明治四十五年には父は衆議院議員となり、中央政界にも進出した。太宰は、この「津軽の殿様」と言われた父・源右衛門と母夕子の六男、十一人兄弟の十番目の子供であった。長男、次男は幼くして病死しており、明治三十一年に生まれ、太宰よりも十一歳年上の三兄、文治が事実上の長兄だった。

明治四十年秋、村の約六百坪の敷地に一年半を費やして建設された邸宅は、和風入母屋造りの総二階建てで、建材は金木特産のヒバ材の豪邸だった。玄関を入ると、秋に小作人が持ち込む作米が、多い日には一日で百六十俵も堆く積み上げられた広いタタキ（土間）があり、一階は十一室、二百七十八坪、二階が八室百十六坪で、絨毯の敷かれた会議用洋間があり、踊り場の天井には、農村地帯には珍しいシャンデリアがあった。

高さ四メートルの赤い煉瓦塀で家をぐるりと取り囲み、赤い大屋根が周囲からはひときわ目立った。新築の邸宅の周辺には、役場、警察署、郵便局などが配され、警察署の屋上には、小作争議に備えて高い望楼まで組ませ、父・源右衛門は我が世の春を謳歌していた。

太宰治二十一歳、昭和五年に開通した津軽鉄道の金木駅から徒歩で五分ほどのこの生家は太宰の没後、津島家の手を離れ、昭和二十五年から平成八年までの四十六年間は旅館となったが、修復復元工事が行われ、平成十年からは太宰治記念館「斜陽館」として公開されている。家の前は大型バスが停まる駐車場や太宰の好物だった「若たけ汁」を模した「太宰らうめん」などを出すレストランと太宰グッズを売る店を併設した観光物産館、津軽三味線会館などができ、当時の雰囲気は失われたが、邸宅の威容だけは当時のままで、平成十六年に建物は国の重要文化財になっている。設計したのは、青森県の洋風建築を多数手がけた大工の棟梁・堀江佐吉で、彼の手になる旧第五十九銀行本店本館、旧弘前偕行社は現在も弘前市内に残り、こちらも国の重要文化財になっている。

太宰は豪邸に生まれた最初の子だった。幼少から本が好きで、小学校を首席で卒業、県都の名門、旧制青森中学に入学するまでをこの家で育った。進学する直前の大正十二年三月、貴族院議員になったばかりの父・源右衛門が息を引き取る。父が築いた金木の豪邸で過ごした十四年間は、津島家の全盛期であり、太宰の成長期とも重なった。

太宰は、この家に強い思いがあった。美知子には結婚してから、広い、大きい、立派だ、てんで比較するものがないという自慢を繰りかえしている。ただ、作家になる前に、家を追われた身である。美知子と初めて金木に行った時のことを書いた短編「故郷」では、妻に〈「あれが」僕の家、と言いかけて、こだわって、「兄さんの家だ」〉と言い直している。戦後の短編「苦悩の年鑑」では〈父は、ひどく大きい家を建てた。風情も何も無い、ただ大きいのである〉と書き、そっけない。

昭和十九年に小山書店「新風土記叢書」の第七編として出版された『津軽』でも、故郷に贈る言葉を〈汝を愛し、汝を憎む〉と記し、〈思えば、おのれの肉親を語ることが至難の業であると同様に、故郷の核心を語ることも容易に出来る業ではない。ほめていいのか、けなしていいのか、わからない〉と、ほとほと困惑している。

ふるさとをどう語るかについて困り果てた太宰に対し、兄文治の方は、弟についてどう語ったらよいのか、頭を痛めている。昭和四十八年、太宰が死んでから二十五年後に、当時参議院議員だった文治は、「月刊噂」のインタビュー「肉親が楽しめなかった弟の小説」で、こう答えている。〈ほんとうに世間にご迷惑をかけて申し訳ないというのが、私の偽らざる気持です。とにかく、ああいう大将が一家から出ますと、一族の者は弱ってしまいます。仮りにいま、私が「オレの弟は大文学者で……」ということを語るとすると、さらに世間に迷惑を及ぼすことになると思うのです。かといって、今になっても「オレの弟は大バカで……」といったところではじまりません〉と困惑の体だった。

太宰のふるさとの描き方は時期によって変わる。旧制弘前高校の二年のときに辻島衆二の署名で発表した「無間奈落」で、小説とはいえ、主人公を〈M町一番の素封家の息子〉に造形し、その父を田舎の県会議員でありながら放蕩極まる好色漢としている。地主階級への誇りと反発が背景にあった。

それが昭和五年、東京帝国大学に進学した年に、芸妓との婚姻問題で生家から勘当され、心中事件まで起こし、「第二の空白」という混沌の時期を乗り越えた時には、すっかり変わっていた。それは太宰治の筆名で初めて発表した文章に明らかで、随想の題名は「田舎者」。昭和八年二月十五日発行の同人誌「海豹通信」に寄せた。

私は、青森県北津軽郡というところで、生れました。今官一（註・後の直木賞作家）とは、同郷であります。彼も、なかなかの、田舎者ですが、私のさとは、彼の生れ在所より、更に十里も山奥でありますから、何をかくそう、私は、もっとひどい田舎者なのであります。

昭和十年の随想「ソロモン王と賤民」でも〈私は生れたときに、一ばん出世していた。亡父は貴族院議員であった。父は牛乳で顔を洗っていた。遺児は、次第に落ちぶれた。文章を書いて金にする必要。／私はソロモン王の底知れぬ憂愁も、賤民の汚なさも、両方、知っている筈だ〉と記している。

結婚し、子も生まれた三十五歳になる年の昭和十九年、ふるさとの津軽半島を三週間程かけて周ったときの体験を小説にした「津軽」では、〈私は津軽の人である。私の先祖は代々、津軽藩の百姓であった。いわば純血種の津軽人である〉として、「百姓」を強調した。

亡くなる前年の随想「わが半生を語る」では、〈私は田舎のいわゆる金持ちと云われる家に生れました。たくさんの兄や姉がありまして、その末ッ子として、まず何不自由なく育ちました。その為に世間知らずの非常なはにかみやになって終いました。この私のはにかみが何か他人《ひと》からみると自分がそれを誇っているように見られやしないかと気にしています。（中略）こういう私の性格が私を文学に志さしめた動機になったと云えるでしょう〉としたうえで、こう記している。〈育った家庭とか肉親とか或いは故郷という概念、そういうものがひどく抜き難く根ざしているような気がします〉。

自分の親を選べないように、ふるさとも選べない。その郷里を追われてもなお、そこが生まれ育った地であるという事実はいささかも変わらない。太宰の故郷の描き方には、その人生の振幅と、人生観の変化が投影されていた。

幼少期には、「先祖は代々、津軽藩の百姓」という意識はみじんもなかった。金木の明治高等小学校時代に、担任の指導で、中学受験準備のために学習ノートに書いた綴方「僕の家」では、無邪気にふるさとを自慢している。

僕の家は町の中央に位して南には雄大な岩木山がひかえ、東北には県下一といわれて居る芦野競馬場があり、西南には清く大きい岩木川がある。僕はこれらの物に守られて居る僕の家でオギャーと生れたのである。向いには金木医院や金木銀行がある。隣は県下有数の財産家西沢氏の家である。その又となりは郵便局である。其の向いは金木警察分署である。これらの家の近所にすんで居る僕はなんとなく力強い感じがする。

同じ時期の綴方「僕ノ町」でも〈分署ハ近頃新築サレ、郡下一ノ建築物ト称セラレテ居ル。役場、劇場モヒキツヅキ郡下一、二ヲ争ウ大建築物デアル〉などとやたらと「郡下一」を連呼しつつ、〈我ガ町ノ名物ハ競馬場トサイノ河原デアル。コレバカリハ他町ニホコッテモ尚アマリアルモノデアル。名産ハまくわうりデアル。コレ又其ノ美味ナルコト、又々他町ニホコルニ足ルモノデアル。／僕ハコレホドヨイ町ニ生レタ（コト）ヲ無上ノ喜ビトスルノデアル〉と書いている。

これほど純朴にふるさと自慢した少年だが、両親のことはあまり綴方に出てこない。生まれたとき母が病弱だったため、乳母の乳で育ち、豪邸の一階にある叔母の部屋で従妹四人といっしょに育てられたからだ。物心がつくかつかない三歳になる年に、父親が衆議院議員選挙に当選、東京に家を構えてからは、父が金木に帰るのは一か月か二か月に一度になった。綴方「私の家庭」では、兄二人と姉一人が上京するなどで、〈今家に居るのはおばあさんと二番目の姉様と弟と僕とたった四人しか居ませんので、大そうさびしゅうございます〉と記したうえで、〈弟と僕は父様母様のお帰りをまって居ます〉と書いている。

こうした背景もあるからなのだろう。太宰が幼年時代を振り返る場合、小説で中心に描かれるのは叔母キヱであり、子守のタケであった。母親の妹である叔母キヱは、最初は、太宰の父・源右衛門の実弟を婿に迎えて二人の女児を生んだが、夫の身持ちが悪く離縁、その後、遠縁の豊田常吉と再婚してさらに二女児を生んだが、夫は病没。邸内の一階にあった一室で、四人の娘と暮らしていた。叔母は、病弱だった姉にかわって太宰を我が子のように育てたという。

綴方「僕の幼時」で、思い出の中心にいたのは叔母キヱである。

僕は母から生れ落ちると直ぐ乳母につけられたのだそうだ。けれども僕はおしいかな其の乳母を物心地がついてからは一度も見た時もないし便りもない。物心地がついてからというものは叔母にかかったものだ。叔母はよく夏の夜など蚊帳の中で添え寝しながら昔話を知らせたものだ。僕はおとなしく叔母の出ない乳首をくわい《ママ》ながら聞いて居た。其の頃一番僕の面白かったお話は舌切雀と金太郎であった。

乳の出ない乳首をくわえながら昔話を聞いたという記憶には哀切がある。「舌切雀」をあげているのも注目される。戦争中に防空壕でお伽噺を長女に語り聞かせながら想を練り、敗戦直後に出版した『お伽草紙』は、「舌切雀」や「カチカチ山」に材をとったユーモア小説である。幼少期聞いた昔話の語りのリズムが、太宰の文体を育んだということは、つとに指摘される。叔母の存在は、太宰文学の母体にもなっている。

二十四歳になる年に同人誌「海豹」に発表した「思い出」は、幼少期の記憶が、詩的な抒情を帯びた小説で、冒頭から叔母が鮮烈に登場する。

黄昏のころ私は叔母と並んで門口に立っていた。叔母は誰かをおんぶしているらしく、ねんねこを着て居た。その時の、ほのぐらい街路の静けさを私は忘れずにいる。叔母は、てんしさまがお隠れになったのだ、と私に教えて、生き神様、と言い添えた。いきがみさま、と私も興深げに呟いたような気がする。それから、私は何か不敬なことを言ったらしい。叔母は、そんなことを言うものでない、お隠れになったと言え、と私をたしなめた。どこへお隠れになったのだろう、と私は知っていながら、わざとそう尋ねて叔母を笑わせたのを思い出す。

太宰は、叔母を「がちゃ」と呼んでいた。津軽弁でいうお母さんの「オガチャ」の「オ」を省略した表現で、小説は、語り手の「私」がある夜、叔母が私を捨てて家を出て行く夢を見た、思い出へとつづく。

叔母は、お前がいやになった、とあらあらしく呟くのである。私は叔母のその乳房に頬をよせて、そうしないでけんせ、と願いつつしきりに涙を流した。叔母が私を揺り起した時は、私は床の中で叔母の胸に顔を押しつけて泣いていた。眼が覚めてからも、私はまだまだ悲しくて永いことすすり泣いた。けれども、その夢のことは叔母にも誰にも話さなかった。

いかに叔母を慕っていたかがよくわかる。太宰が生まれた次の年には大逆事件が起き、天皇暗殺を謀議したという無告の罪で、その翌年幸徳秋水らが処刑され、社会主義への弾圧が強まる時期で、しばらくすると明治天皇が崩御した。小説は、時代の空気もよく伝えている。ただ、この文章は、ちょっとできすぎだ。というのも天皇崩御は太宰が三歳になったばかりの頃で、そんな幼児が、天子様が〈どこへお隠れになったのだろう、と私は知っていながら、わざとそう尋ねて叔母を笑わせたのを思い出す〉ということがあり得るだろうか。太宰の語りは、しばしば騙りである。

これに比べると、両親やきょうだいの記述はそっけない。〈叔母についての追憶はいろいろとあるが、その頃の父母の思い出は生憎と一つも持ち合せない。曽祖母、祖母、父、母、兄三人、姉四人、弟一人、それに叔母と叔母の娘四人の大家族だった筈であるが、叔母を除いて他のひとたちの事は私も五六歳になるまでは殆ど知らずにいたと言ってよい〉。叔母につづいて「思い出」に登場するのも、親ではなく、太宰の子守タケのことであった。

六つ七つになると思い出もはっきりしている。私がたけという女中から本を読むことを教えられ二人で様々の本を読み合った。たけは私の教育に夢中であった。私は病身だったので、寝ながらたくさん本を読んだ。読む本がなくなればたけは村の日曜学校などから子供の本をどし借りて来て私に読ませた。私は黙読することを覚えていたので、いくら本を読んでも疲れないのだ。

近村タケは明治三十一年、津島家の小作人の家に生まれ、同四十五年五月三日に、小作米を納める代わりに津島家に住み込み、よちよち歩きだった太宰の子守となった。太宰は満年齢で三歳になる一か月前、タケは十四歳になる二か月前だった。先に引用した高等小学校時代の綴方「僕の幼時」でも叔母と同時にタケについても多くの文章を費やし、〈今でも叔母様やたけの事を思うと恋いしくてならない〉と記している。

タケにとっても、「修ちゃん」と呼んだ太宰の思い出は強く、人に聞かれれば、「修ちゃんはすなおな子だった」と目を細めている。三、四歳の頃は、ご飯を食べるとき、最初は座って食べていても、一杯ぐらい食べると立っていき、階段に腰かけたり、縁側のほうに行ったりで、一か所に落ち着くことなく、何度も場所替えして食べる癖があったという。とても本が好きで、日課の昼寝の際、床につくたびに童話を枕元で読むのがタケの仕事だった。

「私が疲れてすぐ眠ってしまうと、修ちゃんは、『たけ、たけ』と私を起し」、本を読むことをせがんだという。きょうだいの背中を見て育ったので、早熟なところもあったと、タケは、「文藝」昭和三十一年臨時増刊号の「私の背中で」で回想している。

修ちゃんの六歳の時、姉さんの愛ちゃんが小学校に入学したので、片田舎で遊ぶ所もあまりないので、絵本をもって毎日の様に学校に連れて行ったものでしたが、その時の愛ちゃん達一年生の先生は三上やゑさんと言うとてもやさしい先生で、生徒の一番うしろにわざわざ一人分机をもうけてくれました。修ちゃんもとても喜んで先生の黒板に書くのをよく注意しており、先生の書いた字が、自分の絵本に書いてあれば家に帰ってから「今日先生がこの字を書いたんだが何という字だ」とき、二三度も教えると覚えてしまう程、物覚えのよい子供でした。

かなり腕白だった様子は、綴方「僕の幼時」からうかがうことが出来る。〈一番僕にいづめ《ママ》られたのは末の姉様で、或時は折れたものほし竿で姉を追って歩いたり、きたないわらじで姉のほほをぶったり、頭髪をはさみでちょきんと一つかみ位切って見たりした。／其の度毎に姉は母様に訴うるけれども母はなんともいわぬ。若しこのことが少しでも叔母の知る所となれば叔母はだまって居ない。きびしくしかって其の上土蔵に入れられたことも往々ある。そんな時には必ず小間使のたけが僕のかわりにあやまって呉れる。たけは家の小間使でもあり、僕の家庭教師でもあるし、僕の家来でもあるのだ〉。

それが故郷の金木第一尋常小学校に入学するころになると、太宰の記憶は一変する。入学する直前の六歳の時に、叔母が、娘たちと五所川原に引っ越してしまったからだ。

父と母

夜はいつも叔母に抱かれて寝ていたのに、その叔母はおらず、母もあまり家にはいない。子供心にはかなり寂しかったことだろう。日中はいつも一緒だったタケも、ある日、いつの間にかいなくなった。

ある朝、ふと眼をさまして、たけを呼んだが、たけは来ない。はっと思った。何か、直感で察したのだ。私は大声挙げて泣いた。たけいない、たけいない、と断腸の思いで泣いて、それから、二、三日、私はしゃくり上げてばかりいた。いまでも、その折の苦しさを、忘れてはいない。それから、一年ほど経って、ひょっくりたけと逢ったが、たけは、へんによそよそしくしているので、私にはひどく怨めしかった。(「津軽」)

母のごとく慕った叔母とタケとの別れが、幼い太宰に疎外感を植え付け、文学にも大きな影響を与えたとみる研究者は多い。事実、「思い出」では、この叔母とタケについてはかなり印象的な記述を割いているのに、両親の印象は希薄である。〈私の父は非常に忙しい人で、うちにいることがあまりなかった。うちにいても子供らと一緒には居らなかった。私は此の父を恐れていた〉。タ子についても、つれない。〈母に対しても私は親しめなかった。乳母の乳で育って叔母の懐で大きくなった私は、小学校の二三年のときまで母を知らなかったのである〉。

だが、「思い出」はあくまでも、成人してから幼少年期を振り返った小説である。自分を語るにはときにお道化たり、茶化したり、はにかむところがある作家の回想を額面通り受け取ることはできない。とりわけ、この小説は、実家から勘当され、もはや帰るべき家を失い、汝を愛し、汝を憎む、という気持ちがまだ強い時期の産物である。

叔母との記憶から始まり、ソファにひとり坐る母のうしろに、叔母と、みよという初恋の女性が並んで映る写真を「私」が見ている場面で締めくくられる「思い出」には、〈病気のためにしじゅう学校をやすんでいた〉など明らかなフィクションもある。ラストは、〈みよは、動いたらしく顔から胸にかけての輪廓がぼっとしていた。叔母は両手を帯の上に組んでまぶしそうにしていた。私は、似ていると思った〉である。つまり、この小説は、叔母に始まり叔母に似ているみよ、で終わる、きわめてよく構成された自伝なのである。〈どうせ死ぬのだ。眠るようなロマンスを一篇だけ書いてみたい〉（「葉」）。そう思って書いたのが、この「思い出」である。

叔母キヱの孫で、生前の太宰と交友があった津島慶三がある日、「何故小説を書くんですか」と聞くと、太宰はまるで準備していたかのように「美談を書くのが小説家の使命なんだ」と即答したこともある。慶三が平成十二（二〇〇〇）年二月刊の「太宰治研究7」（和泉書院）に発表した回想記「祖母きえとその周辺の人々」によると、太宰はその際、美談の実例として次の物語を話してくれた。

「嵐の夜に難破して、船から放り出された漁師が海岸に打ち上げられ、必死の思いでしがみついた所が、灯台の窓枠だった。助けを求めようとして、窓から内を覗くと、灯台守の一家が楽しく夕食をとっていた。この夕餉の団欒を、助けての一声で壊しては申し訳無いと思った瞬間、必死に摑まっていた手が緩んで、漁師は再び大波に攫われて、二度と帰らぬ人となってしまった」。そう太宰は話し終わると、急に静かな声になって、「おまえは助けてと叫ぶか」と問いかけるともなく、独り言のようにつぶやいたという。

幼少年期を書くならば、父や母のことを美談にしてもよさそうだが、それを書いてしまえば、美談は台無しになることが太宰にはわかっていた。「思い出」を発表した昭和八（一九三三）年の頃は、太宰が、分家除籍され、鎌倉の海岸で心中事件を起こしてからまだ三年ほどの時期で、実家ではもうこれ以上、波風をたてるような行動をしないよう、祈るばかりの日を過ごしていた。そんな折、さんざん親きょうだいに迷惑をかけまくってきた太宰が親への愛を書くことは偽善でしかなく、実家の楽しい〈夕餉の団欒〉を壊しかねなかった。仮に、親きょうだいへの愛を描いても、実家の方からすれば、何を今さらきれいごとを言うか、書くよりも行動で示せ、と厳しい兄から説教されるに違いない、と太宰は考えたのであろう。

だからこそ、幼い頃、夜になると自分を抱いて寝てくれた叔母キヱで始まり、叔母と似ている若い女性を慕うシーンで終わる美談を太宰は創作した。母や兄の住む実家に帰ることはかなわなかったが、思い出にあるふるさとの幼年少年時代には小説を通して戻ることができた。そして叔母キヱとタケを描くロマンスの中では、ゆっくり眠ることができた。

「思い出」に両親のことをあまり書かなかった背景には、「復讐」の思いがあったかもしれない。この小説の二年後に発表した「道化の華」で、太宰は〈僕はなぜ、小説を書くのだろう。新進作家としての栄光がほしいのか。もしくは金がほしいのか。芝居気を抜きにして答えろ〉と自問した上で、こう答えている。〈仕方がない。思わせぶりみたいでいやではあるが、仮に一言こたえて置こう。「復讐」〉

なぜ、自分だけが家郷を追われなければならないのか。自分を捨てた親への復讐の念から、叔母を母のように慕う美談として創作した面もあったかもしれない。

「思い出」が事実ではなく美談であるように、昭和十九年にふるさとを旅して書いた「津軽」もまたロマンスである。この頃の太宰は、津島美知子と結婚し、子供も生まれ、落ち着いた生活を送っていたが、〈都会人としての私に不安を感じて、津軽人としての私をつかもうとする念願〉を持っていた。そして〈私の生きかたの手本とすべき純粋の津軽人を捜し当てたくて津軽へ来た〉。

現実は、眼中にはなかった。〈信じるところに現実はあるのであって、現実は決して人を信じさせる事が出来ない〉と旅の手帖に二度も繰り返し書いたうえで、「私」は母と信じる人に会いに行く。こんどのそれは叔母キヱではなかった。

〈このたび私が津軽へ来て、ぜひとも、逢ってみたいひとがいた。私はその人を、自分の母だと思っているのだ。三十年ちかくも逢わないでいるのだが、私は、そのひとの顔を忘れない。私の一生は、その人によって確定されたといっていいかもしれない〉。そうまで書いた人、それは子守のタケだった。小説のクライマックスは、結婚して青森県の小泊に住んでいたタケと再会し、国民学校の運動会を見るシーンである。これは太宰文学の名場面である。

「修治だ。」私は笑って帽子をとった。
「あらあ。」それだけだった。笑いもしない。まじめな表情である。（中略）けれども、私には何の不満もない。まるで、もう、安心してしまっている。足を投げ出して、ぼんやり運動会を見て、胸中に一つも思うことがなかった。もう、何がどうなってもいいんだ、というような全く無憂無風の情態である。平和とは、こんな気持のことを言うのであろうか。もし、そうなら、私はこのとき、生れてはじめて心の平和を体験したと言ってもよい。先年なくなった私の生みの母は、気品高くおだやかな立派な母であったが、このような不思議な安堵感を私に与えてはくれなかった。

その後、近くの桜を見に行った二人は再会を喜び合う。桜の小枝をへし折って捨て、両肘を張ってモンペをゆすり上げ、「子供は、幾人。」「男？　女？」「いくつ？」と　次から次と矢継早に質問を発するタケの姿に接して、「私」はこう思う。

〈強くて無遠慮な愛情のあらわし方に接して、ああ、私は、たけに似ているのだと思った。きょうだい中で、私ひとり、粗野で、がらっぱちのところがあるのは、この悲しい育ての親の影響だったということに気附いた。私は、この時はじめて、私の育ちの本質をはっきり知らされた。私は断じて、上品な育ちの男ではない〉。

小説のラストは、人口に膾炙する名文である。

私は虚飾を行わなかった。読者をだましはしなかった。さらば読者よ、命あらばまた他日。元気で行こう。絶望するな。では、失敬。

しかし、太宰は虚飾を行っていたのである。太宰研究者の相馬正一は「国文学」昭和四十九年二月号（『太宰治・坂口安吾の世界』に再掲）で、結婚して越野姓になったタケにインタビューしているが、それによると、タケと桜を見ていたときには太宰とは特に話はしなかったという。その夜にタケの家に一泊したときにはいろいろ話したが、一番印象に残ったことは、太宰の自らの出自に対するタケへの質問であったという。「自分の母だと思っている」はずのタケに、「吾《ワ》、文治（註・太宰の長兄）さんと本当の兄弟だガ？・」とか、「吾、五所川原のガッチャ（註・叔母キヱのこと）の子供でねガ？・」と聞き、タケが、「そんなこと無《ネ》ェ」「オ前《メ》、確かにオガサ（註・母のこと）の子供だ」と言うと、何やら腑に落ちないような顔をしていたというのだ。

ほとんど話もしなかったタケとの再会を、フィクションを交えて一篇のロマンスに仕立てた太宰に対して、読者をだました、虚飾を行っていた、と批判してもしょうがない。〈私の先祖は代々、津軽藩の百姓〉を書いた「津軽」では、不遠慮な愛情をあらわすタケこそ自分の母にふさわしい人であると信じたからこそ、太宰はありもしない現実を美しいロマンスにしたのだ。

しかし、ロマンスは現実ではない。では、現実の太宰の父母への思いはどうであったのか。「思い出」や「津軽」を注意深く読むと、太宰は静かに父と母への思慕を忍び込ませていることがわかる。

「思い出」の、〈小学校の二三年のときまで母を知らなかった〉という文章も裏を返せば、それ以降は次第に知るようになったことと読める。「津軽」では〈幼少の頃、私は生みの母よりも、この叔母を慕っていた〉と記しているが、これは幼少の頃を過ぎてからは叔母よりも母を慕ったことを示しているとも読める。

それでも、どのように父母を慕い、甘えていたかを有名な小説にほとんど書き残していないため、〈親しめなかった〉という印象ばかりが読者に残る。まして「思い出」の二年後に連載した随想集『もの思う葦』の「敗北の歌」では、〈だいいちに私は私の老母がきらいである。生みの親であるが好きになれない。無智。これゆえにたまらない〉と明言までしている。それゆえに〈生みの母よりも、この叔母を慕っていた〉という言葉が真実味を持ち、ひとり歩きしている。

とはいえ、太宰が叔母やタケだけではなく、いかに両親を慕っていたかということは、年譜や証言などからも明らかだ。妻、美知子は『回想の太宰治』で、「父のこと、兄のこと」という一章を割き、太宰がいかに父や兄たちのことをよく自分に話したかを思い返している。一番よく語ったのは、いかに父が金木の発展に尽くしたかということで、真っ先にあげたのは、小学校に入学する前年、父・源右衛門が火力発電所を作り、金木に初めて電灯がついた日のことだった。それまでは石油ランプで夜を過ごしていた金木で、近村に先駆けて灯がつき、「夕方さなれば、ひとりでにあがりこつぐんだど――」と評判になった日の思い出をよく語っていたそうだ。個人経営だった金木銀行を近代的な株式会社に組織替えしたのも、競走馬の品種改良も、金木の芦野地区に出来た競馬場を大賑わいにしたのも父だったと自慢したという。太宰自身、「津軽」では〈も少し父を生かしておいたら、津軽のためにも、もっともっと偉い事業をしたのかもしれん〉と敬愛の情を示している。

父もまた、遅くに出来た息子の太宰を愛していた。長兄の津島文治は戦後、青森県知事を経て、参議院議員だった時代、〈ご存知のように、修治とても最初から不良だったというわけではありません。正直、わたしら五人の兄弟の中で、学業は一番できました。ですから親にしてみれば憎かろうはずがなく、特に父（源右衛門）は修治、修治といって可愛がっておりました〉と、「月刊噂」のインタビューで証言している。

夫亡き後、兄とともに太宰の面倒をみた母に、太宰がどれほど心配をかけ、世話を焼かせたかは十指では足りない。高校時代、多量の睡眠剤カルモチンを飲み、昏睡状態になった折には、意識を戻した太宰と共に弘前郊外の大鰐温泉で静養し、太宰の身の回りの世話からすべてを取りしきったのは母の夕子である。太宰が祖母、長兄らの反対を押し切り、芸妓の小山初代と一緒になる際、仮祝言で唯一立ち会った家族も母である。太宰は初期短編「葉」で〈母はしじゅうくつくつと笑っていた。（中略）嬉しかったのであろう〉とただ一人、参列してくれた母の姿を記している。様々な人からの書簡を引用、改変してつくった初期の「虚構の春」では、〈私の生みの老母が、私あるがために、亡父の跡を嗣いで居る長兄に対して、ことごとく面目を失い、針のむしろに坐った思いで居る〉ことを気に病み、〈肉親との和解の夢から、さめて夜半、しれもの、ふと親孝行をしたく思う〉と記した。

美知子との結婚直後に発表した「富嶽百景」は、太宰が失意から立ち上がり、再生しようとする思いを、お見合い前後の出来事と富士の姿に仮託しながら描いた中期の傑作で、後半のあの名文句〈富士には、月見草がよく似合う〉は、新婚の妻が口述筆記している。この小説にも、さりげなく、「母」が登場する。それは、〈バスにゆられて峠の茶屋に引返す途中、私のすぐとなりに、濃い茶色の被布を着た青白い端正の顔の、六十歳くらい、私の母とよく似た老婆がしゃんと坐っていて、女車掌が、思い出したように、みなさん、きょうは富士がよく見えますね〉と言いだして、乗客が一斉に車窓から首を出して、富士山を見る場面である。

あまりにも絵に描いたように立派な富士の姿に反発を感じていた「私」は、ふと隣に座る母に似た老婆の姿に気づきこう思う。〈私のとなりの御隠居は、胸に深い憂悶でもあるのか、他の遊覧客とちがって、富士には一瞥も与えず、かえって富士と反対側の、山路に沿った断崖をじっと見つめて、私にはその様が、からだがしびれるほど快く感ぜられ、私もまた、富士なんか、あんな俗な山、見度くもないという、高尚な虚無の心を、その老婆に見せてやりたく思って、あなたのお苦しみ、わびしさ、みなよくわかる、と頼まれもせぬのに、共鳴の素振りを見せてあげたく、老婆に甘えかかるように、そっとすり寄って、老婆とおなじ姿勢で、ぼんやり崖の方を、眺めてやった〉。それからである。太宰文学屈指の名シーンがこれにつづく。

老婆も何かしら、私に安心していたところがあったのだろう、ぼんやりひとこと、

「おや、月見草」

そう言って、細い指でもって、路傍の一箇所をゆびさした。さっと、バスは過ぎてゆき、私の目には、いま、ちらとひとめ見た黄金色の月見草の花ひとつ、花弁もあざやかに消えず残った。

三七七八米の富士の山と、立派に相対峙し、みじんもゆるがず、なんと言うのか、金剛力草とでも言いたいくらい、けなげにすっくと立っていたあの月見草は、よかった。富士には、月見草がよく似合う。

太宰が再生を誓う小説で、妻となる女性とともに、さりげなく母に似た老婆が登場する意味合いは大きい。師である作家、井伏鱒二夫妻の媒酌で、昭和十四年一月八日に東京の井伏宅で挙げられた結婚式では、太宰は勘当中の身の上であったため家族は誰一人出席しなかった。しかし、「富嶽百景」では、新婚の妻、美知子の口述筆記で、母によく似た人が登場し、三人が一緒になる。太宰らしい、粋なやりかただった。

母が危篤となったため、妻の美知子と長女の園子を一目母に会わせるために実家に見舞いにいっ

たときのことを描いた昭和十八年の短編「故郷」でも太宰は、孝行らしいこともできぬまま世を去って行こうとしている老母を前に、屈折した愛情を表現していた。

ふと、隣室の母を見ると、母は口を力無くあけて肩で二つ三つ荒い息をして、そうして、痩せた片手を蠅でも追い払うように、ひょいと空に泳がせた。変だな？　と思った。私は立って、母のベッドの傍へ行った。他のひとたちも心配そうな顔をして、そっと母の枕頭に集って来た。

「時々くるしくなるようです」看護婦は小声でそう説明して、掛蒲団の下に手をいれて母のからだを懸命にさすった。私は枕もとにしゃがんで、どこが苦しいの？　と尋ねた。母は、幽《かす》かにかぶりを振った。

「がんばって。園子の大きくなるところを見てくれなくちゃ駄目ですよ」私はてれくさいのを怺えてそう言った。

突然、親戚のおばあさんが私の手をとって母の手と握り合わさせた。私は片手ばかりでなく、両方の手で母の冷い手を包んであたためてやった。親戚のおばあさんは、母の掛蒲団に顔を押しつけて泣いた。叔母も、タカさん（次兄の嫂の名）も泣き出した。私は口を曲げて、こらえた。しばらく、そうしていたが、どうにも我慢出来ず、そっと母の傍から離れて廊下に出た。廊下を歩いて洋室へ行った。洋室は寒く、がらんとしていた。白い壁に、罌粟《けし》の花の油絵と、裸婦の油絵が掛けられている。マントルピイスには、下手な木彫が一つぽつんと置かれている。ソファには、豹の毛皮が敷かれてある。椅子もテエブルも絨氈《じゅうたん》も、みんな昔のままであった。

私は洋室をぐるぐると歩きまわり、いま涙を流したらウソだ、いま泣いたらウソだぞ、と自分に言い聞かせて泣くまい泣くまいと努力した。こっそり洋室にのがれて来て、ひとりで泣いて、あっぱれ母親思いの心やさしい息子さん。キザだ。思わせぶりたっぷりじゃないか。そんな安っぽい映画があったぞ。三十四歳にもなって、なんだい、心やさしい修治さんか。甘ったれた芝居はやめろ。いまさら孝行息子でもあるまい。わがまま勝手の検束をやらかしてさ。よせやいだ。泣いたらウソだ。涙はウソだ、と心の中で言いながら懐手して部屋をぐるぐる歩きまわっているのだが、いまにも、嗚咽が出そうになるのだ。私は実に閉口した。煙草を吸ったり、鼻をかんだり、さまざま工夫して頑張って、とうとう私は一滴の涙も眼の外にこぼれ落さなかった。

幼年期の太宰は、親の愛を十分に受けず、寂しかっただろう。しかし、少年期、青年期になってからは親の愛を感じ、信じていたことだけは確かだ。

母の死の二年後、昭和十九年五月に「津軽」の旅に出る際、勤労奉仕のむらさきの作業服に緑色のゲートルをつけ、ゴム底の白いズックの靴をはいた。スフのテニス帽をかぶった太宰は、背中のリュックサックに〈母の形見を縫い直して仕立てた縫紋の一重羽織と大島の袷、それから仙台平の袴を忍ばせていた〉。ふるさとの旅の道中、太宰はずっと母の思い出といっしょだったのである。

小学校時代

幼年期から文字を覚え、本好きだった太宰は早熟で、金木第一尋常小学校の六年間では首席、全甲を通した。体も丈夫で無欠席で、大人になってからの病的な印象はまるでない。

少年時代の自画像というと遺作の長編「人間失格」の書き出しの描写を思い出す人も多いはずだ。それは、東京帝大時代の心中事件を扱った小説「道化の華」の主人公と同じ名前、大庭葉蔵の少年時代の写真から始まるが、それは子どもらしい明るさとは無縁である。

私は、その男の写真を三葉、見たことがある。

一葉は、その男の、幼年時代、とでも言うべきであろうか、十歳前後かと推定される頃の写真であって、その子供が大勢の女のひとに取りかこまれ、(それは、その子供の姉たち、妹たち、それから、従姉妹たちかと想像される)庭園の池のほとりに、荒い縞の袴をはいて立ち、首を三十度ほど左に傾け、醜く笑っている写真である。

(中略)

まったく、その子供の笑顔は、よく見れば見るほど、何とも知れず、イヤな薄気味悪いものが感ぜられて来る。どだい、それは、笑顔でない。この子は、少しも笑ってはいないのだ。その証拠には、この子は、両方のこぶしを固く握って立っている。人間は、こぶしを固く握りながら笑えるものでは無いのである。猿だ。猿の笑顔だ。ただ、顔に醜い皺を寄せているだけなのである。「皺くちゃ坊ちゃん」とでも言いたくなるくらいの、まことに奇妙な、そうして、どこかけがらわしく、へんにひとをムカムカさせる表情の写真であった。私はこれまで、こんな不思議な表情の子供を見た事が、いちども無かった。

手を握りしめているのに、笑っている少年とは、どんな存在なのか。思わず読者が前のめりになって読みたくなる、とても印象的な書き出しだ。その答えは、作品ではすぐ後に示される。〈自分には、人間の生活というものが、見当つかない〉〈隣人の苦しみの性質、程度が、まるで見当つかない〉という男が、人との関係で不安と恐怖に襲われ、〈そこで考え出したのは、道化でした〉というのだ。「道化」。これは太宰文学のキーワードである。

それは、自分の、人間に対する最後の求愛でした。自分は、人間を極度に恐れていながら、それでいて、人間を、どうしても思い切れなかったらしいのです。そうして自分は、この道化の一線でわずかに人間につながる事が出来たのでした。おもてでは、絶えず笑顔をつくりながらも、内心は必死の、それこそ千番に一番の兼ね合いとでもいうべき危機一髪の、油汗流してのサーヴィスでした。

お調子者ぶって、周りを笑わすことは多かれ少なかれ、社交的な子供なら誰にでもありそうなことだ。嫌われたくなくてわざと明るく振る舞ったり、相手が怖くておべっかを使ったり、相手に好きな感情がばれるのが恥ずかしくて、わざと憎まれ口をたたくことだって、よくある。一番恥ずかしいのは、「道化」のポーズが周りに見破られてしまうことだ。「人間失格」の「第二の手記」では、主人公・大庭葉蔵が、体操の時間にいつものようにお道化て、鉄棒で、わざを砂地にドスンと尻餅をつく。果たして皆の大笑いを得るが、ここで思わぬことが起きる。愚鈍で、くみしやすいと思い、侮っていた竹一という少年から、低い声で、おそろしい言葉を囁かれる。

「ワザ。ワザ」

自分は震撼しました。ワザと失敗したという事を、人もあろうに、竹一に見破られるとは全く思いも掛けない事でした。自分は、世界が一瞬にして地獄の業火に包まれて燃え上るのを眼前に見るような心地がして、わあっ！　と叫んで発狂しそうな気配を必死の力で抑えました。

自意識の塊のようであった思春期に、この部分を読み、まるで自分の道化が見破られたかのように思い、ひやりとして、思わず周りを見渡した記憶がある。とはいえ、「人間失格」の表現には太宰一流の誇張がある。いくらなんでも、「ワザ。ワザ」と言われ、「地獄の業火」を感じることは、若い青年の心理としては理解できても、やはり大袈裟である。直筆原稿で見ると、〈地獄になったような気持〉が推敲によって〈地獄の業火に包まれて燃え上る〉と誇張気味に変更されている。小説家である太宰にとって、それが根も葉もあるフィクションであることは百も承知だった。「人間失格」の「第三の手記」で、なぜ道化をするのかを葉蔵自身が説明する箇所も、最初は、〈自分の弱くてゆがめられた愛情から〉となっていた。それを〈ゆがめられ、微弱ながらも自分の「思いやり」から〉と直し、完成稿では〈れいの自分の「必死の奉仕」それはたといゆがめられ微弱で、馬鹿らしいものであろうと、その奉仕の気持から〉と推敲している。「思い出」がよく構成された自伝であったように、「人間失格」も、自分を劣った、失格の人間であることを強調するために、試行錯誤の末に創作された自伝的小説なのである。

「人間失格」の冒頭の記述に当たる写真は、今日でも図録などで容易に原物を確認することが出来る。それは六年間を首席で通した小学校時代の写真で、金木の生家の庭で撮影されている。〈首を三十度ほど左に傾け、醜く笑っている写真〉というのはやはり誇張で、実際には太宰は五度ほど左に傾けて笑っている。醜く？　いや、そうではない。それは見る人の主観にもよるのであろうが、次姉トシ、三姉あい、四姉きやう、弟の礼治に囲まれ、縞の袴をはいて立っている太宰の笑顔は愛くるしく、両手のこぶしは柔らかく開かれている。小学校の級友四人との写真では全員が笑顔である。太宰一人が「必死のサーヴィス」をしているようには見えない。

「修ちゃ」と呼ばれた幼少期の太宰は、両親の不在などで内面に人に知られぬ屈折をどこかで抱えたとはいえ、はた目には快活な、明るい、冗談好きの少年だった。

小学校では太宰の二つ下で、その弟の礼治と同級生だった鳴海和夫は、読売新聞の取材に、「健康ないたずらっ子」だったと証言している。彼が覚えているのは、生家の裏の畑で、太宰が主催した「ウサギの競馬」である。当時、ウサギを飼うのが子供たちの間に流行っていたが、町の郊外にある草競馬からの連想で、ウサギのレースを開催、畑の畝に参加者が〝馬主〟となってウサギを並ばせ、太宰の合図で競走させたという。

「このレースに勝つと修ちゃんから〝賞金〟がもらえるので皆必死で自分のウサギを走らせた」と鳴海は回想する。ただ賞金といっても、それは日めくりカレンダーを十枚ぐらいずつ束ねたものを札束といってやりとりする、子供らしいやり取りだった。

父親から東京土産でもらったインク壺を、学校の教卓に置き、その隣にいびつな形の鉄板を置いて、いかにもインクがこぼれたようにして、教師を驚かせるいたずらもした。

みんなを喜ばせるのが何より好きで、家では、裏の土蔵入り口の石段に使用人たちを観客として座らせ、自作の台本でよく友達と演劇をやっていたと従姉は証言している。「もちろん修治さんは主役」だった。台本は、絵本や教科書で覚えた童話や物語をアレンジしたものだったという。学校の綴方のセンスも抜群で、「既成の物語を改作、脚色して新作にしたてたり、身辺に起きる様々な〝事件〟をそれらしく表現することに才能を発揮していた」と同級生はそろって証言している。

太宰にとっても自慢の思い出だったのだろう。妻、美知子には、小学校時代、学芸会の花形で、〈源（ヤマゲン）の修ちゃが居なくては、金木小学校の学芸会は成り立たなかったのだ、といわぬばかりの勢いだったという。

こんな陽気で、お茶目な性格になぜなったのか。両親の愛がなかったため、愛されるような存在になるための振る舞いだったと解釈もできよう。津軽では当時、長男は大事にされるが、下の子は「オズカス」として余計者、日陰者扱いされることが多かった。太宰は生まれてからしばらくは、三人の兄と四人の姉を持つ、八番目の末っ子であり、「人間失格」でも、食事の際には、〈末っ子の自分は、もちろん一ばん下の座でした〉と書いている。だからこそ、お道化をして、自分の方に周りの顔が向くようにした、とも解釈できる。とはいえ、親に愛されなかった子の誰もがお道化た性格になるわけではない。暗い少年時代を過ごす子供だっている。生い立ちからのみ性格を探ることは難しい。

遺伝的にはどうだったのか。太宰の父は、長身で豪放磊落、酒を飲んではよく人を笑わせ、友人にあだ名をつける名人であり、豪邸を建設し、政界に進出したことにも見られるように、万事において派手好みだった。太宰の〈人並みはずれた道化も、金の濫費癖や人の意表をつくような発想も、すべて父源右衛門から受け継いだものと思われる。それでいながら、人一倍虚栄心が強く、常に周囲からチヤホヤされていなければ機嫌が悪かったという点でもよく似ていた〉と太宰治研究者、相馬正一は『評伝　太宰治』で記している。相馬は、〈これに母たねから受け継いだ無気力な「自信の無さ」とそれから招来される「含羞の優しさ」とを加えれば、アプリオリな太宰の性格の原質はほぼ決まることになる〉と分析している。

育った環境が太宰の性格をつくった面もかなりありそうだ。東京の大学に行っていた長兄が、帰郷のたびにもたらす音楽や文学に、早熟な太宰は楽しみ、大いに吸収した。その長兄の書棚には、ワイルド全集、イプセン全集のほかに日本の戯曲家の著書も詰まっていて、長兄が自身で書いた戯曲を弟、妹の前で読んで聞かせてくれることもあった。幼年期に叔母やタケから育まれた日本語や物語への興味は、小学校に入ると、兄たちの刺激でさらに枝葉が広がっていった。

東京から戻ると父親は、何かにつけ邸宅で饗応を開き、芸者を呼んだ。〈私も五つ六つの頃から、そんな芸者たちに抱かれたりした記憶があって、「むかしむかしそのむかし」だの「あれは紀のくにみかんぶね」だのの唄や踊りを覚えているのである。そういうことから、私は兄のレコオドの洋楽よりも邦楽の方に早くなじんだ〉（「思い出」）。太宰は、高校に入ると義太夫を習い、芸妓遊びを始めている。不在がちであったとはいえ、性格にとどまらず、父がつくった環境の影響も大きかった。

太宰が生まれる前から、郷土は冷害などで凶作にしばしば見舞われ、娘の身売りも少なくなかった。〈幼い頃にも老人たちからケガヅ（津軽では、凶作のことをケガヅと言う。飢渇の訛りかも知れない。）の酸鼻戦慄の状を聞き、幼いながらも暗澹たる気持になって泣きべそをかいてしまった〉（「津軽」）こともある。〈小学校四五年のころ、末の兄からデモクラシイという思想を聞き、母までデモクラシイのため税金がめっきり高くなって作米の殆どみんなを税金に取られる、と客たちにこぼしているのを耳にして、私はその思想に心弱くうろたえた〉（「思い出」）こともあったという。大正六年にはロシア革命が起き、翌七年には富山県で起こった米騒動が全国に波及し、次第に平等思想が広がっていった。

それでも「金木の殿様」のいる津島家は別格だった。「大地主の子だから、学校の先生も特別扱い。何をしてもちやほやされていた」と、金木第一尋常小学校、明治高等小学校を通じて太宰と同級生だった津島八十八は『津島家の人びと　太宰治を生んだ家』で証言している。

〈着物は、木綿でなくて、もっとやわらかいもの。弁当のにぎり飯も、真っ白で、ごまがついていて、塩びきシャケ入り。ふつうの子は、五分づきの黒いめしにたくあんで、ごまはなし。シャケなんか正月でないと食えなかったからね。みんなが、ヤマゲンの子は特別と思っていた。それでも、ぼくなんかは修治からずいぶん本を借りたな。荒木又右衛門、猿飛佐助、月刊少年世界、なんでも持っていた〉

服装にも関心が強く、シャツの袖口にボタンがついていないと承知せず、白いフランネルのシャツを好んだと「思い出」には書いている。そんな裕福な暮らしをしていた太宰が、同級生の大橋勇五郎らに、「干しもちを持って家に来るように」と言ったことに始まる出来事を、大橋は昭和五十二年一月七日付の読売新聞青森県版の「あおもり人国記　太宰治」で回想している。

干しもちは、百姓が農作業の合間に空腹をいやすために食べるもので、上米を〝殿様〟に上納した残りの、質の悪い米で作ったもちだった。太宰がいつも食べていた干しもちは、きれいな白米でつくられ、貴重品だった砂糖も入っていたおいしいものだったが、太宰少年は、自分の干しもちと、大橋らの質の悪い干しもちを同数交換させたという。

その日から数日後、学校の担任が「山源からもちを盗んだものがいる。手を上げろ」といいだし、大騒ぎになったという。その時、教室でこの様子を見ていた太宰は、いきなり教師に飛びつき、「自分から言い出してもちを交換したのがなぜ悪い。同じ人間でありながら食べ物が違うのはおかしい。交換したもちを家族に食べさせたいだけだ。皆平等のはずだ」と発言したという。「あの時は修治さん（註・太宰）の正義感の強さに驚いた」。大橋は証言している。

少年時代の太宰の、ささやかな挫折は、尋常小学校を卒業後、優秀ならば旧制中学に進学するのに、〈からだが弱いからと言うので、うちの人たちは私を高等小学校に一年間だけ通わせることにした〉（「思い出」）ことであった。親からすれば、兄たちが中学時代に勉学で苦労したのをみていた懸念から、大事をとって太宰を一年間、高等小学校にやったのが事実とされている。しかし、自尊心が強く、またオズカスである自分を家族に認めてもらいたいと思う太宰にとっては、田舎の子の集まる近所の高等小学校に行くのは屈辱的なことで、〈いまに中学生に成るのだ、という私の自矜が、その高等小学校を汚く不愉快に感じさせていたのだ〉と書いている。よほど悔しくて、ふてくされたのか、修身と操行の評価だけは乙だった。それでも受験勉強に励み、相変わらず綴方でも才能を示し、担任訓導だった傍島正守は「どんな突飛な課題を与えても、ユーモアを交じえて、ひとつの話に仕上げてしまう。しかも話の進め具合が奇想天外で、つい読むことに夢中になってしまう。また観察力がすぐれていて、家族や兄弟のことを書かせると、他の人の気がつかないような点を鋭く見ぬいたり、友人のことや地方巡りでやってくる動物園を見に行ったことなどを書かせると、細かな点までありのままに綴った」と証言している。（『太宰治の年譜』）

高等小学校を卒業する大正十二（一九二三）年三月四日、太宰の父、源右衛門が東京で死去した。その一か月後の四月、太宰は合格した旧制青森中学に入学、郷里を離れて青森市内の遠縁にあたる豊田家に寄宿した。赤い煉瓦塀に囲まれ、父の築いた権威と権力に庇護されてきた少年は、期待と不安とでいっぱいだった。

衆に優れた中学時代　創作も始める

青森中学は、県下では弘前、八戸に次いで開校した進学校で、第一学年は甲乙丙丁の四組に分かれ、太宰は一年丁組だった。同じ組には、戦後に太宰の小説集『千代女』の装幀を手がけるなど画家として活躍し、太宰の没後、金木町に立った太宰の文学碑をつくった阿部合成がいた。阿部は明治四十三（一九一〇）年九月十四日生まれで、太宰よりも一歳若いが、高等小学校に行かなかったので、中学では太宰と同年となった。生まれたのは、青森県南津軽郡浪岡村で、阿部一族は北畠顕家の子孫と言い伝えられ、生家が新興地主であった太宰と違い名門の出であった。父政太郎は、浪岡村長をした名士で、自宅は村ではただ一軒二階建てで、テラスもあるハイカラさで、父は、やがて衆議院議員を経て青森市長に任命されている。

入学当初、学業についていけるかどうか不安でいっぱいだった太宰だが、県下の小学校の優等生だった阿部をはじめ鼻っ柱が強い同級生たちを驚かせる出来事を、入学早々にやってのけた。太宰の書いたユーモア小説「花子サン」を、高等師範出の大谷哲教諭が感心し、生徒たちに朗読して聞かせたことだった。「チンピラ同級生たちの息の根をとめるほど笑い転がらせて以来、彼は私の体の中の一番大切な部分に棲む貴重な友人のひとり」になった日のことを、阿部は生涯、忘れずにいた。〈十五歳、既にしてシエクスピアを諳んじ、モオパッサンの愛欲に就いて説明し、級友を途方にくれさせていたのが太宰少年である〉。これが阿部の思い出にある太宰の中学時代だ。

成績の面でもすぐに頭角を現した。年譜によると、一学年の二学期からは級長となり、黄色の羅紗でつくった「中」の字の級長章を左の腕につけ、平均点八十五点以上、操行甲の生徒が胸につける銀色の「優」の字がついたメダルもしていた。勉強熱心で、級友の金沢成蔵によると、〈休み時間教室や校庭の一隅で数学の問題に夢中な彼の姿をよく見かけた。廊下を歩いている時も何かの教科書やノートを手にしていた〉(『新編　太宰治と青森のまち』)。近所に住む中村貞次郎には「家の人達のために勉強しなければならない――という事を時々言ってあった」という。

とはいえ、ただのガリ勉ではなかった。四年生のときには、授業が始まって間もなくすると、突然立ち上がり、これに続いて友人の阿部合成も教室を出ようとしたことがあった。驚いた国語の教師が、君達どうしたのだ、と問うと、太宰は「先生の授業が面白くないから公園へ行って寝て来ます」と放言し、教室の一同が呆気に取られている間に、二人は出て行ってしまった。そうして三時間ほどすると、二人は戻ってきて、公園で昼寝してきたと言った。なめられていると思った教師がいろいろと問題を二人に出したが、二人はすべて明快に答えていた、と同級生の赤坂友雄は語る。〈二人にとって学校の授業なんか分りきって面白くなかったのだ。先生との受け応えを聞きながら、こんな連中を秀才というのだろうと思ったものだ〉(『新編　太宰治と青森のまち』)。

こういうタイプは、ともすれば嫌われがちだが、太宰は違った。放課中はユーモラスなジョークを飛ばす剽軽者で、同級生の山内定雄は〈初めはまじめ顔で、そのあとまゆじりの下がった彼独特の微笑が続くのが印象的だ。彼と一緒にいると何か暖かいものが感じられた〉と回想している。

持ち前のお道化も有名だった。いたずら好きの級友が、太宰の最も嫌った毛虫をそっと肩の上に置いたときには、あっと奇声を発して、ぼんぼんと跳ね上がって飛び回る。その恰好が大げさで滑稽なので、周りは面白がった。そんな姿を目撃した同級生の中村貞次郎は〈彼は話も面白く、滑稽な動作もし、茶目な処もあって、友人達をなつかせるに上手であったので、クラスでは人気者の一人であった〉（『太宰治と出会った日』）と証言している。

入学した大正十二年の九月一日には関東大震災が起き、帝都と横浜の下町は焼け野原となり、死者・行方不明者十万人以上、罹災者約三百四十万人を出す空前の惨事となったが、これをきっかけにした帝都復興で、鉄筋鉄骨コンクリートのビルが立ち並び、文化住宅も普及するなど、都市の近代化が進み、文化面でも大正デモクラシーの花が開いた時代。盛んに中央の空気を雑誌や本を通じて学んでいる。その年の一月に菊池寛が創刊した「文藝春秋」を毎月講読し、散歩コースにあった今泉書店に毎日のように出入りし、広告で知った新刊書を探し、見当たらないと注文して取り寄せた。川端康成の「感情装飾」など新感覚派の作品にも目をくばり、中学を卒業するまでに買いそろえた本はリンゴ箱で十五箱位はあったと同級生が証言する文学青年だった。

井伏鱒二の「幽閉」（「世紀」創刊号　大正十二年七月一日発行）を読み、「埋もれたる無名不遇の天才を発見した」と思ったのも中学一年生のときである。

太宰は得意の絶頂にあった。「思い出」には、一学期が終わり、優秀な成績表をもらった時、通信簿を片手に、もう一方の手で靴をつり下げたまま、裏の海岸まではだしで走ったときのことを躍動的に描いている。

　嬉しかったのである。
　一学期をおえて、はじめての帰郷のときは、私は故郷の弟たちに私の中学生生活の短い経験を出来るだけ輝かしく説明したく思って、私がその三四カ月間身につけたすべてのもの、座蒲団のはてまで行李につめた。

　馬車にゆられながら隣村の森を抜けると、幾里四方もの青田の海が展開して、その青田の果てるあたりに私のうちの赤い大屋根が聳《そび》えていた。私はそれを眺めて十年も見ない気がした。私はその休暇のひとつきほど得意な気持でいたことがない。私は弟たちへ中学校のことを誇張して夢のように物語った。その小都会の有様をも、つとめて幻妖に物語ったのである。


長身のためか猫背で胸が薄い太宰は、運動は苦手な印象が強いが、中学時代は、かなりスポーツにも精を出している。下宿先の近所に住んでいた同級生、中村貞次郎は、太宰がスパイクまで買ってきて、短距離の選手だった師範学校の生徒からコーチをしてもらったことや、共に柔道に励んだことをよく覚えていた。練習しただけあって百メートルの競走では確実に入賞できるレベルにもなり、太宰本人も自信があったようなのに、中村がいくらすすめても出場しなかった。「どうして出ないんだ」というと、こう答えたところが太宰らしい。「百米を走っている時の、あの顔をゆがめて頑張っている顔が、特にテープを切るあたりのあの歯をくいしばっている顔を見られるのが、どうも」。

　太宰は一年生のとき、級長をつとめ、上着の腕のところに級長のしるしが縫い付けてあった。それを太宰の下宿で見た中村が「たいしたもんだなあ、級長になったんだね」と言ったときの答えも、太宰らしい。彼はニヤニヤ笑って「大苦労したんだ、腕のどの位置に着けたら前の人にも、後の人にも見えるか、何回も何回も腕を振ってみてやっと着けたんだ」（『太宰治に出会った日』）。

こうした気取りやポーズは、自意識が強い青年の特色だ。「思い出」でも〈入学当時は銭湯へ行くのにも学校の制帽を被り、袴をつけた。そんな私の姿が往来の窓硝子《ガラス》にでも映ると、私は笑いながらそれへ軽く会釈をしたものである〉という自意識過剰丸出しの文章が出てくるが、これを読んで、まるでわがことのように感じる若者も多いだろう。

同級生たちにも、大の勉強家で明るい生徒ではあったが、特異な生徒だったという印象はない。金沢成蔵は〈おしゃれで、さびしがりやで、おどけもので、みえっぱりであったとか。しかし、今になって妙にこじつけてみてもどうかと思う。むしろごく普通の一中学生であったという気がするのである〉と回想している。坪田淳も、太宰の書いた自画像は〈かなりフィクションを織りまぜているように思いこんでゆきたい〉としつつ、〈今でも中学時代津島は茶目っ気のある気どらない明るい希望に燃えていた少年であったというイメージをこわしたくないと思う〉としている。

実家との関係も良好だった。同級生の坪田淳によると、〈中学一・二年生の頃、彼はよく家族のことを私に話した〉。長兄、文治のことは、そのしぐさまで憧憬と尊敬を込めて話し、東京の美術学校にいる圭治からは、休暇で帰省するたびに、東京の話を聞くことを楽しみにしていたという。そして、弟の礼治のことになると、目を細めて情愛の念を隠さず、〈私はその家庭のそれぞれを頭に描きながら、なごやかな団らんを思い浮べたものだった〉としている。

このように、家族の愛にも包まれ、伸びやかに明るい太宰は、三年生になる年の春に青森中学校「校友会誌」に、津島修治の名前で最初の創作「最後の太閤」を発表し、次第に創作にのめり込んでいく。この年の秋には級友や弟などを同人として「蜃気楼」を創刊し、それが生徒間で話題になった。

「たいした銭んこかがるべせェ」

「津島ァ金木のオヤゲのオンチャだね、印刷代位なんだもんだば」

そんな会話が休み時間に交わされたのを級友の赤坂友雄は覚えている。

「蜃気楼」は中学卒業間際まで全十二号出され、太宰は小説や戯曲などを発表している。人からどう見られるのかという自意識や、自尊心と羞恥心をテーマにしたものが目立つのがいかにも太宰らしいが、内容は習作レベルのものが大半である。

「最後の太閤」も、臨終の床にある太閤秀吉の脳裏に去来するものを、四百字詰め原稿用紙で五枚ほどにまとめた短編で、志村有弘・渡部芳紀編『太宰治大事典』で、今野哲は〈現在確認される習作の嚆矢のゆえもあって関心を惹くが、もとより若書きの感は否めない〉とそっけない。作家の田澤拓也は『太宰治の作り方』で率直に〈太宰の習作というのでなければ読むにたえないレベルの作文に過ぎない〉とみなしている。

習作では三年生のときに書いた「地図」の評価は研究者の間でも高い。『太宰治の年譜』によると、中学の教諭からは「この小説はたいへんうまい。全校一である」と激賞され、作文の時間に各組で朗読して回ったという。小説は、五年の歳月を要してようやく征服した南の島とわが領土がさぞ「大きい国」だと思い込んだ王様が、実は、地図には記入されない小さな島と知らされ、恥辱のあまり逆上し、地図をもたらした二人の蘭人を殺してしまう物語である。人間の虚栄心、自尊心の震えと羞恥心の激しさを描く点では、大人になってからの創作と共通するが、自らの体験を虚構化しつつ描いた後年の創作とは明らかに違い、あくまでも南の島の王様を主人公にしたお話にすぎない。

　自伝的小説「思い出」では、中学三年生になって、いつも誰かに見られていると感じて、細かいしぐさまでポーズをつけていたと回想している。そして、「私」には、〈ふと、とか、われしらず、とかいう動作はあり得なかったのである〉とし、そんなふうにいつも自分の顔にへばりついている〈十重《とえ》二十重《はたえ》の仮面〉があったから、創作し、作家になろうと願望したと、出生の秘密ならぬ創作の原点を明かしている。だが、心情は「思い出」にある通りだとしても、自他共に認める優等生だった中学時代の太宰にへばりついていた「虚栄」という名の「仮面」はまだ五重十重ぐらいであり、虚栄のもつ悲しみを書く表現力はまだ稚拙だった。

　むしろ、中学時代は、コント風の風刺や機知に富んだごく短い話や芥川龍之介を真似た警句、箴言の類に少年らしい自意識の揺れが軽妙に表現されている。中学三年生のとき、本名の津島修治で発表した「蜃気楼」一月号の「負けぎらいト敗北ト」とは、「子守唄」「入選」「ワルソーの市長」「日記帳」の四つの掌編からなり、題名通りの状況に陥った主人公の心情を、コント風に描いている。「子守唄」は、家の娘がうたう子守唄がうるさくて、勉強ができず、ウンザリしていた少年がある日、田んぼ道を歩き、口笛を吹きながらハッとする小噺である。ラストは、〈その瞬間彼の今迄の口笛はあの彼のいやがって居た子守唄であったことに彼は気がついた。彼はシッカリ敗北の苦笑を洩してしまった。彼はそれでもその口笛を止めなかった。快活に吹きつづけて居た。寒夜の空には星さえなかった〉。さわやかな佳品である。

「入選」は、雑誌に投稿した自分の創作が落選したのに、小学校時代から常に首席を争っていた友人の創作は入選し、負けず嫌いな主人公が、感心するまい、するまい、と思いながらも感心してしまうほどうまい作品だったという設定だ。そこで主人公の〈負けぎらいな悪魔的な心〉が起き上がり、最後にニコニコして主人公の部屋に入ってきた友人に、落ち着いた口調で言い放つ。〈アァあの雑誌へか……それアよかったネ、だがそんなに嬉しいかい。あんな雑誌へ……大人気もない。それはそうと僕の「公論」に投書した創作はどうしたかしら〉。ありもしない嘘までついて、相手を貶めようとする。

「蜃気楼」二月号の「私のシゴト」も屈折した自尊心を描き、後年の太宰の片鱗が窺《うかが》われる作品である。というのも成人してからの太宰は、自分の風貌を兄弟よりも劣っていると書くのが小説の常道で、とりわけ鼻の大きいことを気に病むように書いているが、この習作はそのはしりで、「お前のツラは汚いネ」とでも言われはしまいか、始終ビクビクしていたAが主人公である。そのAはある日、たった一人の弟が自分の鼻をつかんだことに怒り、殺してしまう。〈Aにとっては自分の醜い顔の中で殊に醜い大きな鼻をつかまれた事は死ぬ程恥かしかった〉からだ。物語の本番はここからだ。殺人事件の裁判で、「この人は御覧の如く醜男だ、鼻をつかまれてカッと成ったのは決して無理なことではない。同情を乞う」と弁護され、Aは、本当に死ぬ程の恥ずかしさを味わい、さらには裁判長からも醜さを同情され、「懲役五年但執行猶予二年、被告の行為は認めてやる、同情する」という判決まで下される。オチはAの叫びである。「馬鹿にするなッ」。

「私のシゴト」の中には、仇討ちもののコントも収録されている。四十位の男が、若い男に仇討ちしようとしたが、負けそうになり、助太刀によってなんとか、相手をしとめた。普通なら、お礼でもしなければならないところ、そうはならない。ただでさえ、助けてもらったという事実に自尊心を傷つけられていた男は、助太刀に威張られたことで、ますます辱めを受けたように感じ、逆上して切りかかってしまうのである。助太刀は強く、男は殺され、見ていた人たちからは恩を知らない奴と罵られ、死骸を足蹴にするものさえあった。そうされても仕方がない武士の行動だが、物語はこう締められている。

〈併し私はその武士には同情して居るのだ〉。

自尊心を傷つけられた男への同情という展開は、〈人からどんな些細なさげすみを受けても死なん哉と悶えた〉(「思い出」)と書いた作家の元になる、尊大な羞恥心がある。

とはいえ、後年の作との違いは大きい。それは敬愛していた芥川龍之介のアフォリズム「侏儒の言葉」を意識した「侏儒楽」という文章に示されている。太宰は「人間失格」で、他人のことがわからないため、〈絶えず笑顔をつくりながらも、内心は必死の、それこそ千番に一番の兼ね合いとでもいうべき危機一髪の、油汗流してのサーヴィス〉として「道化」を演じていたとし、その道化を、〈人間に対する最後の求愛でした〉と書いたが、中学時代の創作では、お道化を、人の顔色を窺う卑屈で、弱い精神とみなしている。

◎自分の一番苦しいのは、おかしくもないのにさもおかしいようにして笑わねばならぬ時である。
◎いい気になって、むやみに自分を卑下するヤツは世の中で一番のいくじなしだ。他人をトヤカク言いば《（ママ）》その人に憎まれはしまいかとビクビクして居る、それでも悪口は言いたい。結局自分の悪口を言わねばならぬわけになる。
自分の悪口を言うのは誰にも憎まれる心配がないからナ。
◎先生の御機嫌を取ることなんか『ヘドものだ』なんて盛んに蛮風を発揮してるものの中には返って生徒間の御機嫌を取って居るものがないかネ。
◎いずれにもせよ阿従は最も醜いことだ。

明るく陽気だった太宰少年は、人を喜ばせたり、笑わせたりするのが好きだったが、同時に、そうやって喜ばせたり、笑わせたりしながら、その態度に他人に対する阿諛追従がないか、それを冷徹に眺めているもう一人の自分がいた。おかしくもないのにさもおかしいように笑う。これはいつの時代でも、老若男女を問わずあることだ。空気を読む、というのがこれに当たる。だが、思春期の自我が目覚め、自意識という存在にすら鋭敏な自意識をもつようになっていた中学時代の太宰にとっては、自分をむやみに卑下して、人を笑わせる道化を、いくじのない、他人におもねる醜い行為とみなす純粋さがあった。と同時に、おべっかやお追従によって喜ぶ人が多いという、人間の弱さについても熟知していた。

◎いい気になって他人のよろこぶような珍らしい事件を見つけては他人に知らせて居る人がよく見受けられる。親切な人だと思って居たら、その人達は自分の話に他人がよろこぶのを見て、人知れず自分が得意になれるからそうするのだということが自分は此頃やっと分った。

人を喜ばせる道化は、どこか人の顔色を見て、おもねる弱い精神であるように見えて、ああ、やっぱり、こうしたら喜んだ、という上から目線の、いい気な行動であることにも中学時代の太宰は気が付いていた。自意識というのは一枚剝くと一つ、また一枚剝くとまた一つ別の顔が見えて来る化け物である。「侏儒楽」には、こんな痛切な文章まで登場する。

◎自分は自分というものを外から、ながめて見たくてたまらない。

こうした寸言は、「蜃気楼」をいっしょにやっていた同級生など同人仲間からの評価も高く「負けぎらいト敗北ト」「私のシゴト」「侏儒楽」合評記では、「さすがは津島君で上手だ。この調子で励めたら末恐しいものと思われる」と賞賛されている。これにつづき、「同感、併し自分は津島君の慢心を恐る。どうか十分心を引締めて、将来世に名をなす一流の文士となって貰いたい」という発言が掲載され、太宰は「ありがとう」と受けている。

期待通り、太宰は後に「将来世に名をなす一流の文士」になったが、それは紆余曲折の末のことである。「慢心を恐る。どうか十分心を引締めて」という友人の忠告をしっかり守っていたら、別の人生になったのだろうか。

幸いなるかな、中学時代の太宰は、過度の自惚れや慢心によって大失敗することはなかった。それでも周りを楽しませようと、お道化てした行動が思いもかけぬ方向に発展し、あわてふためくことがあった。「思い出」でも記している事実だ。

或る野分のあらい日に、私は学校で教師につよく両頬をなぐられた。それが偶然にも私の仁俠的な行為からそんな処罰を受けたのだから、私の友人たちは怒った。その日の放課後、四年生全部が博物教室へ集って、その教師の追放について協議したのである。ストライキ、ストライキ、と声高くさけぶ生徒もあった。私は狼狽した。もし私一個人のためを思ってストライキをするのだったら、よして呉れ、私はあの教師を憎んでいない、事件は簡単なのだ、簡単なのだ、と生徒たちに頼みまわった。友人たちは私を卑怯だとか勝手だとか言った。私は息苦しくなって、その教室から出て了った。温泉場の家へ帰って、私はすぐ湯にはいった。野分にたたかれて破れつくした二三枚の芭蕉の葉が、その庭の隅から湯槽のなかへ青い影を落していた。私は湯槽のふちに腰かけながら生きた気もせず思いに沈んだ。

友人達の証言によると、中学三年生の晩秋のある日、廊下で太宰や中村貞次郎たちが退屈しのぎで、自分たちの前を通る級友たちが通るたびに拍手したり、ヤジったりしてからかっていた。そのとき、級友の一人が「こんどは誰が来ても、仮に上級生が来ても拍手しよう」と提案し、やろうやろうということになったが、やって来たのは、こともあろうに生徒が一番恐れていた生徒監督の先生だった。さすがの腕白たちも躊躇したが、太宰一人、手を叩き、先生からいきなり両頬を殴られたのだ。

優等生の太宰を教師が殴ったことに、親友の阿部合成ら生徒の間で不平が高まり、教師に抗議するため強硬派の生徒は理科室に集まり、ストライキをしよう、と話に進展した。自分のささやかな悪戯がきっかけで、思わぬ大騒ぎになったことに周章狼狽した太宰は、その席で、自分の非を述べ、私の事でこれ以上、ことを荒立てないようにと懇願したという。同級生の山内定雄は、その態度に「太宰の良識と気の弱さが感じられた」と回想する。

ちょっとしたお道化のつもりだったのが、ストライキ騒ぎにまで発展したのは予想外だった。それよりも衝撃だったのは、教師に抗議するのをやめて欲しい、と級友たちに懇願したことで、「卑怯だとか勝手」と言われたことだ。自尊心が高く、羞恥心も強い少年にとって「卑怯」という言葉ほど傷つくものはない。先生からいきなり殴られたことに加えて、二重のショックだった。

四年生だった十一月ごろ、学校の弁論大会で、太宰は「ユーモアに就いて」という演題で雄弁に語った。級友たちの記憶によると、先生から殴られたことに対する抵抗のような内容で、「日本人は昔頭にちょんまげをあげ、裃を着けて威儀をただし、礼をつくしても、見慣れない西洋人には、きわめて滑稽なことにうつるかも知れない。また、西洋人の間では、キッスや握手は普通のことであっても日本では誤解されやすい。又外国では好意や歓迎の意をあらわすために、拍手するのが習慣である。日本でも拍手をもって迎えるという事もある。然しそれが相手に理解されなければ、その善意も、かえって怒られたり、とんでもないひどい目にあうことになってしまう」というものだった。手を叩くという、自分のお道化のしぐさが先生には通じなかった体験を、世界の文化の違いとして語り直し、大いに会場を沸かせたらしい。生涯にわたりユーモアを大切にした若き日の太宰の真骨頂があった。

太宰は、この時のことを、後に創作「虚構の春」で、友人からの手紙文として紹介している。『ユーモアについて』と題した中学時代のあなたの演説を、ぼくは、中学校一の秀才というささやきと、それから、あなたの大人びたゼスチュア以外に思い出せないけれども、多くの人達は、太宰治をしらずに、青森中学校の先輩津島修治の噂をします〉。もとになった手紙を送った中学で二年後輩の小野正文によると、この文章中、〈中学校一の秀才というささやき〉は太宰が書き加えたもので、それは太宰流のいたずらっ気と自己顕示性のあらわれ、と小野は見ている(『太宰治をどう読むか』)。

中学時代といえば、異性を強く意識し始める頃でもある。だが、「思い出」の記述を要約すると、高い自矜の心を持っていた太宰は、自分の思いを相手に打ち明けることなど考えもつかず、女学生とは道であっても、ほとんど馬鹿にしたようにして顔をそむけていながらそのくせ、相手の視線をひしひしと感じ、自分の横顔はどう見えているだろうか、と考える意識過剰な少年で、なかなか恋には踏み切れなかったようだ。中学の国語の教師から、私たちの右足の小指には眼には見えぬ赤い糸が結ばれていて、それがきっとある運命の女性と結びつけられている、という「思い出」にも出てくる話を聞き、ほのかに心を寄せた女中を思いだすのは、その頃である。中学三年生だった大正十五年の一月一日から一月三十日まで、一か月間書いた「日記」にも「赤い糸」のことが出て来る。二十六日（火曜）のくだりに〈先生の話「生れた時にもはや既に足にヒモが結ばれて居る、」余誰？〉とある。

十代は、身体も急激に成長して、性欲ももてあます時期でもある。「日記」には、性的な煩悶もいくつか描かれている。同年一月十日では、知らない者が日記を開いても、よく読まなければわからない記述がされている。

五所川原尾立手四里眼野大黄い尾ん菜（上ゥ覚成）余尾見手居多、気身輪留可ら不、懐しく覚湯、のり更へて四里羽少し羽菜例ィ多里、遠くより腸胃〳〵世大栗ヲ身留、嬉詩。

この暗号めいた文章を解読すると、「五所川原をたってより眼の大きい女（女学生）余を見ていた、気味悪からず、懐しくおぼゆ、乗り換えてよりは少しはなれたり、遠くよりちょいちょい余を見る、うれし」ということか。一月十五日金曜にも再び暗号「承如乎来留、勘印の心尾持津」が出て来る。これは「少女が来る、姦淫の心を持つ」だろう。そして、一月十七日では「蛙十黄荷音汝言ふ野方尾見留、十死津歯皿ノ音汝歯駝蚊、其野処黄多無き感ありたり」（帰る時に女湯の方を見る、十七八の女はだか、そのところ汚き感ありたり）と書いた。書くことが好きだった太宰は、こうした気持ちを胸の内だけに秘めておくことができず、暗号で文字に残したのだろう。ただ、その内容は、思春期の男子では月並みなことにすぎない。

中学時代の太宰は、成績は優秀で、自意識がちょっぴり過剰な明るい少年で、習作のアフォリズム的な文章には、感覚の鋭敏さを示したが、その多くは未熟であった。

「思い出」には、「人間失格」にいたる太宰の未来を暗示するかに見える印象的なエピソードがある。それは、家の近くのお寺の裏にある墓地で、卒塔婆についている黒い鉄の輪を廻す時、からから廻してそのままじっと動かないならその人は極楽に行き、一旦止まりそうになってから又からんと逆に廻れば地獄へ落ちる――そう子守のタケに教えられた時のことである。タケが廻すといい音をたててひとしきり廻って、かならずひっそり止まるのに「私」が廻すとなぜか後戻りすることがたまたまある。ある日には、ひとりでお寺に行って鉄の輪を廻すといつもからんからんと逆廻りしてしまった。

〈私は破れかけるかんしゃくを抑えつつ執拗に廻しつづけた。日が暮れかけて来たので、私は絶望してその墓地から立ち去った〉。

しかし、中学時代の太宰は、下宿先の小さな子に「逆回りすると地獄だよ」と得意になって諭したという。おそらく「思い出」の記述は、これを書いた当時二十三歳だった太宰が自身の挫折が連続する半生を省みてつくりだしたフィクションであり、中学時代の太宰は未来の苦しみが待っているなぞとは思ってもいなかった。

高校受験を前にして、兄の文治から「小説を読むと人間の本当のことがわかる。しかれども今は人間の基礎を作る為に勉強してるんだから小説不可読而絶対えらくなれ」との手紙をもらい、〈兄之物のわかりたる言涙の出る程嬉しかりき。／兄よ安心あれ、余以後絶対に止む小説。代数、幾何、英語やる〉（一月七日）と日記に書くほど勤勉だった。

〈私は秀才というぬきさしならぬ名誉のために、どうしても、中学四年から高等学校へはいって見せなければならなかったのである〉（「思い出」）。旧制時代には、五年制の中学を正式に卒業する一年前、つまり四年修了時でも高校受験でき、「四修」合格は、図抜けた秀才の称号だった。尋常小学校卒業後、すぐに旧制中学に進学した生徒に比べて、太宰は高等小学校に進学し、一年遠回りしている。遅れを取り戻すためにも中学の四年から高校に入ってみせ、友人やふるさとを見返したかった。

当時はまだ作家になる覚悟はなかった。研究者の相馬正一が書いた全集の「日記」の「註」には〈当時太宰は文学と美術とどちらに進むかで悩んでいたという〉という記述があるし、同級生の坪田淳には「将来外交官になるんだ、それにはフランス語をやらなければなどとドンファンの話をよくもち出した」という。坪田には、太宰が「外交官は人と接する機会が多いのでユーモアが必要だ。だから（註・弁論大会の演題を）『ユーモア』という題にする」と語った記憶もある。小説家になることを明確に意識するのは、高校に進学してからだった。

第二章　第一の空白

旧制弘前高等学校時代

太宰が旧制弘前高等学校に入学する昭和二（一九二七）年は、激動とともに明けた。東京で流感の「世界かぜ」が大流行し、全国に拡大、東京だけで三十七万人が罹患した。三月には衆院予算委員会で片岡直温蔵相が「東京渡辺銀行が破綻」と失言、これを機に取り付け騒ぎが起きて金融恐慌となり、社会不安が増大した。

太宰にとってもこの年は、秀才というぬきさしならぬ名誉を守るのか、好きな文学の道に進むか、心が大きく揺らぎ、入学から一年間は、なにも小説を発表しなかった。これが「第一の空白」である。旧制高校は、太宰の第一希望だった旧制一高（東京）にはじまり、二高（仙台）、三高（京都）、四高（金沢）、五高（熊本）、六高（岡山）、七高（鹿児島）、八高（名古屋）とつづき、その後、大正八（一九一九）年に新潟高校、松本高校、山口高校、松山高校、九年に山形高校、水戸高校、佐賀高校、弘前高校、松江高校などが創立された。少人数の英才教育で多くの生徒が帝国大学に進学するだけに俊才揃いのエリート校である。進学した文科甲類は、第一外国語が英語、第二外国語がドイツ語のクラスで、入学者は成績順に席次が決まる。太宰は文科甲類一組で、四十一名中の第十四席と中の上レベル。かなり勉強し、二年生に進級時には三十九名中第六席となったが、首席を目指した太宰にはやや不本意な結果だった。高校では「秀才」という名誉は危うくなった。

昭和十一年、太宰は第一作品集『晩年』を出した際、随想「もの思う葦」に「『晩年』に就いて」を書き、〈私はこの短篇集一冊のために、十箇年を棒に振った。まる十箇年、市民と同じさわやかな朝めしを食わなかった。私は、この本一冊のために、身の置きどころを失い、たえず自尊心を傷けられて世のなかの寒風に吹きまくられ、そうして、うろうろ歩きまわっていた。数万円の金銭を浪費した。長兄の苦労のほどに頭さがる。舌を焼き、胸を焦がし、わが身を、とうてい恢復できぬまでにわざと損じた〉と書いている。高校に入学した昭和二年から数えると、『晩年』を出版した昭和十一年はちょうど十年目に当たる。

高校に進学すると、太宰は、〈なにはさてお前は衆にすぐれていなければいけないのだ〉(「思い出」)という期待に応えて優等生であるつづけるか、好きな小説の道に進むかの岐路に立たされた。

弘前高校に通う生徒は、自宅組を除き、新入生は全員、校舎裏手の北溟寮に入寮する規則になっていたが、太宰は、「病弱のため」を理由に寮には入らず、学校に近い遠縁の藤田家に下宿した。一年目はあまり目立つ生徒ではなく、クラスメイトの大高勝次郎は『太宰治の思い出 弘高・東大時代』で、〈一年の間、私たちの間には大した交渉はなかった。私たちは欠席することなく教室にあらわれ、授業に耳を傾ける善良な生徒であった。高校生活の珍しさに私たちは捕えられていたのである〉と記しているのみである。目立つことといえば、ほとんどの生徒が弊衣破帽で朴歯の下駄で歩くバンカラの気風がある中で、太宰ひとりは清潔な学生服をきちんと着こなし、よく磨いた編上靴を履いて登校する姿で、きれいな標準語でしゃべることもあったという。

太宰自身、昭和十七年に「新潮」に発表した「小さいアルバム」では、弘前高校時代のクラス写真をもとに、こんな回想をしている。

これはH高等学校の講堂だ。生徒が四十人ばかり、行儀よくならんでいるが、これは皆、私の同級生です。主任の教授が、前列の中央に腰かけていますね。これは英語の先生で、私は時々、この先生にほめられた。笑っちゃいけない。本当ですよ。私だって、このころは、大いに勉強したものだ。この先生にばかりでなく、他の二、三の先生にもほめられた。本当ですよ。首席になってやろうと思って努力したが、到底だめだった。この、三列目の端に立っている小柄な生徒、この生徒だけには、どうしてもかなわなかった。こいつは、出来た。

〈この生徒だけには、どうしてもかなわなかった〉と記している「小柄な生徒」こそ、先の回想記を出した大高だが、この随想に、英語の先生にほめられた、とあるように、太宰の文才は、入学してひと月も経たぬうちに、一人の外国人教師から注目された。それはブルウル氏というチェホフに似た鼻眼鏡を掛けた先生で、彼は自由英作文の時間に「KIMONO」についてという文章課題を出した。そこで太宰は、日本人の女性の着物に袖ができた興味深い歴史について、〈昔々、とてもやさしくて美しい女性がいて、多くの男性が彼女に恋文を書いては、彼女が散歩する折に、そのポケットに投げ込んだ。その結果、ついにはポケットが恋文でいっぱいになり、とても賢い女性が袖をつくったのです〉とユーモラスに英語でつづり、最後は、すべての日本人は、袖が恋文でいっぱいになることを望んでいる、と小粋にしめた。先生の評価はGoodだった。次に書いた、The Real Cause of Warについてでは、もし〈「戦争の真の原因とは何か」と聞かれたら、私は、即座に叫ぶでしょう、「義務です、義務です」と。血に飢えた狂人でない限り、戦争を好む者はいない。すべての国民は、涙をこらえつつ、義務として参戦する。「ではその義務とは何か」「神のみぞ知る」「神のみぞ知る」〉。教師の評価は、Most Excellentという最高点で、「これは本当に君のオリジナルなのか」と問いかけた上で、もしそうであるならば、すこぶる有望と評価し、太宰を狂喜させた。

よほどうれしかったのであろう。第一作品集『晩年』に収録した「猿面冠者」でもこの体験を、誇張を交えつつ記し、〈クラスの寵を一身にあつめた〉主人公の彼が、一学期を終えて、夏季休暇にふるさとに戻ってからのことを詳細に書きとめている。

〈蔵から父の古い人名辞典を見つけだし、世界の文豪の略歴をしらべていた。バイロンは十八歳で処女詩集を出版している。シルレルもまた十八歳、「群盗」に筆を染めた。ダンテは九歳にして「新生」の腹案を得たのである。彼もまた。小学校のときからその文章をうたわれ、いまは智識ある異国人にさえ若干の頭脳を認められている彼もまた。家の前庭のおおきい栗の木のしたにテエブルと椅子を持ちだし、こつこつと長編小説を書きはじめた〉。こんなふうに小説への傾斜が強くなりつつあった夏休み中の七月二十四日未明、中学時代から敬愛していた作家、芥川龍之介が自殺した。

たいていの年譜では、この芥川の自殺を大きな転機としてあげ、次のように記述する。

昭和二年（一九二七年）四月、旧制青森中学を四年で修了し、弘前高等学校文科甲類に入学。七月、芥川龍之介の自殺に大きな衝撃を受ける。義太夫を習い、花柳界に出入り。九月、青森の芸妓小山初代と知り合う。

これを読む限り、太宰が、義太夫を習うなど、文人趣味にはしり、芸妓遊びもはじめ、生活が崩れていったのは、芥川の自殺が原因だったように見える。確かに、太宰にとって芥川は、中学時代に「侏儒の言葉」を模倣した敬愛する作家であり、高校の級友の大高勝次郎も、〈高校時代の津島（註・太宰）の口から、一番多く出るのは、芥川龍之介の名であった。芥川の病的な鋭い神経、懐疑、革命の風潮に対する恐れを含んだ関心、自殺癖、等に対して、津島は深い共感を感じていたように思われる〉と書いている。高校時代の「地鉱」と表紙に書かれたノートに、芥川の似顔絵や、「芥川龍之介」の名前を何度も書いた落書きも残されている。高校時代に下宿で撮られた写真でも、顎の下を指ではさむ芥川の有名なポーズを真似たものが数多く、かなり傾倒していたことは確かだ。

後年、作家になってからも、芥川の名前を冠した芥川賞を欲しがり、選考委員に直訴するという芥川賞事件を起こしている。そして、芥川のように最後は自殺を選び、その直前に対立した志賀直哉を名指しで批判した最後の随筆「如是我聞」にも芥川が出てくる。

君について、うんざりしていることは、もう一つある。それは芥川の苦悩がまるで解っていないことである。

日蔭者の苦悶。

弱さ。

聖書。

生活の恐怖。

敗者の祈り。


このように芥川の影響は終生強く、強烈なエピソードがあるため、芥川の死は、太宰の転機になったと位置づけられる。しかし、学生時代の太宰が関心を抱いたのはなにも芥川に限らない。山内祥史の『太宰治の年譜』を見ても、高校時代は〈文学では、江戸文学、それに、泉鏡花、芥川龍之介、横光利一、川端康成、永井荷風、谷崎潤一郎、里見弴、久保田万太郎などの作品を好んで読んでいたが、なかでも、近松門左衛門、泉鏡花、芥川龍之介の作品に心酔していた〉とあるように、幅広く文学への関心を持っている。

事実、芥川の死にショックを受けたとしても、どれほど大きな衝撃を受けたかは実は詳らかではない。七月二十四日、芥川が自殺した際、『太宰治の年譜』には、〈青森中学・弘前高校同期の理科甲類上野泰彦によれば、「芥川の自殺を賛嘆・羨望する言葉を昂奮しながら述べ」ていた〉という伝聞の記述があるが、肝心の太宰自身が、芥川の自殺で受けた衝撃について、一行も文章を残していないのである。

訃報に接した後、突然、下宿から歩いて行ける義太夫の女師匠のもとに通い始めたのは事実で、服装にも凝り、結城紬に角帯、雪駄をはいた粋な姿で歩いていたことも知られている。青森市まで通って若い芸妓と遊び、友人を前に、歌舞伎の声音や仕種をして喝采を浴びるようになったのも芥川の死後である。しかし、こうした変化の原因がすべて芥川の自殺にあったとは考えにくい。

同級生の石上玄一郎は、〈そのころの太宰は江戸文学趣味で、特に荷風や久保田万太郎、里見弴などの文学に執心〉で、〈もっとも私淑していた泉鏡花は、その夫人が神楽坂の名妓として知られた桃太郎だったし、やはり彼の崇拝おくあたわざる巨匠、永井荷風の夫人・藤蔭静枝は、その前身が巴家の八重次なる芸妓であった。その他にも花街出身者を妻とした文士はいくらもいる〉と「太宰治と私」で書いている。ここに名前のある里見弴は、芸妓との結婚を材に代表作『多情仏心』を書いている。大高も、〈弘高一年の頃、津島は里見弴（とん）の「多情仏心」に感心し、多情仏心という語を頻りに使用した。芸妓買いを始めたのも、多少はその影響によるかも知れない〉と分析している。そもそも太宰自身が、義太夫に凝った理由のひとつとして、弘前が〈義太夫が、不思議にさかんなまち〉（「津軽」）だったことをあげている。紺絣に角帯という着付けは〈鏡花の悪影響かも知れない〉（「小さいアルバム」）と記している。

それでも芥川の死の影響が大きく語られるのは、金融恐慌が起き、世情が不安定になる中、「将来に対する唯ぼんやりした不安」という言葉を遺した芥川の自殺が、時代の悲観的な空気とどこかで共振していたからである。太宰の同世代の作家たちもそれを感じていた。

埴谷雄高は、目白中学を卒業後、浦和の高等学校を受けて不合格となり、さらに結核と診断され、北海道の清水という町で転地療養中、芥川の自殺の報に接し、〈彼の自殺はおれのニヒリズムの「やけのやんぱち」を何か純粋化したような一種の衝撃だった〉と回想している。小さな町で、本屋もないため、埴谷青年は、没後に発表された芥川の「或阿呆の一生」が出ている雑誌「改造」と、「歯車」が出ている「文藝春秋」を、帯広までわざわざ買いに行ったという。

中学時代にもっとも愛読した作家が芥川だったという大岡昇平は成城高等学校在学中に訃報に接した。その頃には〈芥川を軽蔑していたんだけど、死んだと聞いたらかわいそうだからね。『玄鶴山房』やなんか読み返したりしたんだね。そうしたらそうとうせっぱ詰まっていたのがわかった。（中略）ペシミスムは時代全体にあったんだ〉と埴谷との対談集『二つの同時代史』で回想している。

松本清張の場合、芥川の自殺についてショックを受けたことを自伝的回想録『半生の記』に明確に記している。九州・小倉の高等小学校卒業後、働きに出た清張は、〈川北電気にいる三年間、私が主に読んだのは、その頃出ていた春陽堂文庫や新潮社の出版物だった。殊に芥川龍之介のものは真先に読んだ〉とし、回想録の雑誌連載時には〈その頃の私のショックといえば、芥川龍之介の自殺であった〉と明記していた。自殺後には、雑誌「文藝春秋」が、書斎における芥川の写真を頒布していることを広告で知り、「撮影者南部修太郎」とあった写真の入手までしている。

ただ、これをもって彼らがみな芥川に心酔していた、というと、やはり言い過ぎになる。

芥川が自殺した七月二十四日から遡ることわずか二週間の七月十日、「芸術は万人によって愛されることを自ら望む」と発刊の辞にうたって、廉価で持ち運びがしやすい岩波文庫が創刊された。それ以前の大正十五年末に改造社から『現代日本文学全集』が出たのをきっかけに、一冊一円の廉価版の全集が相次いで出版され、出版界は円本ブームに沸いていた。芥川の自殺した年の三月には、新潮社から『世界文学全集』（全五十七巻）の刊行が開始され、予約が五十八万という大ヒット（『20世紀年表』）となった。

埴谷は、先の大岡との対談で〈ぼく自身は西欧派でね、新潮社の「世界文学全集」と春秋社の「世界大思想全集」に一番打ちこんだ。そして、それと並行して誠文堂新光社の「世界戯曲全集」に読みふけったのが、やがて演劇青年になる素地をつくったのだな。イプセンの『われら死より蘇りし時』とかオニールの『偉大なる神ブラウン』に感心したのは、やはり薄暗いニヒリズムが基調にあったからだ〉と語っている。当時の文学青年は、大正教養主義の延長で、広範に文学作品を読み、作品を相対的に見る習慣があった。

芥川の遺影を入手した清張にしても、〈小学校卒、会社の給士という、自分ながら最下層にいる者〉（『半生の記』）と言いながら、十五歳から十八歳まで川北電気に勤めていた時代の読書歴はものすごい。『半生の記』では〈明治時代の作家では、漱石、鷗外、花袋、鏡花などを一通り読んだが、自然主義作家にはそれほど惹かれなかった。（中略）どうも私小説作家のものは私の好みに合わなかったと思う。世評の高い志賀直哉の「暗夜行路」も、それほど魅力は感じなかった〉とあり、仕事をしながらかなり読書に励んでいたことがよくわかる。外国文学についても〈新潮社から最初の世界文学全集が出たときに馴染んだ。ドストエフスキーも、その機縁で読むようになったが、そのうち惹かれたのはポオであった〉としている。

今でこそ、芥川賞と直木賞をつくった菊池寛と、その賞に名前が残る芥川龍之介といえば、芥川のほうがはるかに有名であり、人気もあるが、当時は菊池の人気も高く、清張は菊池の創刊した雑誌「文藝春秋」を読み、特に菊池の「啓吉物語」も愛読している。『半生の記』を「回想的自叙伝」として文芸誌「文藝」に連載中には芥川の作品と菊池の「啓吉物語」を比較し、〈芥川の「保吉の手帳から」はやはり、ひ弱い感じは免れない。良家の坊っちゃん的な教養はあっても、人生の深味の点で菊池に数段劣るように思われた〉と回想している。

太宰自身も大正十五年の中学時代の日記に〈菊池氏の「第二の接吻」の新聞紙をさがせど見つからざりき。残念なり〉とあるように菊池寛をかなり読んでいる。戦時下になってからのことではあるが、太宰に私淑した堤重久とこんな会話を交わし、芥川よりも菊池寛の方を高く評価している。

「また、叱られるかも知れませんけど、気にかかるんできくんですが、今生きている作家で、誰が後世に残りますかね」

「後世の好きな男だな」と太宰さんは、一たんは眉をしかめたが、すぐと興味ありげな表情になって、

「そうだな。おれは思うんだが、菊池寛が残ると思うね。前後、百年位穴があいて、ぽつんと

一人菊池寛が残って、その外は、菊池寛の友達だったとか、菊池寛の家の書生をしていたとか、非常に長い手紙を貰ったとか、そんな連中が、星屑みたいに親分を取巻いて、残るんじゃあないかな。そんな気がするな」

私が、意外な顔をすると、そばの女のひとも、なんだかつまらなそうな顔をして、

「そうかしら。あたしには、菊池寛なんかより、太宰治の方が残ると思うんだけど――」

「いや、どうも、そういう気配はないんだな。井伏さんとか、おれとかいった作家は、時代とともにだんだん隅に追いやられて、ついには文学史の外に押し出されてしまう感じがあるんだな」

「芥川はどうかしら」と女のひとが、バナナをむきながら、いった。

「菊池寛の友人だったということで、残るかも知れないね」

「そんなもんですかねえ」と私は、やはり解せない、不満な気持で、

「芥川は、先生の精神的ライバルといった感じがするんですけどね――」

「ライバルだなんて、そんな気持は微塵もないよ。ただ、なつかしい人だね。なにかにつけて、思い出してしまうんだね。もちろん、会ったことはないがね。作品の方は、晩年のものが少しいぐらいで、文章も古いんだが、しかし彼は、人間の永遠の悲しみというか、生きていることの切なさというか、人間の業というか、そんなものを理解していた男だね。もっと小説のうまい人はたくさんいたけれど、芥川のように、その人生の根元のところで苦しんでいた作家は、当時は外にいなかったのじゃないかね」

こんなことを話しあったあげくに、今晩は早引するといって、一たん奥に入って、また出てきた女のひとと一緒に店を出た。(『太宰治との七年間』より)

このように太宰の芥川評価は必ずしも高くはない。とはいえ、生きることへの切実さにおいては、とても身近な存在でもあった。高校では頑張っても首席になれず、自尊心を傷つけられた太宰にとって、芥川が遺した「将来に対する唯ぼんやりした不安」という言葉は痛切であった。とりわけ、自由英作文が高く評価されたことをきっかけに、世界の文豪の経歴を調べ、「バイロンは十八歳で処女詩集を出版している」ことを発見し、小説を書こうと思った矢先に遭遇した芥川の死の報道は、太宰にとって衝撃的で、芥川の自殺を昂奮しながら述べていたという友人の証言は、事実その通りであったろうと思われる。賛嘆・羨望するかどうかは別にして、「百姓昭明、協和万邦」からとった「昭和」の時代が幕を開けてからつづく不安の世紀の到来とともに起きた芥川の死は、世間の驚愕をもって受け止められ、死の翌日七月二十五日の東京朝日新聞の朝刊七面は、ほぼ一面すべてを使って芥川の死を伝えていた。

前文は、〈文壇の鬼才芥川龍之介氏は二十四日午前七時市外滝野川町田端四三五の自邸寝室で劇薬『ベロナール』および『ヂエアール』等を多量に服用して苦悶をはじめたのをふみ子夫人が認め直にかかりつけの下島医師を呼び迎え応急手当を加えたがその効なくそのまま絶命した、行年三十六〉と書き出し、見出しには〈芥川龍之介氏　劇薬自殺を遂ぐ　昨暁、滝野川の自宅で　遺書四通を残す〉〈二年前から冷静に　心に決していた『死』　神経衰弱と家庭的憂苦とが　いたましい原因に〉などを掲げた。

そして、〈僕の将来に対する唯ボンヤリした不安である〉と記した「或旧友へ送る手記」を遺書の一部として全文掲載している。この扱いは、芥川の師であった漱石が大正五年に死去した際の記事の二倍近くもあった。円本などで作家の存在が庶民にもかなり身近になった時代になったこと、金融恐慌下という時代相と芥川の死が共振したことも大きな扱いの背景にあった。そして、作家の死が、これほど大きなニュースと評価されたことは、成績において自尊心が破れかけていた太宰には、天祐だった。

石上玄一郎は、太宰の日ごろの口癖が「バイロンはうれしいことを言ってるね。一朝、目ざむればわが名は高し……か」であったと回想している。芥川は東京帝国大学在学中に発表した「鼻」が漱石に認められ、一躍文壇で評価され、死して再び時代の寵児となった。秀才という名誉を失いかけていた太宰にとって、芥川のような文士になるということと、「一朝、目ざむればわが名は高し」とは、同じことであった。自尊心を守る道、それは中学時代に教師からも創作が評価され、高校でも自由英作文が評価された文筆への道であった。

なにごとも形から入る。これが学生時代の太宰の特徴である。旧制青森中学に入るや、銭湯へ行くのにも学校の制帽を被り、袴をつけ、エリート中学生であることを誇示し、陸上の練習ではまずスパイクを買った太宰は、小説を書いて天下に名を挙げようと考えてからは、鏡花の影響も受けて紺絣に角帯をしめ、小粋な義太夫を唄うなど、形から文人趣味に統一し始めた。現在、「太宰治まなびの家」（弘前市指定有形文化財・旧藤田家住宅）として公開されている下宿の部屋を改造したのもこの頃である。欄間には、赤黄緑色などの異様なお面をずらりと並べ、本棚から戸棚には一面、海老茶、黄、緑色の太い棒縞のカーテンが下げられ、壁には青蛙のような緑色の裸体の女の油絵が掛けてあった。よく部屋を訪れた級友の三浦正次は〈一種異様な雰囲気が漂っていた〉(『太宰治に出会った日』)とし、本棚には、浄瑠璃全集が並び、鏡花、芥川、横光などの諸作品があちこちに置いてあったと証言している。

一人のライバルが登場したのは、まさにこの時期である。芥川の死から三か月後の「校友会雑誌」第十一号に、同学年で、ドイツ語を履修する文乙の石上玄一郎が、「予言者」を発表し、学内で注目された。小説は、三吉という少年と、その父母が、魚の骨や瓶の破片や鼠の死骸の散らばっている街の底をうろついたあげくに、東北地方のある朝鮮人の働く坑に来るところから始まる。貧しい三吉は、母親がもらい歩いた焦げ飯を食べ、ある日、体操の時間にも腹が減って動けず、一人残された教室で、つい隣の松三の机の中にあった白い握り飯にかぶりつき、「三吉のぬ、す、とやあい」と蔑まれる。

それは恵まれた環境に生まれ育った太宰が、自尊心の揺れを描いた中学時代の習作とはまるで違って、当時、勃興していたプロレタリア文学的な色彩が強い作品であった。『評伝　太宰治』で相馬正一が〈上田(註・石上)の作品に比べれば、これまで太宰の書いてきたものなどはまるで小学生の作文程度のものでしかなかった〉と評価するほどのもので、大高も、〈演劇、映画、絵、学問一般において彼(註・太宰)をリードする者はいくらもあった〉と書いている。

石上玄一郎の本名は上田重彦。その父である、上田寅次郎は札幌農学校に学び、白樺派の作家、有島武郎の短編「小さき者へ」に登場する「U氏」で、死んだ細君から伝染した結核に苦しみながら老母と二人の子を養うために勇ましく働き、倒れる。孤児になった石上は、祖母に育てられ、宮沢賢治や石川啄木が先輩にいる旧制盛岡中学時代からマルクス・エンゲルスの「共産党宣言」を読む早熟な少年だった。当時、東北では小作料を支払えない農家が娘を売るなど疲弊していた。文学書では、ゴーリキーの「母」や葉山嘉樹や小林多喜二のプロレタリア文学に傾倒し、太宰と同様、創作は中学時代から始めていた。後年のことだが、昭和十五年二月発行「中央公論」の新鋭作家特集で、太宰が「駈込み訴え」を、石上は「絵姿」を発表、互いを意識しあっている。

石上は、高校では、左翼運動の盛んな社会科学研究会にも参加していた。新興地主の家に生まれ、金木町の実家からふんだんに仕送りしてもらって義太夫を習い、芸妓遊びまでしている太宰とでは、育ちも思想もかけ離れていた。創作意欲を刺激された太宰は、翌年一月頃、級友の三浦正次に、純文学雑誌を出そうと相談を持ちかけた。

雑誌の名前は、太宰が以前に出していた「蜃気楼」の名を復活させる、など色々な案が出たが、「細胞文藝」に決まった。この年三月、治安維持法第一条が適用され、日本共産党の全国的検挙を行う三・一五事件が起きた。そして、五月一日付で「細胞文藝」創刊号が発行された。編集兼発行人は津島修治で、この号に中学時代以来の一年以上の空白の末に書いた「長編小説　無間奈落」の「序編　父の妾宅」が辻島衆二の署名で発表された。それは芥川の作品とは似ても似つかぬもので、新興地主の家庭の淫蕩な血と、その犠牲になった女の悲劇を描く作品で、隆盛を誇ったプロレタリア文学を意識したものであった。「第一の空白」は、勉学ではなく、ものを書くことで衆よりも優れた存在になろうと決めるまでの大切な揺籃期だった。同人誌には仕送りで送られてくる金をつぎ込んだ。「一朝、目覚むればわが名は高し」。そうなることを夢見ていた。

「細胞文藝」の創刊と挫折

黒を基調とした同人誌の表紙には、赤い文字で「細胞文藝　創刊号」とうち、雑誌名は当時流行のプロレタリア文学を思わせるものだったが、むしろ映画を楽しみ、洋の東西の文学作品から推理小説までを読み、演劇にも義太夫にも関心を抱く、若き日の太宰の多様な関心を示す、賑やかな雑誌だった。表紙デザインでは、題字下に〈俺達ハ細胞ノ持ツ無気味ナ神秘性ヲ愛スル〉というおどろおどろしい宣言文を置き、その周りには飛行機、二挺拳銃のガンマン、編み笠の浪人者、ステッキとドタ靴のチャップリン、ネコ、鶏、船、自動車、貴婦人などが、アトランダムに並べられた。目次によると、表紙の案は辻島衆二、つまり太宰であり、扉には「富田弘宗、辻島衆二、三浦充美」の同人三名の連名による「創刊の辞」を掲げた。

俺達ハ細胞ノ持ツ無気味ナ神秘性ヲ愛スル。眼ニ見エヌ一個ノ細胞ガ無言ノママ、ヤガテ百万ノ細胞ニ分裂スルノヲ汝ハ覚エテ居ルデアラウ。察シノイイ汝ハ、モウ俺達ガ其レニ就イテ何ンナ事ヲ言ヒ出ス積リナノカ、チヤント知ツテシマツタ筈ダ。ダガ明瞭ニ言ツテ置カウヂヤ無イカ。俺達ハコウ言ヒタイノダ。

「成程俺達ハ一個ノ細胞ニ過ギヌカモシレナイ。ダガ汝ヨ。今ニ見ロ」ト。

細胞が分裂し、大きくなる。それは党員を「細胞」といった時代にあって、治安維持法を司る当局からみれば不穏な題名にも見えるが、一方で、〈無気味ナ神秘性〉という形容詞を使うことは、党員から見れば侮辱と感じた人もいたに違いない。実際、「創刊の辞」では、芸術や文学は、政治に奉仕すべきという、功利性一点張りである一部のマルクス主義的文学論の向こうを張って、「創作ハ技芸ナリ」と宣言している。

俺達ハ創作ノ学問ナル説ニ対シテ不遜ニモ懐疑ス。故ニ俺達ハ「文学」ナル語ニ単純ナ嫌気ヲ感ズル。俺達ハ信ズル、「創作ハ技芸ナリ」ト。

サテ、俺達ハ嘲フベキ此ノ文壇ヲ前ニシテ極メテ無茶ナル数多ノ曲芸ヲ、極メテ美事ニ演ジノケ、遂ニ呆然タル文壇ヲ尻目ニカケテ悠々ト引上ゲントスルモノデアル

コノ傲慢ニモ亦無礼ナルヴアリエテカラ、果シテ如何ナルモノガ飛ビ出ルカハ凡テ賢明ナル汝ノ想像ニ任セヤウ。

芥川龍之介の死の報に接して、文芸によって世に認められようとする若き日の太宰の野心は、〈尊大なる文壇よ！　余等は汝に手套を投げよう〉という文章に始まる創刊号の匿名コラム「細胞分裂」にも明らかだ。手套、つまり手袋を投げるとは、上品な体裁はやめて、実力で勝負する。決

闘を申し入れることのたとえである。そのうえで、徳田秋声、島崎藤村、正宗白鳥ら大家に〈三老人よ、悪きことは言わず、今は死にどきなり〉と激しい言葉で挑発したかと思えば、太宰が中学時代に好んだ「微苦笑」という言葉を発明した久米正雄については〈久米某、小説よりも麻雀巧し〉と嘲弄し、〈佐藤春夫なる詩人は可愛そうなり。感傷主義に中毒し、今や……〉と書いた。すでに「伊豆の踊子」を発表した川端康成や横光利一ら新進の新感覚派の作家もまな板に載せ、〈所で、余等が時代の所謂新進作家達よ。世に汝等程ひどく買いかぶられて居る怪物もあまり有るまい〉としている。それから数年後に、芥川賞をくださいと、選考委員だった佐藤春夫や川端康成に泣訴することになるとは、予想だにしていなかっただろう。芥川についてすら、突き放すように書いている。

事極めて旧聞に属すれど芥川某の自殺は、苟しくも良心ある所謂既成作家としては当然の結末と言うべし。あらゆる既成作家はアナクロニズムを恭しく奉じ居ればなり。さて所謂既成作家達よ。『時勢は移る』という凡俗なる言葉を凡俗なる汝等は、よもや忘れしには非ざらむ。

挑発、批判は、流行していたプロレタリア文学にも及び、〈プロレタリヤ作家達よ。余等は勿論汝等の主義を是認す。されど汝等の文芸的作品は、悲しい哉、恐ろしき感傷主義に支配されて奇怪にもひん曲ったものに過ぎないではないか。さもなくば又、汝等の作品というものはマルクス主義の単なる宣伝文に過ぎないではないか。余等は聞こう、汝等は広告屋か？〉と舌鋒鋭く批判した。

プロレタリア文学批判は、匿名コラムにつづく夢川利一名による随筆「狂い咲き」でも展開された。ここでは、〈この頃の文壇――文士の流行の政治的な、又社会科学的なプロレタリヤ論壇への、いで立ちである事を悲しまずには居られない。／文芸はもっとチャプリンの芸の様に妙味があり又絵画的雅趣のあるべきものだと思う〉とし、〈文壇は論壇となり、絵画はポスター化し、音楽は突撃ラッパのリズムに近づかんとしている現代の状態は決して芸術的に正道ではない。（中略）芸術家にして滔々芸術の真髄を論じられるものよりも、チャプリンの『サーカス』を見てただ涙ぐまれる者の方がどれだけ芸術家としての才能があり情熱があるか知れない〉と書いている。

夢川利一とは、太宰が三人の兄のうちでもっとも親しみ、創作面でも影響を受けた三兄圭治で、東京の美術学校出身。太宰は休みになると上京し、圭治と遊んでいる。ただ、兄は病弱で、この随筆でも冒頭に〈この先五年と七年とは生きられる自信もないほど病弱になりきっている〉と記し、事実、二年後の昭和五年六月、肺結核兼尿路結核症で亡くなる。「細胞文藝」の表紙に自らチャプリンの絵も描き、「創刊の辞」に〈創作ハ技芸ナリ〉と書いた太宰にとって、兄圭治の思いは、自らの信条でもあった。

新興地主の父の淫蕩性を告発する面もある「無間奈落　序編」については、作家志望の文学的野心から、時の流行であったプロレタリア文学に便乗して書かれた傾向小説と評価されるケースもあるが、以上のことを見る限り、「便乗」というよりも、文壇におけるあらゆる権威に対抗して書かれた野心作というべきである。当時、女義太夫の師匠のもとに通い、芸妓遊びをする江戸趣味を粋と感じていた太宰が、労働者の解放を求めるプロレタリア文学を書く必然性もなかった。

題字に大相撲の番付や歌舞伎の演目を書くときに使われる江戸文字を使った「無間奈落」は、序編のみしか残されていないのでその全体像は不明だが、その内容は、新興地主である父のこと、幼少期の思い出を詳細に描くなど、文壇処女作「思い出」と重なるところが驚くほど多い。あくまでもフィクションではあるが、巨額の費用を費やして町には不似合いな堂々たる洋室のある新式の巨大な家屋をつくり、国会議員にもなる周太郎は、金木御殿をつくり、貴族院議員になった実父、津島源右衛門がモデルになっていることは明らかだ。息子である四男の乾治が、太宰をモデルにしていることも明白だ。太宰は六男だが、上の二人の兄弟は夭折しており、実質は四男である。〈彼の幼年時代の生活史は、なんと言っても彼がこのM町一番の素封家の息子であったという事を争うべからざる基礎となして居た〉とあるのも、金木一の素封家に育った太宰その人をさしている。〈乳母の乳のみで育って一滴の母の乳も飲まなかった乾治としても、彼の母にはたいした愛情も感じて居なかった〉というくだりは、〈母に対しても私は親しめなかった。乳母の乳で育って叔母の懐で大きくなった私は、小学校の二三年のときまで母を知らなかったのである〉という「思い出」の一節に照応している。

小学校に入らぬうちに読書に親しみ、学校では「神童」と呼ばれ、〈六七歳の頃から、もう女中や下男から淫らな露骨な性教育を受けて居たこと〉というくだりは、「人間失格」に〈その頃、既に自分は、女中や下男から、哀しい事を教えられ、犯されていました〉に通じる表現である。太宰文学の原風景は、高校時代に文学をもって世に出ようとした野心作「無間奈落」に、かなり描かれているといってよい。少年時代の乾治が芝居小屋に行き、妖艶極まる婦人たちの軽業を見た時の描写には、すでに太宰流の屈折、含羞が表現されている。

さも寒そうな軽業や、うら悲しい魔術にも心を引かれなかった。いや引かれてはならなかったのだ。一度其の御婦人達の一人と視線が合った時彼は真赤に成って可愛そうな程へどもどしたにも拘わらず、彼の驚嘆すべき自尊心は彼女等を無視すべき命令を厳かに発して居た。彼は子供心に此れ等の事をはっきり意識はしなかったが、彼独特の痩せ我慢から、特等席にふんぞり返って、兎に角極めて傲慢にこれらの御婦人達と接して居た。

そうはいっても「無間奈落」は学生時代の習作にすぎない。「思い出」の洗練された表現と比較すればそれは明らかだ。

私はたかい自矜の心を持っていたから、私の思いを相手に打ち明けるなど考えもつかぬことであった。その生徒へは普段から口もあんまり利かなかったし、また同じころ隣の家の痩せた女学生をも私は意識していたのだが、此の女学生とは道で逢っても、ほとんどその人を莫迦にしているようにぐっと顔をそむけてやるのである。秋のじぶん、夜中に火事があって、私も起きて外へ出て見たら、つい近くの社の陰あたりが火の粉をちらして燃えていた。社の杉林がその焔を囲うようにまっくろく立って、そのうえを小鳥がたくさん落葉のように狂い飛んでいた。私は、隣のうちの門口から白い寝巻の女の子が私の方を見ているのを、ちゃんと知っていながら、横顔だけをそっちにむけてじっと火事を眺めた。焔の赤い光を浴びた私の横顔は、きっときらきら美しく見えるだろうと思っていたのである。こんな案配であったから、私はまえの生徒とでも、また此の女学生とでも、もっと進んだ交渉を持つことができなかった。けれどもひとりでいるときには、私はもっと大胆だった筈である。鏡の私の顔へ、片眼をつぶって笑いかけたり、机の上に小刀で薄い唇をほりつけて、それへ私の唇をのせたりした。この唇には、あとで赤いインクを塗ってみたが、妙にどすぐろくなっていやな感じがして来たから、私は小刀ですっかり削りとって了った。

それでも「無間奈落」には、「私」の一人称で書かれた「思い出」にはない挑戦があった。中学時代に〈自分は自分というものを外から、ながめて見たくてたまらない〉と記した太宰は、旧制高校一年時の英語と二年時の修身の講義を書き留めた自筆ノートの余白に似顔絵の落書きをし、津島修治をもじったペンネーム辻島衆二のサインを繰り返している。弘前大学附属図書館長の長谷川成一が代表を務める「太宰治自筆ノート研究プロジェクト」では、平成二十二年度と二十三年度に「成果報告集」を出している。その分析によると、似顔絵は当時、太宰が見た映画の俳優だったり、その俳優と似ている父親の像だったり、太宰自身であったり様々だが、とにかく「顔」への執着はすさまじい。

「無間奈落」は、自分の父に近い周太郎の視点、自分に近い乾治の視点、地主階級に奉仕する下男や周太郎の愛人、という様々な視点から、自身と、自分という存在を生みだした家の顔をグロテスクな筆致でながめた意欲作である。たとえば、「思い出」では主人公の「私」が、〈なにはさてお前は衆にすぐれていなければいけないのだ、という脅迫めいた考えからであったが、じじつ私は勉強していた〉ということは書かれているが、なぜ、すぐれていなければならないのか、勉強するのか、という理由は今一つ不分明で、家族からの大きな期待が想像されるのみである。それが「無間奈落」では、主人公の大村乾治は〈頭と鼻のずば抜けて大きい醜悪な顔〉をした少年だったため、兄弟の中でも性格がねじれ、人の顔色を読むことを習得し、勉強に励んだというコンプレックスの構造を描いている。

彼は又無意識のうちに醜男の辿るべき最も賢明な道を知らされて居た。大村家の人達は其のすばらしく都合のいい軌道に通ずる一つの戸口をのみ開けて、四方から乾治を追い立てた。（中略）其の醜男の通るべき最も都合のいい軌道とは勿論学問の事である。彼はその軌道から少し外れてわきの物に、ほんの鳥渡でも手を出して見ろ、彼の家の人達は『わあっ』と必ず嘲ひ囃すであろう。そしてその時には彼は、如何にも赤面して又怱々と元の軌道に立ち帰るであろう。（中略）彼は彼の知らぬ間に自分を漸次『大村家自慢の子供』なる気障なものにせり上げて行って居た。

こう書いているからといって、太宰が自分を本当に醜男と思っていたかといえば、疑問である。高校のノートなどに始終自分の似顔絵を描き、下宿先の家の息子のカメラの前でさんざんポーズをとっていた太宰は、身長一メートル七十三ほどあり、当時の人としては大柄だった。ただ胸が薄く、猫背で、鼻がやや大きかったことは自覚しており、それがコンプレックスだったかもしれないが、同級生の大高勝次郎には、自分の似顔をことさらに醜く描いて、その下には「色魔醜治です」と書いてはクラスメイトに廻す際、太宰はこう言っていたという。

「こうすると人は反って彼に同情して、『あなたはそんなに醜い顔では決してない』と言ってくれる」

反対に、同級生の似顔を実物以上に美しく描き、その人に示して、友人が「似ているね」というのを聞いて、陰でこっそり笑う意地悪さもあったという。

中学時代の習作「私のシゴト」で鼻の大きな醜男がコンプレックスから事件を起こす顛末を諧謔的に描き、のちに太宰治になってからの短編「葉」でも、〈叔母の言う。／「お前はきりょうがわるいから、愛嬌だけでもよくなさい。お前はからだが弱いから、心だけでもよくなさい。お前は嘘がうまいから、行いだけでもよくなさい」〉と書いている。自分がどう見られているか、常に意識している太宰は、些細なさげすみを受けても傷つく。年を取ると、たいていの人間は多少なりとも図太くなり、些細なことでは傷つかなくなるものだが、太宰は長じても傷つきやすく、美知子は結婚直後に、太宰から、「かげで舌を出してもよいから、うわべはいい顔を見せてくれ」と言われて、唖然としたことがある。幼少期に顔のことを言われて傷ついた記憶でもあったのか。それを逆手にとって、自らをわざと醜男と蔑むことは、太宰作品の常道であった。

「無間奈落」では、主人公の幼少時代の〝悪〟を、第三者の目で克明に描いていることも注目される。それは、父親から淫蕩の血を継いだ彼が、弱い立場にある女中達に対して、小暴君と化すさまを描く場面に明らかだ。

とにかく彼は女中を馬にし、その脊にまたがって女中部屋をグルグル廻らせたりした。彼はごく微ながらも彼の内股の下に女の成熟した白い脊を感じて居た。彼は苟も彼の馬に成ることを拒んだ女中には猛然とこれに飛びかかって、もじゃもじゃの髪を尚一層もみくちゃにし、そしてその紫の頬に二三本の蚯蚓脹れを作らずには置かなかった。そして彼はその暴行に対する女中のじんなりした防禦に、とても懐しい女を感じたのであった。

「思い出」では〈すこしの風にもふるえおののいた。人からどんな些細なさげすみを受けても死なん哉と悶えた〉と書いているのに、「無間奈落」では、幼少時代の自分をモデルにした乾治に対する、下男からのさげすみを露骨に描いている。それは、納屋で快楽を貪り合う男女の姿を乾治に見せた下男の浅公が、眼をひきつらせて何かの怪物の如く納屋の節穴を覗いている幼い乾治に嫌悪を抱く場面で示される。この凄絶な光景を目の当たりにした浅公は、自分の犯した罪の恐ろしさに慄然とし、不覚にも涙を流しながら乾治の腕を引っ張り、納屋から遠ざける。だが、乾治は、「浅っ！　放せったら。馬鹿っ」と、かん高く叫ぶ痩せこけた餓鬼となり、残り惜しそうに納屋の方を背伸びして眺めている。

浅公は此の瞬間、生れて始めて主人に対して侮蔑の念を感じる事が出来た。

――浅間しい奴だ。この色餓鬼め、恥を知れ恥を。

彼は胸の奥底から、勃然と今迄感じた事のない力強い何物かが湧いて来るのを感じた。彼は尚も泣きじゃくりながら、彼の鉄拳を唸りを生じさせて飛ばしてやった。小さい主人の長い頭めがけて。

空は物凄く暗く成って時雨がばらばら降り始めた。


半生を回想した「東京八景」（昭和十六年）で太宰は、〈今では、この「思い出」が私の処女作という事になっている。自分の幼時からの悪を、飾らずに書いて置きたいと思ったのである。二十四歳の秋の事である〉と記しているが、飾らぬという点では、自らをモデルにした少年を〈この色餓鬼め〉と表現している「無間奈落」の方がはるかに率直である。

挑戦は、これだけではなかった。本作では、いわば「父殺し」までしているのである。〈私の父は非常に忙しい人で、うちにいることがあまりなかった。うちにいても子供らと一緒には居らなかった。私は此の父を恐れていた〉という表現をはじめ、「思い出」では父のことはごくあっさりとしか触れられていない。それが「無間奈落」では父の姿を、〈彼は金の無い貧乏な人達を心の底から軽蔑はして居たが、それを露わに外に出すような危険を敢えて冒す程の馬鹿でもなかった。彼の表面の態度のみは成る程道徳的な田舎の県会議員たるに恥じなかったが、裏面はもはや放蕩極まる好色漢に堕して居た。彼はこの誰しも欲する所の二重人格を見事に行い分ける程頭のいい、現代的な男であった〉とかなり否定的に、克明に造型されている。

その父が、旧制中学に入る直前に死去したときのことは、「思い出」では抒情的に描かれ、清冽な印象すら残す。

その翌春、雪のまだ深く積っていた頃、私の父は東京の病院で血を吐いて死んだ。ちかくの新聞社は父の訃を号外で報じた。私は父の死よりも、こういうセンセイションの方に興奮を感じた。遺族の名にまじって私の名も新聞に出ていた。父の死骸は大きい寝棺に横たわり橇に乗って故郷へ帰って来た。私は大勢のまちの人たちと一緒に隣村近くまで迎えに行った。やがて森の蔭から幾台となく続いた橇の幌が月光を受けつつ滑って出て来たのを眺めて私は美しいと思った。

それが「無間奈落」では、父の死の時の思い出は〈不孝極まることだけ〉と記し、まるで抒情味はなく、父を冷徹に眺める青年の感情を、むき出しにして描いている。

それは先ず防腐剤と、お線香との烈しい臭気に軽く眩暈を感じた事。又、あのM町一番の見栄坊がこんな不潔な死骸を皆に見せつけたりした醜態を考えて、軽い淋しさに襲われ出した事。明るい電燈に照らされて居た、行年四十七歳の父の死顔に依って、彼が好んで書いて居る死面《デッドマスク》の研究をしたりした事。又東京の私立大学を半途退学して其の頃家に居て既に結婚して居た長兄が、四辺《あたり》かまわず大声で泣き叫んだ馬鹿馬鹿しい取り乱しかたに無限の軽蔑を覚えた事。果ては、美しい若き妻が其の悲しみの極にある彼女の夫を恥ずかしそうに介抱して居る場面に大真面目の嫉妬を感じたりした事。ざっと其れ位のものであった。

「無間奈落」の発表から二か月後の「細胞文藝」第三号に比賀志英郎の名前で発表した「彼」は、その素材と文体などから推して、相馬正一ら研究者から、太宰の習作の可能性が極めて高い、とされている。本作でも太宰は、〈父や父代わりとなった兄を突き放すようにして書いている。〈生気潑溂たる青年文士を以て哀れにも自ら任じて居る〉P市高等学校の生徒の「彼」にとっては、代議士だった父親が亡くなった際、母から「ゆくゆくは政治家になる」と期待され、兄の命によって大学は法科に行くことが定められた運命は、不満でしかなかったからだ。〈彼は、家の為に彼を犠牲にしようとする因襲的な母や兄が憎らしかった〉。

父亡き後に実家を継いだ長兄文治は、中学時代、そして高校に入ってからも通常の学生の何倍もの仕送りをしてくれ、足りなければさらに追加までしてくれる存在で、頭が上がらない。まして、その兄の文治は三十歳の若さで、太宰が高校に入った年の九月、青森県会議員選挙で最高位当選（北津軽郡）し、地方の名士となっていた。太宰と中学、高校時代から交流のあった鳴海和夫は、当時、太宰が、兄のことを報じる新聞を示しながら、「何が山源（太宰家の屋号）のオンチャ（長兄に対する弟達の称）だ、県議令弟だ、家がなくては、兄がなくては、俺は認めて貰えない」としみじみと語るのを記憶している（「太宰治氏の憶い出」）。

その郷土の誉れである兄・文治が弟に仕送りするのは、何も弟にやりたいことをやらせるためではなく、よい大学に行かせるためである。それは、兄弟で一番優秀だった太宰をかわいがっていた亡き父親にかわる期待だった。その重苦しい思いが、「無間奈落」では、父への厳しい描写となって表れ、習作「彼」では〈家の為に彼を犠牲にしようとする因襲的な母や兄が憎らしかった〉と書かせた。斉藤利彦は『作家太宰治の誕生』で、〈ある意味での「父親殺し」は、太宰にとって自立への途であると同時に、自分らしさを見出す上で必然的なことであったともいえよう〉と分析している。父親のことを嫌いだから否定したのではない。自分らしく生きるために、父親を否定し、母や兄を憎んだのだ。

太宰は当時、「無間奈落」について、同級生の石上玄一郎に「暴露小説」のつもりだと語っている。どこまでが事実かは別にして、父の淫蕩と自らの放蕩を暴露し、新興地主階級の醜聞を明らかにすることは、まさに自身のように地主階級の育ちにしか為し得るものではない、という自負もあったと思われる。受けるはずであった。注目されるはずであった。

発刊前夜には、石刷版の細長いポスターをたくさん作り、校内の廊下や学校周辺の電柱などに貼ってまわった。黄色と黒の格子縞にした地には、大きく「細胞文藝」と刷り込まれ、その横には小さく「細胞文藝を読まざるものは近代人にあらず」と記してあったという。一枚では効果が薄いと考え、何枚も何枚もつづけて貼った。芸妓遊びをしていた青森市にも奇矯な絵の表紙ポスターが貼られていたのを、当時、青森中学三年生だった小野正文は通学途中に目撃している（『太宰治をどう読むか』)。

　作家になりたい。そう思っていた太宰が、「細胞文藝」が中央文壇にも読まれるよう、雑誌の寄贈先並びに雑誌への寄稿者になる作家のリストをつくっていたことが平成二十八年、東京大学の安藤宏教授によって確認され、同年十一月十五日の「東奥日報」で報じられた。見出しは、白地ベタ黒で「太宰所有の文藝公論か」と打ち、〈作家名簿に○×、下宿先住所書き込み　県内で発見「価値高い資料」〉と報じた。

　太宰が所有していた雑誌と確認されたのは、「細胞文藝」の発行直前の昭和三年一月に発行された雑誌「文藝公論」で、雑誌に収録された「現下文壇に活躍しつつある新人を努めて網羅せり」と記した「最近文士録」には約三百三十人の作家の名前がアイウエオ順で並び、経歴と共に住所が掲載され、そこには太宰のものと見られるペンや赤鉛筆で名前の部分に「○」や「×」の書き込みがされていた。

　青森県内の男性が所持していたこの雑誌は、表紙や後半が欠けていたが、百二ページの「最近文士録」とある表題の横には、弘前市内の太宰の下宿先である「藤田方」の住所が書き込まれ、住所録の末尾には、太宰の兄、圭治のペンネームである夢川利一の名前と住所が書き加えられていた。これらを確認した安藤教授は、太宰が書き込んだ可能性が高いと判断した。

　黒のペンで「○」をつけた上に赤丸のあるものと、いきなり赤丸だけのがあり、赤○のみは、佐藤春夫、志賀直哉、谷崎潤一郎、武者小路実篤など実力者が多い。ただ、意外にも小説を愛読していた泉鏡花や幸田露伴、田山花袋、近松秋江、坪内逍遥、永井荷風などはノーチェックであった。

一方で、中学時代に「幽閉」（「山椒魚」の原型）を読み、その才能を高く評価していた井伏鱒二は、その「文士録」の略歴にも「早大に学ぶ。雑誌編集をなせし事あり。短編数多あり」とあるように、まだ本は出ていない新進作家だったが、赤い○をつけている。

黒島伝治や「淫売婦」「海に生くる人々」の葉山嘉樹などプロレタリア文学作家、「何が彼女をそうさせたか」が話題を呼んだ藤森成吉、築地小劇場の小山内薫、哲学者の倉田百三、菊池寛から青森県人の秋田雨雀、北村小松など、世代やイデオロギーに関係なくかなり幅広く寄贈しようと考えていたことがよくわかる。

それにしても、「細胞文藝」の創刊号の匿名コラムで、〈三老人よ、悪きことは言わず、今は死にどきなり〉と書いた三人については、無印の徳田秋声を除き、島崎藤村、正宗白鳥の二人は、赤い「○」がつき、〈久米某、小説より麻雀巧し〉と書いた久米正雄、〈感傷主義に中毒し、今や……〉と書いた佐藤春夫、〈新進作家達よ。世に汝等程ひどく買いかぶられて居る怪物もあまり有るまい〉と書いた横光利一、川端康成、片岡鉄兵の名前も寄贈リストに入っているのは、どう考えるべきか。自信の表れとも言えるし、若さゆえの傲慢さにも見えるが、少なくとも「無間奈落」をもって世に出ようとする意欲は満々であった。実際にこのリストをもとに「細胞文藝」を寄贈したかどうかは不明だが、井伏には、第四号に寄稿してもらっている。

が、満を持して発表した小説「無間奈落」は受けなかった。それどころか、下宿は返本の山となった。

雑誌が出ると間もなく、太宰は、クラスメイトの大高の席に近づき、「書店の店頭に並べて貰ったがほとんど売れないのでねえ」と憂鬱な顔つきだったという。父である大村周太郎が愛妾にした女性おさだについての描写には、それなりの自信もあった。鏡花の影響があるにしろ、芸妓の世界を少しでも見ている太宰には、一日の長がある表現のつもりだった。とりわけ、彼女が眠っているうちに、生まれたばかりの周太郎との子供を奪われて、気が狂う場面は確かに独特の情趣があり、技芸がある。


『ひいっ』

と絹を裂くような声を上げて彼女は、のけざまに床《とこ》の上に倒れてその場で悶絶してしまった。

怪しい暑気がむんむんと部屋の中で蠢き始めて居た。

暫くして彼女はむくむく起き上って、滑稽《おどけ》たような眼つきをして、彼女の房々した髪を気軽そうに掻きむしった。髪の中から、ばらばらばらと数匹の毛虫が畳の上に落ちた。

『よく光る黒い毛虫だこと。おや、この毛虫にはどれだって毛が一本もないわ。まあ、よく太って居ること。人間様の頭の血を飲んで居たから太ったのだわ。あらあら、腹が真赤だわ、蚯蚓見たいね。いやだわねえ』

　彼女が尚も髪を毟るに連れて、ひっきり無しに無数の毛虫が畳の上に降って来た。

　それも特に話題にならず、地元紙からは「親父の瘡《かさ》っ気《け》が息子に出たような小説だ」などと酷評もされたという。暴露小説というからには、地主の大村がこうした頽廃的な生活を送るために、農民に対してどれだけの収奪と無慈悲な搾取を行っているかを暴露し、大土地所有制度の問題を明らかにすべきなのに、この小説では、一個人の興味本位な醜聞の暴露でしかない。それがプロレタリア文学に強い関心を持つ石上の感想だった。

好意的な評もあるにはあった。昭和三年六月十六日の「東奥日報」に記者の竹内俊吉が「『細胞文藝』その他」と題して、論評記事を書いた。「『細胞文藝』は芸術的精進のみを旗印にして打って出たことは愉快である。（中略）本気で仕事をして行くその態度が良い。こうした本気な雑誌が生れたことは第一郷土の為に良い。所謂装飾用文芸、装飾用マルクシズムなどよりずっと気持が良い。『細胞文藝』は弘高の津島修治君がやっている。第一号なんかは堂々としていた。お陰で大へん売れなかったということだ。同人雑誌の五十銭は事実高すぎるけれども、こうした部厚な雑誌が私達のまわりから生れたことは愉快である」。ただ、記事は、太宰を満足させるものではなかった。「無間奈落」についての言及もあったが、「作品の出来は声を大きくしてほめなければならぬものではないがこうした大きい物を書いて行きつつある同君のどっしりした根強さに期待を持つ」としか触れられていなかったからである。

竹内は、この五年後の昭和八年に太宰治という筆名で初めて書いた小説「列車」を「東奥日報」の日曜付録「サンデー東奥」に掲載した際の担当記者で、太宰に若い頃から目をかけていた人（後に青森県知事）である。その人にすらも〈声を大きくしてほめなければならぬものではない〉と書かれた「無間奈落」は確かに骨太な意欲作だったが、〈父のこと、息子のこと、父の愛人のことが雑然と描かれ、物語としての興趣には乏しい。序章だけで判断するのは酷だが、父親の造形も、否定にやっきで、人物としての肉感に乏しい。醜男だから勉学に励むという展開も説得力はなかった。醜男だから運動に励む、醜男だから不良に走る。実は、なんでもありなのである。才気ばかりが空回りした。

自信満々だっただけに、本人の落胆は大きかった。それでも、すぐに諦めるわけにはいかなかった。「無間奈落」のつづきの原稿を書くや、大高ら友人を下宿に招き、原稿を朗読して聞かせた。大高によると、太宰は紬か何かの立派な袷がさねにわざわざ着替え、角帯をしめ、恐ろしく香気の高いコーヒーを皆にすすめると、机にもたれて朗読にかかったという。その後の展開では、県立病院長の令嬢に興味を抱いた乾治が、たった一つの美しい道具である小さな目をしばたいてウィンクして見せたり、ことさらに無関心を装って欠伸をして見せたりする、といった筋だったというが、「細胞文藝」第二号は散逸し、小説は中絶となった。それどころか、第一号の匿名コラムなどを中心に、中央文壇を敵に廻すような内容を、吉屋信子から「あなた方が『偶像破壊』などと古典を罵倒するのは身のほど知らずというものです。若い時は罵倒するより学ぶ方が肝心ですよ」と叱られ、太宰が「参った」と頭を抱えている姿を、石上に目撃されている。

結局、意気込んで取り組んだ「無間奈落」は、第二号で未完のままに終わる。石上の記憶では「或る意外な障害に出合い、これから先は書くのを躊躇せねばならなくなりました」と編集後記にあったという。実家からの仕送りで作っている雑誌で、実家のことを「暴露」するのは、長兄の許すところではなかったのである。

それでも自尊心が傷つくほどに、神経が研ぎ澄まされ、文章が精彩を帯びるという太宰文学の特徴は、すでに高校時代に芽生えていた。最初の成果は、先に少し紹介した「彼」である。〈生気溌溂たる青年文士を以て哀れにも自ら任じて居る〉P市高等学校の生徒の「彼」が、「解剖文芸」という雑誌を出すという展開の短編は、明らかに「細胞文藝」での挫折の体験を材にしている。

物語では、「彼」が、「ゆくゆくは政治家になる」ことを期待する母や兄の思いをよそに、親の目をかすめて同人雑誌「解剖文芸」を出すまでのいきさつから、雑誌のポスターの図案に小躍りし、長編小説を熱と感激とで書き下ろしたにもかかわらず、「解剖文芸」がまるで売れず、第二号を出す金も尽きてしまう困惑と落胆を克明に描いている。つらさのあまり、〈いきなり人間を殺して見たらいくらか気が晴れるだろう等と考えて見た〉という表現まで出てくる。

〈一番悲しかった事は彼が信じきって居た黄金の殿堂が今では夢想だにせぬ荒屋に見え出して来た事である〉

この習作は、研究者が指摘するように、明らかに第一作品集『晩年』に収録した「猿面冠者」のもとになっている。「猿面冠者」は、本州北端の地主の家に生まれ、自惚れの強い「彼」が、長編小説を書きあげ、名声を夢見るが、意に反して酷評され、友人からも辱めをうけ、十年も老いた気持ちになるもので、まさに習作「彼」のテーマを発展させたものだった。

いかにも太宰らしいのは、いっけん本当のことを言っているようでいながら嘘をつく、天性のフィクション作家の姿を、早くも短編「彼」で示していることである。「細胞文藝」の登場は、東奥日報の竹内記者によってほめられたが、太宰の作品への評価は今ひとつだったという事実は先に見たとおりだ。それが短編「彼」では、彼の書いた長編は〈吾人の期待しなかった獲物である。その線の健実《ママ》さと云い粘ばり強さと云い新進作家として稀に見る〉と評価され、主人公は、その新聞を手に小躍りし、褒められた箇所を暗記して友達に言いふらしたことになっていた。ただ、誇張にも自賛にもさすがに限界はあった。それにつづき、〈彼の長篇小説は、あの田舎の新聞記者が長篇という文句に、どぎもを抜かれて、目茶苦茶にほめ上げた他には誰一人として褒めて呉れるものはなかった〉と習作「彼」では淋しく記した。

同年七月の「細胞文藝」第三号で、「彼」と同時に、辻島衆二の名で発表した「股をくぐる」にも、自尊心が傷つけられたときの、太宰らしい羞恥心の表現が開花している。この作は、作家として世に出ようとする野望が揺らいだ太宰の心境を、「韓信の股くぐり」――漢の天下統一に功績のあった韓信は、若い頃、町のごろつきに喧嘩を売られたが、大志を抱く身であったことから、ごろつきと争うのを避け、言われるままにごろつきの股の下をくぐらされるという屈辱をあえて受ける――に、なぞらえて描いた作品である。ただ、「韓信の股くぐり」が、将来に大望のある者は、目の前の小さな侮りは忍ぶべきという話であるのに対して、太宰の習作は、〈満腔の同情を寄せて居た。愛してさえ居た〉町の貧しい青年等から侮られ、ただひたすらに屈辱にもだえる小説である。

〈多くの臆病者がそうであるように偉大なる自尊心を持って居た。それだから今彼はこの礼節を弁ぜぬ、貧困の青年等に取り巻かれて、ほとほと当惑して了った〉主人公は、「てめえは臆病者だ」

という、いちいちピリッピリッと痛く突き刺す青年たちの、百万の罵言にのたうちまわるうちに、たくさんの人が見ている前で、青年の股にはさまれてしまう。ラストでは、屈辱の恨みにのたうち回る主人公は、〈其の誇張的な身振りに、或るみじめな道化役者を感じて、やるせない淋しさに襲れる〉。高校時代の太宰にとって、屈辱に耐えることは、大成のための名誉ある忍従ではなく、ただ、辱めでしかなかった。

後に発表した「道化の華」（昭和十年）の〈彼等のこころのなかには、渾沌と、それから、わけのわからぬ反撥とだけがある。或いは、自尊心だけ、と言ってよいかも知れぬ。しかも細くとぎすまされた自尊心である。どのような微風にでもふるえおののく。侮辱を受けたと思いこむやいなや、死なん哉ともだえる〉という表現に比べると、稚拙ではあったが、「臆病」という言葉と「自尊心」という言葉が結びついているところには、すでに太宰治誕生の萌芽があった。

それは、優等生で文章がうまく、エリートコースまっしぐらだった中学時代の、無邪気な自尊心ではもはやなかった。意気込んで書いた「無間奈落」が評価されず、怖気づくことを知った、負けることを知った人間の「臆病な自尊心」である。正宗白鳥など大家から、横光利一、川端康成など新進作家までにも挑戦状をたたきつけ、「創作は技芸なり」と宣言し、「読まざるものは近代人にあらず」というほどの高い自尊心があったからこそ、太宰は、「臆病」という言葉の重さを、身をもって知った。普通の高校生なら、一作や二作が評価されないだけでは臆病にはならない。自分をそれほど高く評価していないからである。

太宰は、「股をくぐる」につづき、同年九月刊の「細胞文藝」の第四号に辻島衆二の署名で発表した「彼等と其のいとしき母」でも、自尊心の揺れを描いている。これは昭和二年七月に、母タ子と上京し、美術学校出身の三兄、圭治を訪ねた体験をもとにした小説で、やはり主人公龍二は、成績が優秀なため、母は彼を〈父の如き立派な官吏に仕上げて、家督を相続させねばならぬ〉と力んでいるという設定である。それまでとの違いは、旅先でもお国訛が少しもとれず、声高に語る母に対して、見栄坊の龍二に〈憎悪すら感じて居た〉と思わせていることである。では、そんな龍二がなにほどの人間かといえば、〈ひどい自尊心を持って居るのだが、其の自尊心に到底追従して行く能力の無い彼の肉体のお蔭で、彼は事実悲惨な思い〉をしている。将来には少しの華やかさも感じられず、何の感激もなく、ただその日その日を引きずられるようにして暮らしているだけの龍二の姿は、太宰の当時の心境に近いものだったのだろう。短い物語は、後に第一作品集『晩年』の冒頭作「葉」でもほぼそのまま使われた象徴的な文章で終わる。それは、主人公の龍二が、〈新宿の歩道の上で、小さな石塊《いしころ》がのろのろ這って歩いてるのを見たのだ〉、に続く心境である。


——石が這って歩いてるな。

ただそう思うて居た。併し、その石塊は彼の前を歩いてる薄汚い小供が、糸で結んで引摺って居るのだという事が直ぐ判った。…………

考えれば考える程淋しかった。子供に欺かれたのが淋しいのではない。そんな天変地異をも平気で受け入れ得た彼自身が自棄《やけ》に淋しかったのだ。

自尊は敗れた。しかし、敗れたことでかえって太宰の文章の強度は増した。本作は、あくまで習作だが、その一部においては、すでに作家デビュー時と同じレベルに達していたことが、石塊をめぐるこの文章でわかる。負けることの淋しさ、弱い人の哀しみを知り、文章を鍛えたことで高校時代の太宰はすでに作家に一歩近づいた。だが、当時の彼は、自分の将来のことなど知らないし、自分の持ち味がどこにあるのか、模索中でしかなく、「彼等と其のいとしき母」を発表した「細胞文藝」の編集後記には、「辻嶋」という名前で苦渋の思いを書いている。

今迄で、三回出したけれど、何時だって得意な気持ちで出した覚がないのである。（中略）僕は恥辱を忍んで言うのだけれど、なんの為に雑誌を作るのか実は判らぬのである。単なる売名的のものではなかろうか。それなら止した方がいいのではあるまいか。いつも僕はつらい思いをして居る。こんなものを――そんな感じがして閉口して居る。殆ど自分一人で何から何迄、やって来たのだが、それだけ余計に僕は此の雑誌にこだわって居る。此の雑誌を出してからは、僕は自分の所謂素質というものに、とても不安を感じて来た。他人《ひと》の悪口も言えなくなったし……。こんな意気地のない狡猾な奴になったのが、やたらに淋しく思われもするのだ。事毎にいい子に成りたがるから、いけないのだ。編輯上にも色々変った計画があったのだが、気おくれがして一つもやれなかった。心にも無い、こんなじみなものにして了った。自分の小才を押えて仕事をするのは苦しいもんであると僕は思う。事実とても苦しかった。

中学時代に出した同人誌「蜃気楼」の編集後記で〈いかに作品は幼稚なものであっても活字になった自分の作品はまぶしい程美しく思われるのだ。えらいものだよ〉と書いていた頃の自身に溢れた表情とは好対照で「細胞文藝」を創刊した二年生になる時にはクラスで六番だった成績も、この頃になると目立って落ちはじめ、小説においても優越感が揺さぶられた。「細胞文藝」創刊号に〈俺達ハ嘲フベキ此ノ文壇ヲ前ニシテ極メテ無茶ナル数多ノ曲芸ヲ、極メテ美事ニ演ジノケ、遂ニ呆然タル文壇ヲ尻目ニカケテ悠々ト引上ゲントスルモノデアル〉と宣言してから、わずか四か月。この四号をもって「細胞文藝」は文壇を呆然とさせることもないまま、廃刊になった。

この時期に書いた「無間奈落」や「彼等と其のいとしき母」などは今日読むと、太宰の未来を暗示していて、作家の業のすさまじさが感じられてならない。一つ目は、優等生であるということの宿命が、人生に影を落とすことを予見していることである。

やれやれ俺は又他人の自慢の踏台にされた、と彼は考えて急に或る腹立たしさを覚えた。実際五人もの兄弟のうちでたった一人の優等生である乾治は、彼の家の人達に御自慢の種とされるのは尤もな事であった。併し乾治は家の人達の喜ぶのは彼自身が優等生であるからでは無くって、大村家に彼という優等生が一人出来た為であるということ位は勿論早くから承知して居た。承知はして居たが彼は家の人達の喜ぶのを見ては、つい先頃迄は万更悪い気もして居なかったのだ。それが此頃になって――はっきり言えば手淫に耽り出した頃から――彼の家の人達のこの態度は彼の将来に恐るべき障害を来すものでは無かろうかという不安を感じて来たのであった。乾治は今従姉の誇らしげな言葉を聞いて次第に憂鬱になってゆく自身をどうする事も出来なかった。（「無間奈落」）

太宰は、高校の二年になる頃から成績が急降下し、優等生の看板を完全におろし、昭和四年に三年生になった時の席次は三十八名中三十一席と低迷していた。この年の十二月十日深夜、多量の睡眠剤カルモチンを嚥下し、昏睡状態に陥った。それは「無間奈落」につづく長編「地主一代」の連載第一回の原稿を編集者に渡した日の夜で、翌日からは第二学期の試験が始まることになっていた。小説にかまけて学業を怠り、落第の汚名を免れるためであった、という見方も強い。それほどまでに優等生であることを求める親の期待は、太宰には重圧だったのである。作家としてデビューしてからの昭和十年の三月にも鎌倉で縊死を図り、未遂に終わっている。この時の行動は、なんとか入学した東京帝国大学の講義にも出ず、家族が期待する大学卒業の見通しは全く立たず、都新聞社の入社試験にも落ちた直後の出来事だった。

ただ、太宰の内面には、若い頃から、他人には推し量れぬ複雑さに満ちている。高校三年生で睡眠剤を嚥下し、昏睡状態になる一年以上前に発表した「彼等と其のいとしき母」では、〈又兄は自殺を感傷的なものとして嫌った。だが龍二は、自殺をもっと打算的なものとして考えて居た矢先だったから兄の此の言葉を意外に感じた〉と書いている。この表現は、昭和九年発表の「葉」でも、若干、言葉を変えて踏襲されている。芥川の死という現実がセンセーショナルに扱われているのを目の当たりにした太宰は、自殺を処世術みたいなものと考えていたのである。このため、これら二回の自殺未遂については、太宰が見せかけの自殺をしただけという説は多い。死ぬほど苦しんでいるのだから、成績が悪くても許してやろう、と親族から同情されることを狙う、打算的行動だったとも推測されているのだ。

狂言自殺だったか否かは別にしても、彼を優等生と見る、家の人達の態度が、〈彼の将来に恐るべき障害を来す〉という言葉は、その通りになった。

書いたことが我が身に降りかかる言葉の恐さを示す最たるものは、「細胞文藝」を終刊にした年の昭和三年暮れに、本名・津島修治で「校友会雑誌」に発表した「此の夫婦」である。物語は、「けちな売文業者」と卑下している兄の光一郎が、親の反対をおし切って結婚した芸者出身の妻が、弟の龍二に寝取られているのではないか、と妄想に苦しむ内容で、ラストでは、三人で撮った写真を現像するため弟と妻が押し入れに入り、兄がやきもきする。

〈この小説の筋は、後年の太宰の実人生と余りにもそっくりであることに、ぼくはなにか宿命的なものを感ぜずにはいられません。彼の人生は、予感と宿命との中にはじめから決定されていた。実人生は作品のあとをただなぞっていただけではないか、そのような感慨を覚えるのです〉と文芸評論家、奥野健男が『太宰治論』で書いている。高校時代につきあい始めた芸妓、小山初代とは、「此の夫婦」の発表から二年余後に暮らし始めるが、初代は、太宰がパビナール中毒により精神病棟に入院中の昭和十一年、太宰の義弟と不義密通し、太宰は懊悩することになる。まさに、小説の内容を地で行くような人生を歩むのである。

そんなことになるとは当時の太宰は思ってもいなかったはずだ。それどころか、いつものように、この小説も友人らに音読しており、聞かされた一人が、太宰がライバル視した石上玄一郎である。石上によると、読み終わると、「どうだ、うめえもんだろう」という態度をとったという。しかし、石上は褒めなかった。それどころか、「だいたいくだらねえな、写真の現像にかこつけ押し入れの中で、女房がこそこそ弟と密通し、それを知ってもわざと知らぬ風をしながら、そこにある種の倒錯した悦びを感じるなんて、だいいち悪趣味だよ。こんなのこそ没落、有閑階級の頽廃文化の所産というんだ」と酷評した。太宰は鼻白むしかなかった。

級友の大高勝次郎によると、廃頽的な「此の夫婦」が左翼的な「校友会雑誌」に掲載されることは、〈作品の価値を引き立てることにはならなかった。かえって、作品その物と同時に、作者の思想が批判されるようなことにもなった〉という。そして、左翼の拠点の一つである演劇研究会の指導者であった国枝という教授からはある日、「君などはマルクスの本の一冊も読んでから来給え」と一喝され、教室の壁際で意気消沈して佇んでいたこともあった。大高もまた、太宰の思想の古さを指摘し、左翼的なものが書けるようになることを希望したが、太宰は、「上田（註・石上）君のようになれと言うんだね」と興味なさそうに答えただけだったという。

年が明け、太宰が三年に進級する昭和四年になると、文学界では小林多喜二「蟹工船」や徳永直「太陽のない街」など、プロレタリア文学が一世を風靡する。作家として世に出ることを願う太宰にとって、この風潮は無視しえないものになってきた。

プロレタリア文学の隆盛と、「道化」の精神

プロレタリア文学が世を席捲した昭和四（一九二九）年、太宰の通う弘前高等学校では校長による校友会費等の公金不正費消事件が発覚し、校長が辞任、学校の正常化を求める生徒のストライキ（二月十九日から二十三日）が起き、学内は揺れに揺れた。

時の校長は、鈴木信太郎で、昭和二年八月、京都帝大書記官から転任して以来、弘前に数台しかない自動車を乗り回し、芸妓と遊ぶ、城下町では評判の教育者で、公金の無断流用は昭和四年二月十八日の「東奥日報」などで大きく報じられた。学内でこの問題を厳しく追及したのは、左翼運動の拠点である弘前高校社会科学研究会の石上玄一郎（本名、上田重彦）らが中心だった。

十六番目の官立高校として大正十（一九二一）年に開校した弘前高校は、第八師団司令部がある軍都の高校ということもあり、保守的な学校だったが、それを変えたのは、のちに再建共産党の委員長になり、武装共産党を指導した、太宰よりも三級上の田中清玄である。のちに転向し、戦後、政財界の裏側に通じた「昭和の怪物」と言われた田中清玄は、高校入学後、ほんの数人しかいなかった社研を、百人を超える大組織にし、軍事教練反対を叫ぶなど、弘高社研を全国でも有数の社研に育てた。その後を継いで社研に参加した石上によると、校長による公金費消事件の当時、弘高社研は、全国組織の学生社会科学連合会（通称「学連」）と、その傘下で東北帝大を中心とする高等、専門学校の社研の連合組織、東北学連の指導下にあった。至上命令は、「あらゆる機会を利用して学生大衆を闘争に動員せよ、ストライキを更に政治闘争に転化せよ」というものだった。

学内では、校長の辞任にとどまらず、ストライキによって政治闘争にまで発展させようとする石上ら大衆派と、「諸君、だまされちゃいかんよ、この事件の背後にいるのは赤の野郎どもだ、共産主義者だ」とストライキを阻止しようとする幹部派に分裂、結果、ストライキは在籍生徒約六百名のうち約四百名以上が参加し、二月十九日から五日間にわたって同盟休校が行われ、校長排斥に成功した。この間の太宰の態度は、臆病であり、甚だ曖昧であった。

芸妓と遊び、公金を費消した校長に同情しているようですらあった、という級友の証言もある。ストライキの直前、新聞雑誌部の平岡敏男（元毎日新聞社長）ら先輩の卒業送別会を料亭で開き、その席に芸妓を呼んだのは太宰の発案である。同席した石上による太宰の印象は〈こういう場面になると、にわかにはしゃぎ出し、芸妓相手に洒落は言う、冗談はとばすで、その弾んだ言葉のやりとりは、まさにひとかどの遊び人だった〉という。

芸者遊びはおろか、料亭に出入りするのも初めてだった石上は、遊びなれした太宰の姿も、芸妓なる「妖怪変化」の存在も、ただ当惑するばかり。そんな自分を、「いや、こちらまだ遊びというものを御存知ないんだよ、べつにご機嫌がわるいわけじゃァないさ」ととりなす太宰は、まるで異人に見えた。

当時は芸者も酌婦も遊女も、その多くは貧しい農家の出身であり、小作料滞納のため耕地の立入禁止や返還を迫られている家の犠牲となって売られてきた娘たちなのだった。しかも彼女らを相手にその通人ぶりを誇示しているような津島をみると、私はやはり彼が私とは異邦人であることを切実に感ぜずにはいられなかった。（石上玄一郎『太宰治と私　激浪の青春』）

これは石上一人の見方ではない。高一からの級友で、成績がクラスで一番だった大高勝次郎の証言する高校時代の太宰像もまた、中学時代までの明るい印象とも、後年の「含羞の人」という肖像ともかなり異なる。大高勝次郎『太宰治の思い出』から引用する。

津島は論理的に物を考えたり、思索したりする人ではなかった。彼は主として、神経や感情の動くままに動き、かつ行動した。彼は教室においてもまことに賑やかな、躁がしい人であった。「躁人」という言葉は正に彼のためにあるような感じのする人であった。彼は級友のちょっとした言動にも、たちまち普通人の何倍も激しい感応を示して、茶化したり、嘲笑したり、ひやかしたり、感心したりするのであった。鈍感な者に対しては「麻痺性痴呆症」と呼び、孤独な人に対しては「孤独狂《モノマニヤ》」と罵ったりした。恋愛事件を起した人に対しては、病的とも言うべき興味を示し、気の毒なほど、ゴシップを撒きちらしたりした。

彼はまた、その持前のおどけの癖を最も無遠慮に発揮した。咽喉仏に手をあてて、テノールの真似をして教室の中を歩き廻ることもあった。授業時間中に、同級生の一人が描いて廻す線画の裸体画の股の所を色鉛筆で赤く塗りつぶしてよこすこともあった。

津島はまた、たえず、自分自身のことと、その家のことを語った。その自己表白はしばしばあまりにも赤裸々であった。幼童の頃、彼は女中と通じたが、その交渉によって、彼の幼いペニスは脹れあがってしまったという。そしてそれを見つけた彼の家人は、多分何かの生物に刺されるか嚙まれのたに違いないと言って、彼のその局部にある種の手当をしてくれた、と彼は言った。彼はまた毛深い男であったが、その毛深さは肌の軟かな女にかえって珍重され、女の方で抱きついて離さないのだそうであった。家の財産や家族のことも、余りにもしばしば話された。「世間は凶作を騒ぎ立てているが、俺の家の土蔵には米が一杯詰まっているのだ」「私鉄買収で、俺の家は八十万円（現在の約四億円）貰った。」「俺の家には二百町歩の田がある。父は貴族院議員、兄は二十代で県会議員、銀行会社の重役である」「見渡したところ、金のあるのは僕ぐらいのものだろう……」

津島は傲慢な人であった。家門と英才の誇りに加えて、芸術至上主義的な考え方がそうさせるのである。彼は中小地主や小ブルジョアの子弟などは鼻であしらった。同級、同期の生徒の大部分は、彼にとって取るにも足らぬ者であった。「見渡した所、大した奴もいないなあ」彼は嚙んで吐き出すように言った。いわんや生きることに汲々として俗事に日を送っている下層階級の者や、無教養の徒は、彼にとっては何のために生きているかわからぬ獣のような輩にすぎなかった。彼は貴族であり、彼等は賤民なのである。この考えは、彼の生涯にわたって終《つい》に微動もしなかった。

一面彼は含羞の人であり照れ屋であった。はにかみを彼は人間の重要な徳性の一つと考えたが、これは、彼の傲慢さと何等矛盾するものではないのである。大地主の子として常に衆人の讃美と羨望の中で育った彼が、幼い頃から含羞の癖を植えつけられたことは当然のことである。傲慢と含羞は楯の両面にすぎない。

大高の語る高校時代の太宰治像と、中学時代までの明るく、話も面白くて、茶目っ気もあった優等生の姿との落差はあまりにも大きいが、成績が急降下しつつあった太宰に残された誇りは、文才と家門だった。

中学時代には、同人誌に「負けぎらいト敗北ト」という小説を書いた太宰は、作家になってから随筆「もの思う葦」に、高校時代の自尊心のありようを明確に記している。

私は小学校のときも、中学校のときも、クラスの首席であった。高等学校へはいったら、三番に落ちた。私はわざと手段を講じてクラスの最下位にまで落ちた。大学へはいり、フランス語が下手で、屈辱の予感からほとんど学校へ出なかった。文学に於いても、私は、誰のあなどりも許すことが出来なかった。完全に私の敗北を意識したなら、私は文学をさえ、止すことが出来る。

不抜の自尊心がある文学においても思ったほど評価されず、「細胞文藝」も資金難で終了するに至っては、自負できることはわずかである。躁的な騒がしさも、家門の自慢も、通人気取りのおどけたしぐさも、友人に負けたくないゆえの狂騒ではなかったのか。

高校三年生の頃、毎週、土曜日ごとに青森の料亭「おもたか」に通い、初代を部屋に呼んでいた太宰にとって、公金を費消して芸者と遊び、排斥される校長の姿は、明日の自分の姿でもあった。実兄から見れば、芸妓遊びに仕送りの金を費消するのは不正使用である。

運動への弾圧がつづく中で、抵抗運動も激しくなり、太宰には、地主階級への風当たりも強く感じられるようになってきた。休暇で実家に帰ると、馬で運んできた米俵を積み上げ、検査を待っている小作人の姿を見たこともある。農民たちは、醬油で煮しめたような頰被りをとって、実家の帳場の者が、米を検査するのを待っていた。『金木郷土史』に掲載された知人の証言では、戦後になってから太宰はその時のことを回想して「ぼくはこれを見るのがつらくって、つらくって仕方なかった。この気の毒なありさまを見てぼくは地主の家に生まれた自分がいやでいやでたまらなかった」と語っている。ひとつの思想らしきものが学生時代に芽生えた。それは滅びの予感である。

青森市の同人雑誌「猟騎兵」の編集をしていた藤田金一が、一本の電報を受け取ったのは、ストライキの終結から半月ほどたった三月上旬である。「アスゴゴ一ジセイヨウケンヘオイデコフ　ツシマシウジ」。

翌日、東奥日報社の隣にあった西洋軒に行くと、相前後して、東奥日報の竹内俊吉記者もやって来て、「やあ、君のところへも電報来たの、きっと原稿を読んで聞かせるのだろう」と二人で笑いながら待っていると、制服にマントをはおった太宰が、恐縮したように薄く笑ってやって来た。太宰はコーヒーも飲まずに一気に読み終え、「さあ、どうだ」という顔つきで二人を見回した。その顔には、もはや最初のおどおどした様子はなく、「これでもか」という自信にあふれていた、という（「国文学　解釈と鑑賞　昭和四十四年　五月特集増大号　二十世紀旗手・太宰治」山内祥史「『虎徹宵話』の初稿」）。

それが昭和四年八月発行の同人誌「猟騎兵」に小菅銀吉の署名で発表された「虎徹宵話」で、幕末の新選組の姿を通して時流から取り残されていく人間の悲運、時勢の非情さを描いている。

「みじめなものだ。新選組が何処に行っても人気がないのは、当り前の事さ。えらい奴は皆どしどし新選組から脱けて行く。……残って居る奴はどれもこれも仕様のない阿呆。……時勢だな……俺にして見た所で、いつかはこれはこういう事に成る……とは思うて居た。が、こんなに早く、こう迄急にこう成ろうとは……不思議……というより恐ろしい……」

あくまで時代小説であり、現代のことは一行も出てこない。だが、小説では、新選組の男が、おせいという女に「いかにも未来は、奴等（註・薩長）の同志のものだ。俺達は、……俺達は殺されるのを待っている許《ばか》りだ。……殺されるのを待っている……」と語り、「お前には、どぶんどぶんと不断の恐ろしい力で俺達に押し寄せて来ているあのもの凄い時勢という波の音が聞えないのか？」と聞く……。

藤田にも竹内にも、新選組末期の断末魔が聞こえるだけの、ありきたりな内容にしか思えなかったが、自分の不安な内面を仮託して書いた太宰は、この小説に愛着があった。この年十二月十五日発行の「校友会雑誌」には改訂版「虎徹宵話」を発表、次の文章を追加した。

『あいつ等は時の流れというものを知らない。嘗っては俺もそれを知らなかった。だが俺は多くの事実を見た、しかも正しい眼でだ！　そして、そして知ったのだ、つまり昨日の善は今日の悪であり得るという事をだ。だから世の中も其れに従って土台から建て直さなければウソだ。いいか、おい、今に見ろ、あいつ等の夢想だもしなかった、素晴しいどんでん返しがあいつ等の悠々閑々たる足下から、むっくり起るぞ！』

小林多喜二「蟹工船」、徳永直「太陽のない街」が発表された昭和四年は、まさにプロレタリア文学が時の流れを得ていた。ものすごい力で押し寄せてくるプロレタリア文学の勢いを感じていたのは一人、太宰だけではなかった。昭和三年十一月から夫人と世界漫遊の途につき、アメリカ、ドイツ、フランス、イタリア、イギリス、ドイツを遊歴し、昭和四年十月に帰朝した自然主義文学の重鎮、正宗白鳥も、日本の変貌に驚いていた。出立の際には、新聞、雑誌からいくつも原稿依頼があったので、帰国後は大いに新帰朝者気取りで、文壇で新知識を振り回すつもりだったが依頼はほとんどなかった、と『文壇五十年』で回想している。それどころか、ある有力雑誌の記者からは「あなたのお留守の間に世の中は大変かわりました」と言われたという。

変ったというのは、つまりはプロレタリア文学が猛烈に勢いを増したという事なのだ。

「それではこのごろは、どういう作家が最も歓迎されているのか」と聞くと「小林多喜二と徳永直の二人です」とその雑誌記者は一点の疑いも容れない信念を持っているような口調でいった。

優勝国を見物して来たつもりの私には、不在中に、二人の傑れた青年作家が日本の文壇なんかに出現したことが奇異に感ぜられたのであった。それでこの両人の新作家の名前は、今日までも心に深く感銘されているのである。

「このごろはみなさまお暇です」と、ある雑誌社の社長がいったが、この「みなさま」は、私たち旧作家をさしていうのであった。

「十六歳の日記」「伊豆の踊子」を発表し、横光利一とともに新感覚派の旗手として活躍していた川端康成の目にもプロレタリア文学の隆盛は明らかだった。川端は、昭和四年の小論「新人群の登場」で、〈昭和四年の創作壇では、小林多喜二氏、徳永直氏、武田麟太郎氏、中本たか子氏、その他プロレタリア派の新人達の花々しい姿が目立った〉と総括している。また、同年九月の「文芸時評」では「左翼特等席」の小見出しをつけ、〈評論壇は殆ど全く、左翼の人々に占められているのだ。一団として雑誌に立て籠り、芸術派の立場から戦っているのは、僅かに「文藝都市」の若い同人達だけだ〉と慨嘆している。

ただ、人生の酸いも甘いも嚙み分けている正宗白鳥にしても、ぎょろりとした「末期の眼」で世の中を見つめた川端も、いずれ時代は変わっていくだろうと考える、落ち着きがあった。だが、のちに師と仰いだ作家、井伏鱒二から〈信ぜられないほどに臆病である。被害を受けることや非難を浴びせられることを妄想的に近いほど危ぶむたちである。その意味では病的であった〉という印象を持たれた太宰である。〈甘やかせばキリのない愛情飢餓症〉で、〈針でさされたのを、鉄棒でなぐられたと感ずる人なのだ〉と、のちに妻となった津島美知子に観察され、啞然とさせた太宰である。

ストライキや社会主義運動が頻発し、プロレタリア文学が支配する風潮を目の当たりにして、地主階級に生まれた自分は、もう滅びるしかないと思う意識に特性があった。革命を起こすのは大多数の大衆であり、殺されるのは有閑階級である。滅びには、選ばれた人間の甘美なロマンがあった。

中学高校時代の太宰と親しかった鳴海和夫は、太宰が、高校最後の年の夏休みで帰省した際、金木町の豪邸を訪れている。邸の二階には一室だけピアノのある純洋室の応接間があり、太宰は豹の毛皮の敷いてある長椅子に座っていた。

ストライキの声明書は自分が書き、運動に積極的に参加したことを告白したかと思えば、階級解放にマイナスの役割しか果たせない地主階級の苦悩を語る姿には、暗い影はなかった。そして、「我々マイナスの人間は、死ねば一番良いんだ、死のうと思って避病院（村の郊外にあった伝染病隔離病舎）の下水を掬うて飲んでも見たが失敗だった、一寸下痢しただけで終り」とか、「遊びに遊んで、すっかり体内のエネルギーを使い果して、生ける屍となったら、はじめて欲望から解放されて運動に挺身できる」とか、どこまでが本当で、どこまでが嘘かわからないような話が続いたという。金持ちであることに卑屈を感じながら、女中さんの運んできたブッカキ氷入りの冷たいサイダーを、豪華な長椅子に座って飲む太宰の姿は、鳴海には〈大家のお坊っちゃま風な応揚な姿〉にしか見えなかった。同時に、鳴海は、この「太宰治氏の憶い出」という回想記で、〈それにしても、死ぬためというならどうして外の色んな方法でなしに、こんな汚らしい方法（註・下水を飲む）だけを思いつかれたのか私には不思議な気がしてなりません〉と記している。

成績優秀という名誉を失う屈辱を味わうくらいなら、わざと最下位に落ちてもいいと思う太宰である。金持ちであることで、人から後ろ指を指されたり、地主階級であることを罵倒されたりするのは耐えられなかった。だったら、滅びるしかない。

「虎徹宵話」につづき、太宰がとりかかったのは、「学生群」だった。学内のストライキを通して、倒す側と倒される側の攻防を見ていた自分である。「無間奈落」は、父の淫蕩の血など頭で想像して書いた部分が多く、うまくいかなかったが、今回は、目の前にドラマがあった。うまくいくはずだった。

一、偸盗

P高等学校の校友会費二万円、綺麗に盗まれて居た。

学年試験も真近の頃だ。新聞雑誌部が、原稿用紙購入の為、会計課に其の代金を請求した際、会計課では何故か其の支払いを避けた。奇怪に感じて新聞雑誌部は総務部にその由を報告した。総務部委員は直ちに部長大野教授立合の上で、会計課の帳簿調査を始めた。……

七銭残って居た。

会計課の老書記、秋田某は総務部委員に激しく詰問され、見るに堪えない程悲惨な表情で、手にして居た現金出納簿をボトンと力弱く床の上に投げつけた。其の小さな、併し極めて重大な音が、忽ち波紋をなし、陰々たる底気味悪さで全校に響き渡った。

果然！　P高等学校の全生徒が動いた。

山のようにむくむく立ち上った全生徒は併し、確然と二派に分れた。——幹部派。そして——大衆派！

『騒ぐな、おらに委せろ』

『ひっこめ、だら幹！』

こんな空気がいよいよ濃くなって、険悪にさえ見え出したが、惜しい哉、その日は土曜日で半ドン。其の儘の形勢で直ぐ放課に成った。


短いセンテンスで、勢いよく、畳みかけるように、ストライキの光景を再現した。シャイな性格もあり、行動するのは苦手で、議論してもライバルの石上には勝てないことが多かったが、書くと自信が芽生えた。初稿を書き終えるや、早速、石上のもとに駆けつけ、自作を朗読した。石上は、そのときの模様を、『太宰治と私　激浪の青春』で詳細に回想している。その日、下宿の炬燵に足を突っ込んだまま、ぐっすり寝込んでいた石上は、寝入りばなを起されて、不機嫌だった。そんな様子にもかまわず、太宰は、「おい、ちょっと起きてくれよ、今、傑作を書き上げたばかりなんだ。起きて聞いてくれよ」と、必死だった。

「傑作でも、力作でも今はかんべんしてくれ、明日があるじゃないか」

「それがだ、懸賞募集の〆切が迫ってるんだ。今日、君に読んでもらい、推敲して出すのがギリギリなんだ。なァ起きてくれよ」

そういうところは彼はひどく手前勝手で、まるで駄々っ子だった。他人の都合などてんで無視してはばかるところがない。

「懸賞募集ってどこのだ」

しぶしぶ起き上りながら私は訊いた。

「改造社だよ、こんどのストライキを書いてみたんだ。題は『学生群』、どうだ、いいだろう」

こんどのストライキと聞いて、私はやっと睡気からさめた。そういえば津島とは、ここのところ、しばらく会っていない。部室にもしばらく顔を見せないし、いったいどうしてるのかと思っていたら、なるほど、これにかかっていたんだな。のん気な奴だ――と思った。

「それじゃ聞こうか」

われわれは彼が持参した一升瓶から冷酒を湯呑みに注いで傾けながら、炬燵をはさんで向いあった。

太宰がすこぶる得意らしく抑揚をつけてうたうように「学生群」の初稿を読み終える頃には、夜が白みかけていた。いつものときなら、「どうだ、うめえもんだろう」と賞賛を催促する太宰だが、この日に限っては謙虚に意見を聞こうとしたので、事実と違っているところを二、三、指摘するのにとどめた。せっかく懸賞に応募しようと意気込んでいる太宰の出鼻をくじくようなことはしたくなかったからだ。

貧農出身ながら秀才だった友人をモデルに、「田圃にこやしを運んでいる」小作人の息子、山崎を登場させるなど、傾向文学を意識する描写を入れた本作の朗読を聞き、石上は、不得手な題材と無理に取り組んでいると思った。それでもストライキを前に山崎が、〈手のひらで馬の尻をピシャッピシャッと二度叩いて其の痩馬をたッたッたッと駈けさせた〉というシーンの印象は鮮烈だった。「自分の家がこの山崎のような貧農階級の搾取と収奪の上に成立っていることに対する負い目と怖れとの入りまじった気持」を太宰が率直に書いているように感じたからだ（「『学生群』の頃」名著初版本復刻「太宰治文学館　解説書」日本近代文学館）。

だが、正直にいって失敗作だと思った。ストライキに参加する多くの人間をいきいきと描くのはプロレタリア文学の作家でも至難のわざなのに、まして、自分のことにばかり関心がある太宰が、集団を書くのは、「柄」ではない、というのが、偽らざる感想だった。だが、そのことも言わなかった。

石上は、昭和三十一年十二月発行の「文藝臨時増刊　太宰治読本」で、「高校時代の太宰治」を執筆。〈太宰君は大たい女性的な人で、その頃からよく直ぐ有頂天になってハシャグかと思うと忽ちクサッて泣くという性質の人だった。／一年先輩の平岡君（註・平岡敏男、元毎日新聞社長）から「君の小説はどうも低回趣味だ、もっと本格的に取り組めよ」などと批評され、不快な顔をして沈黙したのが記憶に残っている〉と回想している。せっかく懸賞に応募する気になって有頂天になっている太宰を泣かせるわけにはいかなかった。

今日残されている「学校群」は、それから一年たち、後半を加筆修正して発表したもので、初稿の原稿は残っていないが、前半を見る限り、あちらこちらの立場に配慮した中途半端な作品で、「どんな悪い事をしたか知れないけれど、現在昨日迄我々を教えて下さった校長じゃないか」と校長に配慮する発言まで入れている。

「改造」の懸賞小説の当選作に、太宰の名前はなかった。

そこで次に取り組んだのは、亡き父の時代から、実家に芸者が出入りしていた思い出や婆様に全裸で抱かれて寝たことなど、エロティシズムを基調にした掌編である。「哀蚊」は昭和四年五月十三日発行の「弘高新聞」に発表された。

「秋まで生き残されてる蚊を哀蚊と言うのじゃ。蚊燻しは焚かぬもの。不憫な故にな」

時期遅れに生きている哀蚊。それは流行の社会主義運動にも乗り切れない太宰自身のことなのだろうか。その哀蚊のことを寝物語でするとき、婆様は、きまって私の両足を婆様のお脚のあいだに挟んで、温めて下さったものでございます、という思い出や、或る寒い晩、婆様は私の寝巻をみんな剝ぎとり、婆様自身も輝くほど綺麗な素肌をおむきだしにして、私を抱いて温めてくれたというなまめかしいエピソードの連なる掌品である。

姉様がお婿をとる祝言の晩のこと、芸者衆がたくさん私の家に来て、父様が離れの座敷の真っ暗な廊下で背の高い芸者衆とお相撲を取っていた姿を回想しつつ、〈私の父様は、弱い人をいじめるような事は決してなさらないお方でございましたから、あのお相撲も、きっと芸者衆が何かひどくいけない事をなしたので父様は其れをお懲《こらしめ》になって居らっしゃったのでございましょう〉という場面にはなんとも言えぬユーモアもある。一部改変して、ほぼ全文を第一作品集『晩年』の冒頭の「葉」に再録した自信作で、「葉」の文中では〈彼は十九歳の冬、「哀蚊」という短篇を書いた。それは、よい作品であった。同時に、それは彼の生涯の渾沌を解くだいじな鍵となった〉とまで追記している。

ただ、プロレタリア文学を意識してか、「わしという万年白歯を餌にして、この百万の身代が出来たのじゃぞえ」と生前、渋い声でよく言っていた婆様のことを語るに際して、〈なぜ百万長者のお家では悪巧をし《(ママ)》ねばならぬかを先ず考えて御覧遊ばしませ。そして又私が只今、物語りまする幽霊も、なぜそれがドロドロ現われねばならなかったかを研究遊ばしませ〉と書き、長者＝悪という図式に乗っかっている。それが習作時代の特色である。「太宰治」になってから、短編「葉」で、「哀蚊」の一部を再録した時には、この部分は全文削除されている。

この自信作も評判にならず、級友からは妙に古臭い作品と軽んじられた。

プロレタリア文学の隆盛の風潮は、同年八月に総合誌「改造」で発表された懸賞文芸評論の一等当選作に、日本共産党の中心的指導者になる宮本顕治の『「敗北」の文学』が選ばれたことにも象徴されていた。それは太宰が敬愛した芥川龍之介の文学を、「小ブルジョア」という階級的土壌が生んだ〈余りにも人工的な、文人的な〉造花に近い「敗北」の文学で、〈我々は如何なる時も、芥川氏の文学を批判し切る野蛮な情熱を持たねばならない。(中略)「敗北」の文学を――そしてその階級的土壌を我々は踏み越えて往かなければならない〉と論じるものだった。日本の文芸評論を切り拓いた小林秀雄は、文壇デビュー作「様々なる意匠」で、〈私は「プロレタリヤの為に芸術せよ」という言葉を好かないし、「芸術の為に芸術せよ」という言葉も好かない〉とし、あらゆる文学は「意匠」に過ぎない、と論じたが、二等に終わった。

もはやプロレタリア文学にあらざれば文学ではないという風潮にあって、太宰は四面楚歌だった。プロレタリア文学を意識した「学生群」は、「改造」のコンクールで落選した。かといって「哀蚊」のように、自分の内面に巣くうイメージを描いた作品も評価されなかった。誇るべき「家門」も、ブルジョアジーなど富裕層は「敗北」すべき運命にある。よい成績を取るようにという家からの期待も重荷でしかなかった。

昭和四年九月二十五日発行の「弘高新聞」には、小菅銀吉の署名で短編「花火」を発表し、〈金持ち共の生活の無内容を極めて野蛮に暴露〉した。これは、竹やという小間使いが、道楽者の〈兄貴の病的な獣慾の犠牲になって〉死んだ事実を、弟が暴露する小説で、〈有閑階級の人々の遊戯的なナンセンス〉を告発した。直後の十月二十七日発行の「弘高新聞」には、大藤熊太の署名で「文芸時評／十月の創作」を発表し、プロレタリア文学を賞賛、急速に左傾化し始めたように見える。とりわけ、「文芸時評」は、太宰には珍しいアジテーションのような文章で、太宰もついに時代の色に染まったのか、とすら思わせる。最初に取り上げているのは、「戦旗」に連載中の「太陽のない街」が評判だったプロレタリア文学の新たな旗手、徳永直の「能率委員会」（「中央公論」）である。

○能率委員会（徳永直）

何か面白い小説はないか、とよく聞かれる。僕はその度毎に此の短篇を推して居る。これは作者得意の大同印刷争議を取材として居る。凡そこれ程勇壮活潑なストライキ物語もないであろう。随って其の読者へのアジテーションも物凄いものがあるからである。此の明快さこそは従来のプロ小説になかった物だ。而してこの明快さは其の取材よりは寧ろ其の筆に多く負うて居るのだが、こんな作家も今のプロ文芸陣には大いに必要であろう。併し、之を読むに際して、心得置くべき事実がある。即ち此の短篇は争議の一部指導者達のみの赫々たる英雄伝には非ずして（悲しい哉、この小説には其の悪臭が無いでもないのだ）ここで戦って居るのは、——彼等指導者達の背後で命がけの陰惨なる苦闘を続けて居るのは、ほかでもない、此の争議に於ける全労働者大衆である、此の事実！

会社の経営悪化を、労働能率の向上か、給与の引き下げによって乗り切ろうとする経営側に対して、小説「能率委員会」では、組合側が「俺達の給料を下げる？　でも、生活日用品の価格は少しも下らないじゃないか?」「会社が不振に陥った罪の全部を、吾々従業員になすりつけようとしている。この会社の提案は、正しく吾々に宣戦を布告するものだ」と反発し、対立は激化する。小説は「けつ——れつ——だァ」の叫びで終わる。
この小説は、今日読むとかなり図式的である。太宰は、命がけの陰惨なる苦闘を続ける全労働者大衆の描かれ方を評価しているが、同じ徳永の「太陽のない街」に比べると、苦闘の描写ははるかに粗い。にもかかわらず、これを評価する太宰は左傾化したように見える。だが、別の小説への時評を読むと、むしろ行間からは太宰の悲鳴が聞こえてくる。「中央公論」に発表された池谷信三郎「マクダレナ」については、太宰の批評はこうだ。

淫売婦の身の上を幼女、少女、夫人と別けて美しく物語ろうとする作者の意図は察しられるが、之は作者の感覚の異常さを衒らう極めて浅墓な遊戯に過ぎない。作者は酔うて居る。確かに自己の神経に酔うて居る。この独りよがりの酔っぱらいは僕をして、かの己は己だけの繭をせっせと作り、やがて其の中に独りたてこもって悠然と長い眠りに落ちて行く——或いは其の中で餓死する——蚕の顔を思い出させる。

しかし、高校で最初に発表した未完の長編「無間奈落」で、父親の妾になった女性の哀しくも悲惨な物語を描き、〈感覚の異常さを衒らう〉作品を、「親父の瘡っ気が息子に出たような小説」と批判されたのは太宰である。自らの短編「哀蚊」こそ、〈己だけの繭をせっせと作り、やがて其の中に独りたてこもって悠然と長い眠りに落ちて行く〉と評されるに、もっともふさわしい作品であった。

「改造」に発表した久米正雄「モン・アミ」については、中学時代、その「微苦笑」という言葉を愛した先輩作家に対して随分、無礼な物言いをしている。

久米は外国に行ったとて少しも賢くなって居らんじゃないか。これは要するに貧なるが故に貪したる淫売婦のなれのはてから、其の狂人じみた妄想を聞いて作者は真顔でしみじみと面白がって居る物語である。彼も亦餓死しかかって居る人種に接した場合には、先ずパンを与えることも忘れて、ただ只管その悲惨さにホトホト感心し詠歎して居るのみの阿呆である。久米はしようの無い男である。

だが、太宰こそがここにある「しようの無い男」だった。実家から恵まれた仕送りをしてもらっていながら貧しき人々にパンを施すどころか、町人などがしめる角帯などをしめて、義太夫に耽り、芸妓遊びをしていたのは太宰である。

級友の大高は、「これは次兄のオーバーだが、五百円もしたそうだ」という衣装自慢や、「結城紬の一襲《ひとかさね》を作るのに、家では百円ぐらいかかった筈だが、質屋へ持って行ったら二十円しか貸さなかった」という太宰の発言を聞いている。この金銭感覚がいかに異常かは、「文芸時評」を掲載する前号の「弘高新聞」第八号（昭和四年九月二十五日発行）で弘前高校自治会が発表した「弘高生調査表」を見ると、よくわかる。

それによると、仕送りは月平均三十円から四十五円くらいで、多い月に百円近くもらっているのは太宰ぐらいしかいない。〈父兄の直接国税額を見ても、百円から一千円までが一番多く百三十七人。ゼロから十円は八十三人、十円から五十円は百十八人、五十円から百円が六十四人。一方で、高額納税者の一千円から一万円は二十八人で、一万円以上はわずか二人。太宰の生家は、この二人のうちの一人であり、金には困らなかったはずだが、濫費し、仕送りが足りなくなると、質屋に通い、「二十円しか貸さなかった」と放言したのである。

この発言を聞いた大高は、〈そのオーバー一着代の金があったら、不幸な一家族を悲惨な破滅から救うことも出来るであろうに〉――と思ったが、太宰は、〈己れを語る場合殆んど、人の思惑を思わぬようであった〉と回想している。

だが太宰が、「人の思惑を思わぬ」青年だったとは思えない。臆病な自尊心が芽生えていた太宰には、きっと自分の家門自慢が、周りにどう見られているのかは、痛い程承知していたはずだ。それでも自慢をやめなかったのは、文学でも成績でも頭角を現すことができない自分には、誇るものがあまりなかったからだ。

そんな太宰の書いた「文芸時評」は、左傾化の証明というよりも、大藤熊太といういかにも労働者っぽいペンネームで自らの文学と人格を滑稽視したパロディーにも読める。プロレタリア文学だからといって、すべてに肩入れしているわけではない。「文芸時評」では最後に、「文藝戦線」で連載中のプロレタリア文学作家、岩藤雪夫の「賃金奴隷宣言」をとり上げ、〈此の作者は弱々しい筆を持ちながらスケールの大きなものを取り扱いたがる。ここでも作者はそのかち過ぎた荷に四苦八苦の有様である〉と批判している。「創作ハ技芸ナリ」と宣言した太宰には、芸のない文章はやはり耐えられないのであった。

このように見ていくと、この年昭和四年のプロレタリア文学を代表する「太陽のない街」を書いた徳永直の短編「能率委員会」を激賞したのは、文才、成績という、かつて自尊していたものが壊れつつある太宰の、〈絶えず笑顔をつくりながらも、内心は必死の、それこそ千番に一番の兼ね合いとでもいうべき危機一髪の、油汗流してのサーヴィス〉（「人間失格」）とでもいうべき、「道化」の精神に思えてくる。

成績も優秀で、作文は得意だった中学時代の太宰は、卑屈になって「道化」する必要はなく、明るく陽気な少年だった。だからこそ、中学時代のアフォリズム「侏儒楽」では〈いい気になって、むやみに自分を卑下するヤツは世の中で一番のいくじなしだ。他人をトヤカク言いば《（ママ）》その人に憎まれはしまいかとビクビクして居る、それでも悪口は言いたい。結局自分の悪口を言わねばならぬわけにある〉と書き、〈いずれにもせよ阿従は最も醜いことだ〉と断言していた。それが、今や社会主義思想の広がりで、憎まれやしないか、滅ぼされやしないかとビクビクし、プロレタリア文学にも社交礼状を送り、自分の属する階級の悪口を言うほどになった。

それでも粘り腰はあった。自分の体質、生理を裏切ることができない、ふてぶてしい作家根性があった。自分の獣欲の犠牲になった女性のために花火を上げた兄貴を告発し、〈金持ち共の生活の無内容を極めて野蛮に暴露〉するとした「花火」でも自分の中にある〈プチブル的なロマンチシズム〉について、率直に告白している。

でも僕はあの時の花火の音を思い出すと何とも言えず不愉快になるのだ。なぜだか色々考えて見たが、始めは、兄貴の虫のよさ、つまり、人間一匹殺して置いて花火十発で、いかに狂人だとは言え功罪相殺したと思って居るらしい其の虫のよさ、それが嫌でこんなに不愉快になるのかと思って居たのだが、そうでは無かったのさ。やはり僕が、こんな……要するに有閑階級の人々の遊戯的なナンセンスを鳥渡でもしみじみした気で眺めて居た、その僕自身のプチブル的なロマンチシズムに気附いて、堪らなく不愉快になるのだという事が此頃やっとわかって来たのだ。…………

そんな太宰の左翼との距離感を、級友の大高勝次郎は感じ取っていた。

彼の鋭敏な知性は左翼の思想に深い関心を抱かざるを得なかったが、私の知る限りでは、彼は弘高在学中は左翼の思想にも組織にも無関係であった。(中略) 否、彼はそれらのものに対して心中必死の抵抗を闘っていたのである。その頃出版された秋田雨雀のソビエト旅行記を評して、彼は、「感傷的で、ちょっと読めるけれども……」と評した。片岡鉄兵の左翼化に対しても、ひやかすようなことを言った。『改造』当選作家明石鉄也の当選小説に対しても全然ほめなかった。三年生になってからの英作文においても、「共産主義とは一種の感傷主義にすぎない」と書いている。大地主の家に生れ、貴族を自負する彼は左翼思想に対しては普通人の何倍も恐怖を感じていたのである。（『太宰治の思い出』）

石上もまた、太宰は、〈弘高在学中は、私の知る限り社研に金を出したこともなければ、こちらでそれを依頼したこともなかった。／だいたい社研の活動程度では、とりたてて外廓から資金を仰ぐ必要もなかったし、そのためにブルジョアの子弟を利用するという方式も私の好むところではなかった。／ありていに言って私は津島を興味ある人物とは思っていたが、事をともにするには気まぐれ屋で、手前勝手で信用できなかった〉と『太宰治と私』で証言している。

左翼思想に関心を抱きつつ、これに積極的に関与せず、自分を滅びる側の人間と考える太宰の特色は、のちに朋友となる文芸評論家、亀井勝一郎の青春時代と比較すると明白だ。

太宰よりも二年早い明治四十（一九〇七）年に北海道の函館で、函館貯蓄銀行の支配人だった父のもとに生まれた亀井は、幕末以来、外国人居留地として知られた高級住宅地に育ち、家は洋館だった。あの田中清玄と同級だった旧制函館中学ではただ一人、四年修了で旧制山形高校文科乙類に進学した亀井は、太宰と同じく、金持ちの子で優等生だった（大須賀瑞夫『評伝　田中清玄』）。この二人を分かつのは、「富める者」であることに罪悪を感じていたか否かである。

聖書マルコ伝十章の「富める者の神の国に入るよりは、駱駝の針の孔を通るかた、反って易し」を冒頭に引用する自伝『我が精神の遍歴』で、亀井は小学校を終える年のクリスマスの夜、通っていた教会の演壇で、二、三の仲間と児童劇をしたときの思い出を書いている。それは羊飼いの格好をしていた自分ともう一人の少年が「ほら、光がみえる、光がみえる」と叫びながら手を取り合って急ぐ場面だ。この記憶が強く残っているのは、その後、中学に入ってから偶然、舞台で手を取り合った少年と再会したからだ。

新しい金ボタンのついた極めて上質の羅紗服を着、あたたかい外套にくるまって、まさに亀井が家を出ようとしたときだった。あのクリスマスの夜の少年と再会した。彼は、つぎはぎだらけの薄い小倉の服を着、地下足袋をはいて、ひびだらけの手に電報を持ち、羨望に堪えぬもののごとく、しばらく亀井を見つめ、実に無邪気に言ったという。

「君はいいなあ」

この言葉を聞いたとき、亀井少年は、「富める者」という自覚をもち、且つそれが苦渋であることを知った、という。そして、十五歳の時、函館で賀川豊彦の講演を聞き、「富める者」と「貧しき者」という、二つの身分の差別は、〈心の高さや才能に由るのでなく、ただ偶然の運命である財力に基くものだ。そうだとすればこれは罪悪ではなかろうか〉と気づいた。

そんな亀井にとって、社会主義運動の台頭は、〈新しい神の出現!〉だった。この「新しい神」は、「富める者」の不正を追究せよ、政治権力を貧しき者の手に奪回せよ、奪回するために、暴力革命によって労働者階級の独裁を実現せよ、と命じていた。翌年、東京帝大に進学した亀井は、「新人会」会員となり、昭和三年、治安維持法違反で逮捕、投獄され、昭和五年に転向した。

「富める者」であることにはにかみを感じつつも、豊かさを級友に吹聴し、芸妓と遊んでいた高校時代の太宰との違いは明らかだ。もちろん、この態度をもって、太宰が社会主義運動を否定していたというのではない。ストライキに始まる学内の社会主義運動の空気はひしひしと感じていたはずだ。それでも、太宰は、「富」が悪とされ、地主階級は滅びるべきという運動の空気が強くなる中で、運動への積極的な参加は選ばなかった。彼が選んだのは、運動によって「殺されるのは無論俺達さ。きまって居る」(『虎徹宵話』)という被害者の意識であり、滅びの予感であった。

抵抗しなかったわけではない。ストライキ後に強まる学校当局の検閲などの規制には、太宰なりに反発はしている。しかし、その反発は、運動に積極的に関与し、後に放校処分になった石上などに比べると、甚だ微温的で臆病だった。太宰が改訂版「虎徹宵話」を発表した「校友会雑誌」(昭和四年十二月十五日発行)を読むと、彼の弱さ、臆病さが見て取れる。この号が学校当局の厳しい検閲を受けた事実を、小菅銀吉の署名で太宰は「編輯後記」に記している。


我々全生徒大衆の雑誌はこうして出来た。

最も雑誌に無関心な生徒は最も雑誌を熱心に注目して呉れた。

新聞雑誌部々長を助けて、校長、生徒主事は、各々其の劇務のかたわら、何やかやと色々編輯を手伝って呉れた。

何故に彼等の注目にへいきえいきいしたか、何故に彼等の手伝いを許容したか。

ここで『官報』成立の由来が述べられるのではない。戦いとるべき或るものが暗示されているというのである。(小菅)

校長、生徒主事による検閲を、編集を手伝ってくれたという婉曲な表現にしつつ、〈何故に彼等の注目にへ、い、き、えきしたか〉と弱い抗議をしている。だが、これでは何を言いたいのか、よくわからない。同じく後記を記した石上の文章の明快さと比べると、対照的だ。

世の中がうるさくなった故もあろうが、当局ではいと御丁寧に、我々の原稿を、校長と生徒主事殿と部長と三人で御覧下さいます。その結果、吉田君の卓論『唯物史観前史』は中世の階級闘争を取扱っていると云う点で、増淵君の力作『村と私生児』は小作争議を題材としていると言う理由で掲載不許可になりました。

委員として、責任を充分果し得なかった点、諸君及び提出者に紙上を借りて深く御詫びします。

ライバル視していた石上の、この明快な文章を読み、太宰は、自分の弱さを感じたに違いない。弘前ペンクラブ常任理事の藤寿々夢《ふじすすむ》の『太宰治・青春の海――小説・旧制弘高生太宰治（下）――』は、この時の太宰の心境を、想像をまじえてありありと表現している。文章では、太宰を修治、上田を上野にしている。

修治は、この上野の編集後記を見て、自分のものと比較して、雲泥の差を感じた。自分のは、自分ながら随分思い切ったことを書いたつもりだったが、同時に載った上野のものにくらべると、意気地なしが屁っぴり腰で皮肉をいきがって吐いているだけのように思えた。上野はいざとなると、いつも眼を据えてハッキリとものを言うが自分は一旦度胸を決めたつもりでも、いざとなると、つい眼をそらして笑いを浮かべてしまう。

修治はそういった自分の卑屈さ、曖昧さが自分ながら嫌になってきていた。自分で自分を嘲笑するその中から一体何が生まれるというのか。そんなことを考えると折角、腹を決めて後記を書いた壮快さも消えて、自慰の陶酔の後ろに必ず感じる、あの後味の悪さと同じものが湧き上がってくるのだった。

石上が編集後記の最後に〈検閲制度のために此の雑誌が衰微する様なことがあったとしても〉と危惧した通り、「校友会雑誌」第十五号は、発行直後に学校長戸沢正保によって左翼的色彩が強いとされ、無期限休刊が申し渡され、石上、太宰らが所属していた新聞雑誌部も解散させられた。この学校側の厳しい処分の時、太宰は、先にも記した通り、「校友会雑誌」の発行五日前の十二月十日に睡眠薬を大量に嚥下し、昏睡状態に陥った。処分の頃には心配して金木からやって来た母夕子に付き添われて青森県弘前市郊外の大鰐温泉に行き、冬休みの最後の日まで療養していた。温泉客舎の二階の二間を占有し、身の回りの一切の世話は、母がした。

睡眠薬を嚥下した日は、二学期の試験の始まる前日で、和服姿で東奥日報の記者、竹内俊吉のもとを訪れた太宰は、「地主一代」連載第一回分の原稿を「読んでみてください」と言って渡し、その日の夜、事を起こしている。このように見ると、太宰は、落第する可能性のある試験から逃げただけではなく、「校友会雑誌」の編集後記に、校長・生徒主事らの〈注目にへきえきした〉と書いたことで、学校側から睨まれることを恐れ、自殺と見せかける行動をすることで、その場をなんとか切り抜けようとした可能性まで浮かび上がってくる。

この行動は、実家も学校当局をも驚愕させたが、太宰自身、この行動に際して遺書は残しておらず、自殺騒ぎについても当時、何も語っていない。級友の大高勝次郎は、大地主の子である太宰は、新しい思想についていけず、その苦悶の激しさゆえに自殺に走った、と考えた。太宰自身も、戦後に発表した「苦悩の年鑑」では、〈私は賤民でなかった。ギロチンにかかる役のほうであった。私は十九歳の、高等学校の生徒であった。クラスでは私ひとり、目立って華美な服装をしていた。いよいよこれは死ぬより他は無いと思った〉ことが、カルモチンを嚥下し、死のうとした動機と示唆している。が、実のところ真相は不明である。なぜなら、自殺が未遂に終わっても、自分ひとり華美な服装をしているという現実は変わらないのだから、もし、太宰が「苦悩の年鑑」に書いた思いが真実ならば、もう一度、死を選んだはずだが、その形跡は全くない。

ほとぼりも冷めぬうちに、今度は太宰を驚愕させる事件が起きた。年が明け、太宰が大鰐温泉での静養を終え、弘前市の下宿先の藤田家に戻ってから十日も経たぬうちに、弘前警察署によって「左傾学生」が一斉に検挙された。そこには同じ新聞雑誌部員であり、文学仲間だった石上が含まれていた。石上は、学資すら不足しがちな境遇ながら、学内で評価されるプロレタリア文学を書き、尖鋭的な左翼学生のリーダーのような存在。太宰の生活態度を「封建的」と批判していたが、後年には、その文学については、「もし一昔前に生れていたら耽美派の作家としてきっと名をなしていたに違いない」と評価し、「私とくらべ文学の上ではやはり大人」だったと評価している。その石上が、警察に引っ張られた。
滅びの運命を歌い、自殺的な行動を起こした太宰は難を免れ、この太宰の文学や思想を指弾していた石上らは、ストライキを首謀したことや、社研を組織したことなどが理由で放校処分になった。滅んだのは、自分ではなく、学資すら不足しがちな友人だった。
太宰は、それから六年後の昭和十一年に発表した小説「狂言の神」で、自分を裏切り者として告発する文章を書いている。

七年まえには、若き兵士であったそうな。ああ。恥かしくて死にそうだ。或る月のない夜に、私ひとりが逃げたのである。とり残された五人の仲間は、すべて命を失った。私は大地主の子である。地主に例外は無い。等しく君の仇敵である。裏切者としての厳酷なる刑罰を待っていた。撃ちころされる日を待っていたのである。けれども私はあわて者。ころされる日を待ち切れず、われからすすんで命を断とうと企てた。衰亡のクラスにふさわしき破廉恥、頽廃の法をえらんだ。ひとりでも多くのものに審判させ嘲笑させ悪罵させたい心からであった。有夫の婦人と情死を図ったのである。私、二十二歳。女、十九歳。

昭和十一年の七年前とは、太宰が、「校友会雑誌」第十五号が発行される直前、そして二学期の試験の前日に自殺騒ぎを起こした昭和四年がまさにそれに当たる。そして、翌五年、弘前警察署によって検束され、弘前検事局に送られたのは文科三年の上田重彦（石上玄一郎）、小宮義治と二年の設楽幸男、理科三年の広瀬秀雄の四人、後に釈放されたとはいえ「犯情軽微」と認定された文科二年の菅原正彦を加えると五人となる。それは、「狂言の神」の〈或る月のない夜に、私ひとりが逃げたのである。とり残された五人の仲間は、すべて命を失った〉という記述と符合する。

滅びの民を演じた自分は生き残り、上田らが処分されたことで、太宰が「裏切者」の意識を抱いた可能性は高い。「中央公論」の編集者として後に太宰、石上の二人を担当した直木賞作家の杉森久英は「苦悩の旗手　太宰治」の取材で、戦後になってから石上に会い、当時のことを聞いている。それによると、太宰が警察にひっぱられなかったことについて石上は、「あんな神経の細くて、エキセントリックな男には、重要な仕事はあぶなくて任せられないもの…」と語り、検挙されなかったのは当然としている。それどころか、自殺を企てた理由について、「革命がこわかったのだろう。あんな臆病な男は見たことがない。あのころ、卑怯者去らば去れ、という歌があったが、あれはまるで彼奴のことを歌ったかのようだった」と証言している。

そのように学友から見られることは、太宰の自尊心は許せなかったと思われる。その後ろめたさがあったことは、太宰がこの直後の昭和五年三月、東京帝国大学文学部仏蘭西文学科に合格し、上京してから、非合法運動に関与し始めることにも示される。高校時代には、石上曰く、〈私の知る限り社研に金を出したこともなければ、こちらでそれを依頼したこともなかった〉という太宰は、大学に入ると、がぜん運動に熱を入れ、党活動に資金カンパを始めた。

卒業した時の成績は、文科甲類一組二組を併せた生徒七十一名中四十六席で、中の下であった。

東京帝大の文学部は志願者四百四十七名、受験者四百十二名、入学を許可された者四百七名でほぼ無試験に近い状態だった。同級生には朝鮮半島の京城中学を経て、第一高等学校を卒業した中島敦がいた。東大合格とはいえ、自慢できる成績ではなく、文才もまだ認められていなかった。

津軽から上京するに際して、十五代目市村羽左衛門のレコードを買い込み、歯切れのよい正調江戸弁の猛練習をした。もう大丈夫だと思うぐらい練習してから東京のカフェに出かけて喋ってみたら、あっさりと女性から津軽人であることを看破された（桂英澄『太宰治と津軽路』から）という。その上、「裏切者」とみなされることは、太宰には耐えられなかった。

太宰は、友人から見ても熱心な運動家へと変身した。しかし、運動にのめり込むほどに、自分の文学精神、自身の生理との乖離が広がることを意識せざるを得なかった。

第三章　第二の空白

帝大入学・四方八方破れかぶれ

太宰が東京帝国大学仏蘭西文学科に入学する昭和五（一九三〇）年の二月、ある映画が大ヒットし、タイトルも流行語になった。監督は鈴木重吉で、主演は高津慶子の「何が彼女をそうさせたか」である。生活苦から親が自殺、孤児となった十四歳の中村すみ子は、頼りにしていた叔父に曲馬団に売り飛ばされてしまう。脱走してからは放浪の日々、詐欺師、県会議員、琵琶法師の家を転々とし、ようやく巡り合った運命の人とは生活苦から心中を図り、彼女だけが生き残ってしまう。そしてキリスト教の施設に送られた彼女を待ち受けていたのは偽善であり、悪意であり……。映画は五週連続上映という当時の記録的ヒットとなり、「キネマ旬報」第一位にも選ばれた。

原作は昭和二年に「改造」に掲載された藤森成吉の戯曲である。太宰が弘前高校時代に、同人雑誌「細胞文藝」の寄贈者リストをつくった際、藤森の名前も挙げている。この映画を太宰が鑑賞したかどうかはわからない。彼女のように貧しかったわけでもない。しかし、行動の軌跡は似ている。東京帝大在学中の太宰は、戸塚の常盤館に始まり五反田、神田・同朋町、神田・和泉町、淀橋・柏木、日本橋の八丁堀など居を転々とし、留置場のお世話にもなった。心中事件を起こし、相手は死に、自分だけが生き残っている点でも映画と同じである。

太宰没後二十五年目、昭和四十八年の桜桃忌を前に、「月刊噂」から取材を受けた長兄の津島文治（当時参議院議員）は、「肉親が楽しめなかった弟の小説」と題して、当時の太宰をこう振り返っている。

小学校は無欠席、優等で通し、青森中学でも良い成績を残して弘前高等学校へ進んだのですが、弘高で不良性が芽生え、（中略）幼い左翼思想に人なみにかぶれ、茶屋酒の味を覚え、戯作の世界にのめりこんでいったとはいえ、とにかく卒業してくれました。（中略）そんな修治でも東京へ出たら自分で自己を修正し、真面目に文学なら文学を勉強してくれると考えていました。結果は、みなさんよくご存知のていたらくで、まことに若い家長の手に余る存在でございました。

それは太宰本人からすれば、心が荒れる慌ただしいの一語に尽きる八面六臂、いや四方八方破れかぶれの時代だった。フランス語を一字も解し得なかったのに仏蘭西文学の辰野隆先生をぼんやり畏敬して仏蘭西文学科を受けたことが、すでにして無茶苦茶だった。無試験入学できると思っていたら特別試験でフランス語の問題が出され、試験会場で、「僕にはフランス語はできません。英語の答案を出しておきますが、試験は合格さして下さい」と監督者にいったという逸話まである。

入学当初はアテネ・フランセにも通ったらしいが、もともと小説を書くために上京したようなものであり、二学期からはほとんど大学に行っていない。このため勉学についてはほとんど語るべき事がないので話を先取りすると、芥川賞候補になり、新鋭作家として注目された昭和十年の九月三十日付で授業料未納のために大学を除籍されたのは入学後五年五か月目のこと。卒業ができるように画策し、辰野隆先生の口頭試問を受けたときである。先生は、太宰の語学力を斟酌し、立ち会いの三人の教授を指さし、「この三人の先生の名前を云ってごらん。君に云えたら、卒業できないこともない」と言ったらしい。太宰は、それすら答えることができなかった。そんなあきれた出来事を井伏鱒二が回想している。

勉強どころではない時代の空気もあった。大学入学前年の昭和四年に公開された小津安二郎の映画のタイトル、「大学は出たけれど」が流行語になり、「エロ・グロ・ナンセンス」が、全盛の時代だった。しかも、ストライキで多くの生徒が処分された弘前高校の同級生は、ある者は投獄され、ある者は学校を追われ、大学に行けない者もいた。

〈東京に出てみると、ネオンの森である。曰く、フネノフネ。曰く、クロネコ。曰く、美人座。何が何やら、あの頃の銀座、新宿のまあ賑い。絶望の乱舞である。遊ばなければ損だとばかりに眼つきをかえて酒をくらっている〉。太宰は、戦後の昭和二十一年に「文化展望」に発表した「十五年間」で当時を振り返っている。先の見えない時代にあって、太宰もまた乱舞していた。

大学に入学すると、東京・戸塚の太宰の下宿は、弘前高校の同級生のうち、どちらかといえば左翼的傾向のある者たちのたまり場になった。賑やかで明るいことが好きだった太宰は、進んで場所を提供し、おどけてみんなを笑わせた。大勢の仲間と銀座や新宿に繰り出し、戻ってからもまた酒をのんだ。そんな生活を二、三日つづけるとくたばるように眠ってしまう。

時代は激しく変化し、共産党も絶望の乱舞をしていた。昭和四年には四・一六事件が起き、日本共産党のメンバーの大半が検挙され、解体の危機にあった。そこで党再建の中心になったのが、弘前高校の三年先輩で、当時、東京帝大文学部の学生だった田中清玄である。中央ビューロー委員長として武装闘争の方針を打ち出した田中は、党支持者の組織化を進めた。その役割を担った一人が、東京帝大理学部の学生だった工藤永蔵だった。

工藤が、弘前高校の三年後輩である太宰を訪ねたのは昭和五年五月の初めだ。はじめて会った頃は、高校時代に自前で変な同人雑誌をつくった気障な金持ち男、訳のわからない自殺を企てた妙な男という先入観があったが、一、二回会ううちに、〈極めて純粋で正直な、それでいて気の弱い人として好意をもてるようになった〉(『写真集　太宰治の生涯』「太宰治と共産党」)という。

太宰は、はじめはうろたえたかもしれない。県会議員である実兄にとって、弟が非合法運動に関与していたことが露見すれば政治生命にかかわることぐらいは、相次ぐ運動への弾圧で承知していた。事実、文治は県議会でも〈今日の思想界の動揺は、甚だしく、今にしてこれを防止しなければ、その弊害の及ぶところは憂慮すべきものがある〉(『津島家の人びと』)と演説するなど左翼思想を危険思想とみなしていた。一方で太宰には、高校の同級生が運動で検挙され、放校処分になったときに自分は助かったことに後ろめたさがあった。

太宰と工藤の二人は、それぞれが置かれている条件や能力に応じて運動に寄与しようと話し合い、工藤は次のことを勧めた。

学内の組織に入りマルクス・レーニン主義を学習すること。

青森県出身の進歩的学生の組織（日曜会といった）に入り指導を受けること。

党のために極秘に資金その他の援助をしていくこと。

太宰は、毎月十円の資金援助を約束した。その金は、もちろん金木の実家から送金される金があてで、自分で稼いだ金ではない。コーヒー一杯が十銭の時代である。

太宰の非合法運動への関与をどう評価するか、学説は割れている。気の弱い太宰である。人が自分をどう見るか、気になる太宰である。党への協力というよりも、先輩である工藤個人への義理立てから承諾したという説がある。代表的なのは、相馬正一で、『評伝　太宰治』でこう書いている。


当時の太宰が革命思想とか階級意識とは関係の薄い人間であったことは、誰よりも当の工藤が証言しており、毎月十円の資金援助をするというシンパサイザァの承諾も、津島家の一族には内密にすることを条件に行なわれたものである。政友会系の県会議員である長兄に洩れれば当然一悶着おきるだろうし、そのことで母や祖母を感情的に刺激することは太宰の本意ではなかった。

これには反対説もある。そもそも工藤自身が、「太宰に主体性がなかったとは考えられない」と証言しているからだ。入学直後に川崎の武装メーデー事件が起きた日の午後、帝大大講堂のそばにあった帝大新聞の事務室に、思いつめ、疲れ果てた、蒼白な太宰が姿を現し、平岡敏男が南部農夫治に「津島のやつ、短刀を持っていた」と言ったという証言（「回想の太宰治」）もある。これは「人間失格」の次の記述とも一致する。

れいの運動の用事が、とても遊び半分の気持では出来ないくらい、はげしく、いそがしくなって来た事でした。中央地区と言ったか、何地区と言ったか、とにかく本郷、小石川、下谷、神田、あの辺の学校全部の、マルクス学生の行動隊々長というものに、自分はなっていたのでした。武装蜂起、と聞き、小さいナイフを買い（いま思えば、それは鉛筆をけずるにも足りない、きゃしゃなナイフでした）それを、レンコオトのポケットにいれ、あちこち飛び廻って、所謂「聯絡」をつけるのでした。

学説が割れるのには理由がある。非合法運動だけに、太宰と行動をともにした人が限られるため証言が少なく、その証言にしても伝聞の証言や記憶の曖昧なものが多いからだ。太宰自身が小説で書き残した表現にも極端にブレがあり、コミュニズムとその根底をなす唯物史観を受容していたようにも見えるし、それほど深入りしなかったようにも解釈できる。

「虚構の春」（昭和十一年）では〈私は唯物史観を信じている。唯物論的弁証法に拠らざれば、どのような些々たる現象をも、把握できない。十年来の信条であった。肉体化さえ、されて居る〉と断言しているし、戦後の昭和二十二年の日本社会党の片山内閣時代には、随想「わが半生を語る」

で、〈私は社会主義というものはやはり正しいものだという実感をもって居ります。そうしていま社会主義の世の中にやっとなったようで、片山総理などが日本の大将になったということは、やはり嬉しい〉と書いている。だが、反対のことも記している。昭和二十一年五月に発表した随想「返事」では、〈はにかみを忘れた国は、文明国で無い。いまのソ聯は、どうでしょうか。いまの日本共産党は、どうでしょうか〉。「人間失格」ではこう綴った。

自分は所謂「同志」に紹介せられ、パンフレットを一部買わされ、そうして上座のひどい醜い顔の青年から、マルクス経済学の講義を受けました。しかし、自分には、それはわかり切っている事のように思われました。それは、そうに違いないだろうけれども、人間の心には、もっとわけのわからない、おそろしいものがある。慾、と言っても、言いたりない、ヴァニティ、と言っても、言いたりない、色と慾、とこう二つ並べても、言いたりない、何だか自分にもわからぬが、人間の世の底に、経済だけでない、へんに怪談じみたものがあるような気がして、その怪談におびえ切っている自分には、所謂唯物論を、水の低きに流れるように自然に肯定しながらも、しかし、それに依って、人間に対する恐怖から解放せられ、青葉に向って眼をひらき、希望のよろこびを感ずるなどという事は出来ないのでした。

いくら唯物論が正しいものであっても、人間にはヴァニティ、色と欲と言っても言い足りないもっと恐ろしい怪談じみたものがあるから、人間に対する恐怖からは解放されないというのだ。ここでいう「ヴァニティ」と、太宰が文壇処女作の「思い出」に書いた、私にへばりついていた〈十重二十重の仮面〉は同類のものである。この〈仮面〉、見栄を張りたがる自分の虚栄心を自覚していたからこそ、本当の自分を見極めるためにも創作するしかなかった。そんな自分を忘れて、ロマンスをつくるためにも小説を書くしかなかった。

敗戦直後の昭和二十年十一月二十三日、井伏鱒二に送った手紙では、〈共産主義も自由主義もへったくれもない。人間の欲張っているうちは、世の中はよくなりっこありませんよ。日本虚無派というのでも作りましょうか〉と書いている。人間の色と欲、ヴァニティの恐ろしさを、身をもって体験した太宰は、理論だけでは満足できなかった。おそらく、終生、創作以上に信用できるものはなかった。

運動に関与するようになっても、文学への真摯さはみじんも変わらなかった。太宰のもとを工藤永蔵が訪れ、党への極秘の資金援助を依頼したのと同じ五月には、新進作家時代の井伏鱒二と神田の作品社事務室で会っている。党の極秘活動は依頼されて始めたが、井伏には押しかけるようにして会っている。熱の入れ方がまったく違っていた。

中学一年の時から私淑していた井伏には、上京するとすぐに二度も三度も手紙を送り、面会を求めた。これへの返事に井伏が手間取っていると、太宰からは、会ってくれなければ死ぬ、という意味の手紙が来た。

私は驚いて返事を出した。

初対面の太宰君は、しゃれた着物に袴をはいていた。ぞろりとした風で、下着は更紗であった。ふところから自作の原稿を取り出すと、これをいますぐ読んでもらいたいと云った。私は読んだ。今日では、どんな内容のものであったか忘れたが、ただ一つ、全体の印象だけは覚えている。そのころ一時的に流行していた、ナンセンス文学といわれていた傾向の作品に彷彿として、よくない時流の影響が見えた。私は読後感を述べないで、「ともかく、われわれは古典を読もうじゃないか。当分、プーシキンや東洋の古詩なんか読もうじゃないか」と、木に竹をついだようなことを云った。(井伏鱒二『太宰治』)

作品社で会ってからは、ときどき郵便で原稿を送り、三つか四つたまったころに、井伏を訪ねている。とても行儀がよく、ことに小説の話をするときには端然と坐りなおす謙譲な青年であった。ただ、はじめのうちは、困ったことがあった。井伏に、左翼作家になるよう勧誘したからである。井伏は反対に、左翼作家にならないよう勧めたという。ある時は、また左翼作家になるよう勧められ、井伏が、いやだというと、では散歩しないかと太宰に誘われて、新宿の中村屋の二階でお茶をのんでいると、また左翼になれ、といった。あまりくどいことを言うので、腹を立てた井伏は、中村屋を出ると、人ごみの中で太宰を撒いて帰ってしまったこともある。

流行には敏感だったとはいえ、上京後すぐに会いに行ったのが、プロレタリア文学とは無縁の井伏だったところに太宰の特徴がある。井伏が左翼的な作品を書かなかったのは、〈無器用なくせに気無精だから、イデオロギーのある作品は書こうにも書けるはずがなかった〉(「半生記」)からだという。昭和のはじめに東京の井荻村に家を建てる際には、井伏は郷里広島の兄に費用を無心するために、こんな手紙も書いている。

当今、最新の文壇的傾向として、東京の文学青年の間では、不況と左翼運動とで犇き合う混乱の世界に敢て突入するものと、美しい星空の下、空気の美味い東京郊外に家を建て静かに詩作に耽るものと、この二者一を選ぶ決心をつけることが流行っている。人間は食べることも大事だが、安心して眠る場を持つことも必要だ。自分は郊外に家を建て、詩作に耽りたい。明窓浄机の境地を念じたいのである。(『荻窪風土紀』)

この言葉通り、井伏は井荻の家で、「幽閉」を加筆改題した「山椒魚」や「朽助のいる谷間」「屋根の上のサワン」などみずみずしい抒情とユーモアの香る短編を次々と発表し、太宰と会う直前には、最初の作品集『夜ふけと梅の花』を新潮社から出している。

会った当初は、左翼作家にならないか、と井伏を勧誘した太宰は、まだ自分の文学の方向が定まっていなかった。とりあえず、高校時代、「改造」の懸賞小説に向けて書き、頓挫していた長編「学生群」を、大学に入ってから書き継いだ。高三のときの学内ストライキを題材にした小説は、書き直せば傑作になる自信があった。ストライキにおずおず参加しただけの高校時代とは違って、今や資金の提供などを通して組織のことや運動家の心理はかなりつかめていたからだ。だが、自分のことにばかり関心がある太宰が、集団を書くのはやはり「柄」ではなかった。この頃の流行の傾向小説に便乗して、最も不得手な題材と取り組み、だいぶ無理をしているという、高校時代の石上玄一郎の感想は当たっていた。それは、太宰が「学生群」で、本人をモデルにした富裕な学生、青井の内面を次のように描いていることからもはっきりとわかる。

幾百回幾千回となく試みられながら、未だ一回も成功しなかった企図。プロレタリヤに読ませるプロレタリヤ小説。こんな皮肉な事実はあるか。インテリにはインテリに読ませるプロレタリヤ小説しか書けない。之は恥しながら事実だ。（中略）レニンの功利性一点張りの芸術論。しかも其の芸術論は全然正しい。だが同時に青井には到底堪えられん。
青井は、そうして芸術運動を潔く放棄した。

こうした書き方は、蔵原惟人が昭和三年五月に、「戦旗」創刊号に発表した「プロレタリヤ・レアリズムへの道」の基本理論とは相容れるものではなかった。蔵原理論では、プロレタリア前衛の「眼をもって」世界を見ることが必要と主張しているが、太宰は、インテリには、インテリに読ませる小説しか書けない、プロレタリア前衛の眼など持てない、と開き直ってしまった。非合法運動に関与しても、自分の芸術に対する姿勢は変えなかったし、変えられなかった。「東京八景」（昭和十六年）でもこう書いている。

二学期からは、学校へは、ほとんど出なかった。世人の最も恐怖していたあの日蔭の仕事に、平気で手助けしていた。その仕事の一翼と自称する大袈裟な身振りの文学には、軽蔑を以て接していた。私は、その一期間、純粋な政治家であった。

自分の暮らしと思想の実践との齟齬が広がっていくことも苦悩だった。「学生群」の青井は、太宰と同じく直接搾取行為に携っている地方の大地主の息子で、暑中休暇などで帰省した折には、身のまわりの始末は一切合切女中まかせで、靴の紐までほどかせている。蔵原理論によれば、個人の快楽を優先するブルジョアジーは、唾棄すべき存在である。「学生群」の青井とて、そんなブルジョアの頽廃的生活を無限に憎悪をしている。それなのに、「お梅や、冷蔵庫にメロンがあるから」なんぞと、だみ声を張り上げ、籐の長椅子にごろごろしながらレコードをかけ、映画雑誌でもひろげて読んでしまうのである。そうして、はたと、これは立派な裏切だ！ そう気付いて愕然とし、とってつけたように革命的な書籍を引っ張り出し、表情さえ深刻にして二、三ページ読み、それから真面目に考え込む。

僕は駄目な男だなあ、第一に意志が弱い、勇気が無い。僕は逆立ちしたって闘士には成れない。だったら、よろしい、自分一個人の英雄心は潔く捨て、縁の下の力持ちになろうと覚悟をきめてはみたものの籐椅子の上で、扇風機に快く吹かれ、うとうと微睡み、目が覚めれば枕元に置かれた大きいメロンを早速がぶり。そのメロンの値段が熟練工三日の賃金を優に超している事を忘れている。青井は全くさまにならない。そうして、やけのやんぱちでこう叫ぶ。

『死ねば一番いいのだ。いや、僕だけじゃない。少くとも社会の進歩にマイナスの働きをなして居る奴等は全部死ねばいいのだ。それとも君、マイナスの者でも何でも人はすべて死んじゃならんという科学的な何か理由があるのかね』

高校時代、ストライキ直後に書いた「虎徹宵話」でも〈俺達は殺されるのを待って居る許りだ〉と書いている。これでは大学に入ってからも進歩はないように見える。が、高校時代の太宰に比べると一点、大きな違いがあった。太宰は、高三の十二月にカルモチンを嚥下しながら生き残った。口では死を待つ、死ぬ、と言いながら、自分だけは生き延び、身を挺してストライキに参加した石上が放校処分になった現実が重くのしかかっていた。そこで「学生群」では、青井の友人の小早川に、こう言わせ、のうのうと生きている自分を責めさせた。

『青井、君に死ぬ程の覚悟があるなら、どうだ一つ死んだ思いでやって見ないか。君の気性として、今迄のようなどっちつかずの曖昧な暮し方がいやならば、君も僕と同じような生活をやって見ろ。とにかく君の生活は根本から改める必要がある。先ず僕と同じ水準の生活を始めろ。いいか、そうすれば第一、どれ位の小使銭が浮くか。活動へ行った積りで五十銭。芸者をあげた積りで二十円。ヘチマコロンを買った積りで五十銭。レコードを買ったつもりでいくら。コーヒーを飲んだつもりでいくら。洋服を新調したつもりでいくら。…………とまあ言ったような工合で金をためる。そして其れを××の基金なり何なりに寄附するのだ。どうだ、出来ないか？』

この発言に、「出来ます」「頑張ります」と言えば、プロレタリア文学になったはずだが、太宰の分身ともいえる青井は突然、夜具の襟に顔を埋めて、弱くしゃくり始めてしまう。

〈……出来るかも知れない。……だが、それじゃ、あんまりだ。あんまりだ。…………〉

これを書いた昭和五年の六月二十一日には、敬愛していた兄圭治が「肺結核兼尿路結核症」で死去した。昭和四年一月、青森の病院で鼻の手術のあと敗血症に冒され、急逝した弟の礼治の死につづく別れだった。兄弟の相次ぐ死は、滅びの予感を強めたはずである。いっそ死ぬなら、死んだ思いで生活を根本から改める選択肢もある、と人は思う。だが、太宰は、自分の分身である青井に「それじゃ、あんまりだ」と言わせた。

田中清玄は、平成五（一九九三）年に出した『田中清玄自伝』で、こんな太宰の生き方を酷評している。石上玄一郎については、〈石上は盛岡の出身で、当時から原始クリスチャンのことをよく調べていました。その後ユダヤ系のドイツ人女性と結婚して、ドイツ語もぺらぺら。エジプトの原始宗教を描いた『死者からの手紙』なんて素晴らしい作品だ〉とほめちぎりながら、石上と同期だった太宰には、かなり、そっけない。

〈弘前高校では太宰なんか問題にもされていない。あれは東京の作家などがもてはやすだけで、作家としては石上の方がはるかに上だ。太宰は名門の出かどうか知らんが、思想性もなく、ただセンチメンタリズムだけで性格破綻者みたいなものじゃないか。地下運動時代に俺を怖がってついに

会いにこなかった。「そんな奴、いたかい」ってなもんだ〉

芥川の作品を「敗北」の文学とみなした宮本顕治も、太宰を痛烈に批判している。非合法運動で逮捕されてから十二年間、非転向を貫き、戦後、共産党の指導者になった宮本は昭和二十四年、『人間失格』その他」で、こう分析している。

〈道徳的良心的規準をもたない彼の世界には苦悩はあっても、苦悩の具体的追求——退廃と混乱からの脱出という人間的格闘——はみられない。すなわち、その苦悩は徹底的に追求されず、道化と自己陶酔によって回避されている〉〈あるものは、混乱と自虐的自己陶酔と、やがて挫折——自己破産があるだけである〉(『太宰治文学批判集』)

こうした批判を、太宰が知らなかったわけではない。生活革命をして、お金を節約するよう進言された青井が、「それじゃ、あんまりだ」と答えたとき、あきれた小早川に〈一時呆然〉とした表情をさせていることからも明らかだ。だが、小説の青井も、作者の太宰も生活の革命をしなかった。それどころか太宰は、見境のない行動を起こして、一人の女性の運命を変えた。

田中清玄が検挙され、「武装共産党」の時代もわずか数か月で潰えたこの年七月、「座標」に大藤熊太の署名で連載を始めたときは、「編輯後記」に〈これは作者直接の経験をもってした力作で半年以上つづく予定である〉と記されていた「学生群」は、わずか二か月後、第三回が掲載されたのを最後に中絶する。これ以降、昭和八年二月に「列車」を発表するまでの二年半の間、太宰は何も作品を発表していない。「第二の空白」である。

田中の指導下で、太宰に接触していた工藤永蔵は七月の一斉検挙から三か月ほど、世田谷区経堂に隠れ、外出も慎んでいたため、太宰の変化にはまるで気がついていなかった。十月ごろに工藤は珍しく外に出て、太宰の中学の後輩からその消息を聞いて仰天した。

青森の芸者と結婚すると聞いた。

実家からの分家除籍

小山初代は、小柄で色が白く、眼のくりくりした女性だった。青森の芸妓の座敷では紅子と呼ばれ、町の古老によると、「赤い襟や赤い鼻緒の下駄の似合う人」だったという。太宰よりも三歳下で明治四十五（一九一二）年三月十日に生まれた小山初代は十歳の頃、父が行方知れずになり、小学校を卒業後に、母親が裁縫師として働いてきた芸妓置屋「野沢屋」に芸妓見習として入った。

太宰が週末になると弘前から青森市まで足をのばし、友人らと一緒に若い芸妓と遊ぶようになったのは高校の一年生の秋からで、初対面のころの初代は、まだ十五、六歳だった。高三になると、毎週土曜日に、青森の小料理屋「おもたか」や、一階がホール、二階が座敷になっていた洋食屋「中央亭」に初代を呼び出し、遊んでいたという。当時のことを知る関係者にも取材した相馬正一『評伝　太宰治』によると、太宰は、酔うとよく、冗談とも本気とも思えるようなしぐさで、「俺と一緒に東京で暮らす気はないか？」と、初代をくどいたという。中学時代から、辻島衆二のペンネームを使っていた太宰は、高二だった昭和三年十一月十一日付発行の「茶太楼新聞」に「おりおり集」と題して短歌十二首を「衆二」の署名で発表している。

おのが身のふり方に悩やむ無産者の娘の心掬めば悲しも
えくぼなる一つの武器に一身の運命を托す女はかなし
選ばるゝ日の来るまではぢつとして選ぶ自由を持たぬ彼の女等

『太宰治の年譜』の著者山内祥史は「無産者の娘の心」を掬む想いに芸妓だった初代への心情を読む。

「おりおり集」には、〈異性なるが故に隣りにすわり得ぬあたりの手前よどむ夕汽車〉、〈異性なるが故に傘にもいれかねき雨降る路をわれ先きに立つ〉など純情な歌もある。困っている女性の姿に心を痛め、異性が気になってしかたないが、近くに寄れない。どこにもある若い男性の心情である。

そんな可憐な歌を詠んでいた太宰が、大学に入ると初代を東京に呼び出した。学校にはほとんど通っておらず、小説もまだ評価されていない。非合法運動への弾圧は強まり、関与が疑われれば、いつ官憲に引っ張られるかわからない。そんな状況にもかかわらず、初代に「上京せよ」と便りを出したのはなぜか。初代の出奔を手助けした小館保は〈そのころ、初代さんには身請けの話が起っていて（太宰は）あせっていた〉（『津島家の人びと』）からだという。置屋の女性を出奔させれば、大問題になるのはわかりきったことだったが、太宰の行動はあまりにも大胆不敵だった。初代が夜行列車で青森駅を発ったのは九月三十日のことだが、太宰は、それよりも一か月前の九月一日に発表した「学生群」の三回目で、大胆にも、土地の芸者との結婚話をフィクションとはいえ書いてしまった。

青井に惚れた此の土地の芸者だった。言わば、命迄もと惚れて居た。それがもとで大事な旦那とは別れ、金目のお客の座敷はしくじり、惚れたろう馬鹿だろうの痩意地をとにかく立て通して来たのだった。青井もまんざら悪い気はせず、それ程迄ならばと、嫁に貰う事にきめた。傍から見ても可愛いような色事であった。

その一方で、出奔計画はかなり細心だった。まず、置屋の簞笥にあった初代の着物を順次、浅草に住んでいた太宰の友人の下宿に郵送させ、減った分は、簞笥の底に新聞紙を入れて偽装工作した。初代が出奔すれば当然、置屋が警察に捜索依頼するだろうから、裏をかいて終着駅の上野駅手前の赤羽駅で下車させることにした。計画通り十月一日に赤羽駅で、友人らと初代を迎えた太宰は、とりあえず同行していた友人の下宿に案内し、そのあと借りておいた本所区東駒形のブリキ屋の二階の一室に、初代をかくまった。

危険を冒してまでなぜ初代を呼び出したのか。肉親の目を盗んで馴染になった女と同棲することで文士気取りをしたかっただけ、という見方がある。実際に、初代の捜索の裏をかき、赤羽駅で降りる計画を太宰が中村貞次郎ら友人たちに話したときには、それを聞いた友人たちと「そうだ、その通りだ、そのように裏をかかなければ成功しない」などと妙にスリルでも感じているかのように彼らとはしゃいでいたという。「学生群」の〈青井もまんざら悪い気はせず、それ程迄ならばと、嫁に貰う事にきめた。傍から見ても可愛いような色事であった〉を読むと、どうもこの説に近い。

しかし、置屋から芸妓を抜けさせるなんてことは、軽い気持ちでできるものではない。駆け落ちすれば追いまくられ、貧困にも直面する。太宰にそれが堪えられるはずはない。一方で、苦しい境遇から救い上げるという革命的ヒロイズムがあったという説もある。〈無産者の娘の心掬めば悲しも〉という歌には、そんな心情もなくはない。〈女を思うなど、誰にでもできることである。しかし、私のはちがう、（中略）私の場合には思想がある！〉と太宰は昭和八年に発表した「思い出」で書いている。それゆえ、この説には説得力があるが、仕送りで暮らす太宰には、思想があったにしても彼女を解放する財力はない。仮に解放したとしても、それは地主階級の放蕩息子が、若い芸妓を身請けしたということでしかない。いずれの説にしても、学生の分際では無茶な行動である。

　Hとは、私が高等学校へはいったとしの初秋に知り合って、それから三年間あそんだ。無心の芸妓である。私は、この女の為に、本所区東駒形に一室を借りてやった。大工さんの二階である。肉体的の関係は、そのとき迄いちども無かった。（「東京八景」）

後年、「東京八景」（昭和十六年）では、初代とのことをこのように小説化しており、どの説が正しいか、わからない。〈借りてやった〉という表現には、旦那気分があり、〈肉体的の関係は、そのとき迄いちども無かった〉という表現には、女性を無垢のままで救ったという革命思想のヒロイズムがある。

ただ、この行動が、思いもよらぬ出来事に発展するとまでは考えていなかったことだけは確かだ。ヴァニティと言っても、色と欲と言っても足りない〈怪談じみたもの〉を恐れていたというのに、若い太宰は、自分の中でそれが育ち、自分をも周りをも食いつくそうとしていることに気づいていなかった。

長兄文治が、この件で上京したのは、初代の出奔から一か月たった十一月上旬である。すでに実家では家族会議が開かれ、祖母いしは、太宰の不始末は〈源《ヤマゲン》（註・津島家の屋号）の暖簾に泥を塗るものと怒り、どんなことがあっても芸者を一族に加えることはできないと息巻いたという。母は、「育て方が悪かったからだ」と非難され、泣きながらおろおろするばかりだった。

故郷から、長兄がその女の事でやって来た。七年前に父を喪った兄弟は、戸塚の下宿の、ぁの薄暗い部屋で相会うた。兄は、急激に変化している弟の兇悪な態度に接して、涙を流した。必ず夫婦にしていただく条件で、私は兄に女を手渡す事にした。手渡す驕慢の弟より、受け取る兄のほうが、数層倍苦しかったに違いない。手渡すその前夜、私は、はじめて女を抱いた。
（「東京八景」）

二人の間のやりとりは不明だが、初代との結婚は、分家除籍を条件として認める、分家に際しては、財産分与はせず、大学卒業まで毎月百二十円の生活費の仕送りをする——ことが決められ、初代を落籍させるため、彼女は兄と同伴でいったん帰郷した。

地主階級を糾弾しつつも、名門の出であることが自慢だった太宰にとって、家からの分家除籍という展開は思いのほかだった。

兄弟会談では、おそらくはまず文治が、初代と別れるよう求めた。祖母たちの反対や母の涙を伝えたが、太宰は別れない、と兄の説得に肯んじなかった。場合によっては、芸妓の世界にいる無垢な女を救って何が悪い、と言ったのかもしれない。地主階級の淫蕩な血を、「無間奈落」や「地主一代」で告発した太宰である。津島家のような地主階級はいずれ滅びるといい、社会にマイナスなものは死ねばいいのだ、と書いてきた太宰である。これまでは歯向かったことのなかった実兄に対して、反地主の立場から公然と批判したのかもしれない。文治はしばらくしてから知人に「共産主義で困ったもんだ」(『津島家の人びと』)と嘆いている。凶悪な弟に対して、兄は涙した。そこで持ち出されたのは、分家除籍を条件にした結婚だった。

もし遊び半分で初代を呼んだだけならば、ここが潮時だった。兄に謝り、初代と別れれば、それでおしまいだった。だが、太宰を頼ってひそかに上京した初代に、今さらいっしょになる気はない、とは見栄っ張りの太宰には言い出せなかった。まして、貧しい女性を救うという革命的なヒロイズムによる行動だったとすれば、兄からの一緒に暮らせという提案には反対のしようがなかった。

作家の長部日出雄が『辻音楽師の唄　もう一つの太宰治伝』で書いているように、〈悪の根源であり、かれの罪悪感の源泉でもあった地主の家と縁が切れるうえに、なみの勤め人の月給(数年前に慶応義塾大学を卒業して青森県立弘前高等女学校に奉職した石坂洋次郎の初任給は九十円)より高額の仕送りを、大学卒業まで毎月してもらえるのである〉〈修治(太宰)が口にしている建前からすれば、これはかれ自身にとっても、願ってもない条件のはずであった〉。

太宰は、兄の条件をのんだ。この時、兄とは、もう一つの約束もさせられた。それは運動へのシンパ活動の禁止と勉学への専念で、禁を破って運動に協力したり、学業を怠り、卒業の見込みがなくなったりしたときは仕送り額を減らし、場合によっては打ち切るというものだった。政友会の県会議員である実兄からすれば、弟が非合法運動で捕まれば政治生命が絶たれる。また、学生である弟に、勉学に励むようにいうのは当然である。

太宰は、表向きは平然としていた。文治が帰った直後に下宿を訪れた中村貞次郎には、「やっと兄貴は初代と一緒になることを承諾して呉れたよ」と言った。

中村は、ただ、「うーん！」と頷くばかりだった。津島家は地方の名家であり、定紋付きの馬車に乗って歩く家柄だったので、学生の分際である太宰と、芸者の初代が一緒になれるとは、とても考えられなかったからである。それでも、太宰が、「兄貴にうんと叱られたが、土地のしきたり上、このように逃げかくれ、ではいけない。結婚するのであれば正式な方法で結婚するのでなければいけない。こんな恥かしいことをされては困る。どうしても一緒になるというのであれば正式な方法で一緒にしてやる。と散々言われ、明日初代は兄貴と一緒に青森へ帰ることになった」と打ち明けた。

これを聞き、中村は興奮し、「津島でかした」と心の中で叫んだ。

だが、条件をのんだにもかかわらず、太宰は、兄と別れたあと、うちのめされたようになり、たまたま遊びに来た友人に、「俺のやっていることが、そんなに悪いことか。どうして俺だけが、こんな仕打ちを受けなければならないんだ」と涙ながらに訴えたという（相馬正一『評伝　太宰治』）。そうして周りを啞然とさせる行動をやってのける。

兄は、女を連れて、ひとまず田舎へ帰った。女は、始終ぼんやりしていた。ただいま無事に家に着きました、という事務的な堅い口調の手紙が一通来たきりで、その後は、女から、何の便りもなかった。女は、ひどく安心してしまっているらしかった。私には、それが不平であった。こちらが、すべての肉親を仰天させ、母には地獄の苦しみを嘗めさせて迄、戦っているのに、おまえ一人、無智な自信でぐったりしているのは、みっとも無い事である、と思った。毎日でも私に手紙を寄こすべきである、と思った。私を、もっともっと好いてくれてもいい、と思った。けれども女は、手紙を書きたがらないひとであった。私は、絶望した。朝早くから、夜おそく迄、れいの仕事の手助けに奔走した。人から頼まれて、拒否した事は無かった。自分の其の方面に於ける能力の限度が、少しずつ見えて来た。私は、二重に絶望した。銀座裏のバアの女が、私を好いた。好かれる時期が、誰にだって一度ある。不潔な時期だ。私は、この女を誘って一緒に鎌倉の海へはいった。破れた時は、死ぬ時だと思っていたのである。れいの反神的な仕事にも破れかけた。肉体的にさえ、とても不可能なほどの仕事を、私は卑怯と言われたくないばかりに、引受けてしまっていたのである。Hは、自分ひとりの幸福の事しか考えていない。おまえだけが、女じゃ無いんだ。おまえは、私の苦しみを知ってくれなかったから、こういう報いを受けるのだ。ざまを見ろ。私には、すべての肉親と離れてしまった事が一ばん、つらかった。Hとの事で、母にも、兄にも、叔母にも呆れられてしまったという自覚が、私の投身の最も直接な一因であった。女は死んで、私は生きた。(「東京八景」)

後年、太宰は、こう書いているが、もし女を救ったつもりならば、便りがないのに不平を抱くのではなく自分から便りを出せばいい。〈Hとの事で、母にも、兄にも、叔母にも呆れられてしまったという自覚が、私の投身の最も直接な一因であった〉と書いているが、そんなにつらいのなら初代との関係を解消すればいい。〈母には地獄の苦しみを嘗め〉させたのは、誰あろう自分なのに、自分の苦悩に狂い過ぎていて、他の人の苦悩がわからず、絶望から事件を起こし、一人の女性を巻きぞえにした。

それは文治からすれば、「修治のヤツ、すったもんだの挙句、初代と一緒にすることに決めたのに、また(事件を)やった」という許されない行為だった。それは初代との結婚話以上に肉親を仰天させ、母にはさらなる地獄の苦しみを嘗めさせ、初代を憤慨させ、道行の女性からは生命を奪った。

心中事件

「バイロンはうれしいことを言ってるね。一朝、目ざむればわが名は高し……か」。それが高校時代からの口癖だった太宰は、昭和五(一九三〇)年十一月、一夜にして有名になった。わが名は世に高し、ではない。心中事件の当事者として新聞沙汰になった。しかも、ニュースの扱いが大きくなったのは、津島文治県議の弟であり、エリートである東京帝大の学生だったからだ。文名がニュースになるのではなく、批判していた地主階級の家柄と、通ってすらいない大学の名前が、ニュース価値を高めたのは、太宰にとっては最悪の結果であり、家族や大学にとってはいい迷惑だった。

地元・青森で発行する「東奥日報」は十一月三十日朝刊で、学生服を着たメガネ姿の太宰を写真付きで報じ、見出しは「津島県議の令弟修治氏　鎌倉で心中を図る　女は遂に絶命　修治氏も目下重態」と三段抜きだった。長兄文治の「昨夜修治が行方不明になったとの知らせを受けていたので何かしたかも知れぬと気にかかっていましたが、そんな事をしたとは思いませんでした。何にしても困った事ですが原因などに就てもよく判りません。きょう取敢ず家の者が急行しました」という談話も載せていた。

事件の始末を任されたのは、津島家に出入りした呉服商の中畑慶吉で、当時は三十五、六歳だった。

「修治の奴が、鎌倉で情死事件を起こした。中畑君、すまんがすぐに行って、君の好きなように処理をつけちゃくれないか」と文治から頼まれ、三千円という大金を預かると、すぐに夜行に飛び乗ったという（月刊「噂」昭和四十八年六月号）。

特命も受けていた。事件当時、東京での太宰のお目付け役だった北芳四郎から電報が届き、太宰が関わっている共産党関係の秘密書類が戸塚の下宿に置いてあるので、見つかったらまずいから処分してくれ、という指示だった。中畑は、上野駅で降りるとタクシーで下宿に寄り、小さな柳行李一杯ぐらいあった書類を焼くよう、女中頭に頼み、チップを渡してから現場に急いだ。この次の日、太宰の部屋に思想犯刑事が踏み込んだという。どんな資料があったかは不明で、太宰が左翼運動に深入りしていたと考える人たちにすれば、太宰は間一髪で、思想犯で検挙されることを免れたことになる。

中畑は、鎌倉に着くとまず、死亡した女性田辺あつみ（本名田部シメ子）の内縁の夫に会い、警察で変死体の確認をした。昔から「変死体は近親者と会うと鼻血を出す」ということを聞いていたが、三十前ぐらいの年齢の内縁の夫が死体と面会すると、実際に多量の鼻血を流したという。「それはおびただしい量の血でした。大変な美人で、私は美人とはこういう女性のことをいうのかと思いました。当時、アリタドラッグという店の商標に使われていた蠟人形の美女にそっくりでした」と中畑は回想している。

翌々日の朝、中畑は、警察署の宿直室で、偶然にも太宰のふるさとである金木生まれの刑事に立会人になってもらい、内縁の夫と「今後は一切、無関係」という意味の念書を交わし、その代償として百円を渡し、その足で太宰の入院している恵風園病院に行った。「自殺幇助の罪に問われている男にしては明るい彼を見てびっくりしたことを憶えています」

年譜によると、太宰の取り調べに当たった鎌倉署の警部補村田義道は、津島家の小作人の息子で、三兄圭治と金木第一尋常小学校の同級生であり、事件の担当をした検事は、実父の津島源右衛門の生家、松木家の縁戚の宇野要三郎だった。彼らと実家との間で、なんらかのやりとりがあったかは不明である。十二月上旬、太宰は、厭世による心中自殺と判断され、起訴猶予処分になった。

事件の衝撃で、母夕子は寝込んでしまい、長兄文治も予定していた県議会での一般質問を「所用のため」として取りやめた。太宰との結婚のために上京をわずか一週間後に控えていた小山初代は、友人に泣いて恨みを訴え、実母が太宰の無事を祈念して燈明をあげようとすると、「あんなバカなことを仕出かした奴なんか、死んでしまえばいいいんだ！」と口汚くののしりながら泣きわめいたという（相馬正一『評伝　太宰治』）。

『太宰治の年譜』によると、心中行の直前に、女性と泊まった万世ホテルの便箋に「初代どの」と走り書きした遺書を残している。「お前の意地も立った筈だ。自由の身になったのだ。／万事は葛西、平岡（註・太宰の知人）に相談せよ。」「遺作集は作らぬこと」と記してあった。

「遺作集」という言葉まで使っているのだから、覚悟の心中行だったようにも思えるが、このときの太宰の行動には不可解なことが多い。そもそも太宰治自身、小説で繰り返しこの事件を回想しているが、作品によって、動機も心中の方法もかなり違う。

満月の宵。光っては崩れ、うねっては崩れ、逆巻き、のた打つ浪のなかで互いに離れまいとつないだ手を苦しまぎれに俺が故意《わざ》と振り切ったとき女は忽ち浪に呑まれて、たかく名を呼んだ。俺の名ではなかった。（「葉」）

「ここを過ぎて悲しみの市《まち》」

友はみな、僕からはなれ、かなしき眼もて僕を眺める。友よ、僕と語れ、僕を笑え。ああ、友はむなしく顔をそむける。友よ、僕に問え。僕はなんでも知らせよう。僕はこの手もて、園を水にしずめた。僕は悪魔の傲慢さもて、われよみがえるとも園は死ね、と願ったのだ。もっと言おうか。ああ、けれども友は、ただかなしき眼もて僕を眺める。(「道化の華」)

この二作では動機については具体的には触れず、「道化の華」では主人公の大庭葉蔵に、〈ほんとうは、僕にも判らないのだよ。なにもかも原因のような気がして〉と語らせている。女性の死因については、〈僕はこの手もて、園を水にしずめた〉などと、故意に女を殺めたとも受け止められるかなり劇的な表現をしている。

直後の昭和十一年の「東陽」十月号に発表の「狂言の神」では、仲間を裏切った者として、〈ころされる日を待ち切れず、われからすすんで命を断とう〉と有夫の婦人と情死を図った、と書いている。

私、二十二歳。女、十九歳。師走、酷寒の夜半、女はコオトを着たまま、私もマントを脱がずに、入水した。女は、死んだ。告白する。私は世の中でこの人間だけを、この小柄の女性だけを尊敬している。私は、牢へいれられた。自殺幇助罪という不思議の罪名であった。

それが昭和十六年の「東京八景」では、〈れいの反神的な仕事にも破れかけた〉時期に、〈Hとの事(註・小山初代との結婚)で、母にも、兄にも、叔母にも呆れられてしまったという自覚が、私の投身の最も直接な一因〉と記し、家族からの義絶を動機とした。昭和二十三年の遺作「人間失格」

では、〈世の中への恐怖、わずらわしさ、金、れいの運動、女、学業〉のことで疲れ切ってしまい、〈鎌倉の海に飛び込みました〉と記している。

非合法運動での裏切りの恥の意識にしても、家族を呆れさせたことによる絶望にしても、それは、果たして情死の理由になるだろうか。相思相愛の男女が、家族などに反対され、この世では結ばれないことをはかなんで共に死ぬのがふつうの情死だが、太宰の場合、心中を図った理由として、相手の女の存在がまるでといっていいくらい出てこない。それは今日のネット心中、つまりインターネットの自殺系サイトで知り合った見ず知らずの人間が、未来をはかなんで一緒に死ぬケースとむしろ似ている。

二人が発見された状況から、死因についてはほぼ確定している。『太宰治七里ヶ浜心中』などの著者で、太宰が入院した病院の関係者にも取材した太宰治研究者、長篠康一郎の調査では、二人は入水しておらず、太宰も田辺あつみも、神奈川県鎌倉郡の腰越にある小動岬の畳岩の上で、睡眠薬のカルモチンを服用し、心中を図ったと断定している。飲んだ量は、二人とも致死量に満たない量（収容先の七里ヶ浜恵風園療養所の中村善雄博士の所見）だったが、小柄だった田辺あつみは、慣れない薬を一度に大量に飲んだことに加え、空腹、疲労と夜の寒さで死亡したか、吐瀉物による窒息死だったとされている。

報道を見ても、海岸で催眠剤を飲み、倒れているところ（「東京日日新聞」）、または海岸で「苦悶中」を付近の人に発見（「東奥日報」）されており、入水の事実はない。また、薬を飲んで体に不調をきたした人間が、十一月末の鎌倉の海に飛び込んでから生還する確率があったとは思えない。それではなぜ、太宰は「葉」では〈互いに離れまいとつないだ手を苦しまぎれに俺が故意と振り切った〉と書き、「道化の華」では、〈この手もて、園を水にしずめた〉と書いたのか。

二つの貴重な証言がある。ひとつは太宰の姉きやうの夫の弟である小館保の「雨の夜に消えた二人」である。小館は、初代の上京を手助けするなど、太宰の親密な友人でもあり、太宰の下宿、常盤館では安酒を痛飲し、真面目な密談や他愛のない話を夜が白むまでする仲だった。小館は文中で、田辺あつみのことを、園または本名のシメ子と表記している。

その夜——太宰が鎌倉七里ヶ浜で心中を図る三日前の夜である。雨の強い寒い夜であった。例によって常盤館の一室にいつもの仲間五人は車座になって会していた。話しはいつしか銀座へ飲みに行くということで衆議一決した。

太宰の発案で我々五人はそれぞれ正体を隠してくりこむこととなった。それぞれ音楽士、芸人、画家、それに私は医学生、太宰は文士という風に受持ち役割を仕立てた。横なぐりの雨の中を高田馬場から二台のタクシーに分乗した。誰もがお互の役割を確かめあってはしゃいでいた。

車はしの突く雨の中を走り抜けて、銀座裏通りの「ホリウッド」という看板をかかげたバーの前で停った。車賃は五十銭であった。ホリウッドは十五、六人が座ればいっぱいになるような狭い酒場だった。酒場の暗い照明も手伝って、それぞれが紛した役割を十分に果した。とりわけ文士を名のる太宰は誰もその素性を疑うことはなく、太宰はすこぶるご満悦の体であった。

数人いる女給の中で、園（ソノ、本名・田部シメ子、十九才）は一際目立つ存在であった。原節子に似た理知的な顔立ちは東京でも滅多に見ない美しさだった。黒に近い紫色の地に赤と黄色の模様が描かれたワンピースが大柄な身体を一層引き立たせた。広島の出身と自己を紹介したが、言葉には訛りが少しも感じられなかった。

シメ子は自分の夫の職業は画家であるといい、そして自らも筆をとってカンバスに向っていると話した。あの当時珍らしかったショートカットの断髪は、きっと自己表現の一部であったのかもしれない。

我々は看板まで大いに騒いだ。最初から最後まで流行（はやり）のビールやウィスキーではなく日本酒で通した。園も我々と一緒に店を出て帰途のタクシーに乗った。常盤館へ帰り着くと太宰の姿はなかった。園と二人で本所で降りて、どこかへ消えてしまったという。

私の脳裏を黒い影がよぎった。今夜の太宰は、今にして考えてみると異常とも思えるはしゃぎようではなかったか、それでいて決して目は笑っていなかった。私は言いようのない不安に襲われた。

私が太宰の姿を再び見たのは鎌倉・恵風園のベッドの上であった。命が縮まる思いで小山初代を上京させてからまだ一ト月も経たないというのに……。私は内からわいてくる腹立たしさを覚えながら太宰の寝顔を見つめていた。（「かまくら春秋」昭和六十年五月）

もう一つの証言は、太宰の中学時代の同級生で、小館とともに初代の上京に際して協力し、事件の一週間ほど前から二回ほど田辺あつみと会ったという中村貞次郎の証言である。彼もまた銀座裏のカフェ「ホリウッド」であつみと会い、「当時流行の断髪で」「その断髪がよく似合っていた。小柄で、美くしく好感のもてる人であった」という印象を語っている。小館は「大柄」、中村は「小柄」とする違いはあるものの、「断髪」の印象などは同じで、中村の場合、心中事件の前日にも田辺あつみに会っており、証言はより具体的だ。

平成二十七年六月刊の「太宰治研究 23」（和泉書院）に公表された「太宰治の青春」によると、太宰といっしょに田辺あつみと会って数日たってから、中村は、太宰から「帝国ホテルに宿っている。雑誌記者という肩書で訪ねて来て貰い度い」旨の速達を受け取り、ホテル二階にあった四畳半ほどの部屋で、和服の着流しの太宰と会ったという。部屋のテーブルの上には書きかけの原稿用紙があり、短編を書いているといった太宰には、普段とは違った様子もなく、一時間ばかり雑談して帰った。すると翌日、また速達が届き、明日の午前十時ごろ、浅草のカジノフォーリーの前に来てもらいたいとあり、赴くと、そこには和服に二重廻しをひっかけた太宰と、一週間ほど前に会ったばかりの銀座裏のカフェの女給あつみがいたという。

三人は二時間ほどカジノフォーリーにいて、その後、割烹で雑談、午後三時ごろ、中村は二人を残して別れた。その際、太宰は「今夜僕は帰らないから僕の下宿へ宿れよ」というので、言われるままに戸塚の下宿に寄ると、中学時代の同級生の葛西信造がやって来て、何か事件が起きたらしいことを知らされた。

二つの証言で浮かび上がってくることは、田辺あつみと太宰は会って間もないことと、あつみが断髪で原節子にも似ているような美人だったこと、太宰が彼女と会った際、小館の証言では「文士」と名乗っていたことである。

長篠康一郎の調査では、田辺あつみは、大正元年十二月二日生まれで、太宰よりも三歳年少で、事件のときは太宰が満年齢で二十一歳、あつみは十七歳だった。広島出身で七人きょうだいの末っ子だったあつみは、幼時から器量よしと評判で、学校の成績は抜群、広島市立第一高等女学校に入学した。三年生のとき、奇術の松旭齋天勝一座が広島で公演した際、アメリカ帰りの舞台に魅了され、弟子入りを懇願したが、両親の反対で挫折、喫茶店で働き始め、たちまち店の看板娘となった。あつみが働いた喫茶店の経営者兼マスターが高面順三で、彼女は、俳優希望の高面と二人で上京した。しかし、順三の就職口はなく、生活苦から銀座裏のバー「ホリウッド」で働きだしたころに、太宰と出会った。

二人が最初に会った日時は特定されていないが、親しくなった時には、太宰は、初代とのことで実家から義絶され、憔悴していた。あつみもまた生活苦で、将来の見通しがたたなかった。

「文士」の役割を演じた男が、断髪の美しい女性と会う――この状況とほぼ一致する短編がある。太宰が文壇デビューした翌年の昭和九年四月、わざわざ別名の黒木舜平という署名を使い「文化公論」に発表した「断崖の錯覚」がそれである。この小説は、太宰が知人の久保喬に「例のたんてい小説」として前年十一月に送付したもので、葉書には〈名前だけは、「黒木舜平」と原稿どおりの名前にして下さるよう、くれぐれもたのみます。でないと、たいへんなことになりますから。では、ごめんどうでもおねがいします〉(『太宰治の青春像』より)と書き送っている。

小説は、大作家になるためには、ひとの細君を盗むことも、人を殺すことも、すべて修業する必要があると考える青年が、生まれつきの臆病ではにかみやなため、何一つできないという、いかにも太宰らしい書き出しで始まる。

その頃の私は、大作家になりたくて、大作家になるためには、たとえどのようなつらい修業でも、またどのような大きい犠牲でも、それを忍びおおせなくてはならぬと決心していた。大作家になるには、筆の修業よりも、人間としての修業をまずして置かなくてはかなうまい、と私は考えた。恋愛はもとより、ひとの細君を盗むことや、一夜で百円もの遊びをすることや、牢屋へはいることや、それから株を買って千円もうけたり、一万円損したりすることや、人を殺すことや、すべてどんな経験でもひととおりはして置かねばいい作家になれぬものと信じていた。けれども生れつき臆病ではにかみやの私は、そのような経験をなにひとつ持たなかった。しようと決心はしていても、私にはとても出来ぬのだった。

小説では、そんな「私」が二十歳になった年の正月に、或る海岸の温泉地に行って、つい見栄をはって宿帳にある新進作家の名前を偽って書いてしまうことから始まる。虚名を得たことで〈不安と戦慄のなかのあの刺すようなよろこび〉にうかれてしまった「私」は、そんな〈ゆがめられた歓喜の日〉をうかうかと過ごすうちに、近くの喫茶店に行って、ある少女と出会う。それは、〈生れぬまえから、二人が結びつけられていて、何月何日、ここで逢う、とちゃんときまっていたのだと合点する。それは、青春の霊感〉とでもいうべき断髪の、細い頬のなめらかな少女との邂逅だった。感激した男は、宿に戻ると、本気で原稿を書く気になり、ひとりの不幸な男が、放浪生活中、この世のものでないと思われるほどの美少女に出逢った物語をつくり、翌日、再び断髪の少女と会い、名前を聞いた。

「雪、いい名だ」。

それから二人で乾杯し、「私」はつい興奮のあまり、「僕ね、きょうはとても、うれしいんだ。小説は書きあげたし」と言ってしまう。これが悲劇の始まりだった。自分は新進作家と吹聴していた噂は、雪という女にも届いていたため、雪は、彼を贋物ではなく、本物の新進作家と思い込んでしまうのだ。主人公の「私」には嘘を吐く気はなかった。それどころか、〈ほんとうは私の名が、おおきく書かれていた〉、昨夜につくったばかりの初恋物語の原稿を雪に見せている。だが、酔っぱらってしまった雪はまともに字が読めず、原稿を膝から払いのけてしまう。

私はいたく失望した。たとえ、どのように酔っていたとて、一行読みだすと、たちまちに酔も醒めて、最後の一行まで、胸のはりさける思いでむさぼり読まれて然るべきこれは傑作ではないか。ウイスキイ二三杯ぐらいの酔のために、膝からはらいのけるとは！

私は泣きたくなった。

悲劇的なすれ違いの哀しい破局は、翌朝、二人で旅館の裏山を歩いているときに訪れた。なにかの話のついでに、雪が突然、声を高くして「私」を呼んだときの名前が、自分がなりすましていた新進作家の名前だったのだ。

私は、どきんと胸打たれた。雪の愛している男は私ではない。或る新進作家だったのだ。私は目の前の幸福が、がらがらと音をたてて崩れて行くのを感じたのである。ここで私は、すべてを告白してしまったら、よかったのである。すくなくとも雪を殺さずにすんだのかも知れない。しかし、それができなかった。そんな恥かしいことは死ぬるともできなかった。

そうして、主人公は、発作的に雪を断崖から突き落とし、殺してしまう。自分が新進作家でないことが、雪に知られるのが死ぬよりも恥ずかしかったからだ。〈虚栄の子は、虚栄のために、人殺しまでしねばいけない〉。小説で主人公は、〈私が雪を殺したのは、すべて虚栄の心からである〉と明言する。

事件にならなかったのは目撃者が偶然おらず、また「私」が本名を言わず、他人の名前を騙ったことで犯罪が露見しなかったからだ。ラストは主人公の述懐で終わる。

それから、五年経っている。しかし、私は無事である。しかし、ああ、法律はあざむき得ても、私の心は無事でないのだ。雪に対する日にましつのるこの切ない思慕の念はどうしたことであろう。私が十日ほど名を借りたかの新進作家は、いまや、ますます文運隆々とさかえて、おしもおされもせぬ大作家になっているのであるが、私は、――大作家になるにふさわしき殺人という立派な経験をさえした私は、いまだにひとつの傑作も作り得ず、おのれの殺した少女に対するやるせない追憶にふけりつつ、あえぎあえぎその日を送っている。

実際の心中事件では、過失で女性を死なせた太宰が、なぜ「断崖の錯覚」では、女性を断崖から突き落とす物語を書き、「葉」では、海の中で故意に女の手を振り切ったと書いたのか。その謎を解く鍵は、〈ああ、法律はあざむき得ても、私の心は無事でないのだ〉という「断崖の錯覚」の文章にある。

田辺あつみの死は、厭世による心中自殺と判断され、太宰は起訴猶予となった。しかし法律上、罪を問われなかったからといって、自分には罪がないのか、太宰は懊悩した。女性は過失で死んだのだから起訴猶予で当然とする態度を取ることを、潔しとはしなかった。法律を盾にとって開き直ることは、含羞のある太宰にはできなかったと思われる。

明確なフィクションである「断崖の錯覚」につづいて書いた自伝的作品の短編「葉」、「道化の華」で、情死事件をとりあげ、〈僕はこの手もて、園を水にしずめた〉などと繰り返し書いたのは、太宰の罪の意識の深さの表れだったのではないか。それゆえに、太宰は、この出来事を〈私の生涯の、黒点である〉（「東京八景」）とした。

罪の意識は終生消えなかった。主人公の名前が「道化の華」と同じ大庭葉蔵である「人間失格」でも、「罪」のアントニム（対義語）は何だろうと、会話するシーンで、平然と「法律さ」と答える堀木に対して、主人公は、つくづく呆れかえる。

「罪ってのは、君、そんなものじゃないだろう」

罪の対義語が、法律とは！　しかし、世間の人たちは、みんなそれくらいに簡単に考えて、澄まして暮しているのかも知れません。刑事のいないところにこそ罪がうごめいている、と。

罪の意識を描いた「断崖の錯覚」を踏まえて「道化の華」を書いたことは、両作品の事件現場の表現を見ても明らかである。「断崖の錯覚」で、女性を突き落とした現場を、〈すぐ足もとから百丈もの断崖になっていて、深い朝霧の奥底に海がゆらゆらうごいていた〉と書いているが、「道化の華」のラストでも〈葉蔵は、はるかに海を見おろした。すぐ足もとから三十丈もの断崖になっていて、江の島が真下に小さく見えた。ふかい朝霧の奥底に、海水がゆらゆらうごいていた〉と同じような表現を使っている。太宰が心中を図った小動岬は事実、江の島がよく見える場所にある。「生涯の黒点」となった場所は、それほどまでに太宰の目に焼きついていたのである。

事件が太宰に突きつけたのは、罪の意識だけではなかった。自らに巣くう「虚栄」の問題も意識させた。それは虚栄のために人を殺したという「断崖の錯覚」の表現が、それから二年後の昭和十一年に発表した「虚構の春」でも踏襲され、より具体的に語られていることからもわかる。この小説は、実在の人物を中心に八十三通の書簡を加工、改変し、再構成した異色作だ。「清水忠治」という男が、「叔父上様」に送った編中最も長い書簡で、ここでも女性と情死する際に新進作家の名前を騙ったという表現が出てくる。

この箇所は、〈私は、おのが苦悩の歴史を、つとめて厳粛に物語るよりほかはなかろう。てれないように。てれないように〉と宣言したうえで始まる。そして、〈きょうの日まで、私は、その女性について、ほんの断片的にしか語らず私ひとりの胸にひめていた〉という心中行の細部を、〈私のひめにひめたるお湯にも溶けぬ雪女について問われるがままに〉語り始めるのである。以下に引用するが、私ひとりの胸に秘めていた女のことを「雪女」と呼んでいる点に注意してもらいたい。「断崖の錯覚」で、主人公が突き落とした女性の名前が「雪」である。


——年齢。

——十九です。やくどしです。必ず何かあるようです。不思議のことに思われます。

——小柄だね？

——ええ、でもマネキン嬢にもなれるのです。

——というと？

——全部が一まわり小さいので、写真ひきのばせば、ほとんど完璧の調和を表現し得るでしょう。両脚がしなやかに伸びて草花の茎のようで、皮膚が、ほどよく冷い。

——どうかね。

——誇張じゃないんです。私、あのひとに関しては、どうしても嘘をつけない。

——あんまり、ひどくだましたからだ。

――おどろいたな。けれども、全く、そうなんです。私、二十一歳の冬に角帯しめて銀座へ遊びにいって、その晩、女が私の部屋までついて来て、あなたの名まえなんていうの？　と聞くから、ちょうど、そこに海野《うんの》三千雄、ね、あの人の創作集がころがっていて、私は、海野三千雄、と答えてしまった。女は、私を三十一、二歳と思っているらしく、もすこし有名の人かと思った、とほっと肩を落して溜息をついて、私は、あのときぐらい有名になりたく思ったことございませぬ。のどが、からから枯渇して、くろい煙をあげて焼けるほどに有名を欲しました。海野三千雄といえば、ひところ文壇でいちばん若くて、いい小説もかいていました。その夜から、私、学生服を着ている時のほかには、どこへ行っても、海野三千雄で、押しとおさなければならなくなった。いちど、にせものをつとめると、不安で不安で夜のめも眠れず、それでいて、そのにせもの勤めをよそうとはせず、かえって完璧の一点のすきのないにせものになろうと、そのほうにだけ心をくだくものです。不思議なものです。

まるで、取り調べの刑事や検事からの質問に答える被疑者のように語る内容は、やはり「文士」のふりをして、女性に見栄をはったという証言である。これは太宰が田辺あつみと会った時に、文士の役割を演じたという友人の証言と一致し、「断崖の錯覚」のストーリーの延長線上にもある。

さらに、毎夜帝国ホテルに泊まり、作家、海野三千雄の名前で名刺もつくらせ、〈海野先生へ、ゲンコウタノムの電報、速達、電話、すべて私自身で発して居りました〉という展開も、中村貞次郎に帝国ホテルに編集者としてやって来てほしい、と頼んだ事実と符合している。

そうして出会った二人が、なぜ心中行を選んだのか。「虚構の春」では、ある日、女が帝国ホテルへ遊びに来て、私の部屋へ宿泊したとき、〈私は、死ぬよりほかに行くとこがない、と何かの拍子に、ふと口から滑り出て、その一言が、とても女の心にきいたらしく、あたしも死ぬる、と申しました〉ことを原因とし、あくる日、〈鎌倉の海に薬品を呑んで飛びこみました〉と述べている。この作品の〝告白〟で注目すべきことは、二人で死ぬまでの過程がそれまでの作品に比べてはるかに詳細で、もしかしたら心中しなかった可能性もあったことまで示唆していることである。

女は、歩きながら、ずいぶん思いつめたような口調で、かえらない？　と小声で言った。あたしは、あなたのおめかけになります。家から一歩も外へ出るな、とあれば、じっとして、うちに隠れて居ります。一生涯、日かげ者でもいいの。私は、鼻で笑った。人の誠実を到底理解できず、おのれの自尊心を満足させるためには、万骨を枯らして、尚、平然たる姿の二十一歳、自矜の怪物、骨のずいからの虚栄の子、女のひとの久遠の宝石、真珠の塔、二つなく尊い贈りものを、ろくろく見もせず、ぽんと路のかたわらのどぶに投げ捨て、いまの私のかたちは、果して軽快そのものであったろうか。

「私」は〈女に告白できるくらいなら、それができるたちの男であったなら二十一歳、すでにこれほど傷だらけにならずにすんで居たにちがいない〉〈自矜の怪物、骨のずいからの虚栄の子〉なのである。自分が海野という作家ではないという事実を、人生の最後になるかもしれない瞬間にも女に告白せず、女と二人、薬を飲み、大きいひらたい岩にふたりならんで腰かけて、両脚をぶらぶらうごかしながら、静かに薬のきく時を待つ。そして、ついにその時は来た。その描写は、ただならぬ迫真性がある。

突然、くすりがきいてきて、女は、ひゅう、ひゅう、と草笛の音に似た声を発して、くるしい、くるしい、と水のようなものを吐いて、岩のうえを這いずりまわっていた様子で、私は、その吐瀉物をあとへ汚くのこして死ぬのは、なんとしても、心残りであったから、マントの袖で拭いてまわって、いつしか、私にも、薬がきいて、ぬらぬら濡れている岩の上を踏みぬめらかし踏みすべり、まっくろぐろの四足獣、のどに赤熱の鉄火箸《かなひばし》を、五寸も六寸も突き通され、やがて、その鬼の鉄棒は胸に到り、腹にいたり、そのころには、もはや二つの動くむくろ、黒い四足獣がゆらゆらあるいた。折りかさなって岩からてんらく、ざぶと浪をかぶって、はじめ引き寄せ、一瞬後は、お互いぐんと相手を蹴飛ばし、たちまち離れて、謂わば蚊よりも弱い声、『海野さあん。』私の名ではなかった。十年まえの師走、ちょうどいまごろの季節の出来ごとです。

実家を呆れさせたから死ぬ。これは動機の一部ではあり得るが、ある特定の女性と心中を図った成り行きとしては具体性に欠ける。非合法運動に疲れ、仲間を裏切り、死なせた刑罰として、自らすすんで命を絶とうとしたというのは、理屈ばかりが勝っているし、そもそも裏切って仲間を死なせたという事実は、年譜のどこを探してもない。むしろ、こうした様々な理由から死に魅入られた太宰が、将来に夢をなくしたカフェの女給田辺あつみと出会い、つい虚栄心から作家のふりをして、後戻りが出来なくなってしまったというのが真相に近いのかもしれない。

遺作「人間失格」でも、非合法への興味から協力した運動に、疎ましさといまいましさを感じたことを心中事件の第一の理由にしながら、第二の理由として、虚栄心をあげている。自分に特別な好意を抱き、一夜を共にした女性から喫茶店代を払ってくれと頼まれ、がま口にほとんど金がなく、〈羞恥よりも凄惨の思いに襲われ〉たことが事の始まりだった。金持ちの坊ちゃんという意識から抜け出せない主人公は、そのうえ女から財布の中身を、「あら、たったそれだけ?」と言われ〈生きておられない屈辱〉を感じる。それで〈みずからすすんでも死のうと、実感として決意した〉。見栄にこだわる虚栄心が、女を死へと誘った元凶だと告発しているのだ。

それにしても、である。「かえらない?」「おめかけになります」という「虚構の春」に登場する女性の小説の言葉が事実、事件のときにもあったとすれば、自分が実は新進作家ではありません、と嘘を吐いたことを詫び、二人で帰ることも出来たはずである。だが、虚栄の子にはそれができなかった。化けの皮が剝がれることは、〈生きておられない屈辱〉だったのである。

当時、事件を起こす前の太宰は、薬を飲んでも本当に死ぬとは思ってはいなかったから、真実の告白をするまでもないと、軽く考えていた可能性も考えられる。太宰研究者の長篠康一郎が説くように、高校時代からカルモチンを飲んでいた太宰は、二人が飲んだ薬の量が致死量の半分以下であることは経験的にわかっていたはずだからだ。助かった暁には、高校時代のカルモチン事件の時のように、死を覚悟した行動をすれば実家から同情され、場合によっては実家に戻れるという甘い了見でいたかもしれない。事件を起こし、自分と家族を離縁させた小山初代と別れ、道行きを共にした田辺あつみとも、この夜の甘く痛切な思い出を胸にさよならし、自分は一人、やり直せると考えていたかもしれない。

心中を図った鎌倉の腰越は、長篠康一郎が『人間太宰治の研究Ⅱ』で指摘したように、壇ノ浦の合戦で平家に勝利した義経が、梶原景時の讒言もあって、兄、源頼朝の怒りを買い、鎌倉入りがかなわず足止めをくらった地である。そこで、義経はこの腰越に逗留し、ここで兄頼朝の勘気を晴らすために、有名な「腰越状」をしたためる。この歴史的書簡で知られる満福寺と太宰が心中を図った小動岬は二百メートルほどしか離れていない。芸妓初代との結婚問題で兄たちの不興を買い、分家除籍となった太宰は、兄に理解されず、苦しんだ義経の心境に自らをなぞらえ、腰越で事を起こした可能性がある。

「魚服記」、「津軽」でも、太宰は義経について書いている。「魚服記」の冒頭では、義経が家来たちを連れて北へ北へと亡命して行ったときに通ったという本州北端の地が出てくる。「津軽」では、義経が蝦夷に渡ろうとして、風を待ったという伝説のある義経寺を訪ねる場面が出てくる。兄に疎まれた義経は、父親を早くに亡くし、親の愛にも恵まれなかった。

作家司馬遼太郎は、継父藤原長成に愛されず、実母の常盤からの十分な愛を受けなかった義経について、〈牛若は、つねに淋しさの中にいた。その淋しさが鬱屈し、かれの心を鋭くした〉と歴史小説「義経」で書いている。兄に評価されず、母の愛を十分に感じられない義経が、太宰にとってかなり親近感のある存在であったことは明らかである。

しかし、予想を超える事態が起きた。心中事件では、体が小さく、睡眠剤を飲みなれていない田辺あつみだけが死に、自分は助かった。

「断崖の錯覚」では〈虚栄の子は、虚栄のために、人殺しまでしねばいけない〉と記した太宰は、「虚構の春」でも主人公を〈二十一歳、自矜の怪物、骨のずいからの虚栄の子〉と断罪し、自分が贋物の作家であることを〈女に告白できるくらいなら、それができるたちの男であったなら二十一歳、すでにこれほど傷だらけにならずにすんで居たにちがいない〉と書いている。〈生涯の、黒点〉をもたらした「虚栄」の精神を小説の形で告発したのが、「断崖の錯覚」であり「道化の華」「虚構の春」であった。

事件から数年後、太宰は、知人の久保喬から「女は君の名を呼んだんじゃあなかったの」と聞かれると、「いや、僕の名を呼んだよ、津島さーんと」と真顔で答えているが、久保には何が真実かはわからなかったという。一方で親友の山岸外史には、「女が最後に呼んだ名は、ぼくの名じゃなかったのだ」と語っている。真相は藪の中だが、書き残した小説を読む限りでは、心中事件は、自分に巣食う虚栄の恐ろしさを、太宰に気づかせた。この魔物と正面から向き合い、自らを「虚栄の子」と言い切る強さをもったとき、作家太宰治は誕生する。

だが、そのためには、じっくりと自分を見直す時間が必要だった。初代とのことで兄文治から分家除籍を言い渡されたのは昭和五年十一月九日、田辺あつみと心中事件を起こしたのは十一月二十八日。まだ太宰治が誕生する昭和八年までは二年以上の「第二の空白」がある。実際のところ、事件直後の太宰は、「虚栄」という魔物と対決しているようには、はた目には見えなかった。

初代との同棲

七里ヶ浜は、相模湾に面した二・七キロほどの浜で、稲村ヶ崎と小動岬の間にあり、富士山の絶景でも知られる日本渚百選の一つの景勝地だ。その環境のよさから明治二十（一八八七）年には我が国最初の海浜サナトリウム（結核療養所）が設立され、海水浴と保養を兼ねた政財界人による別荘地にもなり、多くの外国人や文化人が滞在した。

太宰が収容された七里ヶ浜恵風園療養所で意識を回復したのはしばらくたってからで、事件から三日目に次兄津島英治と中畑慶吉が見舞いに行ったときには、自殺幇助罪に問われている男にしては明るい表情で、びっくりしたと証言している。友人の小館保が来たときは、すまなそうな、さびしい表情で、ふっと視線をそらしたため、二人の間に気まずい空気が流れ、しばらく沈黙がつづいたという。そうして、半時間ばかりたったころ、太宰はベッドの傍らに所在なげに腰かけていた小館のほうに向き直り、はにかんだような微笑でポツリと言ったという。

「失敗したよ」

それから中学時代の同級生らがやってくるとトランプに興じたりしていたことを、五年後に事件を題材にした「道化の華」に書いている。

事実は麻雀までしたらしい。それは、〈ひと一人を殺したあとらしくもなく、彼等の態度があまりにのんきすぎる〉態度と思う人は多いだろう。しかし、太宰は、「道化の華」で、いきなり「諸君」と読者に呼びかけ、〈それは酷である。なんの、のんきなことがあるものか〉としたうえで、こうつづけている。

〈つねに絶望のとなりにいて、傷つき易い道化の華を風にもあてずつくっているこのもの悲しさを君が判って呉れたならば！〉

女だけが死んで自分ひとりが生き残る……。そこで罪の意識に悩み、苦しむさまを人に見せて同情を買うなんてことは、人の目を気にし、そこで自分が取る態度まで気にする自意識過剰の主人公、大庭葉蔵には、わざとらしくてとてもできない。むしろ絶望的に苦しいからこそお道化てしまう、友人たちも葉蔵の苦しみをわかっているからこそあえて傷には触れず、笑い興じる。入院中は、そんな日々を過ごしていた。

それでも時に、罪の意識をまじめに告白したくなる瞬間もあったようだ。

「道化の華」では、主人公の大庭葉蔵は、事件の背後にあるもの――〈虚傲。懶惰。阿諛。狡猾。悪徳の巣。疲労。忿怒。殺意。我利我利。脆弱。欺瞞。病毒。〉――それを言ってしまおうかと思うが、わざとしょげかえって呟く。

「ほんとうは、僕にも判らないのだよ。なにもかも原因のような気がして」

この「道化の華」を書いている昭和十年時点での作家、太宰治は、虚傲、懶惰、阿諛、狡猾などという「虚栄」の罪を意識していた。が、事件を起こした昭和五年、津島修治だった彼には、こうした言葉を明確につかみ切れていなかった。起きてしまった事実の大きさにどんな表情をしてよいかもつかめず、お道化るしか表現のしようがなかったのではないか。事実、太宰には小説が書けなくなっていた。

起訴猶予が確認されると、太宰は次兄英治に伴われて帰郷。長兄文治の指示もあって、年の瀬に予定通り、小山初代と青森県碇ヶ関温泉の柴田旅館で仮祝言をあげた。井伏によると、淋しがり屋の太宰には、事件後、嫁さんがいないと気の毒という声があり、太宰も「初代がいい」と言ったらしい。

このなりゆきを知った高校時代からの同級生、大高勝次郎は〈私には津島の心事がいよいよわからなかった〉と回想している。それはそうだろう。四年越しの交際を経て、夫婦約束までした初代を捨て、別の女性と心中事件を起こしたのに、すぐにもとの鞘に戻って初代と結婚するというのは、常識では考えられない。〈女も女、そんな男と、よくまあぬけぬけと結婚するものだ。私の常識は反撥するのだ〉としているが、一刻も早く太宰に落ち着いてほしいと願う津島家も、それでも太宰が好きな初代も、常識の枠外にいた。太宰自身は三年後に短編「葉」で、其の時のことをこう書いている。

私たちは山の温泉場であてのない祝言をした。母はしじゅうくつくつと笑っていた。宿の女中の髪のかたちが奇妙であるから笑うのだと母は弁明した。嬉しかったのであろう。無学の母は、私たちを炉ばたに呼びよせ、教訓した。お前は十六魂《たましい》だから、と言いかけて、自信を失ったのであろう、もっと無学の花嫁の顔を覗き、のう、そうでせんか、と同意を求めた。母の言葉は、あたっていたのに。

魂を十六持っている意から、移り気、むら気、落ち着かない人のことを十六魂という。気まぐれな情死行で実家を再び驚愕させた太宰は、移り気にも元の女を嫁に迎えるが、結婚の喜びはなく、新妻を〈無学の花嫁〉と記した。

年が明けた昭和六年一月二十七日、上京中の長兄文治に呼び出され、「覚書」を交わした。そこには、小山初代と結婚同居生活を営む限り、昭和八年四月まで生活費として毎月百二十円仕送りすることとされ、刑事上の起訴をされたとき、みだりに学業を怠り、卒業の見込みがなくなったとき、社会主義運動に参加し、或は社会主義者または社会主義運動へ金銭、または物質的な援助をしたときは、仕送りを減額あるいは停止すると明記された。

初代と東京で暮らし始めてから、五反田の分譲地に新築された借家に移った。広い空き地にぽつんと建った家は、階下二間、二階二間と広く、いかにも新婚向けであった。太宰は性懲りのない男だった。兄との約束をあっさり反故にし、広い家は、党関係者の会合や宿泊場所として使われた。工藤永蔵と非合法運動の仲間だった田村文雄のもとを角帽と学生服姿で訪ね、ていねいに帽子を脱いでおじぎすると、「すまなかった。申し訳ない」と心中事件を起こし、警察に目をつけられたことを詫びた。そのうえで「心を入れかえてやります」と運動への協力も誓った。

共産党の組織が壊滅的な状況になっている中で太宰は、八方塞がりのときこそ研究に力を入れるのだと語り、進んで田村を誘って、『資本論』の中の「地代論」を徹底研究することで、日本社会を正しい方向に向けようというようなことまで願っていたという。田村の下宿で開かれた研究会でも、いろいろな参考資料を持参して、勉強した意見を述べ、会を盛り上げた。顔つきもきりりと引き締まって、〈とても私など近よれないというほどのものを感じさせた〉という(『コローキアム太宰治論』所収「太宰治とその時代」より)。

昭和六年三月のある日には、「赤旗」の三・一五記念特別号のガリ版を切るために、二階の一室が党の家屋資金局の仕事をしていた渡辺惣助に提供されている。四月に入ってからは、「重要な人間を一人預って貰えないか」という指令を工藤が受け、これに協力して二階に一か月ほど「重要な人間」を住まわせている。太宰も工藤も、その色白の若い男がどんな人物かよく知らず、太宰にとっては「几帳面でおとなしい人で風呂が好き」な男性にすぎなかった。が、のちにその人物は共産党の幹部で、戦後衆院議員になった紺野与次郎であったことがわかったと工藤は証言している。

昭和七年十月の大森ギャング事件の際に五反田の家が使われたという、従兄の雨森卓三郎の証言もある。これは共産党員が東京・大森にあった銀行を襲撃した日本最初の銀行ギャング事件で、戦後、日本共産党は、政府が送り込んだスパイが党幹部になって、銀行襲撃を計画し、党員を動員して日本共産党の名誉を傷つけたと声明を出した歴史的な事件でもある。雨森によると、後年、太宰は「生命がけというのは、青春のスリルだ。そして最高の空虚だ」と語ってニヤリとしたという。

太宰が昭和七年七月に青森警察署に自首し、非合法運動の放棄を誓うまでは、懸命に運動に参加したと考える研究者にとっては、これらの証言は、まさに太宰のコミュニズム体験の重さと、その後の警察への出頭による裏切りに伴う罪の意識を証明する材料になる。しかし、証言には伝聞が多く、大森ギャング事件当時、すでに太宰は五反田からは転居しており、信憑性には疑いがある。

非合法運動への参加はなりゆきだと考える立場の人は、女だけを死なすという破廉恥で無様な事件を起こしたあげく、非合法運動からも逃避したとあっては情けなく、見栄を張って心を入れかえたポーズをしたにすぎない、と考える。

だが、ポーズだったにしても、治安維持法の適用が強化されつつあるこの時期の運動への協力は、あまりにも危険だった。アジトを提供しているだけで、警察に踏み込まれ、逮捕、起訴される可能性がある。仮に警察に嗅ぎつけられなかったとしても、もし党からの直接の指示で運動に関与していた場合、指示に従わなければ、「階級的裏切り」としてかなり厳しく糾弾される。一度、運動に深く加担すれば、当局からも党からも睨まれるのが非合法下の運動で、気の弱い太宰が、どこまで深く関与したかは疑問である。まして運動への協力が実家にわかったら、覚書が適用され、仕送りが即座に絶たれてしまう。自らの労働でお金を得たことがない太宰が、仕送りなしで新婚生活を営めるはずはなかった。

「東京八景」では、五反田時代の自分は〈阿呆の時代〉で、〈再出発の希望は、みじんも無かった。たまに訪ねて来る友人達の、御機嫌ばかりをとって暮していた〉と書いている。相手に不快な顔をされたくないばかりに、ずるずると、また「れいの仕事」を始めたという可能性の方が高い。とはいえ、いやいや協力していたとばかりはいえず、非合法の地下活動は、日陰者である太宰には居心地がよかった。

好きだったからなのです。自分には、その人たちが、気にいっていたからなのです。しかし、それは必ずしも、マルクスに依って結ばれた親愛感では無かったのです。

非合法。自分には、それが幽かに楽しかったのです。むしろ、居心地がよかったのです。世の中の合法というもののほうが、かえっておそろしく、（それには、底知れず強いものが予感せられます）そのからくりが不可解で、とてもその窓の無い、底冷えのする部屋には坐っておられず、外は非合法の海であっても、それに飛び込んで泳いで、やがて死に到るほうが、自分には、いっそ気楽のようでした。

日蔭者、という言葉があります。人間の世に於いて、みじめな、敗者、悪徳者を指差していう言葉のようですが、自分は、自分を生れた時からの日蔭者のような気がしていて、世間から、あれは日蔭者だと指差されている程のひとと逢うと、自分は、必ず、優しい心になるのです。そうして、その自分の「優しい心」は、自身でうっとりするくらい優しい心でした。（「人間失格」）

「お父《ど》ちゃ」と初代は太宰を呼び、太宰は「はっこ」と彼女を呼んだ。同郷でない友人の前では「はちよ」と呼んだという。

太宰が心中事件を起こしたときには、裏切られたとの思いから「ひどい、ひどい」と泣いた初代は、姉芸者から「あんた、それでも行くのか」とたずねられ、「むろん、行くわ」と弱みを見せぬよう、元気に答えたという。

新婚生活が始まると、初代は髪をバッサリ落とし、モダンガールのように変身した。なんとか、新しい生活に馴染もうと必死だった。太宰からは習字と英語を教えられ、太宰のもとに出入りする人にすすめられて、川崎市のマツダランプ本社の読書会にも参加した。太宰もまたマルクスの勉強をするために大きなデスクを買ってきて、ふんわりする椅子に腰かけてマルクスを読んだ。井伏の回想によると、太宰は、初代にもマルクスを読め、と言ったようで、初代が読んでもわからないというと、機嫌を悪くしたそうだ。

五反田の家には、親戚の学生や郷里の友人もかわるがわる訪れた。三月下旬には、弘前高校出身で、東京帝国大学文学部印度哲学科に在籍していた藤野敬止に二階の一室を提供、六月下旬まで下宿させている。あまり落ち着いた新婚生活があったとはとても思えないが、このころには、発表のあてもないまま小説を書き、書き上げると藤野に読んで聞かせている。

俳諧にも凝り、「朱麟」または「朱鱗」と号して、小館保（俳号・朱蕾）、平岡敏男（俳号・十指翁）らと遊んでいる。

生活に落ち着く暇はなかった。六月下旬には、工藤永蔵からの「安全を保つため」というすすめで神田区同朋町にあった神田明神崖下の格子戸の家に移転している。そこには工藤や渡辺惣助が頻繁に訪れ、「初代さんの手料理で津軽の味をなつかしみ、家庭的な空気に浸ることが出来た」と回想している。郷里のことや文学について雑談に花を咲かせる場所は、まるで「砂漠の中のオアシスのようなものであった」という。とりわけ共産党員の渡辺は、早稲田の英文科で元来は文学青年だったことから、工藤とともに太宰の書いた原稿を読み聞かされ、批評を請われることもあった。そんな時代の太宰の様子を、工藤は、「太宰治の思い出　共産党との関連において」でこう振り返っている。

何しろプロレタリア文学とは縁遠い内容なので、私らに散々にけなされたものであった。修治は「自分は死後十年たって作品が認められればよい」などといっており、文学で名を挙げることに強い意欲を燃やしていた。又、或る時「自分の私淑している小説家はクライストだ」といったこともあり、これまでの修治のことと関連して不吉な予感を覚えたことがあった。

その工藤は、満州事変が勃発した昭和六年九月に検挙され、十一月には中野刑務所に送られ、三年ほど拘禁された。太宰の近辺も慌ただしくなった。同朋町の家を、青森の組合関係との連絡場所に使ったことから足がつき、西神田署に出頭を命じられ、その後、何度も刑事が来るようになったため、十月下旬から十一月のはじめに神田和泉町に移り、翌昭和七年春には、豊多摩郡淀橋町柏木に転居した。

運動への協力は、惰性になり、〈無気力きわまる態度〉になっていた。党と自分を結ぶ工藤が検挙されたことも大きかった。そのころには井伏に、左翼づきあいを清算することの難しさについて話し、警察署のおそろしさについても語り、しょげていたという（井伏鱒二「十年前頃」）。

年譜によると、五・一五事件の起きた昭和七年の春ごろには、郷里の友人、今宮一（のちの直木賞作家）、姉きやうの夫の弟の小館善四郎らを前に「列車」の朗読をしている。この小説は、翌昭和八年二月十九日発行の「東奥日報」の日曜版「サンデー東奥」に、懸賞創作入選作として太宰治の筆名で発表された。発表作と朗読された作品の異同は不明だが、小説の完成度は第一作品集『晩年』に収録された十五作の中では高いものとはいえない。太宰らしい気の利いた文句はなく、むしろ武骨といってよい。余談だが、本作が地方紙とはいえ、新聞に掲載されたのには実は裏があった。竹内俊吉は、太宰が高校時代に最初に書いた小説を、東奥日報の論評記事で取り上げた記者で、その後も交流がつづいていた。すると、ある日、太宰からこういう手紙が来た、と昭和五十四年、竹内が「生きた。愛した。八十年」というテーマで出た座談会では証言している。

太宰はね、吾《わ》さ、こういう手紙寄越したことある。五円呉《け》ろって。昭和七、八年ごろの五円だ。それで、吾、手紙出したのさ。お前ェみてだ馬鹿な奴は無い。お前ェして、金木の津島家さ生まれで、五円の銭《ぜん》コ、兄から貰えねのか。お前さだら、絶対呉《け》ねって。それでもまた手紙来て、五円呉ろだ。ま、そこで、その代わり原稿書いて寄越せと。当時、五円の懸賞で懸賞小説募集してらはんで、吾、選者で当選させるから、それで五円、お前さやる。

「列車」冒頭は、ちょっと堅苦しい始まりである。

一九二五年に梅鉢工場という所でこしらえられたC五一型のその機関車は、同じ工場で同じころ製作された三等客車三輛と、食堂車、二等客車、二等寝台車、各々一輛ずつと、ほかに郵便やら荷物やらの貨車三輛と、都合九つの箱に、ざっと二百名からの旅客と十万を越える通信とそれにまつわる幾多の胸痛む物語とを載せ、雨の日も風の日も午後の二時半になれば、ピストンをはためかせて上野から青森へ向けて走った。時に依って万歳の叫喚で送られたり、手巾《ハンカチ》で名残を惜まれたり、または嗚咽でもって不吉な餞を受けるのである。列車番号は一〇三。

番号からして気持が悪い。一九二五年からいままで、八年も経っているが、その間にこの列車は幾万人の愛情を引き裂いたことか。げんに私が此の列車のため、ひどくからい目に遭わされた。

なぜ、機関車のことをこんなにグダグダと書くのか、一読わからない。第一、面白味がない。だが、それは長篠康一郎や山内祥史ら研究者の解読によると、この無機的な文章には太宰の人生が込められている。ここにいう一九二五年とは単に機関車の製造年ではない。太宰治十六歳、中学二年生のとき、最初の創作「最後の太閤」を津島修治の署名で発表したのがこの年で、作家になることを意識した年でもある。

列車が「梅鉢工場という所でこしらえられた」というところにも重要な暗示があるという。「梅」といえば、「東風《こち》吹かば　にほひおこせよ梅の花　主なしとて春を忘るな」の歌が有名だが、これは菅原道真が、藤原家の謀略で、京の都から今の福岡県の太宰府に左遷されるとき、いつくしんでいた梅を思って詠んだ歌だ。つまり、実家から分家除籍され、郷里から見放された自身を、道真公になぞらえ、太宰というペンネームを考えたのではないかと考えられている。

機関車が、東京・上野と郷里の青森を走るというのも太宰の人生と重なる。〈この列車は幾万人の愛情を引き裂いたことか。げんに私が此の列車のため、ひどくからい目に遭わされた〉という文章は、「列車」を「文学」と置き換えたら彼の習作期そのものの波乱万丈を表現している。自らの文学的半生を青森・東京間を走る機関車になぞらえた「列車」は、文庫本で六ページほどの短い作品で、内容的には、青森から男を追って来た女が、男に捨てられ、国元に帰る列車に乗るのを、〈無学な田舎女と結婚〉した「私」が、妻と見送りに行く、それだけの話である。

女を捨てるのは、「私」の高等学校時代の寮仲間の汐田である。彼は、テツという女と幼いころからの仲で、結婚を望んだが、テツが貧しい育ちの娘であるから父親に結婚を反対され、大喧嘩し、東京の大学に進学してしまう。しばらくして彼を追って青森からテツが上京して来ると、汐田は女に惚れられていることを有頂天になって「私」に報告するが、田舎女との結婚で、若やいだ気持ちを失いかけていた「私」は、いっしょに騒ぐ気にもなれない。それどころか汐田のその場限りの興奮と、彼が自分のところを訪ねた真意を考えて、こう思うのである。

彼のその訪問の底意を見抜く事を忘れなかった。そんな一少女の出奔を知己の間に言いふらすことが、彼の自尊心をどんなに満足させたか。私は彼の有頂天を不愉快に感じ、彼のテツさんに対する真実を疑いさえした。私のこの疑惑は無残にも的中していた。彼は私にひとしきり、狂喜し感激して見せた揚句、眉間に皺を寄せて、どうしたらいいだろう？　という相談を小声で持ちかけたではないか。私は最早、そのようなひまな遊戯には同情が持てなかったので、君も悧功になったね、君がテッさんに昔程の愛を感じられなかったなら、別れるほかはあるまい、と汐田の思うつぼを直截に言ってやった。汐田は、口角にまざまざと微笑をふくめて、しかし、と考え込んだ。

それから四、五日して汐田から「友人たちの忠告もあり、お互の将来のためにテッさんをくにへ返す、あすの二時半の汽車で帰る筈だ」という速達便をもらう。そして「私」は頼まれもせぬのに、妻と一緒に、上野駅までテッさんの見送りに行くのである。

ここまで読むと、多くの人は気づくはずだ。汐田とは太宰自身でもあり、汐田を追いかけてきたテッは初代でもあるということに。テッが汐田を頼って出奔したことを友人たちに言いふらす態度を、〈彼の自尊心をどんなに満足させたか〉と書くとき、太宰は、友人と計画をたて、初代をまんまと上京させたときの自らの有頂天な気持ち、女にこれほど惚れられているという自尊心の満足を思い出しはしなかっただろうか。テッさんが汐田を追って上京した時には、すでに〈彼（汐田）のテッさんに対する真実を疑いさえした〉と記した際には、初代が上京したときに、すでに〈昔程の愛を感じられなかった〉自分自身の内面を思い出すことはなかったのだろうか。いや、あったからこそ、自分を追いかけて上京して来た初代と一緒になるという現実とは違う、もう一つの可能性、上京してきた女を男が追い返す小説にしたのではないのか。

愛のない同棲もつらいが、愛を感じられなくなった女を郷里に追い返すのもつらい。小説では、好きな男にふられ、つらい思いで帰郷するテツを慰めようと、「私」は妻を引き合わせる。〈妻も亦テツさんと同じように貧しい育ちの女であるから、テツさんを慰めるにしても、私などよりなにかきっと適切な態度や言葉をもってするにちがいないと独断したからであった〉。しかし、〈私はまんまと裏切られたのである。テツさんと妻は、お互に貴婦人のようなお辞儀を無言で取り交しただけ〉で、〈私は、まのわるい思い〉をしたと書いている。

これは、〈無学な田舎女〉で〈貧しい育ちの女〉と冷たい表現で描かれる「私」の妻に、あまりにも厳しい見方である。「私」は一度だけとはいえ、数年前に汐田の紹介でテツさんとは会っているが、妻はこのとき、はじめてテツさんに会ったのである。〈まのわるい〉のは本来妻のほうである。それを〈私は、まのわるい思い〉をしたと、妻に責任転嫁するのは、あまりにも自己中心的である。

それは、太宰が分家除籍を兄から言い渡され、初代が兄と一時、帰郷した折、手紙を寄こさない初代に絶望し、〈こちらが、すべての肉親を仰天させ、母には地獄の苦しみを嘗めさせて迄、戦っているのに、おまえ一人、無智な自信でぐったりしているのは、みっとも無い事である〉(「東京八景」)と書いたのと同じ、身勝手な言い分である。

〈絶望した〉なら初代と別れればいいのに、別れぬまま他の女と心中を図り、生き残って初代と結婚した太宰と、〈昔程の愛を感じられなかった〉テツさんを国元に追い返した汐田という、太宰が造型した人物と、どちらがひどい人なのだろうか。小説には、結論めいたことは書かれていない。

ただ、〈恥かしめられ汚されて帰郷して行くテッさん〉を見送る無学な田舎出で、貧しい育ちの妻に対する、冷めた描写で小説は締めくくられる。

のろまな妻は列車の横壁にかかってある青い鉄札の、水玉が一杯ついた文字を此頃習いたてのたどたどしい智識でもって、FOR A-O-MO-RI とひくく読んでいたのである。

追い返される女への憐憫と、無学で、貧しい育ちで、のろまと呼ぶ妻への苛立ち。「列車」には、心中事件後に暮らし始めた初代との生活への煩悶が綴られている。貧しい女を救うのは思想がある。そう兄にも言い、自分も思い込んでいたことへの偽善、虚栄のつらさ、わびしさが、「列車」には綴られている。だが、このように小説に書かれる妻のつらさ、侘しさに、太宰はこの段階で、どこまで気がついていただろうか。

小説では、〈私の胸には、もはや他人の身の上まで思いやるような、そんな余裕がなかったので、テッさんを慰めるのに「災難」という無責任な言葉を使ったりした〉という表現が出てくる。これを書いているときの太宰には、初代の身の上まで思いやるような余裕がなかった。自己本位になる、太宰なりの理屈はあった。そのころ太宰は、初代の思いもよらぬ過去を知り、衝撃を受けていた。「東京八景」に書いている。

或る日の事、同じ高等学校を出た経済学部の一学生から、いやな話を聞かされた。煮え湯を飲むような気がした。まさか、と思った。知らせてくれた学生を、かえって憎んだ。Hに聞いてみたら、わかる事だと思った。いそいで八丁堀、材木屋の二階に帰って来たのだが、なかなか言い出しにくかった。初夏の午後である。西日が部屋にはいって、暑かった。私は、オラガビイルを一本、Hに買わせた。当時、オラガビイルは、二十五銭であった。その一本を飲んで、もう一本、と言ったら、Hに呶鳴られた。呶鳴られて私も、気持に張りが出て来て、きょう学生から聞いて来た事を、努めてさりげない口調で、Hに告げることが出来た。Hは半可臭い、と田舎の言葉で言って、怒ったように、ちらと眉をひそめた。それだけで、静かに縫い物をつづけていた。濁った気配は、どこにも無かった。私は、Hを信じた。

その夜私は悪いものを読んだ。ルソオの懺悔録であった。ルソオが、やはり細君の以前の事で、苦汁を嘗めた箇所に突き当り、たまらなくなって来た。私は、Hを信じられなくなったのである。その夜、とうとう吐き出させた。学生から聞かされた事は、すべて本当であった。もっと、ひどかった。掘り下げて行くと、際限が無いような気配さえ感ぜられた。私は中途で止めてしまった。

私だとて、その方面では、人を責める資格が無い。鎌倉の事件は、どうしたことだ。けれども私は、その夜は煮えくりかえった。私はその日までHを、謂わば掌中の玉のように大事にして、誇っていたのだといううことに気附いた。こいつの為に生きていたのだ。私は女を、無垢のままで救ったとばかり思っていたのである。Hの言うままを、勇者の如く単純に合点していたのである。（中略）私は、ただ、残念であったのである。私は、いやになった。自分の生活の姿を、棍棒で粉砕したく思った。要するに、やり切れなくなってしまったのである。私は、自首して出た。

芸妓を妻にした男が、無垢のまま救ったと考えるのは常識に反するという意見もある。一方で、青森芸妓見番組合に所属する芸妓は、芸事を重んじて客と枕を交わすなどということはほとんどなく、貞操堅固なことから青森見番は別名「浜町女学校」とも称されたといい、無垢と信じる理由があるという意見もある。事実はどうあれ、太宰には、女を救ったと思い込んで自分を勇者の如くに誇り、友人達にもそれを誇って語っていた自分が許せず、やりきれなかった。

誇りだった成績は地に落ち、自慢の名門の家から破門され、女を死なせ、非合法運動にも疲れ、初代にも裏切られる思いをし、気がつけば書くことしか、太宰には残されていなかった。

ちょうどそんなふうに考えていたころである。昭和七年の六月上旬、金木の生家に特高刑事が連日訪問し、太宰が、共産党活動に資金援助していることや、警察署に留置されたことなどの情報が長兄文治の耳に入り、即刻送金を停止された。七月中旬には、「内密に青森に赴き、警察署に出頭して左翼運動からの離脱を誓約すれば、大学卒業まで送金を継続する」という文治の申し入れがあり、これを受けて、ひとり極秘裡に青森の豊田家に赴き、母夕子、文治と二階の一室で会談したという。年譜によると、文治は烈しく叱責し、母夕子は涙ながらに哀願したという。翌日、文治に伴われて青森警察署特高課に出頭、共産党活動との絶縁を誓約し、帰京した。

一時は入れ込んだ運動からも、いざ離脱すると憑き物が落ちたようにさっぱりしていた。直後には、初代の母、小山きみに手紙で、〈今迄色々と心配をかけましたが、もう大丈夫です。七月の半頃に私ひとり青森へ行って、あの事件を何事もなくすまして来ました。もともと私には関係の薄いことですから別にとがめだてもありませんでした。学校の方も九月から又行くことになりました〉と書き送っている。出頭の翌年の昭和八年に発表した「列車」でも、〈数年まえ私は或る思想団体にいささかでも関係を持ったことがあって、のちまもなく見映えのせぬ申しわけを立ててその団体と別れてしまったのである〉と、あっさりと記しているのみである。

運動仲間の田村文雄には「もう文学一筋でやる」と語り、暗い中に一筋の明るさを見せて語ったのもこのころであろう。

文学一筋でやる。そう決めると、行動は早かった。七月三十一日には、初代とともに静岡県下の静浦村の坂部啓次郎方に行き、北隣の家の二階六畳二間を借りて、約一か月滞在した。そして、〈小さい遺書のつもりで、こんな穢い子供もいましたという幼年及び少年時代の私の告白〉(「十五年間」)を「思い出」と題して書き始めた。習作時代とは、すっかり文体を刷新していた。〈黄昏のころ私は叔母と並んで門口に立っていた〉という冒頭から「私」という言葉が頻出し、最初の一段落だけで、「私」が七回も出てくる。最後のくだりも〈叔母は両手を帯の上に組んでまぶしそうにしていた。私は、似ていると思った〉と「私」で終わる。徹頭徹尾、「私」のオンパレードである。習作時代に書いた三つの長編は、いずれも三人称で、すべて中絶で終わったが、「私」で書き出すと、幼少時代に叔母キヱや子守のタケと遊んだ頃に聞いたり、読んだりして親しんだなつかしい語り物のリズムがほとばしり、筆が伸びやかになった。長編で執拗に書いた地主階級の淫蕩性の告発は姿を消し、呪詛の思いも、〈我々は皆、労働者という鯨の脊の上で踊って居るのだ〉〈日本全国のプロレタリアートの、やがては世界万国のプロレタリアートの、待ちに待ったる大勝利の日に〉(「地主一代」)という叫びも、姿を消し、ただひたすら、「私」の語りで、幼年時代からの生き方を書いた。

もはや、書くことしかなかった。書くこと以外に、自信の持てることはなかった。無垢なまま女を救ったなどという思い上がった考えで初代と結婚したことで、家郷を追われ、自分も苦しみ、初代を傷つけた。文士を気取って女と出会い、羞恥心から本当のことが言えず、女を死なせてしまった。プロレタリア文学は苦手なのに、見栄坊で、気取り屋で、嫌われることが怖くてずるずると非合法運動に関与し、耐えきれずに出頭した。

〈虚栄の子〉は人を死なせ、〈虚栄の子〉は運動を裏切った。「思い出」には、自矜の怪物、骨のずいからの〈虚栄の子〉(「虚構の春」)が、様々な事件を起こす前の、幼少年時代のことが書かれている。

「東京八景」では〈この「思い出」が私の処女作という事になっている。自分の幼時からの悪を、飾らずに書いて置きたいと思ったのである。二十四歳の秋の事である〉と書いている。

皆に喝采されるために綴方では、少年雑誌の当選作をそっくり盗み、〈あとで本好きのひとりの生徒にそれを発見され、私はその生徒の死ぬことを祈った〉ことを記した。末子でやさしい顔をしていた弟が父にも母にも愛されていたことに嫉妬し、ときどき殴っては母に叱られ、母を恨んだことも思い出した。そう記すときには、自尊も自虐も卑下もなく、ひたすら飾らずに書いた。さまざまな挫折と経験で、自分に巣くう〈虚栄〉なるものの正体を見つめてきただけに、〈虚栄〉について書く文章は精彩を帯びた。エリート中学に進学し、主人公の「私」に自意識が芽生え、見栄をはることを覚える時期からの文章は躍動し、羞恥心と含羞とが溢れだしていた。

私は顔に興味を持っていたのである。読書にあきると手鏡をとり出し、微笑んだり眉をひそめたり頬杖ついて思案にくれたりして、その表情をあかず眺めた。私は必ずひとを笑わせることの出来る表情を会得した。目を細くして鼻を皺め、口を小さく尖らすと、児熊《こぐま》のようで可愛かったのである。

全くぼんやりしている経験など、それまでの私にはなかったのである。うしろで誰か見ているような気がして、私はいつでも何かの態度をつくっていたのである。私のいちいちのこまかい仕草にも、彼は当惑して掌を眺めた、彼は耳の裏を掻きながら呟いた、などと傍から傍から説明句をつけていたのであるから、私にとって、ふと、とか、われしらず、とかいう動作はあり得なかったのである。

私は散りかけている花弁であった。すこしの風にもふるえおののいた。人からどんな些細なさげすみを受けても死なん哉と悶えた。私は、自分を今にきっとえらくなるものと思っていたし、英雄としての名誉をまもって、たとい大人の侮りにでも容赦できなかった……

太宰は、「思い出」を収録した第一作品集『晩年』について書いた随想で、自分は、この本一冊を書くために、〈身の置きどころを失い、たえず自尊心を傷けられて世のなかの寒風に吹きまくられ、そうして、うろうろ歩きまわっていた〉と記したが、「思い出」の筆を進めながら、なぜ、自分が、そのようになったかに気がついたはずだ。

私は、すべてに就いて満足し切れなかったから、いつも空虚なあがきをしていた。私には十重二十重の仮面がへばりついていたので、どれがどんなに悲しいのか、見極めをつけることができなかったのである。そしてとうとう私は或るわびしいはけ口を見つけたのだ。創作であった。ここにはたくさんの同類がいて、みんな私と同じように此のわけのわからぬおののきを見つめているように思われたのである。作家になろう、作家になろう、と私はひそかに願望した。

この作家になろうと決意した背景にある虚栄という名の〈十重二十重の仮面〉を自覚したとき、太宰第二の空白時代は完全に終わり、太宰は一人の作家になった。第二章まで書くと井伏に原稿を送り、批評を仰いだ。これまでは一度も褒められたことがなかったが、今度は違った。

お手紙拝見。今度の原稿はたいへんよかったと思います。この前のものとくらべて格段の相異です。一本気に書かれてもいるし表現や手法にも骨法がそなわっているし、しかも客観的なる批判の目をもって書かれていると思います。まずもって、「思い出」一篇は、甲上の出来であると信じます。

新婚時代の美知子が、太宰に筆名の由来を聞くと、「オサメ、オサムだからなあ」と嘆ずるように言ったことを覚えている。「身を修め、国を治める」。どちらもオサめられず、せめて筆名からは「修身」の「修」をとった太宰の、含羞にあふれる文体がここに誕生した。

作家デビュー

生きて行く張合いが全然、一つも無く、〈ばかな、滅亡の民の一人として、死んで行こうと、覚悟をきめていた。時潮が私に振り当てた役割を、忠実に演じてやろうと思った。必ず人に負けてやる、という悲しい卑屈な役割を〉(「東京八景」)と考え、遺書のつもりで書き綴ったが、この一作では満足しきれなかった。どうせ、ここまで書いたのに、いざ書き始めると、全部を書いて置きたい、ぶちまけたい、という作家精神が芽生え、虚無に幽かな燭灯がともった。

九月になると、芝区白金三光町の男爵、大鳥圭介の旧邸の一部を借りて住み、短編を書くと、批評を聞くために友人らを集めて朗読会を開き、相手が一人の場合、しきりと感想を求めた。そして、読んでみて気に入らない作品は「倉庫」と称した柳行李に入れ、気に入った作品は、ハトロン紙の大袋に入れて、床の間に置いた。朗読の際の太宰は、大きな声量で、言葉の端々をはっきりさせながら、ゆっくり読み進めたという。

十一月ごろには「魚服記」の初稿を脱稿した。今度は、「私」があふれる「思い出」から一転し、一切「私」を描かず、〈本州の北端の山脈は、ぼんじゅ山脈というのである〉という書き出しの幻想的な民話風の小説にした。炭焼きで生計を立てる父と山の中に住み、通り過ぎる旅人に「やすんで行きせえ」と声をかける十三歳のスワという娘が主人公である。天気の良い日には、裸身で滝壺の近くまで泳ぎにいくスワがある日、父親に体を汚され、「阿呆」と叫ぶや、外にかけだし、「おど!」とひくく言って滝壺に飛び込むまでをリズミカルにつづった。死と隣り合わせの世界を描いているのにみじんも悲壮感はない。それどころか、気がつくと水底にいることに気づいたスワが、やたらむしょうにすっきりし、さっぱりして両脚を伸ばすと、すすと前に進むので、自分が大蛇になったと思い込む場面には、ユーモアすら漂う。

うれしいな、もう小屋へ帰れないのだ、とひとりごとを言って口ひげを大きくうごかした。
小さな鮒であったのである。ただ口をぱくぱくとやって鼻さきの疣をうごめかしただけのことであったのに。

ラストは、水の中で小えびを追いかけたりして遊んでいた鮒が、しばらくしてある行動をとる場面で鮮やかに閉めくくられる。〈やがてからだをくねらせながらまっすぐに滝壺へむかって行った。

たちまち、くるくると木の葉のように吸いこまれた〉。

この作品を発表した頃、太宰は、友人の久保喬に「虚無を埋めるものはリリシズムだよ。詩の世界があるだけだよ」と語っている。「魚服記」は、近親相姦と死を描いていて、ここに太宰と実家との対立、死にたい気持ちを読み取ることもできるが、そんな理屈めいたものはこの短編にはない。谷川でとった魚を次々と食べた八郎が、体中にぶつぶつと鱗が吹き出て、兄の三郎がかけつけた時には、八郎はおそろしい大蛇になって川を泳いでいて、兄が、八郎やあ、と叫ぶと、川の中から大蛇が涙をこぼして、三郎やあ、とこたえる。そんな物語を父から聞いて、あわれで泣くじゃくるスワを描く挿話もあり、不思議な哀切に溢れている。

〈僕はこの春、「私」という主人公の小説を書いたばかりだから二度つづけるのがおもはゆいのである。僕がもし、あすにでもひょっくり死んだとき、あいつは「私」を主人公にしなければ、小説を書けなかった、としたり顔して述懐する奇妙な男が出て来ないとも限らぬ〉(「道化の華」)、そう思うと耐え難く、こんな作品を書けると示したのが「魚服記」や、同じ頃、「海」という題名で書き進めていた「道化の華」である。太宰は、小説の魔力に憑りつかれつつあった。

年が明け、昭和八年になり、三日には友人の今官一と井伏宅に新年の挨拶をした。一月中旬になると身辺が動き始めた。大鹿卓、神戸雄一、古谷綱武、木山捷平、新庄嘉章、今官一、藤原定、塩月赳らが発刊を企画していた同人誌「海豹」に、今官一が津島修治を同人に加えたいと言い出したのだ。だれも津島の名を知る者がいなかったため、とにかく作品を見せてもらってから決定しようということになり、数日後に届けられたのがこの「魚服記」であった。

日本紙の半ペラの原稿用紙に、少しかすれるような墨づかいで、きれいな筆の字であったことに、弟がニュースキャスターになる古谷綱正がいる文芸評論家の古谷綱武は驚き、気おされたという。当時の若者ですらペンで書くのが主流で、筆を使うのは老大家といわれるような人たちだけと思っていたからである。何よりも驚いたのは、作品の中身だった。〈小品といってもよいような作品であったが、私は一読して、すっかり感嘆してしまった。これは、すばらしい無名の新人があらわれてきたとおもった〉と古谷は「昭和八年、九年」で回想している。二つの違うタイプの作品が、それぞれ、師の井伏、古谷に評価された。デビューするよりも前に太宰の文才は文壇に知られ始めた。

習作時代とは異なる文体を発見した太宰には、「意識のあり方」にも大きな変化があった。随想にも、その変化は如実に示されている。初の小説「列車」を「サンデー東奥」に掲載した昭和八（一九三三）年二月十九日から遡ることわずか四日、「海豹通信」第四便の「故郷の話Ⅲ」欄に、太宰治という筆名を初めて使った文章を発表し、意識の変化を宣言した。全文を引用する。

「田舎者」

私は、青森県北津軽郡というところで、生れました。今官一とは、同郷であります。彼も、なかなかの、田舎者ですが、私のさとは、彼の生れ在所より、更に十里も山奥でありますから、何をかくそう、私は、もっとひどい田舎者なのであります。

自分とは何者であるのか。〈十重二十重の仮面がへばりついていた〉過剰な自意識に苦しみ、自分がどこから来て、どこに行こうとしているのかを煩悶していた習作時代には、成績に執着し、地主階級の生まれにこだわり、落第という不名誉を恐れ、滅ぼされる階級という思いに囚われていた。〈我々の闘争は最早従来の商品経済の土台の上の闘争ではなく、此の経済の存続に反対する飛躍的革命的突撃である〉（「学生群」）など柄にもない生硬な表現も目立った。しかし、すでに実家からは見限られ、分家除籍されている。制服、制帽を被り、大学には行くフリをして、これ以上実家を裏切らぬよう体裁だけは整えていたが、授業には出ておらず、卒業する気もさらさらなかった。自尊できるものを失い、自らを〈ひどい田舎者なのであります〉と規定し、周囲にも宣言することは、金持ちの息子で帝大のエリート学生という津島修治との決別宣言でもあった。

もはや何者でもなかった。何者でもないということは、何者にでもなれる可能性を意味した。

中学時代には落第という不名誉を致命的だと考えていた太宰は、第一作品集『晩年』に収録した「逆行」の一篇「盗賊」では冒頭、こうたんたんとユーモラスに描いた。

〈ことし落第ときまった。それでも試験は受けるのである。甲斐ない努力の美しさ。われはその美に心をひかれた〉

自分を落第生と貶める。そんな野暮なことはしない。落第とわかっていても一年ぶりで学生服に腕を通して、菊花の紋章の輝く鉄の門をくぐり、フランス語の試験を受けに行く。フランス語は知らないからどんな問題が出ても、フロオベエルはお坊ちゃんである、と書くことを決めた「われ」の姿を突き放して見つめ、〈甲斐ない努力の美しさ〉と決めゼリフをはく。優等生でありつづけるための努力からも、落第生というレッテルからも太宰は自由で、表現は柔らかく伸びやかなものになった。
太宰治のペンネームで発表した四番目の短編ではあるが、太宰がかなり意識的に『晩年』の冒頭に置いた「葉」は、のっけから〈死のうと思っていた〉という殺し文句で始まり、旧制高校時代から書き継いできた多くの習作の一部などを引用、改変しつつ、三十六の断章に仕立てた意欲的な実験作である。「死ぬ」「死にたい」というのは太宰の友人の石上玄一郎が言うように高校時代からの太宰の口癖だが、「葉」には厭世家めいたポーズやニヒリズムはなく、死を語ってもどこかユーモラスである。

死のうと思っていた。ことしの正月、よそから着物を一反もらった。お年玉としてである。着物の布地は麻であった。鼠色のこまかい縞目が織りこめられていた。これは夏に着る着物であろう。夏まで生きていようと思った。

死のうと思っていた。とはいえ、明確な理由はない。では、生きる理由があるかといえば、これといった理由はない。でも、正月にもらった着物が夏物だから夏まで生きていようと思う。ふざけているようにも見えるけれど、偶然に夏物をもらったことを頼りに、とりあえず夏までは生きよう、という態度にはひたすらさがあり、着物を贈ってくれた人へのいたわりの気持ちもあり、習作時代のように自分一人の苦悩に踊っていない。その余裕がそこはかとないユーモアを生み出している。
「葉」には〈安楽なくらしをしているときは、絶望の詩を作り、ひしがれたくらしをしているときは、生のよろこびを書きつづる〉や〈どうせ死ぬのだ。ねむるようなよいロマンスを一篇だけ書いてみたい〉や、〈芸術の美は所詮、市民への奉仕の美である〉という印象的なフレーズもある。どうせ死ぬ。失うものは何もない。自尊の思いも多くは挫かれた。あとは野となれ、山となれ。しょせんは津軽の田舎者である。開き直ったら、もはや怖いものはなかった。

「葉」は、詩のような文章で締められる。

生活。

よい仕事をしたあとで
一杯のお茶をすする
お茶のあぶくに
きれいな私の顔が
いくつもいくつも
うつっているのさ

どうにか、なる。

「どうにかなる」と一息でいうほどの自信はない。「どうにか、なる」。この間にある読点に、けなげな覚悟があった。

ここで「生活。」と記したうえで、よい仕事をしたあとですする一杯のお茶にうつる、きれいな私の顔、と綴っていることは注目される。それは、遺作「人間失格」の「第一の手記」の冒頭に〈恥の多い生涯を送って来ました。／自分には、人間の生活というものが、見当つかないのです〉と書いたときの「人間の生活」とは、あまりにも遠くかけ離れた「生活」の内実がある。「人間失格」では、人間の生活がわからないため、絶えず笑顔をつくりながらも、内心は必死の、それこそ千番に一番の兼ね合いとでもいうべき危機一髪の、油汗流してのサーヴィス、つまりは道化をすることで、わずかに人間とつながろうとする主人公を造型したが、初期の「葉」のラストでは、同じ「生活」を描いても他人の存在が見当たらない。あるのは、よい仕事をしたあとですする一杯のお茶にうつるきれいな自分の顔ばかりである。一緒に暮らす初代の顔も、親兄弟の顔も、非合法運動をともにした人たちの顔もない。

家郷からは追放され、自分の絶望に狂い、女を死なせてしまった。運動は裏切った。人の顔色を気にして仮面をつけ、〈虚栄の子〉になり、相手の顔を伺うのは、もうたくさん、という思いもあったのだろう。

生活とはよい仕事をすること、そして、お茶をつぎ、そこにうつる自分のきれいな顔をみること、それだけだった。よい仕事とは、「生のよろこび」を綴り、「ねむるようなロマンス」をつくることだった。

自らを滅亡の民と思い、〈必ず人に負けてやる〉（「東京八景」）と思い、自尊心がずたずたになった太宰だが、「よい仕事」をする自信、よい文章を書く自らの能力だけは疑っていなかった。それは、太宰が青森警察署に自首する直前の昭和七年六月に、豊多摩刑務所に入獄中の工藤永蔵に送った書簡からも明らかである。ここで太宰は、「工藤さん／昨日川崎さんの所へ遊びに参りましたらなにか面白い話をあなたに知らせて呉れとのおたのみで面白い話なら私には山ほどあります。川崎さんには文才がないから何も書けませんでしょう。私には類稀な文才がありますから、これから次々と珍なニュースを報告しましょう。期待して下さい」と書き送っている。

書くことが、生きることになった。

「葉」には唐突に〈役者になりたい〉というフレーズも出てくる。津軽の実家で過ごした幼少時代、弟や親類の子らを集めては、昔話を聞かせたり、「かっぽれ」を踊ったりして、喝采を浴びた思い出が脳裏をよぎったのかもしれない。自分が作品を書くことを通して誰かを演じ、夢中になればなるほど、恥の多い人生を忘れることが出来た。ロマンスを書いている時間は、とてつもない虚無感を忘れることができた。

思えば太宰にとって、発表のあてのないまま、これら『晩年』に収録する短編を書いている無名から有名になる端境期の時代は、人生でもかなり躍動した時期だったかもしれない。昭和八年、太宰がその筆名でデビューした直後に出会った久保喬（のちに児童文学作家）は、荻窪駅の近くにあった太宰の家に遊びに行くたびに、いつも太宰が押し入れから持ち出した茶色の紙袋の中から、書き上げたばかりの原稿を見せられては、感想を述べさせられた。袋にはそれまでに書きあげた作品もいくつかは入っていて、太宰は、「こうして書きためてね、僕の代表作集の本にするんだ。遺稿集になるかもしれん」と冗談とも本気ともつかない様子で語っていたという。

久保が太宰の家に行くと、太宰はいつも読むか書くかしていた。窓際に経机のような古風な小さな机を置いているだけで、室内には何の飾りもなく、本棚も見える所にはなかった。この頃はいつも蓬髪、無造作な着流しで、着物にはかなり好みがあったようだが、決しておしゃれには見えないようにはしていた。短命に終わったロシアの詩人プーシキンの「生きることにも心せき、感ずることも急がるる」は、太宰が繰り返し言った句だった。

人生の挫折で恥じらいを覚え、相手と慣れるまではあまり喋らなかった。切れ長の目を伏せ気味にして、ちょっと照れくさそうに微笑しながら、短い言葉で、話題の核心になるようなことを言うのが常だった。酒を飲むと陽気で話し好きで、おどけて面白い冗談を言い、よく笑った。その時は、ぷっと噴き出して、さもおかしそうに笑った。それでも深く酔うと、顔つきが別人のように凶暴に見えることもあったが、その後はふっと静かになってしまった、と久保は回想している。

『晩年』に収録された作品のうち、初期の昭和八年、九年に発表された短編には、とりわけリリシズムがある。作家の長部日出雄が〈天性の物語作者《ストーリーテラー》で、空想力を自在に駆使するフィクションの創作にこそ最大の本領があったことを、鮮やかに証明する最初の作品〉(『辻音楽師の唄　もう一つの太宰治伝』)と評価した「ロマネスク」もその一つで、懸命に努力することが意図せぬ挫折になる三人の物語を面白おかしく描き、著者自身が楽しんで書いている様子が伝わってくる。とりわけ最初の「仙術太郎」は、むかし津軽の国、神梛木《かなぎ》村の庄屋の息子に生まれた太郎の、悠揚たる成長ぶり

に独特なユーモアがある。ラストは、仙術の修行をした太郎が十六歳で娘に恋し、

〈あわれ、あの娘に惚れられたいものじゃ。津軽いちばんのよい男になりたいものじゃ。太郎はおのれの仙術でもって、よい男になるようになるように念じはじめた。十日目にその念願を成就することができたのである〉

だが、美男は美男でも天平時代の仏像のような顔になってしまった。〈仙術の本が古すぎたのであった〉のである。これは「早稲田文学」で作家の尾崎一雄が書いた同人雑誌評で、〈大変面白かった。先ず読んで面白い。その上立派な骨格を具えている。作者の芸術的気稟も高く、何気ない口振りの裏に激しい思考の渦巻が感じられる〉と激賞された。尾崎が文章を締めるにあたり、〈要するに慢心の芸術であろう。この慢心をどこまでも募らして行くがいいと思う。その鼻が折れたら折れたでまた面白いみものだろう〉というのは、卓抜にも太宰の未来を予言していた。

文芸評論家の川本三郎は、「太宰治の「仮構意識」——『晩年』論」で、初期の太宰には、〈「自分」「内面」とやらにアッケラカンとしている太宰〉があり、〈憂い顔をしている太宰のとなりには、「工夫」をこらして、お話を作りあげようとしている楽しげな太宰がいる。泣いたり、わめいたり、騒々しく感情を昂ぶらせている太宰が、次の瞬間、急に、自分を他人の目でながめたような平静さをとり戻す。『晩年』はまさに、「太宰百景」〉であると記している。それを支えたのは、自尊心をかなぐり棄て、虚仮の一念で真っ白な原稿用紙に向かった津軽人の開き直りであった。それが自然主義のリアリズムの窮屈さを脱した、太宰の清新な文体をつくった。そうして、書き溜めた原稿は、一本、また一本発表され、太宰治という名は文壇に認知されていった。

谷崎が「刺青」を書いたのは二十四歳、芥川が「鼻」を発表したのは二十三歳。昭和八年二月、「列車」でデビュー、この直後の三月一日付発行の同人誌「海豹」創刊号の巻頭に「魚服記」が掲載された時、太宰は二十三歳だった。谷崎、そして敬愛した芥川に比べると、あまりにも紆余曲折の多い青春時代だったが、デビューの年齢だけは、なんとか彼らにも追いつけるところに辿りついた。その登場が同世代の若者にとっていかに華々しいものだったか、太宰を同人誌「海豹」に入れた古谷綱武が伝えている。

「魚服記」は、仲間にも、そとにも、そうとうな反響をよんで、たちまち、『海豹』といえば、太宰治のいる雑誌というほど、太宰は仲間を抜いて光った。太宰は五月の第二号は休んだが、六月の第三号からは、「思い出」を四回にわたって連載した。私は原稿のとどいてくるのを待ちかねてよみふけり、ひとがくると雑誌をひらいて朗読してきかせた。私はほんとうにすばらしいとおもった。

『海豹』は太宰の存在を注目させて、秋にはつぶれてしまった。

変わったのは、文体や意識だけではなかった。習作時代の文壇での交流相手は、井伏鱒二と、同郷の今官一ら津軽時代からの仲間が中心だったが、古谷サロンと言われた古谷綱武と出会ったことで、一気に交友が広がった。古谷は、父が元外交官という裕福な家に育ち、旧制の成城高等学校時代では、大岡昇平、富永次郎（詩人の富永太郎の弟）が同級生で、昭和四年には、彼らと中原中也、河上徹太郎らを加えて、同人誌「白痴群」を創刊、中原は同誌に「汚れっちまった悲しみに」を発表している。

自ら設計した東京・落合の広い家に妻と女中と住んでいた古谷は、鷹揚で話し好き、客好きなうえ、好奇心の強い感激屋で、ことに才能ある文筆の士を敬愛していたから、この家には始終誰かが出入りし、いつしかサロンのようになっていた。太宰は、昭和八年二月四日、古谷宅での「海豹」同人会に初めて出席した。一階の大広間でコの字形に坐り、議会でもやるように同人会はひらかれ、古谷、大鹿卓（詩人、小説家。足尾鉱毒事件を題材にした昭和十六年刊の『渡良瀬川』で第五回新潮文芸賞）、神戸雄一（詩人、小説家。のちに故郷宮崎で日向日日新聞文化部長）、木山捷平、新庄嘉章（仏文学者）ら同人と初対面した。その日の太宰の服装は、学生なのに、豪華な毛皮の襟つきの黒いインバネス（二重まわし）で、〈太宰の肩から背中、背中から足へと流線を描いて寸分の隙もないほど板についているのに驚嘆しないではいられなかった〉（「太宰治」）ことを木山は覚えている。

木山は権威にも通俗にも流されず、身の丈にあった小説や詩を書いたいぶし銀のような作家で、芥川賞には落ち、生涯に受けた文学賞は芸術選奨文部大臣賞のただ一つきりだが、死後に相次いで文庫が復刊され、地味ながら愛されつづける作家になった。

古谷との出会いで、青春の激浪をともにする檀一雄とも会う。「海豹」がつぶれた頃、感激屋の古谷が、「新人」という雑誌に掲載されていた無名の新人、檀の「此家の性格」を読み、驚嘆したのがきっかけだった。太宰よりも三年下の檀は当時、東京帝大経済学部の在学生で、古谷は、檀が常連という西武電車・中井駅にあった萩原朔太郎の別れた奥さんがやっているバーで待ち伏せした。

初対面を終えると古谷は檀を家まで引っ張っていき、夜明けまで酒を飲み、太宰の作品が載っている「海豹」を、ぜひ読んで見たまえ、と渡した。「思い出」と「魚服記」を読んだ檀は、〈作為された肉感が明滅するふうのやるせない抒情人生だ。文体に肉感がのめりこんでしまっている〉と心惹かれた。

檀の尋常高等小学校時代に両親が離婚し、母トミは、長男の檀をはじめ三人の子供を置き去りにして出奔している。檀は、太宰以上に家庭団欒の空気を知らなかった。九州の福岡高等学校時代には社会科学研究会に所属し、同盟休校への参加や社会主義思想の秘密朗読会のメンバーだったことが発覚したことで、一年間ほどの停学処分を受けるという点では、彼は、太宰以上に活動的で、〈自分の身うちの中にだけ醸成されている危険なまでの肉感を、どこぞに、集中的に爆破投擲したいという、はなはだ熱狂的な野望にとりつかれていた〉という。幼いころ病弱だった母の愛を知らず、社会主義思想でもがいた末に生まれた太宰の文学は、檀にとっては他人事ではなく、太宰の文章が辛うじてささえとめているふうの不吉な肉感を稀有なものと信じた。

古谷の家で、二人ははじめてゆっくり言葉を交わした。太宰も古谷から薦められていた「此家の性格」を読んでいて、「いいもんだ。随分、いいもんだ。井伏さんも賞めていたよ」と檀に語った。すると、古谷が、二人の距離を近づけようとしてか、「そう、檀さんがまた、君の小説を馬鹿に賞めている」というと、太宰はドギマギして、話をそらし、薬の飲み過ぎで失敗した話をしながら、特徴のある含羞の表情で笑った。

——この人は、平常自分を戯画化するならわしか。

檀は作家らしい鋭い直感で、初対面の男の本質を見抜いた。太宰は豪酒で、鼻が大きく、声がよく響いた。少し乱れると胸毛が見えた。煙草をパッパッとやたらとけぶし、それを灰皿でていねいにヒネリつぶす。しかし眼はどこか夢見るふうだった。背丈は檀とほぼ同じで一メートル七十三、四でその体重は五十キロに足りないように見えた。心持ち猫背で、その痩身が歩み過ぎる後ろ姿には、やるせない憂悶があった。

「良かったら、いつか遊びにやって来ない。古谷君と」とためらいがちに太宰がいうので、「何処です?」と聞くと、サラサラと地図を書き、「飛島方　太宰治」と書いた。

それでいったんは別れて家に帰ったが、太宰がちょっと物足りなそうな表情で、「じゃ」というのが印象的だった。そこであらためて太宰の二作品を読み直し、耐えている文脈が、甘美で、不吉だ、と感じ、すぐに地図を頼りに、太宰が引っ越したばかりの杉並区天沼の家へと向かったのは、いかにも行動派の檀らしい。その家には、東京日日新聞の社会部の記者をしている飛島定城の家族が一階三間に住み、二階二間に太宰と初代が住んでいた。

ちょうど日没間際で、太宰が目くばせすると、初代は階上から大声で、下の夫人に話しかけたが、はげしい東北弁で、檀には何を言っているのか、よくわからなかった。最後に、太宰が一声、やはり檀に通じぬ声をあげると交渉が成立したようで、初代が下から一升瓶を提げてやってきた。ここからが檀一雄『小説　太宰治』の屈指の名シーンである。

鮭缶が丼の中にあけられた。太宰はその上に無闇と味の素を振りかけている。

「僕がね、絶対、確信を持てるのは味の素だけなんだ」

クスリと笑い声が波立った。笑うと眉毛の尻がはげしく下る。

「飲まない?」

私は盃を受けた。夫人が、料理にでも立つふうで、階段を降りていった。

「君は――」

と、私はそれでも、一度口ごもって、しかし思い切って、口にした。

「天才ですよ。たくさん書いて欲しいな」

太宰は暫時身もだえるふうだった。しばらくシンと黙っている。やがて、全身を投擲でもするふうに、「書く」

私も照れくさくて、ヤケクソのように飲んだ。

人はキザだと云うだろうか。しかし私は今でもその日の出来事をなつかしく回顧出来るのである。


檀という新しい友との出会いは、太宰を次第に変えていった。とりわけ、「天才ですよ」という賞賛は、太宰の胸にずしりと刺さった。以来、「私の生活と、太宰の生活が、きわどく折り重なるような、異様な交遊」が始まり、玉の井など色街に同行する間柄になった。太宰もはじめのうちは緊張の風があったが、何度か会ううちに酔えば屈託なくおどけ、檀が見るところ、津軽特有の土着の、野太い諧謔があった。

太宰とよく出かけた鰻の頭だけを焼いて出す立ち飲みの屋台である日、檀がガツンと鰻の針を噛み当てたときである。太宰はころげるように笑い興じて、

「アハハ……、鰻の針を噛み当てるなんてね。願ったって、おいそれと、出来やしないぜ。これこそが人生の、余徳だよ。人生の余徳……」と、いつまでも笑いやまなかったという。

〈太宰がメソメソと泣いてばかり居たとでも思い込まれたら残念だから、言っておくが、太宰は野性的で、野暮で、逞しい一面をたしかに持っていた〉。そして〈太宰のこのような諧謔は、間髪を入れず、飛び出して、まわりに愉快な波紋をひろげてゆくのがならわしであった〉と檀は回想している。諧謔の背景に、太宰が読み耽っていた落語本の印象も強い。『太宰と安吾』では、〈太宰の初期から最後に至る全文学に落語の決定的な影響を見逃したら、これは批評にならない〉とまで書いている。

檀には、太宰の、好きな北国の毛むくじゃらの蟹を、髪を振り乱し狂暴な食べざまだった様子もいつまでも残った。笑うと大きく開く口から金歯が露見して、鳥の丸焼きをむしり裂く姿も悪鬼のようだったという。

太宰の交友関係では、酒席で絡みだすと壮絶な中原中也との思い出もある。

汚れっちまった悲しみに
今日も小雪の降りかかる

自分の精神を丸裸にしたように、赤ん坊のようにして歌う中也の詩には感銘しつつ、太宰は、自分の自惚れと虚栄心とが中也によって脅かされるのを恐れ、酔ってからまれると、いつも逃げて帰った。

「何だ、おめえは。青鯖が空に浮んだような顔をしやがって、全体、おめえは何の花が好きだい？」と中也に問い詰められたときには、太宰は、まるで断崖から飛び降りるような思い詰めた表情で、しかも甘ったるい、今にも泣きだしそうな声で、とぎれとぎれに言った。

「モ、モ、ノ、ハ、ナ」

「チエッ、だからおめえは」という中也の声が肝にこたえるようだったという。

この中也が昭和十二年、三十歳で没後、太宰が、こんなことを言っていたことを檀は思い出す。

「死んだ。死んでみると、やっぱり中原だ、ねえ。段違いだ」

「海豹」がつぶれた翌年の昭和九年四月、古谷が父親の生命保険を解約した金に、檀が郷里から持ち出した金を加えて、季刊文芸誌「鷭《ばん》」が創刊された。枚数を制限しないで書きたいだけ書いた太宰の作品を、毎号出すのが、「檀と私との楽しみであった」と古谷は回想している。その第一輯に発表した「葉」のエピグラフに、太宰は、ヴェルレエヌの詩を引用した。〈撰ばれてあることの／恍惚と不安と／二つわれにあり〉。それは当時の太宰の心境そのものだった。そして、第二輯には「猿面冠者」を発表した。これもまた「太宰百景」を織りなす特異な短編で、〈まだ書かぬ彼の傑作の妄想にさいなまれる〉男の話を、自らの高校時代の習作の体験などもからめて実験的に描いている。

その頃になると、

「傑作一つ書いて死にたいねえ」

これが太宰治の口癖になった。傑作を書いて、人に認められたい、という〈虚栄〉だけは、捨てられなかったのである。


溜息ついて、また次の一作にとりかかる。ピリオドを打ち得ず、小さいコンマの連続だけである。永遠においでおいでの、あの悪魔《デモン》に、私はそろそろ食われかけていた。蟷螂の斧である。

（「東京八景」）

檀一雄らと話すときには、

「ゲーテの処女出版が幾つの年、プーシュキンが幾つの年、チエホフが幾つの年、志賀さんが幾つの年、芥川が幾つの年」

と、いちいち数え上げていた。芥川はもはや単なる雲の上の憧れではなかった。太宰には自ら昭和の芥川たらん、という思いがあふれていた。

その太宰と、芥川龍之介の名前を冠した賞とのかかわりは、昭和九年に「文藝春秋」四月号「直木三十五追悼号」が発売されたことに始まる。そこには、太宰が上京してから師と仰いだ井伏鱒二が、忙しさから太宰に大半を代作させ、井伏の署名で発表した「洋之助の気焔」が掲載されていた。偶然にも、この号のコラム欄「話の屑籠」には瞠目すべき記事が掲載された。

池谷（信三郎）、佐々木（味津三）、直木など、親しい連中が、相次いで死んだ。身辺うたた荒涼たる思いである。直木を紀念するために、社で直木賞金と云うようなものを制定し、大衆文芸の新進作家に贈ろうかと思っている。それと同時に芥川賞金と云うものを制定し、純文学の新進作家に贈ろうかと思っている。これは、その賞金によって、亡友を紀念すると云う意味よりも、芥川直木を失った本誌の賑やかしに亡友の名前を使おうと云うのである。

執筆したのは、芥川と第一高等学校同級生以来の親交があり、「父帰る」などで人気作家となり、私財を投じて雑誌「文藝春秋」を創刊した作家の菊池寛である。ここに出てくる直木とは、芥川と並ぶ「文藝春秋」の常連執筆者で、『南国太平記』などの大衆小説で人気を博した直木三十五である。彼が昭和九年二月二十四日に四十三歳で亡くなったため、菊池はこの号を「追悼号」とし、そこで初めて芥川賞と直木賞の構想を明らかにしたのだ。

太宰が中学時代に愛読した『第二の接吻』を書いた菊池がつくり、畏敬する作家の名を冠した芥川賞を、太宰は取る気で満々だった。

太宰が代筆した「洋之助の気焔」は、〈そのころの私は「一朝めざむればわが名は世に高し」という栄光が明日にでも私を訪れることを信じていたし、目ばたきひとつするにも、ふかい意味ありげにしていたほどで、私のどんな言葉も、どんな行いも、すべて文学史的であると考えていた〉という男の自意識過剰な恋心の行方をコント風に軽やかに書いたものだった。同じ号に創設が宣言された芥川賞は、受賞すればまさに「一朝めざむればわが名は世に高し」となる文学賞だった。

賞の創設が、その後の太宰の狂乱と惑溺、苦悶に偶然にもつながるのは時代の皮肉である。第一回芥川賞の発表される昭和十年からの太宰の年譜を要約すると、その悶絶ぶりが端的に示されている。


昭和十（一九三五）年二十六歳　二月、「逆行」を「文藝」に発表、同人誌以外に発表した最初の作品である。三月、都新聞社の入社試験に落ち、鎌倉で縊死を企てたが失敗。四月、盲腸炎で入院。手術後腹膜炎を起し、鎮痛のためにパビナールの使用を始める。同人誌「日本浪漫派」に入り、五月に「道化の華」を発表。七月、千葉県船橋町に転地。パビナール中毒症にかかる。八月、『逆行』が第一回芥川賞候補になったが、落選。九月三十日付で、授業料未納のため東京帝大を除籍。入学後、五年五か月目のことであった。

昭和十一（一九三六）年二十七歳　二月、パビナール中毒が進行し、芝の済生会病院に入院するが、全治せぬまま一カ月足らずで退院。六月、砂子屋書房より処女創作集『晩年』を刊行。八月、パビナール中毒と肺病治療のため赴いた群馬県谷川温泉で、第三回芥川賞落選を知り打撃を受ける。十月、井伏鱒二らの勧めにより、江古田の武蔵野病院に一カ月入院し、パビナール中毒を根治する。

退院後、「二十世紀旗手」「HUMAN LOST」を書く。
昭和十二（一九三七）年二十八歳　三月、小山初代と水上温泉でカルモチン自殺をはかったが未遂、帰京後初代と別れる。日中戦争が起きたこの年から翌年にかけ、時折エッセイ等を書くほか、ほとんど筆を断つ。

昭和八年二月に、「太宰治」が誕生してからわずか二年ほどで再び自殺を企て、さらには病後の腹膜炎の鎮痛のために使った薬の中毒になる。薬を多量に飲むと、副作用には興奮、錯乱、せん妄などの症状があり、禁断症状には、不安、薬を求めるための哀訴、嘆願がある。まさに芥川賞を泣訴する時代は、薬を求めて哀訴し、借金する時期と重なり、その惑乱のすえ、太宰にとって三度目の空白の時代が始まる。

都新聞社の入社試験を受けたのは、仕送りを続けてもらった実家への顔向けのためである。大学の授業は全くといってよいくらい受けておらず、卒業できなければ兄との約束で仕送りは止められることになっていた。そこで、同人仲間の中村地平が勤めていた都新聞社を形だけ受け、当然のように落ちた。その後、失踪し、縊死を図ったとされる。昭和十年三月十七日読売新聞朝刊には、〈太宰治氏のペンネームで文壇に乗り出した〉帝大生の津島修治が失踪、〈故芥川龍之介氏を崇拝して居り或は死を選ぶのではないかと友人は心痛している〉と報じられた。翌十八日、太宰はふらりと家に戻って来た。心配する檀の目には、太宰の首筋に熊の月の輪のように、縄目の跡が見えていたというが、詳細は不明である。

太宰は、このときのことを題材に「狂言の神」(「東陽」昭和十一年十月号)を発表している。そこでは、首をつり、苦しんでいるとき、自分の顔一面が暗紫色となり、口の両すみから真っ白い泡を吹いているさまが目に浮かび、それが中学時代に柔道の試合で失神した選手が泡を吹く河豚づらの滑稽と同じことに気づくや、〈ひどくわが身に侮辱を覚え、怒りにわななき、やめ!〉にしたと記している。〈私の知性は、死ぬる一秒まえまで曇らぬ。けれどもひそかに、かたちのことを気にしていたのだ〉と、いかにも太宰らしい書き方で回想している。だが、この自殺未遂は処世術で、死ぬよりは落第のほうがましであると実家に思わせ、仕送りを継続させるための狂言だったという説もある。結果として、自殺未遂の直後、太宰の将来を案じた井伏と檀、中村地平が上京中の津島文治を訪ね、もう一か年の送金を依頼し、仕送りが続けられることになった。

この事件の直後、太宰は、腹膜炎となり、鎮痛のための注射の悪癖を覚え、友人や編集者に借金をするようになり、奇矯な人物ともみなされるようになった。奇矯になればなるほどに、芥川賞への執着が募った。「日本浪漫派」に発表した「道化の華」を芥川賞選考委員の佐藤春夫が褒めていることを、その頃までに親友になっていた文芸評論家の山岸外史から教えられ、太宰は有頂天になった。佐藤は、山岸の薦めた同作品を読み、『道化の華』早速一読、甚だおもしろく存じ候。無論及第点をつけ申し候」と山岸に書簡を送ったのだ。

手紙には、さらに太宰を喜ばせる文面がつづき、太宰は、この文章を『晩年』を出版する際には、帯文に借用している。

「なにひとつ真実を言わぬ。けれども、しばらく聞いているうちには思わぬ拾いものをすることがある。彼等の気取った言葉のなかに、ときどきびっくりするほど素直なひびきが感ぜられることがある。」という篇中のキイノートをなす一節がそのまゝうつし以てこの一篇の評語とすることが出来ると思います。（中略）恐らく真実というものはこういう風にしか語れないものでしょうからね。

太宰の作品が芥川賞候補に入ったという風評が入ったのは、こんな時期だった。佐藤春夫からの懇切な手紙を、太宰が大切そうに見せたくれた時のことを檀一雄は、よく覚えている。その姿は、〈芥川賞という、文壇のお祭り興行に、必死にすがりつこうとしたのは、可憐なほどだった〉（『小説　太宰治』）という。

太宰が、転地療養も兼ねて、千葉県の船橋に移ったのは、芥川賞選考会一か月前の昭和十年七月一日だった。

芥川賞事件と船橋時代

船橋市内を流れる海老川は、かつて川幅が広く、水量も多かったため、橋を渡すのが困難だった。そこで、川に小さな舟を数珠つなぎに並べて上に板を渡し、橋の代わりにしたことから「船橋」という名がついたという。

太宰が住んだのはこの海老川にかかる九重橋のすぐ近くで、船橋駅から歩いて十分程度の新築の借家だった。現在は、住宅が所狭しと並び、「太宰治旧居跡」の案内板が立っているが、当時は、海辺に近い、閑静な避暑地の別荘という感の家で、八畳、六畳、四畳半の三間と台所、風呂付きで、四十坪ほどの庭があった。門柱には「津島修治」の脇に小さく「太宰治」と書いた表札が懸けられていた。檀によれば、それは、稀に、原稿料の収入も入ってくるし、何よりも一戸を構え、近所の人々にも作家だ、とはっきり宣言して、その反応をはかっているような時期だった。

隣の家にある夾竹桃に心をひかれ、一本譲ってもらうよう、初代に頼みに行かせた。そうして三本あるうちの真ん中の一本をもらい、玄関の左横に植えた。四十ぐらいの隣の婦人にはこんな挨拶をしたと、この船橋時代に書いた「めくら草紙」で書いている。

「くには、青森です。夾竹桃などめずらしいのです。私には、ま夏の花がいいようです。ねむ。百日紅。葵。日まわり。夾竹桃。蓮。それから、鬼百合。夏菊。どくだみ。みんな好きです。ただ、木槿《もくげ》だけは、きらいです」

この夾竹桃は、市内の中心部にある船橋市民文化ホール前の広場に、昭和五十七年に移植されている。

檀がはじめて船橋を訪ねていった時には、夾竹桃の花が咲いていた。太宰は、南の縁側に籐の長椅子を出して腰をおろし、ボンヤリしながらビールを飲んでいた。ほとんど食事らしい食事はしていないようで、ビールの合間合間に同じコップに時折鶏卵を割り込んで、そのまま飲んでいた。それでも空想だけは豊富に湧くようで、次から次へと語り、倦《あ》かなかったという。

一方で、船橋時代から、「イノチノツナ」とか、「シヌマデワスレヌ」等の電文が知人、先輩らに送られ、パビナールを買うための薬代の借金をし始めていた。中毒の苦しさや薬代で困っていることは言わなかったが、ノートにクシャクシャと書きなぐる文字に、興奮や激高が目立っているのに檀は気づいていた。

一、二度、檀は、太宰にそれとなく念を押したことがある。

「君。何か麻薬の注射をやっていやしない？」

「いや、いいんだ。何でもないんだ」

けれども、二、三時間に一度ずつ厠に立つと、その行きと帰りとでは、太宰の様子は違って見えた。パビナールの使用が習慣化してしまった。薬の影響もあったのか、思いが高じると止まらないようだった。七月三十一日に、姉の夫の弟で、帝国美術学校（現武蔵野美術大学）の学生だった小館善四郎に書き送った手紙では、強烈な芸術家の自意識と芥川賞への思いが溢れていた。

このごろ、どうしているか。不滅の芸術家であるという誇りを、いつも忘れてはいけない。ただ頭を高くしろという意味でない。死ぬほど勉強しろということである。and then ひとの侮辱を一寸《イッスン》もゆるしてはいけない。自分に一寸五分の力があるなら、それを認めさせるまでは一歩も退いては、いけない。僕、芥川賞らしい。新聞の下馬評だからあてにならぬけれども、いずれにせよ、今年中に文藝春秋に作品のる筈。お母上によろしく。

八月十日、第一回芥川賞の最終選考会が、東京・柳橋の柳光亭で行われた。候補作は、昭和初期のブラジル移民という社会問題をテーマに農民の悲惨な姿を冷徹に描いた石川達三の「蒼氓」と、外村繁「草筏」、高見順「故旧忘れ得べき」、衣巻省三「けしかけられた男」、そして太宰の「逆行」の五作だった。翌日の新聞に結果が発表され、読売新聞朝刊は、〈最初の〝芥川賞〟無名作家へ「蒼氓」の石川氏　直木賞は川口氏〉との見出しで報じた。太宰の名はどこにもなかった。

〈芥川賞はずれたのは残念であった。「全然無名」という方針らしい。「文藝春秋」から十月号の註文来た。「文藝」からも十月号に採用する由手紙来た。ぼくは有名だから芥川賞などこれからも全然ダメ。へんな二流三流の薄汚い候補者と並べられたのだけが、たまらなく不愉快だ〉。八月十三日には、小館にはがきを送り、鬱憤を晴らしている。

ふつうなら、これで終わりである。落ちた。それだけのことである。しかし、「文藝春秋」九月号が、受賞作とともに委員たちの選評を公表したことで、事態は迷走し始める。〈僕は本来太宰の支持者である〉が、候補作になったのが「道化の華」ではなく、「逆行」だったことで損をしたという佐藤春夫の選評や〈太宰氏の「逆行」はガッチリした短篇。芥川式の作風だ〉という瀧井孝作の評価は、文学についての自尊心が強い太宰をそれなりに満足させるものであったことだろう。だが、次の選評に、太宰は激怒した。

この二作（註・「逆行」と「道化の華」）は一見別人の作の如く、そこに才華も見られ、なるほど「道化の華」の方が作者の生活や文学観を一杯に盛っているが、私見によれば、作者目下の生活に厭な雲ありて、才能の素直に発せざる憾みあった。

書いたのは、昭和四十三年に日本人で初めてノーベル文学賞を取る川端康成である。川端は、この年の「文藝春秋」一月号に、「雪国」の第一章を発表した新進気鋭の作家で、芥川賞選考委員では最年少であった。

「目下の生活に厭な雲」。それは図星だった。先にも触れたように、この年春の失踪騒ぎは新聞沙汰になり、船橋の家でパビナール中毒になり始めていたことは、川端が知らぬこととはいえ、事実だった。作品評とは無縁の、恥じている生活の内実を寸言でえぐられ、太宰は一歩も退けなかった。惑乱した。

〈私はあなたの文章を本屋の店頭で読み、たいへん不愉快であった〉——。「川端康成へ」という太宰の反論文が「文藝通信」十月号に掲載された。

「作者目下の生活に厭な雲ありて、云々。」事実、私は憤怒に燃えた。幾夜も寝苦しい思いをした。

小鳥を飼い、舞踏を見るのがそんなに立派な生活なのか。刺す。そうも思った。大悪党だと思った。

川端も黙っていなかった。「太宰治氏へ芥川賞に就て」と題する反駁文を「文藝通信」十一月号に即座に発表した。

〈芥川賞決定の委員会席上、佐佐木茂索氏が委員諸氏の投票を略式に口頭で集めてみると石川達三氏の「蒼氓」へ五票、その他の四作へは各一票か二票しかなかった。これでは議論も問題も起りようがない。あっけない程簡単明瞭な決定である。（中略）太宰氏に対して私の答えたいのは、右に尽きる。／太宰氏は委員会の模様など知らぬと云うかもしれない。知らないならば、尚更根も葉もない妄想や邪推はせぬがよい〉

ただ、〈「生活に厭な雲云々」も不遜の暴言であるならば、私は潔く取消し、「道化の華」は後日太宰氏の作品集の出た時にでも、読み直してみたい〉と表明、大人の態度で応戦した。

これが文学史上に残る「芥川賞事件」の序曲だが、事件を生んだきっかけが、芥川賞の選評だったことがいかにも太宰らしいと思えるのは、人生の本当の晩年に自作の「斜陽」や「犯人」を、若い頃に敬愛していた志賀直哉に批判されたことから逆上し、志賀を随想「如是我聞」で罵倒、その直後に憤死のように心中自殺したことが、後世の人にはわかっているからである。

太宰は、〈人の批評に耐えられない。また、自分の名声にも安堵がゆかぬ〉（檀一雄『小説 太宰治』）男だった。芥川賞の候補になる昭和十年に文通による交友が始まり、その代表作「オリンポスの果実」の題名を太宰がつけた田中英光の初期作品が、後に戦地から送られてきたときには、こんなこともあった。その頃、太宰は石原美知子と結婚しており、美知子は太宰の言いつけで、米粒のような細字の原稿を清書して、「若草」の編集部に送った。すると、それが掲載されていたので美知子は思わず、はしゃいだ声を出して太宰に知らせた。

喜ぶかと思いの外、太宰はニコリともせず、一言も口をきかず、その横顔のきびしかったこと――未だにそのときのかれの気持ははっきりわからないのであるが、つまりは作家は太宰治しかいないと思っていなくてはいけないということだったのだろうか。

太宰のような常識圏外に住む人と私はそれまで接触したことがなかった。

『回想の太宰治』で、津島美知子はそう書いている。

別のある時には、太宰が話題にしていたA氏の「F」という長編小説について話すと、あとあとまで、「お前はAの『F』をいいなんて言ったね」と言い、太宰という作家を前にして、他の作家の名や作品を口にしたことを詰《なじ》った。

太宰自身、昭和十五年九月一日発行の「月刊文章」に発表した「自作を語る」では、批評への嫌悪感を示している。この時はまだ志賀を敬愛しており、「達人」と呼んでいる。

どうも、自作を語るのは、いやだ。自己嫌悪で一ぱいだ。「わが子を語れ」と言われたら、志賀直哉ほどの達人でも、ちょっと躊躇するにちがいない。出来のいい子は、出来のいい子で可愛いし、出来の悪い子は、いっそう又かなしく可愛い。その間の機微を、あやまたず人に言い伝えるのは、至難である。それをまた、無理に語らせようとするのも酷ではないか。

私は、私の作品と共に生きている。私は、いつでも、言いたい事は、作品の中で言っている。

他に言いたい事は無い。だから、その作品が拒否せられたら、それっきりだ。一言も無い。

私は、私の作品を、ほめてくれた人の前では極度に矮小になる。その人を、だましているような気がするのだ。反対に、私の作品に、悪罵を投げる人を、例外なく軽蔑する。何を言ってやがると思う。

習作時代の数々の挫折で、自尊心をかなぐり捨ててはいても、文章に対する自尊の念だけは捨てることが出来なかった。酒を一升飲んでも平然とし、酔っても乱れることはなかった太宰だが、こと文学のことになると、なかなかの負けず嫌いで、友人で、文芸評論家の山岸外史は〈じつは人一倍、強情なところがあった〉(『太宰治おぼえがき』)と回想している。

だからこそ川端に批判されても、己の文学への自信は揺らがなかった。この年の「文藝春秋」十月号には第一回芥川賞候補になった太宰、衣巻省三、高見順、外村繁の新鋭四氏が競作し、太宰は「ダス・ゲマイネ」を発表するが、全作を読んだ太宰は、山岸外史に自信満々の手紙を送っている。〈衣巻、高見両氏には気の毒である。コンデションがわるかったらしい。外村氏のは面白く読める。このひとの作品には量感がある。けれども僕の作品をゆっくりゆっくり読んでみたまえ〉としたうえで、こう続けたのだ。

歴史的にさえずば抜けた作品である。自分からこんなことを言うのは、生れてはじめてだ。

僕はひとりで感激している。これだけは一歩もゆずらぬ。(昭和十年九月二十二日)

この自信ゆえ、次の芥川賞にも執着した。第二回芥川賞の選考会が行われる直前の昭和十一年二月五日には、親交を始めた芥川賞選考委員の作家、佐藤春夫に賞を懇願する手紙を送っている。

拝啓

一言のいつわりもすこしの誇張も申しあげません。

物質の苦しみが　かさなり　かさなり　死ぬことばかりを考えて居ります。

佐藤さん一人がたのみでございます。私は　恩を知って居ります。私は　すぐれたる作品を書きました。これから　もっともっと　すぐれたる小説を書くことができます。私は　もう十年くらい生きていたくてなりません。私は　よい人間です。しっかりして居りますが、いままで運がわるくて、死ぬ一歩手前まで来てしまいました。芥川賞をもらえば、私は人の情に泣くでしょう。そうして、どんな苦しみとも戦って、生きて行けます。元気が出ます。お笑いにならずに、私を　助けて下さい。佐藤さんは私を助けることができます。

私をきらわないで下さい。私は　必ずお報いすることができます。

お伺いしたほうがよいでしょうか。何日　何時に　来いと　おっしゃれば、大雪でも大雨でも、飛んでまいります。みもよもなくふるえながらお祈り申して居ります。

末尾には〈家のない雀　治拝〉とあった。功名心もあった。薬の借金を清算するためにも芥川賞の賞金が欲しい。受賞によって故郷の人々に対して名誉回復をしたい。まさに泣訴である。しかし、願いはむなしく、第二回は候補になることすらなかった。それでも諦めなかった。第二回選考会の四か月後の六月、初期代表作とされる「葉」や「思い出」、候補作となった「逆行」など短篇を集めた第一作品集『晩年』を上梓してからは、七月の第三回芥川賞に向けて、さらに見境のない行動に出る。

そのはがきをもらった友人の山岸外史は、いかに親しい太宰とはいえ、驚き、困惑するしかなかった。はがきでは『晩年』の広告を帝大新聞に出すので、二枚の推薦の言葉を大至急速達で版元の砂子屋書房に書き送ってほしいと依頼し、こう続けていたからだ。

「天才」くらいの言葉、よどみなく自然に使用下さい。兄のマンリイなる愛情を期待する。
他日お礼に参上。（昭和十一年六月二十七日）

二人は会えば七時間でも八時間でも文学を、人生を語り、酔えばお互いの家に泊まり合い、檀一雄らとともに玉の井など色街に通う仲になっていた。太宰は寂しがりやで、山岸が「今夜は帰る」というと、「なんだ。完全燃焼だなんていってるが、口ほどもない奴だ。おれは振られた。この怨みは一生忘れないぞ」などと大仰なことを言い、「女房でも抱いて寝ろ」と捨て台詞まで残すこともあった。そんな親友の山岸には、かなり本音の言葉を漏らしており、山岸の著書『人間太宰治』

には二十代の太宰語録があふれている。

「苦悩のない文学なんて、信ずる気にもなれないのでね」

「その道徳というやつは、ぼくには苦が手なんですけれどね」

「その人格という言葉も苦が手なんですよ」

「死は卑怯なものではない」「あきらかに処世術だと思いますがね」「動物は自殺しない。つまり、自殺は人間的な特権なんだ」

「山岸君は、ほんとに恐いものが世のなかにあることを、まだ知らないのじゃないか」「ヒドイ空虚がおし寄せてくることがある。こいつが適わん」「しかし、そこで我慢していると、また、生命の清水が湧いてくる」

「ぼくは、建設とか健康とかいう言葉からは縁が遠いし、じつは嫌いな言葉なんだ」

「ぼくは、恋愛なんてものは金輪際、信じていないんだ」

「ぼくたちは、二十世紀の旗手だ」

白昼は、ひどくてれて、眉尻がひどく下がって、お道化者のような顔をして、自分の失敗を肴に人を笑わせる太宰だったが、夜眠っていると、苦悩に疲れ果てながら、それに堪え忍んでいる人のような顔になったという。それを見て、山岸は、昼間の自意識や作意の演技や、羞恥の感情から解放されて、かえって地顔をあらわしているのだと思ったりもした。

そんな含羞の人、太宰が、臆面もなく「天才」くらいの言葉を使ってほしいというのだから山岸は困惑した。確かに太宰との対話では、「天才の道を歩こう。いかにそれが荊棘の路であっても、断乎として、全生命を擲ってでも、その道をゆこう」ぐらいのことを誓い合っていたが、それまで人を褒める批評文で一度も使ったことがない「天才」という言葉を使うことは、〈いかに太宰であっても、この言葉だけはそう安価に売るわけにはゆかない〉と思った。そこで、「鬼才」という言葉にした。後に太宰は、山岸に「あのとき、君が天才という言葉を使ってくれたら、どんなにぼくは救われたかわからなかったんだがね」と語った。芥川賞は取れず、中毒と薬代のために友人からした借金に苦しんでいた太宰にとっては、「天才」という称号は喉から手が出るほど欲しかったのだ。

このはがきを山岸に出した二日後の昭和十一年六月二十九日、太宰は、数か月前に「刺す。そうも思った」とまで罵った川端康成に対して、切々と経済的苦しさを訴え、芥川賞を取って、〈老母愚妻をいちど限り喜ばせて下さい〉と臆面もなく懇願する書簡を送りつけた。この手紙は、約四メートルの巻紙に毛筆で一字一字ていねいに楷書で書かれていて、文字数にすると約六百字である。

謹啓
厳粛の御手翰に接し、わが一片の誠実、いま余分に報いられた　心地にて　鬼千匹の世の中には仏千体もおわすのだと生きて在ることの尊さ　今宵しみじみ教えられました

かつて「大悪党」と罵った川端から、なんらかの手紙をもらったのだろう、それに対して感謝し、川端を「仏」扱いするような大仰な書き出しは、この頃の太宰の書簡の特徴である。

「巧言令色。作家は、これだけなんだ」
「何にも見るな。何にも聞くな。ただ、巧言令色であれ」というのは太宰の口癖で、信じる、愛する、死ぬ思い、苦悩。等々の言葉は、人々への書信の主題であったと檀は回想している。それは川端を相手にしても同じだった。手紙はこの後、一気に本題に入る。

「晩年」一冊、第二回（註・第三回の誤記）の芥川賞くるしからず　生れてはじめての賞金　わが半年分の旅費　あわてずあせらず　充分の精進　静養もはじめて可能
労作　生涯いちど　報いられてよしと　客観数学的なる正確さ　一点うたがい申しませぬ
何卒　私に与えて下さい　一点の駈引ございませぬ
深き敬意と秘めに秘めたる血族感とが　右の懇願の言葉を発せしむる様でございます
困難の一年で　ございました
死なずに生きとおして来たことだけでも　ほめて下さい
最近やや貧窮、書きにくき手紙のみを多く　したためて居ります　よろめいて居ります　私に希望を与えて下さい　老母愚妻をいちど限り喜ばせて下さい　私に名誉を与えて下さい

さらに再び、〈「晩年」一冊のみは　恥かしからぬものと　存じます　早く、早く、私を見殺しにしないで下さい　きっとよい仕事できます〉としたため、〈ちゅう心よりの　謝意と、誠実　明朗一点やましからざる　堂々のお願い　すべての運を　おまかせ申しあげます〉とし、末尾には、

〈いちぶの誇張もございませぬ。すべて言いたらぬこと　のみ。　治拝〉と念入りに付け加えた。

なりふり構わぬ訴えは、可憐なほどであり、芥川賞を取れないことを「見殺し」と表現するところには薬の副作用による妄想も見られる。これが行きつくところ、今度こそは芥川賞間違いなしという確信となり、八月七日には、実兄の津島文治に〈芥川賞ほとんど確定の模様にて、おそくとも九月上旬に公表のことと存じます〉と書き送っている。宛名の横には「微笑誠心」という文字が記されていた。

しかし、第三回の選考会では、これまで候補になった作家は、選考対象から除くことが決まり、太宰はあっさり除外された。受賞作は鶴田知也「コシャマイン記」と小田嶽夫の「城外」の二作だった。

衝撃を受けた太宰は、「新潮」昭和十一年十月号に発表した「創生記」で、佐藤春夫から、芥川賞を「お前ほしいか」などと言われたことがあったと書き、太宰と佐藤の二人は、中条百合子の文芸時評で、封建風な「徒弟気質」と批判され、文壇の顰蹙を買った。これを知った佐藤は、即座に実名小説「芥川賞　憤怒こそ愛の極点」を発表した。物議を醸した「創生記」については〈全部幻想的というよりは妄想的に出来ている。みな一つの夢である。悪夢である〉としたうえで、〈太宰自身が自分の妄想を自分で真実と思い込んでいるかも知れない。困った者だと自分がいうのは主としてこの点である〉と断じた。

これは佐藤が怒りにまかせて書いた一方的見解とは必ずしも言えない。太宰に妄想癖があることは友人の檀一雄も『小説　太宰治』で指摘している。

〈誰だって、妄想はある。そもそも人生というものは自分の妄想を抱いて、墓場に急ぐ道程の事だろう。しかし、太宰の場合は、殊に一方的に増大してゆく妄想が激しかった。成程、人生という奴は作ってゆく人生だ。しかし、この太宰の作られてゆく人生には全くといっていいほど天然の是正がない〉

〈落ち込んだ妄想を、是正するというよりは、その妄想と心中しようという、太宰らしい純情に生きるようだった〉

ましてこの時期は、パビナール中毒による妄想と、薬を買うために友人にした借金にもがき、「天才」「傑作」という幻影にすがりついていた。佐藤はよほどこの妄想に辟易したのだろう。芥川賞をほしいと何度も書簡を送りつけられたことについても、〈自尊心も思慮もまるであったものではない泣訴状が芥川賞を貰ってくれと自分をせめ立てるのであった。橋の畔で乞食から袂を握られてもこう不快な思いはしないであろうと思う〉とまで記し、弟子を突き放した。

さらに、「芥川賞」では

〈この男、他人に関してならどこまでも漫画風な取扱で片づけるが、事一度自分の事になると、すぐ大げさに「生命かけての誠実」などと出る。最も下賤なたしなみだ。一度レンズを取かえて「生命かけての誠実」の方で他人を見て、鳥羽僧正流に自分を凝視して見ることを勧告する〉

と、その甘ったれた自意識を完膚なきまでにやっつけている。

最大の支持者である佐藤からも見放され、芥川賞への道は閉ざされた。ただし、芥川賞への妄念には、佐藤春夫にも落ち度はあった。第一回の芥川賞に落ちた直後の、昭和十年十二月二十四日、佐藤は、「拝複《ママ》君ガ自重ト自愛トヲ祈ル。高邁ノ精神ヲ喚起シ兄ガ天稟ノ才能ヲ完成スルハ君ガ天ト人トヨリ賦与サレタル天職ナルヲ自覚サレヨ徒ラニ夢ニ悲泣スル勿レ努メテ厳粛ナル三十枚ヲ完成サレヨ。金五百円ハヤガテ君ガモノタルベシトゾ」と太宰に書き送っているからである。金五百円とは芥川賞の副賞の金額である。もちろん、佐藤は、芥川賞をやるとは一言も言ってはいないし、選考委員が十人ほどいる芥川賞の選考では、佐藤一人が推したところで、どうなるものではない。だが、薬の副作用もあり、賞にけなげにもすがりつく太宰には、芥川賞はわがものという妄想につながったのだろう。

　芥川賞騒動での惑乱と中毒の影響で、船橋での生活もすさみ始めていた。第一作品集『晩年』に収録した作品のうち唯一、第一回芥川賞の落選後に書き始めた「めくら草紙」（昭和十一年「新潮」新年特大号）では、いっそ石になりたいくらいの羞恥の思いに苦しみ、歯がみし、死にたい、と思うこともある「私」が、家人（初代）に煮えたぎった鉄びんを投げつけたことや、近所の人がムチと呼ぶ竹のステッキで、電柱を突き、樹木の幹を殴りつけ、足もとの草を薙ぎ倒しながら散歩する様子を描いている。

〈百篇の傑作を書いたところで、それが、私に於いて、なんだというのだ〉。作品が思ったように評価されない太宰の叫びが、巻頭言の〈なんにも書くな。なんにも読むな。なんにも思うな。ただ、生きて在れ！〉に集約されている。これは太宰による船橋時代の自画像である。

　この小説に先だって発表した「（コント）」（後に『晩年』に収録した「逆行」の一編「盗賊」になる）

では、〈傑作の幻影にだまくらかされ、永遠の美に魅せられ、浮かされ、とうとうひとりの近親はおろか、自分自身をさえ救うことができなんだ〉と書いている。事実、傑作意識は、自分を追い込み、苦しめるだけで、いっそ石になりたかった。それでも傑作の幻影が捨てきれなかった太宰は、自意識の錯乱と、薬の影響などもあり、文章まで乱れ始める。第三回の芥川賞でも当てが外れた直後に発表した「創生紀」は、若い友人の小館善四郎に〈世界文学に不抜孤高の古典ひとつ加え得る信念ございます〉とまで宣言した、傑作意識丸出しの小説だった。それはもはや物語の体をなさず、人間の心情の断片を、モザイク的に構成する、前衛的とはいえ、読みがたいものだった。その冒頭をかいつまんで引用する。

太宰イツマデモ病人ノ感覚ダケニ興ジテ、高邁ノ精神ワスレテハイナイカ、コンナ水族館ノめだかミタイナ、片仮名、読ミニククテカナワヌ、ナドト佐藤ジイサン、言葉ハ怒リ、内心ウレシク、ドレドレ、ト眼鏡カケナオシテ、エエト、ナニナニ？（中略）ココマデ書イテ、書ケナクナッタ。コンドハ、私ガ考エタ。カノ昆布ノ森ノ女学生ヨリモ、モット、シズカニ考エタ。四十日ホド考エタ。一日、一日、カク手ガ氾濫シテ来テ、何ヲ書イテモ、ドンナニ行儀ワルク書イテモ、ドンナニ甘ッタレテ書イテモ、ソレガ、ソンナニ悪イ文章デナシ、ヒトトオリ、マトマリ、ドウニカ小説、佳品、トシテノ体ヲ為シテイル様、コレハ危イ。スランプ。打チサエスレバ、カナラズ安打。走リサエスレバ、必ズ十秒四。十秒三、デモナケレバ、五デモナイ。スランプトハ、コノ様ナ、パッション消エタル白日ノ下ノ倦怠、真空管ノ中ノ重サ失ッタ羽毛、ナカナカ、ヤリキレヌモノデアル。時々刻々ノワガ姿、笑ッタ、怒ッタ、マノワルキカッカッ燃ユル頬、トウモロコシムシャムシャ、ヒトリ伏シテメソメソ泣イテイル、スベテ記シテ、ノチノチノ弱キ、ケレドモ温キ若キ人ノタメニ、尊キ文字タルベキコト疑ワズ、ソコガソレ、スランプノモト。

もういい。太宰、いい加減にしたら、どうか。

当時の太宰の心境を窺い知る資料としては意味があっても、小説としては破綻している。太宰文学を高く評価した文芸評論家、奥野健男は、新潮文庫『二十世紀旗手』の解説で、〈作者はパビナール中毒のさなか、精神的、生理的、生活的な苦しみの中にのたうちまわり、自他の遠近感を喪失し、錯乱のまま、錯乱した内部世界を表現している。けれど体ごとぶっつけながら、その中で主観的真実だけを貫こうという作者の懸命な努力が、なまのままの叫びと怒りと祈りと、秘められた真実の告白が、烈しく読者の魂をうたずにおかない。ここで太宰は誰もできない、もっとも前衛的な小説を創り出していると言ってもよい〉と評している。

「創生記」には〈そのころのおれは、巧言令色の徳を信じていた〉という文章や、〈ことにも異性のやさしき一語に。明朗完璧の虚言に、いちど素直にだまされて了いたいものさね〉という文章などには自らの苦悩に溺れている者の心情を示す、太宰らしさがあるが、全体としては、錯乱はただの錯乱でしかなく、そこに前衛小説を見て取るのは贔屓の引き倒しであろう。

しかし、錯乱しつつも、そんな自分を突き放して見る眼も太宰は、失なってはいなかった。「創生記」と同じ頃に発表した「狂言の神」は、脱稿したのが数か月前の作品ではあったが、傑作への幻影を突き放して書いている。

〈それにしても、煙草というものは、おいしいものだなあ。大家にならずともよし、傑作を書かずともよし、好きな煙草を寝しなに一本、仕事のあとに一服。そのような恥かしくも甘い甘い小市民の生活が、何をかくそう、私にもむりなくできそうな気がして来て〉

求めてやまぬ傑作意識こそが錯乱のもとであること。それがわかってはいても、傑作という名声が欲しくてたまらなかった。

檀一雄や山岸外史らと出会ってからの玉の井行も激しかった。その街に行くと七、八坪くらいの家が路地の両側にぎっしり並び、化粧した女たちが小窓に顔を並べていた。窓の中の電灯は明るく、酔った眼で見ると、女たちが、生き人形のように異様に美しく見える街を、太宰は、「ここはどこの細道じゃ」と節をつけながら歩き、酔いもさめ、朝になると逃げるように家に帰った。いったん家に帰れば、檀が半月ほど泊まっても初代夫人と同じ部屋に寝るのを嫌がる性分の男が、娼家では女を平気でかき寄せて眠っていた。そんな放蕩で、太宰の妻の衣類、檀の妹の衣類は、次々と質に入った。

「檀くん。二、三人の男と通じた女は、これや、ひどい。穢ないもんだ。だけど千人と通じた女は、こりゃ、君、処女より純潔なもんだ」

これは太宰が二、三度、檀に言った言葉である。さらに檀は、〈文学を忘れてしまって、虚栄を抜きにして、おのおのの悲しみだけを支えながら、遊蕩にふける時間が、私達の僅かな、安静な時間だった〉と文学的に語っているが、この言葉から文学性をすべて剝奪し、平明にいえばひと言。家庭を顧みることはなかった――。中毒はひどくなり、薬を買うための友人への借金で信用も失っていった。〈自分の苦悩に狂いすぎて、他の人もまた精一ぱいで生きているのだという当然の事実に気附かなかった〉(「東京八景」)のである。

だが、追い込まれるほどに、落ち込むほどに力を発揮する太宰であることは、これまで見てきた通りである。気候風土の厳しい青森県人は、よく我慢強いという。寒さに耐え、凶作に耐え、極貧にも耐える。とりわけ戦前の凶作は厳しかった。

そんな厳しい環境に耐える東北人の底力を発揮した。薬を買うために借金し、借銭は最悪という保守的な家に育ったため、借銭の慚愧を消すため、さらに薬に溺れ、さらに膨らんだ借金を返すために、友人たちに新たな借金の手紙を書く。そして芥川賞を懇願する手紙を佐藤春夫や川端康成に出す。こうした幾多の手紙による船橋時代の文章訓練が、相手の心をぐっとつかむフレーズを多用し、その人だけに真実を打ち明けるようにして描く、太宰の新しい文体をつくっていくのだ。畳みかけるようなリズムで書く手法も、懇願する手紙文で鍛えた。

昭和十一年四月十七日にフランス文学者の淀野隆三に宛てた書簡では、

謹啓

ごぶさた申して居ります。

さぞや、退屈、荒涼の日々を、お送りのことと深くお察しいたします。

生涯には様々のことが、ございます。私なども何か貴兄のお役に立つように、なりたいと、死にたい、死にたい心を叱り叱り、一日一日を生きて居ります。

唐突で、冷汗したたる思いでございますが、二十円、今月中にお貸し下さいまし。

多くは語りません。生きて行くために、是非とも必要なので、ございます。

五月中には、必ず必ず、お返し申します。五月には、かなり、お金がはいるのです。

私を信じて下さい。

拒絶しないで下さい。

一日はやければ、はやいほど、助かります。

心からおねがい申します。

別封にて、ヴァレリイのゲエテ論、お送りいたしました。

私の「晩年」も、来月早々、できる筈です。できあがり次第、お送りいたします。

しゃれた本になりそうで、ございます。

まずは、平素の御ぶさたを謝し、心からのおねがいまで。

たのみます。

治

淀野隆三学兄

ふざけたことに使うお金ではございません。たのみます。

〈死にたい、死にたい心を叱り叱り、一日一日を生きて居ります〉と苦境をたたみかけるようにして伝えて、生きていくためにぜひ必要と借金を申し入れ、〈必ず必ず、お返し申します〉〈私を信じて下さい。拒絶しないで下さい〉と再びたたみかける。〈申し上げます。申し上げます。旦那さま。あの人は、酷い。酷い。はい。厭な奴です。悪い人です。ああ。我慢ならない。生かして置けねえ〉

この書き出しで知られる「駈込み訴え」（昭和十五年）の文章の萌芽が、書簡からははっきり見て取れる。太宰は、全集に収録されているものだけでも生涯に八百通ほどの書簡を残しており、昭和の作家ではかなり筆まめである。「書簡集の面白さにかけては、昭和作家中随一というをはばからない」という近代文学研究者、東郷克美は『太宰治の手紙』（大修館書店）という本まで出している。筆まめというだけではない。文章を書くことは作品も手紙も同じという姿勢があった。

友人の久保喬が、郷里に送金をお願いする速達を出した際、「時どき余分に送らせる口実を考えるのが面倒くさくてね」と言うと、太宰はこう言葉を返したという。

「そんな手紙を書くのは何か作品を書くのだと思えばいいだろう。原稿用紙一、二枚書くだけでよい金になる。こんな高い原稿料はほかにないよ」

平成十一年に出た最新版『太宰治全集　12　書簡』（筑摩書房）に収録された書簡の数は、デビューした昭和八年が十五通、九年が二十六通、第一回芥川賞候補になった十年が五十三通、第二回、第三回の芥川賞が発表され、太宰のパビナール中毒が激しかった十一年には百四通と飛躍的に増え、以後、十二年は二十二通、十三年は二十七通、十四年は五十八通、十五年は五十通、十六年は六十二通、十七年は五十三通、十八年は三十三通、十九年は三十六通で、終戦の二十年は五十一通だった。翌二十一年は青森に疎開中だったため東京とのやり取りが多く、百三十五通と最多だが、二十二年は四十通、亡くなる二十三年は十七通だった。散逸した手紙もあるため正確なことはわからないが、この数字を見る限り、薬物中毒という窮状による借金依頼と賞欲しさだったためとはいえ、昭和十一年の太宰が、手紙によって、相手の心をくすぐる文章を書く技術を磨いていたことがよくわかる。

だが、手紙の文章が磨かれるほどに、中毒は抜き差しならないものになり、借金はかさみ、小説執筆の注文は少なくなった。

　私は、人から相手にされなくなった。船橋へ転地して一箇年経って、昭和十一年の秋に私は自動車に乗せられ、東京、板橋区の或る病院に運び込まれた。一夜眠って、眼が覚めてみると、私は脳病院の一室にいた。（「東京八景」）

「HUMAN LOST」、人間失格の烙印を押されたのだ。そのあたりが人生のどん底と太宰は思っていた。けれども、それはどん底ではなかった。太宰の「第三の空白」はこうして始まった。

第四章　第三の空白

入院

入院してからの一週間ほどは、不安、苦悶、激しい悪寒、全身の倦怠感などの禁断症状を呈し、顔面を紅潮させ、落涙することもあった。入院四日目の昭和十一年十月十六日のカルテには、「強制的に入院サセラレタ、恨ンデイル」、「苦シクナリ、死ニタクナリマス」という発言が記されている。担当医師の中野嘉一によると、不眠、興奮が続き、「不法監禁、インチキ病院、虐待、命保たず、救助タノム、詐欺、裏切り」等と壁紙やガラス戸に色鉛筆で書きなぐっていたという。不法監禁だ、告訴すると言って医師を脅すこともあり、看護日誌には廊下徘徊、逃走要注意と書かれていた。回診に行くと、「内証でここから出して下さい」「本館二階の特別室に帰してくれれば、金をやる」と平身低頭したり、動物園の猿のように鉄格子につかまって出してくれ、出してくれと怒鳴ったりしたので、中野は、可哀想に思ったこともあった。

それがひどい禁断症状がとれると、別人のように黙って座り、考え込んでいた。夜明けに眠れず、廊下を歩いて、薬包紙に「あかつきばかり物うきはなし、先生何とかいいお薬を盛って下さい」と書いて看護人に渡し、なかなか面白いことを書くものだと中野を感心させていた。

入院したのは、武蔵野線（今の西武池袋線）の江古田駅から畑の間を歩いて十五分のところにある東京武蔵野病院で、昭和三（一九二八）年に開院した。『太宰治の年譜』によると、昭和十一年九月中旬に、病院内に警視庁麻薬中毒救護所が併設された。この存在を、太宰の東京での生活のお目付け役をしていた北芳四郎が、警視庁自警会指定の洋服屋をしていた関係でいちはやく気付き、入院手続きを進めていた。

きっかけをつくったのは、妻の小山初代である。注射を打つための借金で、行李もからっぽになり、二人とも着たきりの生活で、将来が心配でならなかった。このため同年十月七日、思いあまって井伏家を訪ね、

「誰にも言ってはいけないというので、わたしもこれまで黙っていたのですけれど、先生にだけお話しますから、私が言ったことを誰にも言わずにおいて下さい。船橋にきてからは薬屋さんに無理を言って、一度にたくさん買いこみ、床の下に穴を掘って、その穴の中にかくしていたんですね」

と困り果てた様子で相談した。まさかこの相談が、わずか半年のうちに初代自身と太宰の運命を引き裂くことになるとは、もちろん思ってはいなかった。とにかく中毒をなんとかしなければならない、と必死だった。たまに家に遊びに来る太宰の様子からは、とても中毒患者であるとは、井伏には見えなかった。将棋などをするときには上布の着物を脱ぎ棄てて、あぐらをかくと、パンツには剣道着のような厚い木綿に刺子縫を施したものをはいており、それが井伏には勇ましく見えたほ

どだった。それだけに初代の告白には驚き、「なぜ、今日までその事実を秘密にしていたんだ」と聞くと、初代は、「太宰はもう三、四日待て、もう三、四日待て、俺のからだの始末は俺がするというので、今日になってしまった」と語り、厚い木綿の下着をはいていたのは、注射の跡を隠すためだったと吐露した。

ことの重大さを知った井伏は、佐藤春夫のもとを相談に訪れ、入院させることに決まった。初代の来訪から五日後の十月十二日、東京での太宰のお目付役北芳四郎と、青森の津島家に出入りしていた中畑慶吉、初代の三人が井伏宅を訪れ、説得役をしてくれるように頼んだ。井伏は固辞したが、三人そろって頼む、頼むという声におされ、井伏は、重い腰をあげ、その日のうちに船橋の太宰宅に行った。

その折の様子については、井伏が後日のために残した日記にありありと描かれている。

〈太宰と文学を語り、かつ将棋をさし、彼の様子をうかがうに、小生説得役にて訪ねたるものとは気のつかざる気配なり。太宰、ときどき座を立ちて注射に行く。小生、ついに云い出しかねて太宰宅に泊る〉

翌日、太宰と朝食を終え、雑談しているところに、北と中畑がやってきて、北が、もうあのことは言ったのかと井伏に目くばせした。井伏が、まだ言わぬ、と目にて答えると、中畑はがっかりしたような顔をして、太宰と時候のあいさつをした後、眉宇に決意の色を見せて、ついに切り出した。

「修治さん、お頼みしますが、入院したらどうです」

太宰は見る見る顔色を変え、「入院どころか、急いで小説を書く必要があり、今月締め切りの文藝春秋の小説三十枚を書かなくてはいけない。原稿料もすでに前借し、それがすめば胸の病気を治すために病院に行く予定がある」などと言い、あれこれ二時間ばかり押し問答の末、太宰は別室に行き、啼泣した。しばらくして泣きやむと、井伏も「どうか入院してくれ。入院するのが厭なら診察だけでもしてもらってくれ」と言い、ついには殺し文句で太宰の決断を迫った。

「パビナールを止すか文学を止すか。その二者一をえらんでくれ」

太宰は頷き、無言のまま毛布を抱えると、玄関の方に出て行き、その日十月十三日のうちに雨中、自動車で武蔵野病院に向かった。中畑の回想によると、病院に向かう途中、ちょうど言問橋の真ん中あたりで薬が切れ、太宰が暴れ出したので兵児帯でしばっておとなしくさせたという。

入院が絶対に必要との診断だった。保証人となり、用紙に記名と爪印をおし、病室に太宰を置いて帰った井伏はそのことに気が咎めたのか、〈何となく空虚なる気持押しよせ、こころ平らかならず。故に北さんと新宿樽平にて大酒をのむ〉と日記に書いている。

太宰が当日入ったのは、病院本館二階の見晴らしのよい開放病室だったが、入院した日の夜、「自殺」または「逃亡」の虞《おそれ》ありとして、閉鎖病棟に移された。

「人間失格」では、〈若い医師に案内せられ、或る病棟にいれられて、ガチャンと鍵をおろされました。脳病院でした〉とした上で、こう表現している。

　いまはもう自分は、罪人どころではなく、狂人でした。(中略)いまに、ここから出ても、自分はやっぱり狂人、いや、廃人という刻印を額に打たれる事でしょう。

人間、失格。
もはや、自分は、完全に、人間で無くなりました。

だが、いつものことながら、ここには太宰流のデフォルメが施されている。そもそも診断病名は「慢性パビナール中毒症、合併症　左側肺結核」であり、脳の異常が問題になったわけではない。また、鍵をおろされたとはいえ、個室に監禁されたわけではない。太宰が入れられたのは病院西側の閉鎖病棟の個室で、六畳の畳敷きのガラス窓には鉄格子がはめられていたが、廊下側は障子になっていて、閉鎖病棟内であれば自由に廊下を歩くこともできた。

入院から十日ほどたつと、落ち着きを見せはじめ、他の患者と漫談にうち興じたり、笑いあったりするようになった。十一月四日には、太宰の要求で、特別に机、便箋、鉛筆、朝日新聞などが与えられた。退院後に鰭崎潤に送った手紙では、〈入院中はバイブルだけ読んでいた〉と記している。鰭崎は、太宰の義弟、小館善四郎と帝国美術学校の同期生で、昭和十年に、善四郎に伴われて太宰を訪問して以来の仲で、太宰とはイエス・キリストの話をよくする関係だった。鰭崎は、内村鑑三の高弟である無教会派の神学者、塚本虎二の集会に出席し、太宰の家に行くときには、内村の著書『基督信徒の慰』『求安録』『一日一生』や塚本の発行する雑誌「聖書知識」を持参していた。その影響で読んだ内村鑑三の随筆集に「ひきずり廻されたことを告白」した太宰は、入院させられた自分と、罪なくして十字架にかけられたキリストをどこかで重ね合わせるように、「聖書」に再び取り組み始めた。

十一月十二日午後、太宰は中毒がすっかり治り、約一か月ぶりに退院し、迎えに来た初代と二人、自動車に乗った。二人とも黙っていたが、走り出してしばらくすると初代が口を開いた。

「もう薬は、やめるんだね」

怒っている口調であった。これに対して、太宰は「東京八景」で、病院で覚えてきた唯一の事を言った、と書いている。

「僕は、これから信じないんだ」。初代は、何かと勘違いしたのか「そう」と深く頷いて「人は、あてになりませんよ」というと、太宰は「おまえの事も信じないんだよ」。初代は、気まずそうな顔をした。

退院後しばらくしてから二人の新居になった杉並区天沼の碧雲荘を訪れた山岸外史には「ぼくを欺しぬいて、こともあろうに気狂い病院に叩きこんだのですよ。こいつは忘れられない。終生ぬぐいきれないぼくの傷手だ。君、精神病院ですよ」「これは死ぬこと以上のことだ。人間性の剝奪なんだ。山岸君。ぼくの正気な心が、それを口惜しがるのだ。ぼくは、パビナールには負けなかったつもりだ」とあとにも先にも見せたことのない興奮した様子で語ったという。それから初代のことを罵倒して、涙まで流した。

碧雲荘は昭和初期に建てられた和洋折衷の木造二階建てで、二階の八畳間が太宰と初代の部屋だった。この建物は平成二十八年まで現地に残り、翌二十九年四月、大分県湯布院町に移築され、交流施設「ゆふいん文学の森」としてオープンした。

このアパートで太宰は早速、〈脳病院ひとつき間の「人間倉庫」の中の心地〉（十一月二十六日、鰭崎潤宛書簡）を日記スタイルでつづる作品を十日ほどで完成させ、新潮社編集部の楢崎勤宛てに送った。題名はパラダイス・ロストをもじって「HUMAN LOST」とした。訳せば人間失格となることは、十一月二十九日に楢崎に送った書簡で〈「新潮」の新年号「HUMAN LOST（人間失格）」四十一枚の稿料〉と書いていることでも明らかだ。直後には、途中まで書いてあった「二十世紀旗手」を完成させ、翌十二年一月一日発行の「改造」新年号に発表するなど精力的に活動を再開した。

〈十月十三日より、板橋区のとある病院にいる。来て、三日間、歯ぎしりして泣いてばかりいた。銅貨のふくしゅうだ〉。そう前半に記した「HUMAN LOST」には、閉鎖病棟に入れられた苦悶ばかりではなく、早くもそこから立ち直り、〈笑われて、笑われて、つよくなる〉、〈無才、醜貌の確然たる自覚こそ、むっと図太い男を創る〉など、絶望にも負けぬ、骨太な表現をしている。「人間失格」体験は、太宰にとって、人生のどん底ではなく、そこから再生する意欲と世間に対する闘争心が満々だった。

「HUMAN LOST」で目立つのは、初代に対する恨みつらみである。病院を探してきた北、最初に説得した中畑、最後に踏ん切りをつけさせたのは井伏だったが、頭が上がらなかった彼らを公然と批判するわけにもいかず、怒りの刃は初代にまわり、「妻をののしる文。」という項まで書いた。〈無智の洗濯女よ〉と呼びかけ、見下すかと思えば、〈妻は、職業でない。妻は、事務でない。ただ、すがれよ、頼れよ、わが腕の枕の細きが故か、猫の子一匹、いのち委ねては眠って呉れぬ。まことの愛の有様は、たとえば、みゆき、朝顔日記、めくらめっぽう雨の中、ふしつ、まろびつ、あと追うてゆく狂乱の姿である。君ひとりの、ごていしゅだ。自信を以て、愛して下さい〉と甘える。かと思えば、〈人を、いのちも心も君に一任したひとりの人間を、あざむき、脳病院にぶちこみ、しかも完全に十日間、一葉の消息だに無く、一輪の花、一個の梨の投入をさえ試みない。君は、いったい、誰の嫁さんなんだい〉とむくれる。

退院後、碧雲荘に住むまで数日滞在したアパート「照山荘」では、「おふたりとも火鉢には当たられないで、部屋の隅っこに別々に坐って、じっとうつむいている」姿を大家さんに目撃されている。太宰は、初代につらくあたり、彼女が「ちっとも口をきいてくれない」と、井伏夫人に訴えるほどだった。

閉鎖病棟に入れられたのは自殺の恐れがあったからで、そもそもパビナール中毒になったのは太宰の弱さにも原因があった。だが、自己反省は「HUMAN LOST」にはほとんどなく、〈「人権」なる言葉を思い出す。ここの患者すべて、人の資格はがれ落されている〉と被害者意識ばかりが目立つ。それどころか、〈すべて皆、人のための手本。われの享楽のための一夜もなかった〉と昂然と胸を張り、こう続けた。

私は、享楽のために売春婦かったこと一夜もなし。母を求めに行ったのだ。乳房を求めに行ったのだ。葡萄の一かご、書籍、絵画、その他のお土産もっていっても、たいてい私は軽んぜられた。わが一夜の行為、うたがわしくば、君、みずから行きて問え。私は、住所も名前も、いつわりしことなし。恥ずべきこととも思わねば。

私は享楽のために、一本の注射打ちたることなし。心身ともにへたばって、なお、家の鞭の音を背後に聞き、ふるいたちて、強精ざい、すなわち用いて、愚妻よ、われ、どのような苦労の仕事し了せたか、おまえにはわからなかった。食わぬ、しし、食ったふりして、しし食ったむくいを受ける。

文章を読む限り、太宰は退院しても、中毒になって周囲をハラハラさせたことに対する反省など、していないように見える。それは〈食わぬ、しし、食ったふりして、しし食ったむくいを受ける〉という表現に明らかだ。「しし食ったむくい」とは、良い思いをした埋め合わせに当然、受けなければならない悪い報い、悪事を犯したために当然身に受ける報いをさす。それを「しし食ったふりして」と言い換え、自分は悪事を犯すふりをしただけだ、快楽を楽しむふりをしただけで、「悪い報い」を受ける理由はないと主張した。注射を打ったのも心身へばってなお仕事をするためであり、享楽のために打ったことはない、だから、病院に入れ、辱めを与えるのはおかしい、悪いのは入院させた愚妻で、自分は被害者である——そう強弁する太宰であった。

「食わぬ、しし、食ったふりして、しし食ったむくいを受ける」

この言葉は、かつて師井伏への書簡でも使っている。

私、着飾ることはございましたが、現状の悲惨誇張して、どうのこうの、そんなものじゃないと思います。プライドのために仕事したことございませぬ。誰かひとり幸福にしてあげたくて。

私、世の中を、いや、四五の仲間をにぎやかに派手にするために、しし食ったふりをして、そうして、しし食ったむくい、苛烈のむくい受けています。食わないししのために。


ここで注意したいのは、井伏宛の書簡は、「HUMAN LOST」と同じような文面ながら、入院の一か月前の九月十九日に書かれたものだということである。「HUMAN LOST」のときの〈食わぬ、しし、食ったふりして、しし食ったむくい〉が閉鎖病棟入院を指すのと異なり、井伏宛の書簡での〈しし食ったむくい〉というのは、〈小説かきたくて、うずうずしていながら、注文ない、およそ信じられぬ現実〉をさしている。

閉鎖病棟への入院が本当に「人間失格」に値すると感じるほどの強烈な出来事だったなら、それ以前の、半狂人扱いされ、小説の注文のないときの苦悩を示すことば〈しし食ったふりをして、そうして、しし食ったむくい、苛烈のむくい受けています〉とは違った、新たな特別な表現をしたはずだ。それをせず、以前からの表現を踏襲したのは、入院が、自らの自尊心を揺るがすほどの大きな出来事ではなかったからだとも思われる。

それどころか、退院後、創作意欲はむしろ高まっている。十一月二十六日、鰭崎潤には、〈ジャアナリズム、私の悪名たかきを利用する、と一時は不快、(註・原稿依頼を)ことわる決心いたしましたが、この世への愛のため、われより若き弱き者への愛のため、奮起した。御信用下さい〉〈それから、ゆっくり、「文藝春秋」の小説、たのしみながら書いてゆくつもりゆえ〉と書き送っている。
同じ鰭崎に、入院前の六月二十八日、五十円、電報為替にて明日までに送ってほしいと書簡で懇願し、〈貴兄に五十円ことわられたら、私、死にます。それより他ないのです〉と書いていた時とは雲泥の差である。「人間失格」宣言をしてから、むしろ元気になるのは、苦難をも材料として取り込む文学という名の悪魔（デーモン）にとりつかれていたというほかない。
「HUMAN LOST」につづいて完成した「二十世紀旗手」は、〈罪、誕生の時刻に在り〉など印象的な文章が多く、当時の太宰の心境を知る上でも興味深い小説である。

おのれの花の高さ誇らんプライドのみにて仕事するから、このような、痛い目に逢うのだ。芸術は、旗取り競争じゃないよ。それ、それ。汚い。鼻血。見るがいい、君の一点の非なき短篇集「晩年」とやらの、冷酷、見るがいい。傑作のお手本、あかはだか苦しく、どうか蒲の穂敷きつめた暖き寝所つくって下さいね、と眠られぬ夜、蚊帳のそとに立って君へお願いして、寒いのであろう、二つ三つ大きいくしゃみ残して消え去った、とか、いうじゃないか。わが生涯の情熱すべてこの一巻に収め得たぞ、と、ほっと溜息もらすすまも無し、罰だ、罰だ、神の罰か、市民の罰か、困難不運、愛憎転変、かの黄金の冠を誰知るまいとこっそりかぶって鏡にむかい、にっとひとりで笑っただけの罪、けれども神はゆるさなかった。

昭和四十六年十一月発行の「文藝春秋」臨時増刊「日本の作家100人」で行ったアンケート

「私がもっとも影響を受けた小説」において、一〇〇一話のショートショートを生み出した星新一は、太宰治の名を挙げ、〈読みかえした回数の最も多いものとなると『ダス・ゲマイネ』で、つぎには『二十世紀旗手』がくる〉とした上で、こう書いている。

〈よくもまあ、これだけユニークな文体を創造したものである。絶妙のメロディー。文体に聴きほれるには、物語の起伏構成などないほうがよく、私が前記の二作を特にあげるのは、そのせいかもしれない。こういった百年に一人の才能に、まともに挑戦するのはむりというものだ。／私は自己の文体を乾いた空気のごとく透明にするようつとめ、物語の構成にもっぱら力をそそいでいる。太宰と逆の方向へ走らねばと、気が気でない。この意識をふり払うことができれば、私の作風も一段と幅ひろいものになりそうなのだが、できそうにない〉

「二十世紀旗手」の評価は生前あまり高くなかったが、星の評価にあるように、アクロバティックな表現に旺盛な創作意欲が溢れ、閉鎖病棟入院という「人間失格」体験後でも、太宰の精神がいかに躍動していたかをよく伝えている。

小説には文学という悪魔（デーモン）のなせる業があった。その象徴が、「二十世紀旗手」の副題につけた、太宰治の代名詞のようなことば、〈生れて、すみません。〉である。

何度かの自殺未遂や精神科病院への入院、そして最後の心中という人生を知っていれば、まさに太宰の人生そのもののようである。ただこの有名な言葉も、〈食わぬしし食ったむくい〉と同様に、辛い入院体験を経て、太宰の内から湧き上がった誠の心情はなく、発表から一年ほど前に、太宰が山岸から聞かされた文言で、借り物であった。

それは山岸の従兄弟、寺内寿太郎がつくったたった一行だけの詩文で、題名は「遺書」と書いて「かきおき」とルビを振ったもの。この未発表の詩について、太宰はある日、銀座通りを歩きながら、「なかなかいい句だと思う」と山岸から教えられた。寺内というのは、慶応大学理財科出身のサラリーマンだが、探偵小説に凝ったこともある文学志望で、会社勤めには辛抱できず、何回か転職したすえに、都落ちした。細々と東北の町で母と二人暮らしをしている生活の中で生まれた詩が、「生れて、すみません」だった。

それを太宰は無断で使用し、「二十世紀旗手」の副題として発表してしまったのだ。知人、友人からの手紙文を借用、改変し、一編の小説「虚構の春」にした太宰としては、言葉を盗まれる寺内の苦しみを感じるよりも、自分の表現の苦しみのほうがはるかに痛切だった。思えば、第一作品集『晩年』の冒頭にかかげられた「撰ばれてあることの／恍惚と不安と／二つわれにあり」という詩句も、ヴェルレエヌのことばである。太宰は、言葉で自己劇化する天才であり、人のことばをもわがもののように操る名人だった。

山岸は、太宰の入院体験での様々な患者との共同生活は〈自分の「正気の個の浅ましさ」を自覚させたのだと思う。太宰はホントの謙虚ということをこのとき知ったのである。「俺が、俺が」という尊大なエゴが消えて、かえって「みんな」というおおくの人々の存在とその社会の多数構造を知ったのである〉〈不潔な自我を捨てたといってもいい〉(『人間太宰治』)と書いている。入院中には、財産を横領されて病院にぶち込まれたという被害妄想の老人と廊下でよく世間話をするなど、さまざまな境遇の人と向き合ったことが、人間の浅ましさに気づかせ、太宰を謙虚にしたということだが、実際はどうであろう。盗用事件を見る限りは、不潔な自我を捨て切ったとはとても思えない。

事実を知った寺内は、血相変えて山岸の家に駆けこみ、「外史君、太宰治も、ひどすぎやしないか」と珍しく激していて、「生命《いのち》を盗られたようなものなんだ」と蒼い顔をした。寺内は、それから失意が重なり、暗い無口な人物になり、二階の自分の部屋を内側から釘づけにし、母親と会うのも忌避し、戦後は消息不明になったという。

太宰の入院体験は、「生れて、すみません。」という有名な言葉を世に送り出し、一人の無名の若者の前途を閉ざした。

一方で、「入院中はバイブルだけ読んでいた」という体験は、「HUMAN LOST」にも明確に反映され、小説の一節では、〈聖書一巻によりて、日本の文学史は、かつてなき程の鮮明さをもて、はっきりと二分されている。マタイ伝二十八章、読み終えるのに、三年かかった〉と書き、小説の最後もマタイ伝の引用で結んだ。

汝らの仇を愛し、汝らを責むる者のために祈れ。天にいます汝らの父の子とならん為なり。天の父はその陽を悪しき者のうえにも、善き者のうえにも昇らせ、雨を正しき者にも、正しからぬ者にも降らせ給うなり。なんじら己を愛する者を愛すとも何の報をか得べき、取税人も然するにあらずや。兄弟にのみ挨拶すとも何の勝ることかある、異邦人も然するにあらずや。然らば汝らの天の父の全きが如く、汝らもまた、全かれ。

あなたを憎む者を愛し、あなたを責める人のために祈りなさい。あなた方が、神の子であることを思い出すためです。神は、人の善悪を問わず日の恵みを与え、人の正邪を問わずに雨の恵みを与える。自分のことを愛してくれる人を愛するぐらいのことは政治家や官僚でもできる。同朋を助けたぐらいでしたり顔をするな。そんなことはどこの世界でもなされることだ。だから、あなた方は、神様がそうされるように、敵を愛し、自分を責める者を愛しなさい――「聖書」の現代語訳によると、こういう意味である。

太宰は、小説で、自分を精神科病院に追いやった妻の初代をさんざん手厳しく罵りながら、入院中に精読した「聖書」の精神に学び、ラストでは寛容の心を持ち、自分の恨む相手をも愛すると表明したのである。

しかし、この寛容の精神の表明が、わずか数か月後に、わが身に重くのしかかってくるとは思ってもいなかったはずだ。

「二十世紀旗手」の終唱「そうして、このごろ」で、〈くるしく、――口くさっても言われぬ、――不義〉と記し、これに続いて、〈ああ、あざむけ、あざむけ。ひとたびあざむけば、君、死ぬるとも告白、ざんげしてはいけない。胸の秘密、絶対ひみつのまま、狡智の極致、誰にも打ちあけずに、そのまま息を静かにひきとれ。やがて冥途とやらへ行って、いや、そこでもだまって微笑むのみ、誰にも言うな〉と書いたことが、意味ある現実として襲ってくるとは、やはり太宰は思ってもいなかったであろう。

太宰は、書いた小説を、よく人前で朗読したが、「二十世紀旗手」を、発表前に初代の前で読んだのだろうか。〈不義〉〈君、死ぬるとも告白、ざんげしてはいけない〉。この文章をもし、初代が読んでいたとしたら、息をのむほど驚き、身の置き所がなかったことだろう。

すでに事は起きていたからだ。初代の不義密通である。しかも、相手は、太宰が弟のようにかわいがっていた四姉きやうの夫の弟、小館善四郎で、退院の四か月後の昭和十二年三月上旬、太宰は、小館から事の真相を知らされ、初代を責め、過失を告白させた。それは人生のどん底を踏み破る衝撃で、精神病院への入院については退院後すぐに小説化した太宰だが、この出来事については、なかなか文字に出来なかった。

太宰は、事件発覚後は小説を書きあぐね、昭和十二年に執筆・発表した小説は「若草」十月号に掲載した「燈籠」一本きり、翌十三年も「文筆」九月号に「満願」、新潮十月号に「姥捨」を発表するまで、十か月ほどは随想を除いて、文章を発表していない。

これが太宰「第三の空白」である。

つまりこうも言える。太宰に沈黙を強いたのは、自らの「人間失格」体験ではなく、その後に直面した初代の不義という出来事であった。この試練を経て太宰は「女性独白体」、古典のパロディーなど平明で明朗な新しい文体をつくり、暗い世相の戦時下に、「富嶽百景」「女生徒」「津軽」など明るいユーモアがある作品を書く作家へと変貌した。

太宰に沈黙を強いる事件は、意外な形で明らかになった。

初代の不義

一本の手紙が、「お父《ど》ちゃ」（太宰）と「ハッコ」（小山初代）の運命を切り裂いた。手紙の主は太宰本人であり、弟のようにかわいがっていた青森県浅虫温泉にいる画学生、小館善四郎に昭和十一（一九三六）年十一月二十九日に送られたものだった。

寝間の窓から、羅馬の燃上を凝視して、ネロは、黙した。一切の表情の放棄である。美妓の巧笑に接して、だまっていた。緑酒を捧持されて、ぼんやりしていた。かのアルプス山頂、旗焼くけむりの陰なる大敗将の沈黙の胸を思うよ。

一噛の歯には、一噛の歯を。一杯のミルクには、一杯のミルク。（誰のせいでもない。）

「傷心。」

川沿ひの路をのぼれば

　赤き橋、また　ゆきゆけば

　　人の家かな。

太宰自身、この書簡がきっかけで初代と別れることになるとは、思いだにしなかっただろう。というのも、この手紙の文章の、「傷心。」の前の部分は、すべて書き上げたばかりの小説「HUMAN LOST」からの引用にすぎないからだ。太宰が原稿を朗読するのを、小館はそれまでに何度も聞いている。太宰からすれば、手紙を出すとき、郷里の青森にいる小館のために、朗読がわりに本文を引用した、そのぐらいの気持ちだった。

「傷心。」につづく歌も、この手紙の直後に、友人の山岸外史らに送った書簡にも添えられたもので、太宰としては、退院後の心境を歌に託しただけだった。むしろ、このときの太宰には、入院のショックから立ち直り、前向きに生きようとする姿勢すらあった。それは、昭和十二年一月二十日に山岸に宛てた手紙で、「川沿いの……」の歌につづき、「聖書」マタイ伝七章からのことばを引用していることからもわかる。

空飛ぶ鳥を見よ
播かず
刈らず
倉に収めず

入院中、聖書ばかり読んでいた太宰は、このことばをよほど大切にしたのか、これ以降、随想や小説「パンドラの匣」などで、なんども引用している。

――空の鳥をよく見なさい。種も蒔かず、刈り入れもせず、倉に納めもしない。だが、あなたがたの天の父は鳥を養ってくださる。あなたがたは、鳥よりも価値あるものではないか。あなたがたのうちだれが、思い悩んだからといって、寿命をわずかでも延ばすことができようか。なぜ、衣服のことで思い悩むのか。野の花がどのように育つのか、注意して見なさい。働きもせず、紡ぎもしない。しかし、言っておく。栄華を極めたソロモンでさえ、この花の一つほどにも着飾ってはいなかった。（新共同訳「新約聖書」）

人間失格。名誉は敗れ、虚栄と倨傲は敗れ、信用をなくし、もはや失うべきものは何もなかった。ここからがまことの出発だと思った。空飛ぶ鳥のように、野に咲く花のように、思い悩まず、自然のままに生きようと思った。そこには絶望の果ての、希望があった。

だが、それはどん底ではなかった。

初代と小館が事を起こしたのは、太宰が武蔵野病院に入院中だった。青森にいる太宰の姉のきやうの夫の弟で、帝国美術学校に進学した小館は、よく太宰の家に遊びに来ていた。太宰夫婦はシロちゃんと呼び、小館は、太宰を「お父《ど》ちゃ」、初代を「はこちゃ」と呼び、三人になると津軽弁で話していた。

そんな小館は、太宰の入院三日前、「絵かきになってもとても外国にはかなわない」との絶望感から自殺未遂し、入院した。旧知の小館の母親から付き添いを頼まれた初代は、当初は太宰の入院もあり、それどころではなかったが、その後、太宰が閉鎖病棟に入り、面会謝絶になったため、小館が入院する病院に通い、看病するようになった。

過ちが起きたのはそんな混乱のさなかだった。生前の小館に会ったことがある作家の近藤富枝は、その時の様子を「水上心中」（『相聞　文学者たちの愛の軌跡』）で記している。

自殺未遂の男と、夫を精神病院に預けた妻、時代の暗さも手伝って、ふたりの絶望がひびきあうものを呼んだ。互いの傷をそっといたわりあううち、ある日、間違いがおきた。どちらも普通でない精神状態のときだったのだ。

「このことはふたりだけの秘密ですよ」

我に返った初代が頼んだ。

「大丈夫」

とKが誓う。

二週間後Kの傷はいえ、太宰の退院以前に浅虫の別荘にひっこんだ。


太宰からの手紙が届いたのは、小館が青森県の浅虫温泉にいたときだった。過ちを前提に手紙を読むと、文章はかなり思わせぶりだ。激情の極には、人は、どんな表情も失う。太宰は、鉄格子に入れられることへの憤慨に、一切の表情の放棄と書いたつもりだったが、後ろ暗いところがある小館には「美妓の巧笑に接して、だまっていた」という文章が目に止まり、妻と自分との密通が露見し、太宰は呆然のあまり能面のように表情を失っている、と思い込んだ。「傷心。」の二文字からは太宰の苦悩を感じた。初代が自分との約束を破り、太宰に「告白、ざんげ」したと思い込んだ若い小館はあわてふためいた。

そして昭和十二年三月上旬、小館が、帝国美術学校の卒業制作を携え、上京、学友とともに太宰夫妻の住む碧雲荘を訪ねたときのことである。酒を飲み、二階つき当たりの便所で鉢合わせたとき、太宰の肩に手をかけ、告白した。

「実はあなたが入院中に、おくさんと間違いをしました」

自分の重荷を投げ出すことに夢中で、告白後の初代の立場まで考える余裕はなかった。そのとき太宰は、小館の証言によると、表面上、さりげなく受け止め、

「それは自然だ」

というような言葉を吐き、それから二人は席に戻り、何食わぬ顔で酒盛りをつづけたという。

それからが大変だった。あまりのことに狼狽したさまを、親友の檀一雄や山岸外史は目撃している。山岸が見た太宰の狂乱は壮絶だった。いつものように二人は東京中、裾をからげ、毛脛を出して速足で歩き、山岸のアパートに戻ってきた早春のある日のことである。例のごとく無駄口をかわしながら焼酎を調子よく飲んでいたら、三十分ほどすると太宰は突然沈黙したかと思うと、いきなり六畳間の畳の上に腰を曲げて倒れ、それから頭の毛をつかんで、頭中をめちゃめちゃにむしりはじめた、という。自分の頭を殴るような手つきをしたり、頭を両手でかかえたり、左右に体を動かし、苦しそうに両足を畳にこすりつけたりもした。それは駄々っ子のようなしぐさだった。

太宰はわずかな酒で酔う男ではなかったし、こんな乱れ方をしたのは、あとにもさきにもこれ一回であり、まさか、発狂。そう山岸が考えていると、いきなり、太宰は、

「ヤマギシ君。殴ってくれ。殴ってくれ。おもいきりぼくを殴ってくれ」と、唸るような、叫ぶような声で頭をかかえたまま言った。

理由はわからないが、言葉にならない苦悩があることを感じた山岸が、「よし。おもいきりやるよ」というと、太宰は、「思いきり、思いきり」と早口で言った。

ピシッ、と右手が、思いきり太宰の頬に入った。その瞬間、太宰は唸った。

「もう一度」

そして、今度は痛烈な張り手を左頬に入れると、太宰は、いきなり、山岸の右手をつかむと、その小指をぎりぎりと嚙みしめた。

「おい、太宰。ここは限界だ。これ以上、お互いに深入りしてはイケナイのだ」というと、太宰は、「ワカッテル。ヤマギシ君。限界は、ワカッテイル」と目を閉じたまま答えた。

「太宰、友情は清潔でなければならないのだ。いつもキビシイつきあいをやろう」というと、太宰は唸るように、「愛情も、そうだ。愛情もそうだ」と語り、その後、初代の事件について語ったという。

それから太宰が帰ると、五分もしないうちに、初代が太宰に伴われてアパートにやって来たという。太宰は、「初代は、君に、なにか、お願いがあるそうだ。君、ひとつ聞いてやってくれ。ぼくはかえる」というと、そのままサッササと踵をかえした。

初代の相談とは、

「こころを入れかえますから、どうか、もとのように、太宰のところにかえしてやって下さい。下女でも結構ですから」というものだった。

「独立なさい。独立を。それがいちばんいいことです」

山岸に言えることは、それだけだった。

「あいつ、それを悪だと考えていないのだ。手がつけられない」

この件で太宰がそう言ったことも山岸は覚えている。

「やっぱり純なのだ」

山岸がやむを得ずそういうと、

「そういわれるとたすかるのだが、君はアマイよ。じつは無智なんだ。純とは、無智のことですヨ。そして、無智と純とはちがうものだ」

太宰は口惜しそうに語ったという。

そんな思いを聞いて、山岸が、

「どうしても許せないか。どうあっても駄目か。無智は決定的な罪悪じゃないのだぜ」

とことばを返すと、太宰はこう語ったという。

「倫理は許せる。しかし、感覚が許せないのだ。あいつは、ぼくを木端微塵にしたのだ」

そんな太宰の態度について、山岸は、初代と小館から、

「あのひとは、平生、どんなことがあっても、人間は寛大でなければならないと、トルストイのようなことをいっていたのに、まったく、意外でした。ぼくたちの告白とお願いを聞いたら、周章狼狽して、口をもぐもぐさせたり、赧い顔をしたりして黙っていました。口ほどにもないひとだと、そのときぼくたちはおもいました」と言われた記憶まで、『人間太宰治』に記している。

この顛末については一年後、太宰は「姥捨」で書き、晩年にも「人間失格」で書いた。〈あやまった人を愛撫した妻と、妻をそのような行為にまで追いやるほど、それほど日常の生活を荒廃させ

てしまった夫〉との心中行を描いた「姥捨」では、妻と別れる思いを、〈ゆるせ、これは、おれの最後のエゴイズムだ。倫理は、おれは、こらえることができる。感覚が、たまらぬのだ。とてもがまんができぬのだ〉と書いている。「人間失格」では、妻が凌辱されたのを目の当たりにした主人公が、そうなったことには自分にも責任があると感じて、怒るどころか、おこごと一つ言えないでいる。その上で、〈妻は、その所有している稀な美質に依って犯されたのです。しかも、その美質は、夫のかねてあこがれの、無垢の信頼心というたまらなく可憐なものなのでした〉と感じ、〈神に問う。信頼は罪なりや〉〈無垢の信頼心は、罪の原泉なりや〉と記している。

「初代が事を起こしたんだ。その相手がだれだと思う? Kだよ、K。ひどいもんだ。酸鼻だよ。これが、君だったらね。男らしく、決闘もなりたつ。Kではね。蛾の鱗粉がベットリ、こちらの手にくっついてくる感じだ」

檀一雄には、こう打ち開けると、ワッ、こいつは、ひでぇ……と激高し、大酒をあおり、顔中をなでまわしながら、奇怪な声をあげ、「別れるさ。それ以外にないだろう」と語ったという。よほどこたえたに違いない。太宰自身が、戦後に無頼派の作家、坂口安吾、織田作之助と行った座談会「現代小説を語る」(司会・文芸評論家、平野謙)でも話を蒸し返している。

太宰　でも女房を寝取られるというのは深刻だよ。坂口さんには経験がないかも知らんが……。
織田　日本の作家というのは苦しめられ過ぎる。
太宰　ああいう煮湯を呑まされるという感じはひどいものですよ。

坂口　女房を寝取られることだってそんなに深刻じゃないと思う。

太宰　そんなことはない。へんな肉体的な妙なものがありますよ。それを対岸の火災みたいな気持で……それで深刻じゃないなどというのは駄目ですよ。

坂口　僕はそういう所有慾を持っておらんのだよ。

太宰　いや、所有慾じゃないのだ。倫理だとか、そういう内面的なものじゃない。肉体的に苦しむ。

治療のためと信じさせ、自分を精神科病院にいれた妻である。それが自分の入院中に不義をしていた。やり切れなかった。二人で死のうと相談した。

そのうちに洋画家は、だんだん逃腰になった。私は、苦しい中でも、Hを不憫に思った。Hは、もう、死ぬるつもりでいるらしかった。どうにも、やり切れなくなった時に、私も死ぬ事を考える。二人で一緒に死のう。神さまだって、ゆるしてくれる。私たちは、仲の良い兄妹のように、旅に出た。水上温泉。その夜、二人は山で自殺を行った。Hを死なせては、ならぬと思った。私は、その事に努力した。Hは、生きた。私も見事に失敗した。薬品を用いたのである。

私たちは、とうとう別れた。Hを此の上ひきとめる勇気が私に無かった。捨てたと言われてもよい。(「東京八景」)

この「水上心中」について、太宰は、小説「姥捨」で「正直に書いた」と告白している。が、いつものことながら太宰の「正直に」はあてにならない。

というのも、〈あやまった人を愛撫した妻〉として登場するかず枝と、〈妻をそのような行動にまで追いやるほど、それほど日常の生活を荒廃させてしまった夫〉として登場する嘉七が、死ぬつもりで睡眠薬を多量に飲んでから昏睡したのは、まだそここに雪が残る温泉場の山中で、朝晩は零下になる極寒の地だからである。小説の設定では、夫にはマントがなく、妻にもコートがないまま心中の旅に出ている。冷え込みのかなり厳しい場所で睡眠薬の影響で夜間眠り込んでいて、死なないまでも、肺炎すらおこさずに生還することなどあり得ない。つまりは「姥捨」は、温泉に二人がいっしょに行ったことは事実としても、心中行のなりゆきについては多くが虚構というのが著書に『太宰治水上心中』がある太宰研究家の長篠康一郎の検証結果であり、近藤富枝の見解でもある。

年譜によると、二人で山を下りた後、初代は、叔父の吉沢祐五郎に電報を打ち、迎えに来てもらったという。吉沢が宿に着いた時には太宰はおらず、一人、碧雲荘に戻っていた。このため、初代は井伏家を訪れた。夫人の井伏節代によれば、「その時の初代の憔悴した姿があまりにも哀れで、思わず手をとり合って玄関で一緒に泣いてしまった」という。

太宰は別居後も、誘われると井伏宅に行き、書斎と居間を兼ねた井伏の部屋で将棋をさしたが、壁一枚を隔てて隣の台所などで息をひそめている初代とは会おうとしなかった。

「ところで初代さんのことだが、よりを戻す気はないか」

と井伏が切り出すことがあっても、居直ったかのように、きっとして、

「それは、よしましょう」

間髪を入れずに話を遮った。だが、井伏によると、〈そのくせ彼は、別れた女房が万一にも短気を起しはせぬかと、はらはらしているようなところがあった〉という。

事の次第はどうあれ、太宰はそのまま初代と別れた。その時になってわかったことがあった。初代は、太宰の籍に入っていなかったのだ。それは、初代との結婚に反対していた実家の判断で、太宰のあずかり知らぬ話であった。上京後の太宰の面倒を見てくれている中畑慶吉に六月、「初代ガ井伏サンノ許ヲタヅネテノ話ニ　籍ハハイツテヰナイトノ由ニテ　果シテ　マコトカドウカ　一応オシラベノウヘ　至急オ知ラセ下サイマシ、取イソギオ願マデ」と、太宰は手紙で問い合わせている。

妻をののしり、妻にすがり、愛して下さい、と小説で書いていながら、実は、初代が法律上、正式な妻ではなかったと知ったとき、太宰にはどんな思いが去来したのだろうか。

事件発覚のつい数か月前に、「HUMAN LOST」の末尾で「聖書」のマタイ伝「汝らの仇を愛し、汝らを責むる者のために祈れ」ということばを引用しながら、初代を愛し尽くすことができず、別れを選んだことも大いなる矛盾であった。

〈芸術の美は所詮、市民への奉仕の美である〉と書いてきたのに、市民どころか、もっとも身近な妻にすら奉仕できず、別れた。家郷から追放されたことに苦しみ、友人に相手にされないことに嘆いていた自分が、理由はどうあれ妻を捨てた。

私たちは、とうとう別れた。Hを此の上ひきとめる勇気が私に無かった。捨てたと言われてもよい。人道主義とやらの虚勢で、我慢を装ってみても、その後の日々の醜悪な地獄が明確に見えているような気がした。Hは、ひとりで田舎の母親の許へ帰って行った。洋画家の消息は、わからなかった。（「東京八景」）

初代との別れが決まり、六月二十一日に碧雲荘から近くの鎌滝富方の貸部屋に移る前には、つらいことが連続した。四月八日には三姉あいが、幼い子供四人を残して死去した。県会議員を辞職して、衆院選に出馬、当選した長兄文治は、五月四日に選挙違反で、次兄英治らとともに検挙され、当選を辞退、公判の結果、十年間の公民権停止となった。

四月一日の「新潮」に発表された「HUMAN LOST」も不評で、顔見知りの文芸評論家、河上徹太郎からは「文化月報」（「文学界」五月一日発行）で、「病院生活記録であるが、字義通り病的である。早く此の境地を脱出することを望む」と言われた。同日発行の「三田文学」の「誌界展望」では、「太宰君のものは、もう沢山だという感じだ。いつもいつも同じ発作で字を書いている」と酷評された。

太宰治の筆は止まった。

あらゆる望みを放棄した薄よごれた肉体を、ごろりと横たえた。太宰は、はや二十九歳だった。

初代と別れてからの太宰の暮らしは、はた目にもかなり荒涼としたものだった。碧雲荘のアパートを引き払い、昭和十二年六月二十一日から住んだ、近くの鎌滝という下宿は、これまで住んだ中でも最もわびしかった。西日の差し込む二階の四畳半の部屋には、机ひとつと電気スタンド、万年床があるだけで、廊下の板はきしむし、襖のあけたてもガタガタして隙間だらけだった。下宿の部屋数は二階と階下に十室ほどあり、白髪の寡黙な老女が女主人であった。

「しかし、女手がないと不自由なものだネ」。親友の山岸らにはめったに愚痴を言わなかった太宰も、この頃はかなり窮していた。

「なにもかも駄目だった。ぼくがほんとに、駄目な男だということがよく判りましたよ」

「満身創痍ですよ」

「尾羽打ち枯らした、というのがこれですよ」

そういう言い方もした。

下宿の壁にさがっている羽織を、座ったままでちょっと指さし、

「壁の衣紋かけに、ただ、中味のない羽織がぶらさがっているようなものなんだ」

山岸は、例によって巧いこと言うものだと感心したが、すでに太宰は自殺の意志さえない、人間の抜け殻のように見えた。昭和十（一九三五）年に「ダス・ゲマイネ」を発表後、パビナール中毒がひどくなり、友人の神戸雄一に〈死骸のような一日一日を送っています。のこっているのは、わけのわからない、ヒステリックな、矜持だけです〉と書き送った時も、〈衣紋竹が大礼服を着て歩

いている感じです。がらんどうです〉と似たような表現をしている。この時の、文学への「矜持」を示す「大礼服」という表現が、初代との別れで「中味のない羽織」に変わってしまった。矜持の欠片もなくなり、ただのがらんどう、になってしまった。そんな太宰には、鎌滝での底辺の生活が自分にふさわしいと思った。

私は無智驕慢の無頼漢、または白痴、または下等狡猾の好色漢、にせ天才の詐欺師、ぜいたく三昧の暮しをして、金につまると狂言自殺をして田舎の親たちを、おどかす。貞淑の妻を、犬か猫のように虐待して、とうとう之を追い出した。その他、様々の伝説が嘲笑、嫌悪憤怒を以て世人に語られ、私は全く葬り去られ、廃人の待遇を受けていたのである。私は、それに気が附き、下宿から一歩も外に出たくなくなった。酒の無い夜は、塩せんべいを齧りながら探偵小説を読むのが、幽かに楽しかった。雑誌社からも新聞社からも、原稿の注文は何も無い。また何も書きたくなかった。書けなかった。(「東京八景」)

自分に残したのは夜具一そろい、机、行李一つで、あとの家財道具はすべて初代に与えたが、餞別はわずかに三十円(一か月の仕送り九十円の三分の一)だった。旧制弘前高等学校の先輩で、当時、朝日新聞経済部記者だった平岡敏男に昭和十二年七月二十二日に送った書簡では〈私ひとりの力では、とてもそれ以上できぬ有様ですから、そんな、わびしい別れかたをいたしました〉と書いている。七年間、生活を共にして餞別は三十円だけ。わびしいのは初代だった。

結婚当初は、初代のことを「みな、ぼくの苦心なのだ。これが夫婦の愛だ」と言っていた太宰が、ある時期からは発言が変わり、「いい女だが教養に不足していた」、「人生の計画としては失敗だった」というのを山岸は聞いている。だから、山岸は、不義事件は別れるきっかけになっただけで、〈すでに、初代さんと太宰との関係は、倫理でも感覚でもなく、太宰に愛情がなかったということにすぎないのである。太宰は無智な初代さんを捨てたのである〉と『人間太宰治』で明言している。

「水上心中」を書いた近藤富枝も、小館や吉沢の証言をもとに、〈太宰はもう初代と暮すきもちがなかった。離婚はKとのことがなくても、武蔵野病院の鉄格子のなかで、次第に形をなしてきた考えなのであった〉と記している。

退院後には、熱海で会った檀一雄と酒を飲み交わしているときに、いきなり、

「檀君、鮎子さんに結婚を申し込んでくれないか?」

と、谷崎潤一郎が最初の妻との間につくった女性との間を取り持つように頼んでもいる。そのときの表情は生真面目で、いつもの檀をからかうような様子はなく、なぜ、そんなことを言いだしたのか、単なる太宰特有の妄想なのか、よくわからなかったと檀は回想している。それは、初代の過ちが露見する前、すでに太宰には愛情がなかった証左にもみえる。

愛情がなくなったから別れる。それは巷にあふれる通俗的な行動である。山岸や近藤が書くように、太宰の初代に対する態度は当初から、愛情らしいあたたかさがなく、自分の苦悩に狂い過ぎていて、思いやりがなかった。

そもそも、ことの始まりからして、初代と婚約までしていながら、家から見放されたことなどに

絶望して田辺あつみと心中を図り、初代をいたく悲しませている。その後、最初に太宰治の筆名で書いた小説「列車」の「妻」が出て来る場面では、「貧しい育ちの女」「妻がもっと才能のある女であったならば」と表現したり、「のろまな妻」と書いたりしている。

「葉」では、〈妻の教育に、まる三年を費やした。教育、成ったころより、彼は死のうと思いはじめた〉と記し、妻に教師面した。先に触れた「HUMAN LOST」でも「無智の洗濯女よ」と冷然と呼びかけ、〈君ひとりの、ごていしゅだ。自信を以て、愛して下さい〉とつづった。愛されることばかりを求めて、愛さない。それが文章に見える太宰の初代への態度である。

そんな男が、愛のない女を捨てたからといって後遺症が残ることはありえないように思う。まして、自分を裏切った女である。しかし、ありえないことが現に起きた。精神科病院に入り、「人間失格」と思ったときには書くのをやめず、「HUMAN LOST」や「二十世紀旗手」など挑戦的な題名で前衛的な作品を世に問うたが、初代と別れ、〈妻を、犬か猫のように虐待して、とうとう之を追い出した〉と言われ、「廃人の待遇」を受けてからは、〈何も書きたくなかった。書けなかった〉(「東京八景」)のである。

昭和十三年九月に再生を目指して山梨県御坂峠に旅立つまでの一年二か月余の間、太宰が発表した小説は「燈籠」「満願」「姥捨」の三短編しかない。このうち「満願」と「姥捨」は鎌滝時代の終わる頃の作品で、最初の一年に発表した小説は「燈籠」の一作きりである。

初代と別れた直後、太宰は、井伏夫人の節代にはがきでこう書き送っている。

〈このたびの事では、いろいろ御気持ちお騒がせ申し恐縮の念にて身も細る思いでございます思うように小説も、うまくできず　おのれの才能を疑ったり　今が芸術の重大の岐路のようにも思われ　心をくだいて居ります、数日前より京橋の吉沢さんのところで　小説書きつづけて居りますが、いろいろ書き直したり　考え直したり　仲々すらすらすみません、もう四五日、日数をかけて　しっかりしたものにしたいと念じて居ります、きっときっと　いいものを書いて、いままでの二、三作の不名誉を雪ぎます、私の愚を　お叱りにならないで下さい〉。

おのれの才能まで疑う。書くことが生きることだった太宰にとって、初代との別れは人生の岐路となった。

それが、「第三の空白」を経てからは、「女性独白体」という平明で明朗な新しい文体を確立、暗い世相のつづく戦時下にあって明るいユーモアがある作品を書く作家へと変貌していくのである。

わずか三年後の昭和十五年十二月から六回にわたり「婦人画報」に連載した「ろまん燈籠」では、こんな文章を書くまでになった。

　ひとに「愛される資格」が無くっても、ひとを「愛する資格」は、永遠に残されている筈であります。ひとの真の謙虚とは、その、愛するよろこびを知ることだと思います。愛されるよろこびだけを求めているのは、それこそ野蛮な、無智な仕業だと思います。

〈愛されるよろこびだけを求めている〉かつての自分を「野蛮な、無智」という。百八十度変わった。コペルニクス的転回といってもよい。意識の変化は、かつて書いた小説の文章の改訂にも示される。初代との別れから三年目の昭和十六年、「HUMAN LOST」を小説集『東京八景』（実業之日本社）に収録するに際して太宰は、文字数にしておよそ千字を削除し、二十数か所を書き改めている。推敲作業では、「妻をののしる文」を「弱者をののしる文」と改め、「無智の洗濯女よ」という一文は削除している。

小説の後半で、主人公が内省するくだりも、以下のように改訂した（丸カッコ内のゴッシク体部分が追加箇所）。


十日。

私が（**一ばん**）悪いのです。私こそ、すみません、を言えぬ男。私のアクが、そのまま素直に私へ又はねかえって来ただけのことです。

よき師よ。

よき兄よ。

よき友よ。

よき兄嫁よ。

姉よ。

妻よ。（**ゆるせ。**）

医師よ。

亡父も照覧。

「うちへかえりたいのです。」

その転回を準備したのが、初代と別れてからの、おのれの才能を疑った時間である。別れてからは、〈ひとりアパートに残って自炊の生活をはじめた。焼酎を飲む事を覚えた。歯がぼろぼろに欠けて来た。私は、いやしい顔になった〉。

四畳半でひとり酒を飲み、酔っては下宿を出て、門柱に寄りかかり、出鱈目な歌を、小声で呟いていることが多かった。

七月には日中戦争が始まり、檀一雄が召集され、久留米独立山砲兵第三聯隊に入隊した。太宰を初期から「天才」と認めた三つ年下の檀は、芥川賞落選に憔悴し、パビナール中毒で奇行と妄想が激しくなっていた太宰の才能と将来を案じ、第一作品集『晩年』の出版に尽力し、出版記念会の開催にも奔走した、無二の友である。

太宰から預かっていた「晩年」の原稿を、砂子屋書房の編集者、浅見淵の家に持ち込み、「ぜひ太宰治を加えてやって下さい。『晩年』と名付けているくらいですから、この本一冊残して死ぬ気かも知れません」と熱意と愛情で説得したのが檀だった。

初代という女房を持ちながら、檀とは転々と娼家を泊まり歩き、悪徳を助長しあった。太宰がはじめての「文藝春秋」からの原稿料を「ダス・ゲマイネ」でもらった時、その金で湯河原に遊びに行ったのは、檀と山岸外史、小館善四郎であった。太宰が武蔵野病院を退院後、熱海にひとり、仕事に行き、原稿を書かぬまま遊興したとき、初代から「あのね、お金がないといって来ましたから、やっとこれだけ作ったのよ。檀さん、すみませんけど、持っていってくださらない？　そうして早く連れて帰って来て下さいね」と頼まれたのも檀だった。

そのとき、結局ふたりで遊んでしまい、ますます借金を増やした。そして太宰から、「檀君、菊池寛のところに行ってくる。明日、いや、あさっては帰ってくる。君、ここで待っていてくれないか」と言われて、宿の人質になったのも檀だった。しかし、太宰は、いつまでたっても音沙汰がなく、五日目だったか、宿のあるじと太宰を捜しに上京し、井伏さんの家に行くと、なんと太宰は、井伏と将棋をさしていた。さすがに檀は激怒し、「何だ、君、あんまりじゃないか」というと太宰の指先は細かに震え、血の気が失せた顔になったが、しばらくしてやや落ち着くと、「待つ身が辛いかね、待たせる身が辛いかね」と言ったという。

昭和十五年に発表され、戦後、教科書にも載った「走れメロス」は、自分の身がわりになって人質になった友人との信頼を守るために、メロスが走りに走る物語であり、待たせるつらさを描いた作品とも読める。メロスは、教科書的な優等生ではなく、よく読むと友のセリヌンティウスを待たせていることを承知していながら疲れて深い眠りに落ちてしまったり、〈持ち前の呑気さ〉で、急ぐのをやめて、ゆっくり歩いたり、はなはだ困ったところのある人間である。この小説を読んだ檀は、熱海行での心情が作品の重要な発端になったのではないか、と考え、待たされた当時の憤怒も、悔恨も、汚辱も清められ、軟らかい香気にふわりと包まれるのを感じたという。檀は、二十代の太宰の最大の理解者だった。

だが、昭和十一年、「夕張胡亭塾景観」で第二回芥川賞候補（落選、該当作なし）となり、「これは新らしいデカダンだ。新らしい野獣派《フォーブ》だ」と、その溢れんばかりの生命力が評価された檀と、自殺を処世術として考える太宰とはタイプが違った。

この熱海行の前後には、檀は、あやうく太宰の自殺のまきぞえを食いそうになったことがある。それはある女性の留守宅の部屋に二人で入り込み、しばらく飲んでからのことだった。

「檀君。ガス管をひらこうか？」

太宰はそう言うと「蒲団にもぐり込んでいさえすれば、造作なく死ねる」と、調理台のガス管を開き、そのまま電灯を消して、蒲団にもぐりこんだようだった。戸外の風の音にまじって、カチャンカチャンというガスの計量の音がすさまじく、しばらくして檀は猛然と起き上がると、ガスの栓をしめ、ガラス戸を開けはなってから、命からがら脱出したという。

だからこそ、七月に召集令状が舞い込み、九州の兵営に向かったとき、「実のところ、生涯であんなにホッとしたことはない」と檀は、『太宰と安吾』で述懐している。青春の時を同じくした二人は、戦後、無頼派作家と呼ばれたが、天然の旅情の赴くままに中国各地やヨーロッパを放浪し、「火宅の人」となった檀と、国外はおろか西日本には一度も行かず、旅に出ても酒を飲むばかりで、自分という存在の内側を旅した太宰とはどだい資質が違う。二人とも母の愛に恵まれなかったとはいっても、檀の場合には、九歳のとき実母が、檀と妹たちを家に残して出奔、家族のために調理場に立ち、「檀流クッキング」を始めるなど生命力が強かった。家庭は破棄したくないと思いながらも、「自分を天然の旅情に向ってどえらく解放してみたい」と願い、愛人とのことを「僕は恵さんと事をおこしたからね、それだけは云っておく……」と妻に告白し、どんな運命になろうと、とことん行くところまで生き抜く姿を「火宅の人」に描いた檀と、何度も自殺を図り、最後は妻以外の女性と心中死した太宰とは生き方もまるで違う。まったく大学に行かずに大学を中退した太宰だが、檀は、太宰と遊び歩きながらも東京帝大経済学部を卒業している。

檀にとって、生きるとは、「イノチの素材」を、自分の知恵と力の限りを尽くして誘導し、ゆっくり育成することだった。檀は六十三歳で亡くなる二年前の昭和四十九年、長女の女優、檀ふみ氏ら子供に宛てたエッセイ「娘達への手紙」でこう書いている。

お前達の知慧と力の限りをつくして、お前達の、そのイノチの素材を、誘導し、ゆっくりと育成して、みるがよい。

何度敗れてもよろしい。傷つき、敗れる度に、イノチの素材は、底光りを増すのである。みじめな人生ではあるが、その人生を自分なりに、生きおわらせてみなさい。後悔するよりも、やり直してみることだ。

マイ・ホームというような幸福の規格品があって、それを、デパートで買うような気になったら、めいめいに与えられているイノチの素材が、泣くだろう。

敗れても、自分自身の造物主であり、地にまみれても、自分自身の神ではないか。

やがて、亡びるにきまっているから、自分の心と体を、絶えず誘導し、向上させ、美しく保持しなければならないだろう。

檀が出征したのは、その第一作品集『花筐』の出版記念会をする予定だった日の直前で、このときは、太宰が奮闘した。単行本の表紙が、佐藤春夫の筆による蝶の絵になったのは、太宰が、佐藤に、「花だから蝶。先生、蝶はどうかしらん」と持ち掛けたのがきっかけだった。それは、その後、自由に世界を飛び回る檀へのはなむけだったようにも思われる。

〈私は生者の側に立つ。生命の建立の様相を自分流に見守り、育くんでいくばかりだ〉。檀は、太宰との決別を予感しつつ、兵営に入った。

太宰は、檀の出征の二か月後の昭和十二年九月発行「日本浪曼派」の「檀君の近業について」では、起きてしまったことに囚われず、何が起きようと自分の人生とたくましく向き合う作家の未来も見据えてか、こんな文章を発表している。


檀君の仕事の卓抜は、極めて明瞭である。過去未来の因果の糸を断ち切り、純粋刹那の愛と美とを、ぴったり正確に固定せしめようと前人未踏の修羅道である。

檀君の仕事のたくましさも、誠実も、いまに人々、痛快な程に、それと思い当るにちがいない。その、まことの栄光の日までは、君も、死んではいけない。


戦後、「リツ子・その愛」「リツ子・その死」に始まり、「火宅の人」に至るまで、刹那刹那の生の燃焼のままに痛快に生きた檀を思うとき、太宰は目は確かである。が、その檀は、もはやいなくなった。太宰の身辺は、荒涼たるものがあった。一部の離れがたい友や、太宰を敬愛する若い人以外は、誰も太宰を相手にしなくなり、下宿から出ない日もあった。

何も書きたくない理由、何も書けない理由について、太宰はあまり書き残していないが、そこには明らかに初代の姦通事件の衝撃と別れの痛手があった。

思えばけなげな女性だった。婚約しながら、別の女性と心中事件を起こし、紆余曲折のすえ、仮祝言をあげてスタートした結婚生活は、ぎこちないものがあった。どんな思いがあったのか、初代は無断で豊かな日本髪をばっさり切り落とし、心中事件で死んだ田辺あつみのような洋風の断髪にして、太宰を失望させたこともあった。たまたまそこに居合わせた中村貞次郎の前で、太宰は、「このバカ者！　エエドコ（良いところ）、なんも無《ね》ぐなってしまったデバ！」と怒鳴りつけている。それでも芸妓出身の初代は、習字と英語を太宰から教わり、さらには太宰のもとを出入りするマルクスボーイらに影響され、川崎市にあるマツダ・ランプ本社の読書会に参加するなど、知識人の妻らしくあろうとけなげだった。

非合法運動時代も作家になってからも、太宰宅は客の出入りが多かった。初代は、客が来るとすぐに別室に行く控えめな感じでありながら、快活でいやな顔もせず、客をもてなし、〈神経がいつも鋭く繊細で感じやすい太宰には、かえってこういう単純で翳の無い気質の女性が伴侶としては合っているようにも見えた〉と、友人の久保喬は『太宰治の青春像』で回想している。

初代との生活を顧みず、檀らと玉の井や新宿の娼家で遊蕩三昧、醜態の果ての酒をあおり、初代の衣類をことごとく質に入れ、檀もまた妹の衣類をことごとく金に換えていた。その時間を、檀は、〈文学を忘れてしまって、虚栄を抜きにして、おのおのの悲しみだけを支えながら、遊蕩にふける時間が、私達の僅かな、安静の時間だったといえるだろう〉と回想しているが、その時間に初代の安らぎはなかった。

それでも初代は、明るさを失わなかった。ある日、太宰の家を久保が訪ねると、「このごろ、主人がどうも私に愛想がいいので、変だなあと思ってましたらね、きのう箪笥の下の抽出しを開けましたら、まあ、すっかりからっぽになってたんですよ、わたしの着物の抽出しがね」と、おかしそうに笑っていた。気さくでのんきなところもあった。

ある日、酒を飲んでいる時に、太宰は久保にこう言ったことがある。

「女房のやつはね、自分のような教養も無い者を妻にして貰って、済まないと思っているらしいがね」

思えば、よくやってくれた妻である。

心配もかけた。昭和十年、都新聞社の入社試験に落ちた後、失踪騒ぎを起こしたときには、初代を心配のあまり泣かせた。パビナール中毒が高じて、深夜、家を抜け出し、歩いて十分ほどの国電の線路の上に立っていたり、ある時は遠浅の海を一直線にどこまでも沖へ沖へと歩いたりして、初代をはらはらさせた。その頃の太宰は、米の飯もパンも食べず、肉も野菜も一切口にせず、もっぱらバナナのみ食べていたという。

暴力を振るったこともある。ある日、太宰は台所で仁王立ちになり、七輪を蹴り、バケツを蹴飛ばしたり、初代のいる前で、鉄瓶を天井めがけて投げつけたりしたこともある。

船橋時代に書いた「悶悶日記」では〈恥かしくて恥かしくてたまらぬことの、そのまんまんなかを、家人は、むぞうさに、言い刺した〉ゆえの乱行だったと告白し、〈これだけ、こわさなければ、私は生きて居れなかった。後悔なし〉と開き直った。

さすがの初代も、借金がかさむ太宰を心配し、彼の文学仲間の小山祐士に「ますますひどいんですよ。行李ももう空っぽになりまして、二人共着た切りなんです」と窮状を訴えたこともある。太宰が嫌がる入院を井伏に相談したのも初代だが、それは何も好き好んでしたわけではない。太宰の健康を思ってのことだった。

一生懸命いたわってきたのは初代であり、それを一度の過ちで別れた。初代の「こころを入れかえますから、どうか、もとのように。下女でも結構ですから」という思いを受け入れることは出来なかった。

〈貞淑の妻を、犬か猫のように虐待して、とうとう之を追い出した〉。そんな世間の声が腹にしみた。事件を知る直前に、「HUMAN LOST」に引用した「汝らの仇を愛し」という「聖書」の言葉が胸にこたえた。「仇を愛し」という人道的な言葉を使った自分の空虚さが身にしみた。

三月下旬の初代との「水上心中」の前後から、「新選純文学叢書」の一冊として、太宰は、「道化の華」と「狂言の神」「虚構の春」「ダス・ゲマイネ」を収載する『虚構の彷徨、ダス・ゲマイネ』（新潮社）を出す準備をしており、六月一日付で出した際には、書簡体小説「虚構の春」に、女性からの手紙を一通追加し、自らを断罪している。

罰です。女ひとりを殺してまで作家になりたかったの？　もがきあがいて、作家たる栄光得て、ざまを見ろ、麻薬中毒者という一匹の虫。よもやこうなるとは思わなかったろうね。地獄の女性より。

「女ひとりを殺し」、今また初代と別れ、なおもがきあがいて作家たる栄光を求める自分がやりきれなくなり、こう書き加えたのだろう。芥川賞騒動のさなかの昭和十年、短編「逆行」の一編「盗賊」に、〈傑作の幻影にだまくらかされ、永遠の美に魅せられ、浮かされ、とうとうひとりの近親はおろか、自分自身をさえ救うことができなんだ〉と書いたことが、身にこたえた。この文章に書いた通りになってしまった。

独り身の淋しさに耐えかねたのか、次第に、鎌滝の下宿には二、三人の食客が寝泊まりするようになった。酒は、平野屋という酒屋から帳面で取り寄せ、食事は下宿でつくる食膳を持って来させ、食客にふるまった。

月に一度、実家の代わりに下宿の様子を見に来るのは、太宰を武蔵野病院に入れるきっかけをつくった北芳四郎で、井伏鱒二にこんな報告と相談をしたこともあった。

「いま、鎌滝に行ってみました。ところが貴方、どうでしょう。修治さんは、窓に腰をかけて雑誌を読んでいる。それはまあ、それでいいが、日中だというのに寝床が敷いてある。その寝床に誰かしらぬが若い男が二人背中を向けあって寝てる始末だ。まあ、それはそれでもいいとして、厚紙の将棋盤をチャブ台にして、二人の賓客が酒をのんでる。何たることだね。これはどうしても、貴方にお頼みしたいのですがね。ときどき貴方が鎌滝に行って、居候がいたら追いかえして下さい。金を送れば、無駄づかいする。送らなければ、悄気こんで死ぬと云ったりする。やっぱし、これはどうしても居候を追い返して頂くことですな」

それでも太宰は、塩月赳、緑川貢、長尾良らと昼間から将棋に興じ、トランプで遊び、一升瓶を振りまわしながら酒を飲み歩いた。たまに様子を見に来る師の井伏鱒二に「これじゃボク、責任持てないね、太宰君」と叱られ、友人たちの前で、ポタ、ポタと大粒の涙をこぼし、子供のようにすすり泣くこともあった。女性の出入りはなく、近くにある理髪店の若い女性理髪師をモナリザと呼び、彼女が仕事をしていない時に、店の入口のガラス扉によりかかっているのを眺め、今日は笑ってくれたとか、くれなかったとかを話題にするぐらいが、仲間内の女の話であり、呆けたような毎日を送っていた。「まるっきり泥沼にはまり込んだようなものだったからな。この背の高い俺がさ、ずるずる、泥の中にのめり込んで行って、もうすぐ口のところまで泥が来かかっていたよ」。これは鎌滝時代を振り返って、太宰が長尾に語ったことばである。

「俺は四十になれば死ぬんだ」。長尾は、そんな太宰のことばを当時何度も聞かされていた。

再起

そんな太宰がなぜ、初代との別れの後の荒涼とした日々を経て、小説を書き始めるや、女性独白体の小説を書き始めるなど、小説世界を変貌させたのか？　昭和十六（一九四一）年の「文学界」

一月号に発表した「東京八景」で書いていることをまず読んでみよう。

何の転機で、そうなったろう。私は、生きなければならぬと思った。故郷の家の不幸が、私にその当然の力を与えたのか。長兄が代議士に当選して、その直後に選挙違犯で起訴された。私は、長兄の厳しい人格を畏敬している。周囲に悪い者がいたのに違いない。姉が死んだ。甥が死んだ。従弟が死んだ。私は、それらを風聞に依って知った。早くから、故郷の人たちとは、すべて音信不通になっていたのである。相続く故郷の不幸が、寝そべっている私の上半身を、少しずつ起してくれた。私は、故郷の家の大きさに、はにかんでいたのだ。金持の子というハンデキャップに、やけくそを起していたのだ。不当に恵まれているという、いやな恐怖感が、幼時から、私を卑屈にし、厭世的にしていた。金持の子供は金持の子供らしく大地獄に落ちなければならぬという信仰を持っていた。逃げるのは卑怯だ。立派に、悪業の子として死にたいと努めた。けれども、一夜、気が附いてみると、私は金持の子供どころか、着て出る着物さえ無い賤民であった。故郷からの仕送りの金も、ことし一年で切れる筈だ。既に戸籍は、分けられて在る。しかも私の生まれて育った故郷の家も、いまは不仕合わせの底にある。もはや、私には人に恐縮しなければならぬような生得の特権が、何も無い。かえって、マイナスだけである。その自覚と、もう一つ。下宿の一室に、死ぬる気魄も失って寝ころんでいる間に、私のからだが不思議にめきめき頑健になって来たという事実をも、大いに重要な一因として挙げなければならぬ。なお又、年齢、戦争、歴史観の動揺、怠惰への嫌悪、文学への謙虚、神は在る、などといろいろ挙げる事も出来るであろうが、人の転機の説明は、どうも何だか空々しい。その説明が、ぎりぎりに正確を期したものであっても、それでも必ずどこかに嘘の間隙が匂っているものだ。人は、いつも、こう考えたり、そう思ったりして行路を選んでいるものでは無いからでもあろう。多くの場合、人はいつのまにか、ちがう野原を歩いている。

ここに書かれている出来事は、事実そのままである。昭和十二年に長兄の津島文治は選挙違反で十年間の公民権停止になり、翌十三年八月十一日には、金融恐慌の煽りを受けて、曽祖父津島惣助などが始めた株式会社金木銀行が、第五十九銀行に買収され、解散した。地主の家に生まれて労せずして様々な権利を得ていることに気おくれを感じて、自分を余計者、滅亡の民のように思い込み、命の捨てどころを探しまわっていたら、いつのまにか、生家は落ちぶれてしまった。

昭和十二年七月七日には盧溝橋事件が起き、これを契機に日中戦争が始まり、檀一雄が召集され、三姉あいが三十四歳、甥の津島逸朗が二十五歳で自殺し、旧制青森中学の同級生で、初代とも顔見知りだったナカテイこと中村貞次郎が、家庭の事情により、足掛け十年にわたった東京生活を切り上げ、郷里青森県の蟹田に帰った。初代と別れた年にはいろいろなことがあった。自分ひとりの苦しみを特別なものと思いなし、その苦悩を書いていたら、誰もが苦しい時代になり、青白い憂鬱が通俗的に見える時代になっていた。

そうしたいろいろが太宰を変えた。「人の転機の説明は、どうも何だか空々しい」というのはその通りだ。

この転機の前後で、太宰の文体は変わった。文学観も生活もはっきりと変化した。パビナール中毒に苦しんでいる頃の「創生記」、精神科病院からの退院後の「HUMAN LOST」、そして「生れて、すみません。」の副題がある小説「二十世紀旗手」など「第三の空白」の前に執筆した小説は、すでに見てきたように、自意識が錯乱し、「傑作を書いて死にたい」という意識に、作者自身が足元をすくわれ、そこに作者の主観的な真実と、作品の方法に前衛があるにしても、読んでいる読者の多くは、置いてきぼりをくらう作品がつづいていた。後の太宰は、こうした作品の一部を否定し、昭和十五年の「文藝日本」一月号に発表した「春の盗賊」では、病中に書いた二、三の手記は、「断じて除外」すると宣言している。

いま読みかえし、私自身にさえ、意味不明の箇所が、それらの作品には散見されるのである。意味不明の文章が散見されるということだけでも、私は大いに恥じなければいけない。これはたしかに、私にとって不名誉の作品である。

太宰は小館善四郎に〈世界文学に不抜孤高の古典ひとつ加え得る信念ございます〉とまで書いた自信作「創生記」で、佐藤春夫との芥川賞についてのやりとりを描いた「山上通信」の部分を、昭和十七年に単行本『信天翁』に収録する際には、全文削除している。

そして昭和十一年十一月二十九日に改造社に送付した「二十世紀旗手」から、十一か月の沈黙を経て、翌十二年十月一日発行の「若草」に発表された「燈籠」では、文章はいきなり伸びやかになった。

言えば言うほど、人は私を信じて呉れません。逢うひと、逢うひと、みんな私を警戒いたします。ただ、なつかしく、顔を見たくて訪ねていっても、なにしに来たというような目つきでもって迎えて呉れます。たまらない思いでございます。(中略)

盗みをいたしました。それにちがいはございませぬ。いいことをしたとは思いませぬ。けれども、——いいえ、はじめから申しあげます。私は、神様にむかって申しあげるのだ、私は、人を頼らない、私の話を信じられる人は、信じるがいい。

一読、明快である。人から蔑まれ、嘘つき呼ばわりされた女性の苦しみ、嘆きがテンポよくつづられている。主人公である語り手は、二十四歳になるまずしい下駄屋の一人娘さき子。恋した相手の五つ年下の商業学校生、水野が、友達と海に泳ぎに行く約束をしながら困っているのを見て、男ものの水着を盗み、捕まってしまう。あのかたに恥をかかせたくなくて、人並の仕度をさせて海へやろうと思っただけなんだ、それがなぜ悪い。さき子は連れていかれた交番で、「まるで狐につかれたようにとめどもなく」しゃべり、弁明する。

私を牢へいれては、いけません。私は悪くないのです。私は二十四になります。二十四年間、私は親孝行いたしました。父と母に、大事に大事に仕えて来ました。私は、何が悪いのです。

私は、ひとさまから、うしろ指ひとつさされたことがございません。水野さんは、立派なかたです。いまに、きっと、お偉くなるおかたなのです。それは、私に、わかって居ります。私は、あのおかたに恥をかかせたくなかったのです。お友達と海へ行く約束があったのです。人並の仕度をさせて、海へやろうと思ったんだ、それがなぜ悪いことなのです。私は、ばかです。ばかなんだけれど、それでも、私は立派に水野さんを仕立てごらんにいれます。（中略）いやです、いやです、私を牢へいれては、いけません。私は牢へいれられるわけはない。二十四年間、努めに努めて、そうしてたった一晩、ふっと間違って手を動かしたからって、それだけのことで、二十四年間、いいえ、私の一生をめちゃめちゃにするのは、いけないことです。まちがっています。

誰も信じてはくれなかった。それどころか、まるで狐につかれたかのように、とめどなく交番で弁解する彼女は、「精神病者のあつかい」を受けて翌日、父に引き取られ、新聞には「万引にも三分の理、変質の左翼少女滔々と美辞麗句」という見出しが躍ってしまう。恥かしさのあまり死にたい彼女のもとには、水野さんから「さき子さんには、教育が足りない」という手紙まで届く……。失敗、恥辱、羞恥、死にたい――。いかにも太宰らしい展開ではあるが、「燈籠」には、それまでに比べると、ユーモアとつつましいながらも温かさがこめられた。

あれだけ水野さんのためを思い、水着を万引きしたのだが、水野さんはみなしごとはいっても、金には困っていなかった。純粋だが無智なさき子は、水野さんからの手紙を読んで、〈私は、水野さんが、もともと、お金持の育ちだったことを忘れていました〉というユーモラスな落ちがつく。ラストは、針の筵の一日一日が過ぎ、つましい生活の中で、六畳間の電球を明るいものに取り換え、親子三人で夕食をとるシーンで鮮やかにしめられる。

私たちのしあわせは、所詮こんな、お部屋の電球を変えることくらいのものなのだ、とこっそり自分に言い聞かせてみましたが、そんなにわびしい気も起らず、かえってこのつつましい電燈をともした私たちの一家が、ずいぶん綺麗な走馬燈のような気がして来て、ああ、覗くなら覗け、私たち親子は、美しいのだ、と庭に鳴く虫にまでも知らせてあげたい静かなよろこびが、胸にこみあげて来たのでございます。

「燈籠」には太宰らしい自意識のあふれはあっても、観念の過剰はない。なにより、一文が短く、平仮名が多用され、人から蔑まれ、嘘つき呼ばわりされた女性の苦しみ、嘆きがテンポよくつづられていくうちに、電燈のつけかえというつつましい行為が生きる歓びへと転化する。それは「生れて、すみません。」という世界とは、真逆の、ささやかではあっても明るい世界であった。

わずか四百字詰め原稿用紙で十六枚の短編とはいえ、どんどん苦しいところに追いやられていく女性が、最後には一転、ささやかだけれど小さな幸福にいて、水野さんに代表される合理主義の世間を突き放してしまう。

こうした女性独白体の小説は、「燈籠」(「若草」昭和十二年十月)、「女生徒」(「文学界」昭和十四年四月）、「葉桜と魔笛」（「若草」昭和十四年六月）、「皮膚と心」（「文学界」昭和十四年十一月）、「誰も知らぬ」（「若草」昭和十五年四月）、「きりぎりす」（「新潮」昭和十五年十一月）、「千代女」（「改造」昭和十六年六月）、「恥」（「婦人画報」昭和十七年一月）、「十二月八日」（「婦人公論」昭和十七年二月）、「待つ」（創作集「女性」昭和十七年六月）、「雪の夜の話」（「少女の友」昭和十九年五月）、「貨幣」（「婦人朝日」昭和二十一年二月）、「ヴィヨンの妻」（「展望」昭和二十二年三月）、「斜陽」（「新潮」昭和二十二年七〜十月）、「おさん」（「改造」昭和二十二年十月）、「饗応夫人」（「光」昭和二十三年一月）の十六編あり、長短交えた小説の一割強に当たる。

「燈籠」は、太宰晩年の昭和二十三年まで書きつづけた女性の一人称の告白体、「女性独白体」の最初の小説となった。太宰作品というと、まさに自分だけに語りかけてくるような親密感を抱かせる作品が多いが、それを象徴する女性独白体の小説には、現代作家の評価も高い。

作品に書かれたことはすべて真実だと思い込んだ女性が、みじめだと思い込んだ作家に、わざと汚い恰好をして会いに行き、恥かしさから悶々とし、〈小説家は悪魔だ！　嘘つきだ！〉と思うさまを軽やかに描く短編「恥」は、作家の角田光代のお気に入りの作品で、講談社文芸文庫の『女性作家が選ぶ太宰治』ではこう評している。

太宰治作品にしかない魅力のひとつに、読み手が、「私自身が書かれている」と思いこめる、奇妙な距離の近さがあると思う。『恥』を読んだとき、ここに私が書かれている、どころではない、ここに私が暴かれている、と思った。少女の傲慢、過剰な自意識、母性とも恋情ともつかない、何やら湿り気のある作家への感情。残酷な作家によって、彼女は自身の内の醜悪さと向き合わされる。そのとき彼女は私だった。私は自分の醜さとかっこ悪さを見せられた。ヒーと叫びそうだった。そして、暴かれるというその痛みが、読む快楽になることを知ったのである。

同文庫で「女生徒」を選んだ江國香織は、〈するすると読める甘やかな文体のうしろに、手さばきの余裕が見えるところも好きです。これを読むと、私は太宰を、軽やかな作家だなあと思う〉と評している。この「手さばきの余裕」と「軽やか」さは、沈黙から脱してからの太宰の小説の大きな特色で、これらを読むと、「生れて、すみません」に代表される「苦悩の旗手」というイメージで太宰を見ていた人は、驚くことだろう。

同文庫の『男性作家が選ぶ太宰治』では町田康が「饗応夫人」、『30代作家が選ぶ太宰治』では西加奈子が「皮膚と心」、村田沙耶香が「おさん」と、三文庫で合わせて作家から選ばれた太宰作品二十一作中、五作品が女性独白体という人気である。

太宰が偉大なのは、〈読者を幸せにし、明るくさせる見事な小説を書いたからだ〉という爆笑問題の太田光が平成二十一年、太宰治生誕百年を記念して出したアンソロジー『人間失格ではない太宰治』（新潮社）でも、十一作品中、「女生徒」と「雪の夜の話」の二つの女性独白体を選んでいる。

幼少の頃はお道化者で明るく優秀だった太宰は旧制高校に入って本格的に小説を書くようになってから、プロレタリア文学全盛という風潮の中で、自分の柄でもない左翼的な小説に手を染め、七転八倒した。大学に入ると、破れかぶれの行動に出て、実家からの分家除籍、心中事件、地下活動への協力と離脱を経て、「思い出」という青春期ならではの屈折した抒情性あふれる小説や、「魚服記」や「ロマネスク」など無垢なるものの哀しみ、ユーモアあふれる短編を書いたが、その後、自意識観念の過剰にからみとられ、再び、明るさを失っていた。それが沈黙を経て、女性告白体を生んだことで、幼少時のことを知る人にとっては親しい「明るい太宰」になった。

太宰は、「燈籠」を発表した二か月後の昭和十二年の「文藝」十二月号の随想「思案の敗北」で、〈何もない。失うべき、何もない。まことの出発は、ここから？（苦笑。）〉

と記し、直後にこう宣言している。

〈笑い。これは、つよい。文化の果の、花火である〉

失意から立ち上がるときの太宰の自画像は、決まって田舎者、百姓という自己規定である。かつて「第二の空白」を経て、太宰治の筆名で最初に書いた随想では、すでに示したように、〈私は、青森県北津軽郡というところで、生れました。（中略）ひどい田舎者なのであります〉と書いている。そして、「第三の空白」の最中の昭和十三年「新潮」三月号に発表した随想「一日の労苦」では、自らを「この首筋ふとき北方の百姓」と規定した。

この首筋ふとき北方の百姓は、何やらぶつぶつ言いながら、むくむく起きあがった。大笑いになった。百姓は、恥かしい思いをした。

百姓は、たいへんに困った。一時は、あわてて死んだふりなどしてみたが、すべていけないのである。

百姓は、くるしい思いをした。誰にも知られぬ、くるしい思いをした。この懊悩よ、有難う。私は、自身の若さに気づいた。それに気づいたときには、私はひとりで涙を流して大笑いした。

排除のかわりに親和が、反省のかわりに、自己肯定が、絶望のかわりに、革命が。すべてがぐるりと急転廻した。私は、単純な男である。


首筋ふとき百姓は、〈下宿の一室に、死ぬる気魄も失って寝ころんでいる間に、私のからだが不思議にめきめき頑健になって来た〉(「東京八景」)のである。

なぜ太宰は、すべてを失い、ことばまで一時、失ったすえにこの女性独白体という語りを発見したのだろうか。

文芸評論家、奥野健男の有力な見解がある。左翼からの脱落、薬物中毒による錯乱、芥川賞事件、精神科病院への収容、そして妻、初代の姦通と別れがつづき、世間から性格破綻者、落伍者と見られ、〈言えば言うほど、人は私を信じて呉れません。逢うひと、逢うひと、みんな私を警戒いたします〉(「燈籠」)という状況になったとき、〈太宰は、無知で貧しい、しかも恋人に対する懸命な愛から万引して捕った少女に託して、自分の論理にならない論理を、心情を懸命に告白する〉ようになった。つまり、女性の一人称告白体は、著者のぎりぎりの心情から発明されたと分析している。

太宰に戦中に師事した作家の小山清が、あるとき太宰に、「燈籠」の少女が好きだと言ったら、

「あれは僕だよ」と言ったエピソードもある。そうした面もあるには違いない。だが、太宰の女性独白体に強い関心をもち、研究をつづけ、四十一歳で死去した櫻田俊子の、〈重要なのは、「燈籠」が作者太宰治を全く切り離して読んだとしても自立した作品であるという点である。作者の背景を知らない読者が読んだとしても十二分に作品として成立することこそが、太宰の新しい手法の試みだったと言えるのではないか〉という見解にも注目すべきだろう。

偶然とはいえ、恋人のために万引きして、盗人にも三分の理と言われるような事件の報道か、新聞や下敷きになるお話があったのかもしれない。津島美知子は『回想の太宰治』で、〈太宰はその小説によく新聞記事をとり入れている。たいていそれは時日をおかず記事を読んだすぐあと作品に書き入れている〉（「『秋風記』のこと」）と記している。

いずれにしても、ふとある万引き事件を犯した少女の弁明に憑依したら、自分の中にあったことばがどんどん出てきた。思えば、〈言えば言うほど、人は私を信じてくれません〉という「燈籠」の書き出しは、師井伏鱒二に宛てた書簡で、何度も書いた〈井伏さんと気まずくなったら、私は生きていない〉〈目のまえで腹掻き切って見せなければ、人々、私の誠実信じない〉とそっくりだ。〈プライドのために仕事をしたことございませぬ。誰か、ひとり、幸福にしてあげたくて〉と井伏に訴えたことと、水野さんのために万引きしたという少女の叫びは瓜二つである。「燈籠」の語り手である少女の訴えは、まさに太宰の心情そのものでもあった。

だが、この貧しい家に生まれた無学な二十四歳の女性を描きながら、太宰は、別れたばかりの初代のことも思い出したのではないか。小説「燈籠」のさき子が交番に連れていかれて、〈私は、ばかです。ばかなんだけれど、それでも、私は立派に水野さんを仕立てごらんにいれます〉〈私を牢にいれては、いけません、私は二十四になるまで、何ひとつ悪いことをしなかった。弱い両親を一生懸命いたわって来たんじゃないか。（中略）二十四年間、努めに努めて、そうしてたった一晩、ふっと間違って手を動かしたからって、それだけのことで、二十四年間、いいえ、私の一生をめちゃめちゃにするのは、いけないことです。まちがっています〉と書いたとき、七年間の結婚生活で、たった一度、間違いを犯した、「貧しい育ちの女」（「列車」）、「無学な花嫁」（「葉」）と書いた初代を思い出さぬはずはない。主人公のさき子は二十四歳であり、明治四十五年生まれの初代が昭和十一年十一月に不義密通をしたのも二十四歳のときだった。「燈籠」のさき子の叫びは、たった一度の過ちをした初代の叫びにも聞こえてくる。

太宰との別れが決まり、初代は、最後に太宰と暮らしたアパート碧雲荘を訪れ、荷物の整理をする際、太宰に代わって立ち会った山岸外史に、

「あたし、ほんとうにわるかったのでしょうか。なぜ別れるのかもよくわかりません」

と語っている。

〈言えば言うほど、人は私を信じて呉れません〉

その「さき子」の思いは、心中事件や中毒などでまわりからの信頼を失った太宰の痛切な叫びであったが、それは同時に、太宰に捨てられた初代の心の声でもあった。さき子が初代とすれば、彼女が愛し、彼女が罪を犯すきっかけのお金持ちに生まれた水野さんは太宰の分身である。自分のために罪を犯した女性に対して、水野はとても冷めた手紙を送り、突き放す。

僕は、この世の中で、さき子さんを一ばん信じている人間であります。ただ、さき子さんには、教育が足りない。さき子さんは、正直な女性なれども、環境に於いて正しくないところがあります。僕はそこの個所を直してやろうと努力して来たのであるが、やはり絶対のものがあります。人間は、学問がなければいけません。先日、友人とともに海水浴に行き、海浜にて人間の向上心の必要について、ながいこと論じ合った。僕たちは、いまに偉くなるだろう。さき子さんも、以後は行いをつつしみ、犯した罪の万分の一にても償い、深く社会に陳謝するよう、社会の人、その罪を憎みてその人を憎まず。水野三郎。（読後かならず焼却のこと。封筒もともに焼却して下さい。必ず）

「教育が足りない」、「無学」というのは、太宰が初代をモデルに書く小説の常套文句である。「さき子」と「初代」が二重写しになるようにあえて太宰は書き、一度過ちをした初代を捨てた自分を戯画化して、酷薄な脇役、水野を造型した。

かつて、芥川賞騒動の時に、佐藤春夫から〈この男、他人に関してならどこまでも漫画風な取扱で片づけるが、事一度自分の事になると、すぐ大げさに「生命かけての誠実」などと出る。最も下賤なたしなみだ〉と指弾された太宰である。あくまでも自分が中心で、他人を慮ることが少なかった太宰が、自分を戯画化した水野さんを造形したのは大きな変化であった。

ささやかながらも少し明るい電燈をつけ、一家団欒を肯定し、現実の生活を大切にしていく姿勢を鮮明に示したことも、かつて、周りから信じてもらえない羞恥から逆上し、「死にます」などと書いていたことに比べると、格段の変化だった。

東北生まれの野太い人間は、いつまでも傷心と失意の中にはおらず、人生は百メートル、二百メートルの短距離競走ではない、マラソンではないか、と思い始めていた。文学も同じで、〈ながいことである。大マラソンである。いますぐいちどに、すべて問題を解決しようと思うな。ゆっくりかまえて、一日一日を、せめて悔いなく送りたまえ。幸福は、三年おくれて来る、とか〉。そんな文章を鎌滝時代のエッセイ「答案落第」に書いている。

「燈籠」のラストは、こうした太宰の再生への思い、目の前の生活と書くことを大切にする思いを反映していた。言う事は信用されず、好きな水野さんからも捨てられたさき子の幸せを願うラストは、太宰に捨てられた初代への心づくしでもあった。

太宰は「燈籠」を発表する三か月前、青森に戻っていた初代に対して、手紙を送っている。

拝復

無事ついた由、カチヤ（註・「母親」の方言）や誠一（註・初代の弟）にわがまま言わず、やさしくつとめて居られることと思います。こんどのお手紙は、たいへんよい手紙でした。自分の心さえやさしかったら、きっとよいことがあります。これは信じなければいけません。

私は、やさしくても、ちっともいいことはないけれども、それでも、まだまだ苦しみ足りないゆえと思い、とにかく努めて居ります。

約束の本や時計、できるだけ早くお送りいたしましょう。
蚊帳の中に机をひっぱりこんで仕事をして居ります。
いろいろ世間の誤解の眼がうるさいだろうから、これで失敬する。

修治

山岸外史は『人間太宰治』で、太宰は初代と別れてからも何回か、初代に見舞金を送っていたという、〈三回ほどは、ぼくも知っている。美知子さんには内緒だったのかも知れないが、そういう点、太宰は立派なやつだと思って、ぼくは嬉しく思った〉と記している。

「燈籠」を発表して一歩だけ前に進んだ。だが、二歩目がなかなか踏み出せず、翌昭和十三年の「文筆」九月号に「満願」を、「新潮」十月号に「姥捨」を発表するまでの一年弱は、エッセイを発表するだけで迷っていた。それでも人には見えない努力はつづけていた。「燈籠」一編では、何としても不満だったからだ。初代を捨てた自分を水野に仮託して少しだけ書いたが、この小説の水野には人間的なふくらみがなく、主人公さき子を際立たせるための道具にしかなっていなかった。

なぜ、自分は、初代をほどよく愛することができなかったのか。「汝の仇を愛し」などと「聖書」のことばを「HUMAN LOST」に引用して、寛大な人間と気取っていたのに初代を捨てた。実家から分家除籍され、捨てられることの痛みを、誰よりも承知しているのに、捨てた。初代とのことを考え抜かないことには、次の一歩が踏み出せなかった。そこで次いで書いたのが作家を主人公にした「サタンの愛」と題する二十五枚の短編で、「新潮」の昭和十三年新年号に掲載する予定で送った。この小説は校了後、内務省の事前検閲で、「風俗上こまる」という理由で掲載は中止され、のちに石原美知子と結婚した年の昭和十四年の五月発行の単行本『愛と美について』に、「秋風記」と改題され、収録されている。

収録に際して、どう改稿されたかは不明だが、美知子の回想記によると、「書いた以上（原稿を）粗末にしないこと」という師井伏鱒二の文筆業者心得第一条を大切にした太宰は、書き出しの一枚は、題名を変えて書き直したかもしれないが、ほかは元の原稿用紙の行間に書き込む程度の少々の訂正、書き足しをして、短編集に加えたと推定している。こうした経緯から、本作品は、「第三の空白」期の太宰の心境を知る上で重要な短編である。

小説は〈おちぶれたブルジョア。罪の思い出だけに生きている〉主人公の「私」が、ある秋、死への誘惑に憑りつかれて、年上の女性Kと谷川の温泉に行き、語らいをするもので、先に紹介した『女性作家が選ぶ太宰治』では、松浦理英子が、〈太宰作品の中で最も甘美な一篇ではないだろうか。例の如く寂しさや厭世気分を湛えた哀切な一篇ではあるが、どこか夢想めいた甘やかさがある〉と評価している。

あの、私は、どんな小説を書いたらいいのだろう。私は、物語の洪水の中に住んでいる。役者になれば、よかった。私は、私の寝顔をさえスケッチできる。

こんな印象的な書き出しの「秋風記」には、人をほどよく愛することができない作家の内面の呻きがある。

ひとことでも、ものを言えば、それだけ、みんなを苦しめるような気がして、むだに、くるしめるような気がして、いっそ、だまって微笑んで居れば、いいのだろうけれど、僕は作家なのだから、何か、ものを言わなければ暮してゆけない作家なのだから、ずいぶん、骨が折れます。僕には、花一輪をさえ、ほどよく愛することができません。ほのかな匂いを愛《め》ずるだけでは、とても、がまんができません。突風の如く手折って、掌にのせて、花びらむしって、それから、もみくちゃにして、たまらなくなって泣いて、唇のあいだに押し込んで、ぐしゃぐしゃに嚙んで、吐き出して、下駄でもって踏みにじって、それから、自分で自分をもて余します。自分を殺したく思います。僕は、人間でないのかも知れない。僕はこのごろ、ほんとうに、そう思うよ。僕は、あの、サタンではないのか。殺生石。毒きのこ。まさか、吉田御殿とは言わない。だって、僕は、男だもの。

「サタン」ということばは、後に森鷗外の翻訳小説（オイレンベルク作）を太宰流に翻案し、妻と若い女性との間で揺れる芸術家の姿を描く「女の決闘」（昭和十五年作）でも追究され、ここでは、自分の妻コンスタンチェが、浮気相手の女学生と銃で決闘する場面をわざわざ見に行った芸術家の、〈自身、愛慾に狂乱していながら、その狂乱の様をさえ描写しようと努めている〉酷薄な内面を見つめている。

ああ、もうどうでもいい。私の知ったことか。せいぜい華やかにやるがいい、と今は全く道義を越えて、目前の異様な戦慄の光景をむさぼるように見つめていました。誰も見た事の無いものを私はいま見ている、このプライド。やがてこれを如実に描写できる、この仕合せ。ああ、この男は、恐怖よりも歓喜を、五体しびれる程の強烈な歓喜を感じている様子であります。神を恐れぬこの傲慢、痴夢、我執、人間侮辱。芸術とは、そんなに狂気じみた冷酷を必要とするものであったでしょうか。男は、冷静な写真師になりました。芸術家は、やっぱり人ではありません。その胸に、奇妙な、臭い一匹の虫がいます。その虫を、サタン、と人は呼んでいます。

太宰は、「サタンの愛」を描くことで、芸術家という「奇妙な、臭い一匹の虫」を自覚した。太宰の自画像の再確認は、これで終わらなかった。芸妓という境涯にいる初代を救おうというヒロイックな気分を抱きながら、彼女に甘え、生活をないがしろにして彼女を追い詰めてしまった自分とは何か。それを凝視した。かつて、心中事件で女を死なせた時には、自身を、〈自矜の怪物、骨のずいからの虚栄の子〉と書き、〈虚栄の子は、虚栄のために、人殺しまでしねばいけない〉と自分を断罪した。〈傑作の幻影〉に振りまわされ、芥川賞事件を起こし、佐藤春夫らに迷惑をかけた。そして、初代との別れで再び、〈人道主義とやらの虚勢〉と向き合った太宰は、エッセイ「答案落第」でこう記している。

ヴァニティ。この強靭をあなどってはいけない。虚栄は、どこにでもいる。僧房の中にもいる。牢獄の中にもいる。墓地にさえ在る。これを、見て見ぬふりをしては、いけない。はっきり向き直って、おのれのヴァニティと対談してみるがいい。私は、人の虚栄を非難しようとは思っていない。ただ、おのれのヴァニティを鏡にうつしてよく見ろ、というのである。見た、結果はむりに人に語らずともよい。語る必要はない。しかし、いちどは、はっきり、合せ鏡して見とどけて置く必要は、ある。いちど見た人は、その人は、思案深くなるだろう。謙譲になるだろう。神の問題を考えるようになるだろう。

初代の事件は、太宰に思慮深さと謙譲を教え、虚栄を一度剝ぎ取り、わが裸の姿を見つめる契機を与えた。

「燈籠」の翌年昭和十三年の「新潮」十月号に発表した「姥捨」で、心中に失敗した男が、女を捨てることを決意する場面には、「虚栄」を自らの手ではぎ取った太宰の生身の姿がある。

ああ、もういやだ。この女は、おれには重すぎる。いいひとだが、おれの手にあまる。おれは、無力の人間だ。おれは一生、このひとのために、こんな苦労をしなければ、ならぬのか。いやだ、もういやだ。わかれよう。おれは、おれのちからで、尽せるところまで尽した。

そのとき、はっきり決心がついた。

この女は、だめだ。おれにだけ、無際限にたよっている。ひとから、なんと言われたっていい。おれは、この女とわかれる。

夜明けが近くなって来た。空が白くなりはじめたのである。かず枝も、だんだんおとなしくなって来た。朝霧が、もやもや木立に充満している。

単純になろう。単純になろう。男らしさ、というこの言葉の単純性を笑うまい。人間は、素朴に生きるより、他に、生きかたがないものだ。

かたわらに寝ているかず枝の髪の、杉の朽葉を、一つ一つたんねんに取ってやりながら、おれは、この女を愛している。どうしていいか、わからないほど愛している。そいつが、おれの苦悩のはじまりなんだ。けれども、もう、いい。おれは、愛しながら遠ざかり得る、何かしら強さを得た。生きて行くためには、愛をさえ犠牲にしなければならぬ。なんだ、あたりまえのことじゃないか。世間の人は、みんなそうして生きている。あたりまえに生きるのだ。生きてゆくには、それよりほかに仕方がない。おれは、天才でない。気ちがいじゃない。

初代と別れること、それは自分の無力さを認め、「おれは、天才じゃない」と認めることだった。〈倫理は、おれは、こらえることができる。感覚が、たまらぬのだ。とてもがまんができぬのだ〉。そう思う自分は君子でも聖人でもない。ただの男である。素朴に行きよう――。この自分の感覚に正直になったとき、太宰は、自分の身の丈に合わない「天才」という虚栄を捨てるしかなかった。

思えば、太宰は、いつもぎりぎりまで追いつめられても、自分の感覚だけは手放さず、それを保持することで、自分の文体を育てて来た。かつてプロレタリア文学に影響されたときも、〈それを読むと、鳥肌立って、眼がしらが熱くなった。無理な、ひどい文章に接すると、私はどういうわけか、鳥肌立って、そうして眼がしらが熱くなる〉(「苦悩の年鑑」)とし、「思い出」などで独自の抒情的な文体をつくった。

〈人間は、素朴に生きるより、他に、生きかたがないものだ〉と宣言し、初代との別れを選んだ時には、これまでの芸術的技巧を凝らした文体を捨て、新たな明朗な文体を選んだ。朋友の檀一雄は、この一大変化を、〈太宰は、奥さんが事を起こしたそのショックが壮烈にきて、そのショックで立ち直ったんじゃないかと思うんです。太宰という天才を取り戻したんですね〉と表現した。世にいう「天才」を捨て、裸になったことで、太宰の才能は素直に溢れだした。檀は自ら編集した『太宰治の魅力』(大光社)の中で、初代との別れで、〈いままでは、抽象的な苦悶だったのが、具体的な苦悶になった、とオレは思うね〉と話している。具体性のある苦悶は、精神を叩き、言葉を磨く。なにより、自分を飾る虚飾を捨てて裸になった人間は強い。いい恰好する必要がないからである。「姥捨」を書いた年の三月に発表したエッセイ「一日の労苦」は、新生・太宰のマニフェストといってよい。

無性格、よし。卑屈、結構。女性的、そうか。復讐心、よし。お調子もの、またよし。怠惰、よし。変人、よし。化物、よし。古典的秩序へのあこがれやら、訣別やら、何もかも、みんなもらって、ひっくるめて、そのまま歩く。ここに生長がある。ここに発展の路がある。称して浪曼的完成、浪曼的秩序。これは、まったく新しい。鎖につながれたら、鎖のまま歩く。十字架に張りつけられたら、十字架のまま歩く。牢屋にいれられても、牢屋を破らず、牢屋のまま歩く。笑ってはいけない。私たち、これより他に生きるみちがなくなっている。

石原美知子との見合い

卑屈、お調子もの、自信のなさ、臆病さ……。啓蒙家はこうしたものを克服し、強く前向きに生きようと若者たちに呼びかける。だが、自分の身丈に合わない言葉は使わない太宰は、そんな立派なことは野暮と退け、卑屈の克服ではなく、卑屈の素直な肯定から、新しい文学の花を咲かせることを願った。

「傑作を早く書いて、死にたい」という意識は、いつしかなくなっていた。デビューの頃には、随想「もの思う葦」で、〈鉄は赤く熱しているうちに打つべきである。花は満開のうちに眺むべきである。私は晩成の芸術というものを否定している〉(「老年」)と書いていたが、「一日の労苦」では〈晩成すべき大器かも知れぬ〉と自己規定している。

「東京八景」では、当時のことを〈私は、その三十歳(註・満二十九歳)の初夏、はじめて本気に、文筆生活を志願した。思えば、晩《おそ》い志願であった。私は下宿の、何一つ道具らしい物の無い四畳半の部屋で、懸命に書いた。下宿の夕飯がお櫃に残れば、それでこっそり握りめしを作って置いて深夜の仕事の空腹に備えた。こんどは、遺書として書くのではなかった。生きて行く為に、書いたのだ〉と振り返っている。そうして書き終えたのが「姥捨」だった。太宰は、それで得た原稿料をむだに使わず、まず質屋から、よそ行きの着物を一枚受け出し、着飾って旅に出た。甲州の山である。〈リアルな私小説は、もうとうぶん書きたくなくなりました。フィクションの、あかるい題材をのみ選ぶつもりでございます〉。そう師の井伏に宣言して、師の待つ山梨県の御坂峠にある天下茶屋に向かったのは昭和十三年九月十三日だった。着飾ったのには理由があった。それは井伏の尽力により、三歳年下の石原美知子との見合いが決まっていたからである。

美知子の父、石原初太郎（一八七〇〜一九三一）は東京帝大地質学科を卒業後、各地の旧制中学の校長などを務め、山梨県に帰郷後は、県の嘱託として富士北麓や昇仙峡など県下の自然調査を行う地質学者であった。美知子はその四女で東京女子高等師範学校（現お茶の水女子大）を出てから山梨県立都留高等女学校（現都留高校）で地理と歴史を教え、バレーボール部の副顧問、寄宿舎の舎監を務めていた。教え子の記憶では、スキーの滑降レースに出場し、朝早く講堂でピアノを弾いていたり、上京して見た映画の感想を生徒に話したりするなど、快活な女性だった。

残されたお見合い写真を見ると、目元のくっきりとし、ややふっくらとした落ち着いた感じの女性で、学歴も育ちも初代とは対照的だった。過去にさまざまな汚点がある太宰には、お見合いの成否がこころもとなかった。ただ、そんな話が自分にあることだけで、〈お情どんなにかありがたく、いままで経験したこともなかったあたたかい世間をみせていただいたような気がいたし、もう、井伏さんのお言葉だけで、私は、充分に存じなければなりませぬ〉と師に書き送っている。人にも謙虚になった。

縁談の話があったとき、美知子は太宰の名は知らなかった。第一回芥川賞の石川達三の「蒼氓」は読み、次席の高見順、衣巻省三の名は知っていたのに、全く盲点に入っていた。そこで太宰の作品集を二つ読み、八月に東北から北海道の旅行に出たときには、青森からの青函連絡船の出航を待つ間に、駅前の書店で、「虚構の彷徨」が三冊ほど並んでいるのを発見し、船の中で読んだという。縁談を伝え聞いて、出版社に勤めている従妹の夫は、美知子の母親に、太宰には相当ひどい評判や噂があることを伝え、それを聞いたが、それほど気にならなかった。美知子は、『回想の太宰治』で、〈かぞえ年で二十七歳にもなっていながら深い考えもなく、著書を二冊読んだだけで会わぬさきからただ彼の天分に眩惑されていたのである〉と書いている。

太宰は、天下茶屋に三か月こもって、創作に励む一方、到着五日目の九月十八日には、甲府市内で石原美知子とお見合いし、新たな生活に向けての準備を始めた。

河口湖駅からバスに揺られて三十分。天下茶屋は、改築を経て、現在も往時に近い形で営業をつづけ、ほうとう鍋などを客に出している。

茶屋に着いた当座、太宰は、この「ほうとう」を出され、ギョッとしたという。「放蕩《ほうとう》と言われたと思い、驚いたようです」。平成二十五（二〇一三）年六月、富士山が世界遺産に決まった日の翌日に天下茶屋を訪れると、三代目主人の外川満さんが、そんな母親から聞かされたエピソードを教えてくれた。「ほうとう鍋と言えば、驚かなかったんでしょうね」。外川さんは、笑いながら語った。

茶屋の二階は現在、太宰治展示室となり、太宰が執筆に使った机、暖をとった火鉢などが公開されている。その部屋からは、河口湖と富士山がよく見える。この光景は、絶景とされ、茶屋の近くの旧御坂トンネルの扁額には「天下第一」とある。太宰は、茶屋から見える富士が苦手だった。天下茶屋に滞在中の昭和十三年十月に「国民新聞」に発表した随想「富士に就いて」では、茶屋から見える富士について、〈これでは、まるで、風呂屋のペンキ画である。芝居の書きわりである。あまりにも註文とおりである。富士があって、その下に白く湖、なにが天下第一だ、と言いたくなる。巧《たくみ》すぎた落ちがある。完成され切ったいやらしさ。そう感ずるのも、これも、私の若さのせいであろうか〉と書いている。天下茶屋の人には大変お世話になっているから、富士を悪く言う文章を読ませたくない、としながらもあえて書くのだからよほど嫌だったのだ。太宰は、その光景を、「富嶽百景」でも、〈芝居の書割だ。どうにも註文どおりの景色で、私は、恥ずかしくてならなかった〉と繰り返している。

人生のその時々に見える富士山の風景に、自分の思いを投影させながら、人生の再生への祈りを込めた「富嶽百景」は、その年十一月に甲府市内の石原家で、井伏鱒二も招き、婚約披露の宴が催された頃に書き始められた。小説の冒頭は〈富士の頂角、広重の富士は八十五度、文晁の富士も八十四度くらい、けれども、陸軍の実測図によって東西及南北に断面図を作ってみると、東西縦断は頂角、百二十四度となり、南北は百十七度である。広重、文晁に限らず、たいていの絵の富士は、鋭角である〉と始まる。これは、美知子の実父で地質学者だった石原初太郎が代表で大正十四（一九二五）年に出した『富士山の自然界』の文章の借用で、元の文章は〈試に画家の筆に成る富士山を吟味するに、其頂角が実際を表わすものは殆んどない、凡て鋭に過ぐるのである。／例えば広重の富士は八十五度位、文晁のは八十四度位で（中略）けれども陸軍の実測図によりて東西及南北に断面図を作って見ると、東西縦断は頂角が百二十四度となり、南北は百十七度である〉と記されていた文章を、太宰流にすっきりと書き改めたものだった。ここには、これから結婚する女性の亡き父親への心づくしがあった。

別れたばかりの初代の姿も、小説には間接的に登場する。それは〈或る人から、意外の事実を打ち明けられ、途方に暮れた〉とき、つまり、小館善四郎から初代との不義密通を打ち明けられたとき、初代といっしょに最後に住んだ碧雲荘の〈アパートの便所の金網張られた四角い窓から〉〈小さい、真白い三角が、地平線にちょこんと出て〉いる富士山の場面である。

〈小さく、真白で、左のほうにちょっと傾いて、あの富士を忘れない〉

それは初代への心づくしであった。

師の井伏鱒二は実名で出てくる。峠に来て数日たち、井伏と三ツ峠に登ったときの出来事である。峠に登っても濃い霧で何も見えない。そうすると、〈井伏氏は、濃い霧の底、岩に腰をおろし、ゆっくり煙草を吸いながら、放屁なされた〉と書いたのだ。井伏には放屁した覚えはなかった。そこで後日、太宰が家に来た時に抗議すると、〈いや放屁なさいました〉と噴き出して、〈あのとき、二つ放屁なさいました〉と、故意に敬語を使って、真実味を持たせようとしたという。小説を面白くするためには師も使う。それは甘えといえば甘えだが、図太い作家精神が生まれていた。

あいにくの霧に包まれた三ツ峠では、嬉しいことがあった。天下一の山が見えないことに茶店の老婆が気の毒がり、〈もう少し経ったら霧もはれると思いますが、富士は、ほんのすぐそこに、くっきり見えます、と言い茶店の奥から富士の大きい写真を持ち出し、崖の端に立ってその写真を両手で高く掲示して、ちょうどこの辺に、このとおりに、こんなに大きく、こんなにはっきり、このとおりに見えます、と懸命に註釈〉してくれたのである。

私たちは、番茶をすすりながら、その富士を眺めて、笑った。いい富士を見た。霧の深いのを、残念にも思わなかった。

こう表現した時の太宰には、今まで自分を支えてくれた有名無名の人々のやさしさに対しての感謝の思いがあった。

小説の前半のクライマックスは、甲府市内の石原家で行われた見合いの場面である。そこに太宰は、再生への願いをこめた。

見合いには、井伏は付添人として同行したが、井伏は、応接間に入ると直ぐ席をはずし、「バスの都合で、僕は急ぐからね」「決して置いてけぼりにするわけじゃないが、バスがなくなるからね。でも、君はゆっくり話して行くんだよ。いいかね、気を落ちつけることだよ」と諭した。太宰は、「はア」とかすかに答え、緊張のあまりか、目の玉が吊り上がり、両手をだらんと垂れていたという。

その日、デシンのワンピースを着ていた美知子の回想では、九月十八日の午後の甲府盆地の残暑は厳しく、黒っぽいひとえに夏羽織を羽織った太宰は、ハンカチで顔を拭いてばかりいた。縁先に青葡萄の房が垂れ下がり、太宰の背後の鴨居には富士山噴火口の大鳥瞰写真の額が掲げてあったという。それを、「富嶽百景」では、フィクションをまじえながら、心の正直な思いを富士に託して、清冽に描いた。

井伏氏に連れられて甲府のまちはずれの、その娘さんのお家へお伺いした。井伏氏は、無雑作な登山服姿である。私は、角帯に、夏羽織を着ていた。娘さんの家のお庭には、薔薇がたくさん植えられていた。母堂に迎えられて客間に通され、挨拶して、そのうちに娘さんも出て来て、私は、娘さんの顔を見なかった。井伏氏と母堂とは、おとな同士の、よもやまの話をして、ふと、井伏氏が、

「おや、富士」と呟いて、私の背後の長押を見あげた。私も、からだを捻じ曲げて、うしろの長押を見上げた。富士山頂大噴火口の鳥瞰写真が、額縁にいれられて、かけられていた。まっしろい水蓮の花に似ていた。私は、それを見とどけ、また、ゆっくりからだを捻じ戻すとき、娘さんを、ちらと見た。きめた。多少の困難があっても、このひとと結婚したいものだと思った。あの富士は、ありがたかった。

なぜ、天下茶屋から見える富士は苦手で、山頂大噴火口の富士の鳥瞰写真はよかったのか。ヒントは、先に紹介した随想「富士に就いて」にある。その中で、太宰は、所謂「天下第一」の風景にはつねに驚きが伴わなければならぬ、そのためには、〈人間に無関心な自然の精神、自然の宗教、そのようなものが、美しい風景にもやはり絶対に必要である、と思っている〉とした上で、天下第一の富士についてこう語っている。

富士を、白扇さかしまなど形容して、まるでお座敷芸にまるめてしまっているのが、不服なのである。富士は、熔岩の山である。あかつきの富士を見るがいい。こぶだらけの山肌が朝日を受けて、あかがね色に光っている。私は、かえって、そのような富士の姿に、崇高を覚え、天下第一を感ずる。茶店で羊羹食いながら、白扇さかしまなど、気の毒に思うのである。

美知子とのお見合いの席で見た富士の山頂大噴火口の鳥瞰写真は、まさにこの「熔岩の山」であり、人に無関心な自然の精神、自然の宗教があった。その過酷な自然の山が雪をかぶり、泥中に根を張る水蓮の花のように見えた。さんざん苦しい思いをしてきた。これからも苦しいことが多いかもしれない。でも、苦しくても、汚れても、睡蓮の花のような生活をしたい、小説を書きたい、太宰はそう思ったのである。「蓮の花は泥沼に咲く」。これは青春の混沌をくぐり抜けた太宰が繰り返した言葉だった。

「富嶽百景」の後半、〈ことさらに、月見草を選んだわけは、富士には月見草がよく似合うと、思い込んだ事情があったからである〉というくだりからは、昭和十四年一月に結婚してから住んだ甲府市御崎町の新居で、新婚の妻が口述筆記した。家には八畳、三畳の二間にお勝手、物置あり、座敷の南東の空には御坂山脈の上に小さく富士山が見えた。口述が始まると、すぐに主人公の「私」がバスに揺られて天下茶屋に戻る場面で、「六十歳くらい、私の母とよく似た老婆」が登場する。

老婆も何かしら、私に安心していたところがあったのだろう、ぼんやりひとこと、

「おや、月見草」

そう言って、細い指でもって、路傍の一箇所をゆびさした。さっと、バスは過ぎてゆき、私の目には、いま、ちらとひとめ見た黄金色の月見草の花ひとつ、花弁もあざやかに消えず残った。

三七七八米の富士の山と、立派に相対峙し、みじんもゆるがず、なんと言うのか、金剛力草とでも言いたいくらい、けなげにすっくと立っていたあの月見草は、よかった。富士には、月見草がよく似合う。


すでに以前に書いたように、口述筆記をさせることで新妻の文字で、実母に似た人を作品に登場させたかったのであろう。立派ではなくても、けなげにすっくと立つ、月見草のように一緒に生きて行こう、そのように小さくてもいい小説を書いていくという思いを、面と向かって妻に語るのは恥かしかったが、小説の口述筆記という形でなら出来た。

立派であること、傑作であることは求めない。それは、戦中の太宰作品の基本姿勢であり、結婚六年目の昭和十九年に発表した「津軽」でも、〈僕は本当の気品というものを知っている。松葉の形の干菓子を出したり、青磁の壺に水仙を投げ入れて見せたって、僕はちっともそれを上品だとは思わない。成金趣味だよ、失敬だよ。本当の気品というものは、真っ黒いどっしりした大きい岩に白菊一輪だ。土台に、むさい大きい岩がなくちゃ駄目なもんだ。それが本当の上品というものだ〉と書いている。

〈大きい岩に白菊一輪〉と記していることと、溶岩の山の富士と、それに対峙する月見草と似てはいないか。

〈富士には、月見草がよく似合う〉

この名文句は、ペンキ画のように世間的にもてはやされる立派な富士に相対峙して、すっくとけなげに立つ月見草に託して、世間には負けず、けなげに生きたいという決意表明とも読める。が、ペンキ画のような富士山と月見草が「似合うか」といえば、あまり似合わない。太宰は、〈真っ黒いどっしりした大きい岩に白菊一輪〉に本当の気品を感じたように、人間などにはまるで無関心に何度も爆発した熔岩の山、天下一の自然には、それに立派に相対峙し、けなげにすっくと立つ月見草がとてもよく似合う、と感じたのだろう。この表現には、どんな過酷な環境にあってもあわてず騒がず、泥中に咲く小さな美しい花のような文学をつくる、そんな人生を美知子とともに生きていきたい、という希望も託されていた。

「富嶽百景」では、御坂峠へ遊びに来た遊女たちと主人公の「私」は出くわす。別れた初代は芸妓出身であり、若き日の太宰なら、遊女たちを救うことには思想がある、などと思ったかもしれない。だが、初代と別れ、自分をただの男と思い定めた太宰は、自分の無力さを嚙みしめ、〈苦しむものは苦しめ。落ちるものは落ちよ。私に関係したことではない。それが世の中だ。そう無理につめたく装い、かれらを見下ろしているのだが、私は、かなり苦しかった〉と記している。そこからの展開にも、新しい太宰の姿があった。

富士にたのもう。突然それを思いついた。おい、こいつらを、よろしく頼むぜ、そんな気持で振り仰げば、寒空のなか、のっそり突っ立っている富士山、そのときの富士はまるで、どてら姿に、ふところ手して傲然とかまえている大親分のようにさえ見えた（以下略）

革命家気どりも天才きどりもなかった。
「虚栄をはるということは私共大きらいです、――何事もつつみかくしなく、むりをしない様に一歩一歩正しい道をあゆんで行くのが一番いいと思います、まごころと職業に対する敬意とが何よりのたからです」。結婚前に美知子の母親から手紙で送られた、涙ぐましい励ましも身に染みていた。無理しないで生きる、出来ないものは出来ないと認める野太い姿がここにあった。

それからの太宰の姿勢を象徴する重要な言葉も「富嶽百景」には登場する。それは天下茶屋に滞在する太宰を訪ねて来る青年たちに、「先生」と呼ばれたときの思いに示されている。

私には、誇るべき何もない。学問もない。才能もない。肉体よごれて、心もまずしい。けれども、苦悩だけは、その青年たちに、先生、と言われて、だまってそれを受けていいくらいの、苦悩は、経て来た。たったそれだけ。藁一すじの自負である。けれども、私は、この自負だけは、はっきり持っていたいと思っている。

〈藁一すじの自負〉――。それは、苦悩を売り物にすることではなかった。「富嶽百景」の翌年の昭和十五年に発表した随想「困惑の弁」では、〈たった一つ、芥子粒ほどのプライド〉〈それは、私が馬鹿であるということである。全く無益な、路傍の苦労ばかり、それも自ら求めて十年間、転輾して来たということである〉と記したうえで、次のように書いている。だからこそ、〈こんなばかな真似はなさらぬようにという極めて消極的な無力な忠告くらいは、私にも、できるように思う〉。

この随想には〈侘びしさに堪えよ。三日堪えて、侘びしかったら、そいつは病気だ。冷水摩擦をはじめよ〉という若者に向けた言葉も記している。

「僕は太宰さんの文学はきらいなんです」と本人に面と向かって言ったと、『私の遍歴時代』で書いている三島由紀夫は、太宰批判で有名な作家である。その三島は、「小説家の休暇」でも〈太宰のもっていた性格的欠陥は、少くともその半分が、冷水摩擦や器械体操や規則的な生活で治される筈だった。生活で解決すべきことに芸術を煩わしてはならないのだ。いささか逆説を弄すると、治りたがらない病人などには本当の病人の資格がない〉と記し、太宰の文学を揶揄している。しかし、結婚してからの太宰は、生き方も考え方も改めている。三島に言われるまでもなく、〈侘びしかったら、そいつは病気だ。冷水摩擦をはじめよ〉と書いていたのだ。

そんな太宰の書く小説には、もはや、自分を「滅亡の民」という悲壮感はなかった。むしろ、自分の失敗を種に、読者を楽しませ、喜ばせる作品が増えていった。昭和十五年の「文芸世紀」に発表した「一燈」では、目指すべき新たな芸術のありようについて明確に宣言した。

昔から、芸術の一等品というものは、つねに世の人に希望を与え、怺えて生きて行く力を貸してくれるものに、きまっていた。私たちの、すべての努力は、その一等品を創る事にのみ向けられていた筈だ。至難の事業である。けれども、何とかして、そこに、到達したい。右往も左往も出来ない窮極の場所に坐って、私たちは、その事に努めていた筈である。それを続けて行くより他は無い。

自分より若い世代が戦争に動員され、死にゆく時代にあっては、悲愴がって「死んでもいい」などという生き方は、もはや滑稽でしかなかった。まして、太平洋戦争開戦前夜の昭和十六年十一月十七日、文士徴用のための検査を受け、「肺浸潤」と診断され、徴用免除になった太宰は、若者たちのように「死」に近い場所ではなく、「生」の側に立たされていた。〈いまの私にとって、一日一日の努力が、全生涯の努力であります。戦地の人々も、おそらくは同じ気持ちだと思います〉。検査直後の十二月二日発行の「都新聞」に発表した「私信」で書いた太宰は、死に直面する若者に〈希望を与え、怯えて生きて行く力〉を貸す小説を書こうと、懸命になった。

その代表作が、戦時下に書かれた「津軽」や「お伽草紙」で、太宰を主人公にした戯曲『人間合格』の作品でも知られる劇作家井上ひさしは生前、よく、「太宰作品にはひ弱で暗いイメージを持つ人もいますが、戦時下の太宰は、感心するぐらい明るい小説の書ける人だった」と語っていた。直木賞作家で、太宰の評伝『辻音楽師の唄　もう一つの太宰治伝』、『桜桃とキリスト』の著者である長部日出雄も、「カチカチ山」「舌切雀」など、昔のお伽噺を自己流に脚色した太宰を、〈パロディーの稀に見る天才、おそらくはわが国の文学史上で最高の名手だった〉とし、中でも「お伽草紙」を「パロディー文学の大傑作」と評価している。

「お伽草紙」は、空襲警報のあと、高射砲が鳴り出すと、防空壕に五歳になる長女と二歳になる長男を背中に負った妻と入り、長女をなだめるために、「ムカシ　ムカシノオ話ヨ」、と絵本を読みながら胸中におのずから浮かんだ、もう一つの現代のおとぎ話を書いたものである。太宰にかかるとあの「カチカチ山」も、悪い狸を兎がやっつける話ではなくなる。〈カチカチ山の物語に於ける兎は少女、そうしてあの惨めな敗北を喫する狸は、その兎の少女を恋している醜男。これはもう疑いを容れぬ儼然たる事実のように私には思われる〉。なぜ、そんな話を書いたのか。

太宰は、「お伽草紙」の中の一編「舌切雀」の冒頭でこう書いている。

私はこの「お伽草紙」という本を、日本の国難打開のために敢闘している人々の寸暇に於ける慰労のささやかな玩具として恰好のものたらしむべく、このごろ常に微熱を発している不完全のからだながら、命ぜられては奉公の用事に出勤したり、また自分の家の罹災の後始末やら何やらしながら、とにかく、そのひまに少しずつ書きすすめて来たのである。

昭和十九年「映画評論」に書いた随想「芸術ぎらい」では、〈傑作意識を捨てなければならぬ。傑作意識というものは、かならず昔のお手本の幻影に迷わされているものである〉と宣言した。自ら「路傍の辻音楽師」と名乗った太宰は、やさしくて、かなしくて、おかしい小説を書き続け、戦時下の暗い世相に、ユーモアの花を咲かせた。

さんざん失敗し、傷つき、落ち込み、捨てられ、人を捨て、苦悩した太宰は、弱さゆえに失敗する人たちの滑稽と悲惨を書くと、筆が伸びやかになった。それが弱き人の心を救い、強き者、威張る者を嗤い、読む人を楽しませる。これが江國香織がいうところの「てさばきの余裕」であろう。

こうした変化は、芸術家であるという高邁な意識から生活を荒廃させたことで初代と別れ、美知子との結婚生活を選んだことで生まれたものであった。

太宰は、美知子との結婚に際して、井伏に手紙を送り、誓いをたてている。


小山初代との破婚は、私としても平気で行ったことではございませぬ。私は、あのときの苦しみ以来、多少、人生というものを知りました。結婚というものの本義を知りました。結婚は、家庭は、努力であると思います。厳粛な、努力であると信じます。浮いた気持は、ございません。貧しくとも、一生大事に努めます。ふたたび私が、破婚を繰りかえしたときには、私を、完全の狂人として、棄てて下さい。以上は、平凡の言葉でございますが、私が、こののち、どんな人の前でも、はっきり言えることでございますし、また、神様のまえでも、少しの含羞もなしに誓言できます。何卒、御信頼下さい。

昭和十三年十月二十四日。

津島修治（印）

ここで太宰が、〈神様のまえでも、少しの含羞もなしに誓言できます〉と書いていることに注目したい。劇作家の矢代静一に『含羞の人　私の太宰治』があり、評論家の松本健一に『太宰治　含羞の人伝説』があるように、「含羞」は、太宰文学のキーワードである。他人の目を気にし、自由奔放に振る舞えず、人に気に入られるように、疎まれぬようにお道化るはにかみは、確かに太宰文学を解く鍵の言葉である。昭和二十一年四月三十日には、仏文学者の河盛好蔵への手紙で、文化も文学の本質も含羞ではないか、という持論を展開している。

文化と書いて、それに、文化《ハニカミ》というルビを振る事、大賛成。私は優という字を考えます。これは優《すぐ》れるという字で、優良可なんていうし、優勝なんていうけど、でも、もう一つ読み方があるでしょう？　優しいとも読みます。そうして、この字をよく見ると、人偏に、憂うると書いています。人を憂える、ひとの淋しさ侘しさ、つらさに敏感な事、これが優しさであり、また人間として一番優れている事じゃないかしら、そうして、そんな、やさしい人の表情は、いつでも含羞《はにかみ》であります。私は含羞で、われとわが身を食っています。酒でも飲まなけゃ、ものも言えません。そんなところに「文化」の本質があると私は思います。

若い頃から挫折し、失敗し、狂い過ぎることもあるほどの苦悩の果てに、家族を心配させ、初代と別れた太宰だからこそ、「ひとの淋しさ侘しさ、つらさに敏感」になり、文化と書いてハニカミとルビを振れ、と言った。そして、「ひとの淋しさ侘しさ、つらさに敏感」になるとは、家庭においては、その生活を守るために厳粛な努力をすることにつながる。初代との暮らしで、彼女の淋しさ侘しさ、つらさに敏感であることができなかった太宰は、それゆえに、井伏への書簡では、含羞《ハニカミ》を大切にし、美知子との家庭を守ることを、「少しの含羞もなしに誓言」した。

ただの弱々しい「含羞の人」ではないのである。「含羞」をもち、人を憂うることの大切さだけは手放さず、偉ぶるもの、エゴイスティックなものに対抗する強い含羞の人であろうとしたのが太宰治である。この考えは、すでに結婚三年目の昭和十七年に出した「正義と微笑」で明確になり、教師が生徒に呼びかける場面ではこう描いている。

もう君たちとは逢えねえかも知れないけど、お互いに、これから、うんと勉強しよう。勉強というものは、いいものだ。代数や幾何の勉強が、学校を卒業してしまえば、もう何の役にも立たないものだと思っている人もあるようだが、大間違いだ。植物でも、動物でも、物理でも化学でも、時間のゆるす限り勉強して置かなければならん。日常の生活に直接役に立たないような勉強こそ、将来、君たちの人格を完成させるのだ。何も自分の知識を誇る必要はない。勉強して、それから、けろりと忘れてもいいんだ。覚えるということが大事なのではなくて、大事なのは、カルチベートされるということなんだ。カルチュアというのは、公式や単語をたくさん諳記している事でなくて、心を広く持つという事なんだ。つまり、愛するという事を知る事だ。学生時代に不勉強だった人は、社会に出てからも、かならずむごいエゴイストだ。学問なんて、覚えると同時に忘れてしまってもいいものなんだ。けれども、全部忘れてしまっても、その勉強の訓練の底に一つかみの砂金が残っているものだ。これだ。これが貴いのだ。勉強しなければいかん。そうして、その学問を、生活に無理に直接に役立てようとあせってはいかん。ゆったりと、真にカルチベートされた人間になれ！　これだけだ、俺の言いたいのは。

初代との別れで、広い心を持つことができず、〈人道主義とやらの虚勢〉に耐えられなかった自分がいたからこそ、勉強しなければいかん、と感じた。太宰がものを書けずに苦悶する三つの空白の期間は、自分の弱さを肯定するまでの長い道のりだった。

思えば、太宰が「青春への訣別の辞」として書いた回想的自叙伝「東京八景」では、つらい場面にいつも初代がいた。〈五反田は、阿呆の時代である。私は完全に、無意志であった。再出発の希望は、みじんも無かった〉。そう書いたのは「第二の空白」の最中で、初代との結婚問題で分家除籍され、心中事件を経て、初代とよりを戻し、暮らし始めた。この五反田時代は昭和六年のことである。

〈私は、いやになった。自分の生活の姿を、棍棒で粉砕したく思った。要するに、やり切れなくなってしまったのである。私は、自首して出た〉。これは、無垢のまま救ったと思った初代の過去が判明し、左翼運動から足を洗った昭和七年のことだった。

その後、太宰治の筆名でデビューしたもののパビナール中毒で周りをはらはらさせ、武蔵野病院に入院し、〈つくづく自分を、駄目な男だと思った〉が、〈けれども、まだまだ、それは、どん底ではなかった〉のは、退院後の昭和十二年春、初代の不義がわかったからだ。そして三度目の「空白」を迎える。どん底は、つらい体験ではあったが、太宰治という作家をつくり、彼の清新な文体をつくるための大切な時間であった。

太宰は戦後の昭和二十一年、津軽に疎開中に「文化展望」四月号に書いた自伝的小説「十五年間」で、上京してから住んだ戸塚、本所、鎌倉の病室、五反田や美知子との結婚後に住んだ甲府市、その後に上京してからの東京都下の三鷹など過去の住みかを思い返しつつ、〈以上挙げた二十五箇所の中で、私には千葉船橋町の家が最も愛着が深かった〉と回想している。昭和十年七月から翌十一年の十月まで住んだ船橋はパビナール中毒の療養もかねて初代と二人、東京の友人らから少し遠く離れて住んだ土地で、「ダス・ゲマイネ」や「虚構の春」、「めくら草紙」を書いている。この地では、芥川賞事件も起こし、第一作品集『晩年』を出版したのも船橋時代だ。武蔵野病院に入ると決まった日に、〈たのむ！　もう一晩この家に寝かせて下さい。玄関の夾竹桃も僕が植えたのだ、庭の青桐も僕が植えたのだ〉と心の中で叫び、手放しで泣いている。船橋は、太宰が作家デビューしてから、初代ともっとも長く暮らした場所である。「青春への訣別」とは、初代との訣別でもあった。

太宰は、昭和十五年から太宰のもとに来るようになった若い堤重久にある日、遠い昔を眺めるような顔つきになり、「初代は、いい女だったなあ。忘れられん女だなあ。もし、今出てきたら、おれ、駈落ちということになるかも知れんなあ」と言った。その後、すぐに襟元を正すようなしぐさをして、「今の女房には、感謝していますよ。心底から、嘘でなく感謝していますよ」と言いながらも再び、初代の思い出を語り、最後には、改めて体勢を立て直し、「いや、昔の悪夢は追うまい。

勉強、勉強、また勉強。奮励努力あるのみだ」と言って、笑ったという。
青春の思い出は、簡単に忘れられるものではない。しかし、この青春と訣別し、美知子との生活を作っていくことを決意したことで、太宰治は再生した。
昭和十四年、井伏夫妻の媒酌で、結婚式をあげた直後、井伏に宛てた書簡ではこう書き送っている。〈私もきっといい作家になります。（中略）うんと永生きして、世の人たちからも、立派な男と言われるよう、忍んで忍んで努力いたします。／けっして、巧言では、ございませぬ。／もう十年、くるしさ、制御し、少しでも明るい世の中つくることに、努力するつもりで、ございます。（中略）私たちは、きっと、いい夫婦です〉
「船橋町の家」に最も愛着があったと「十五年間」に書いた太宰は、同時に、美知子との新婚生活を過ごした甲府時代を、とりわけ人生の特別な時間だったと強調している。

私のこれまでの生涯を追想して、幽かにでも休養のゆとりを感じた一時期は、私が三十歳の時、いまの女房を井伏さんの媒酌でもらって、甲府市の郊外に一箇月六円五十銭の家賃の、最小の家を借りて住み、二百円ばかりの印税を貯金して誰とも逢わず、午後の四時頃から湯豆腐でお酒を悠々と飲んでいたあの頃である。誰に気がねも要らなかった。

昭和十四年一月から始まった甲府の家での最初の仕事は、国民新聞の「短篇小説コンクール参加作品」の「黄金風景」の執筆で、待ちかねたように美知子に口述筆記させ、つづいて「富嶽百景」

「女生徒」などを完成させた。「黄金風景」がコンクールに当選し、その賞金で、美知子、美知子の母くら、妹愛子と三保の松原、修善寺、三島に遊んだのも、「秋風記」などを収めた書き下ろし短編集『愛と美について』を竹村書店から昭和十四年五月に刊行したのも甲府時代である。久しぶりの出版に、太宰は大層意気込んで、外国の刺繡の本から図案を採って自ら装釘のアイデアを出し、巻頭には「読者に」という序文を書いている。

〈こんな物語を書いて、日常の荒涼を彩色しているのであるが、けれども、侘しさというものは、幸福感の一種なのかも知れない。私は、いまは、そんなに不仕合せではない。みんなが堪えて、私をゆるしてくれている。思うと、それは、ずいぶん苦になることばかり、多いのであるが〉

この家では訪客も少なく、毎日朝から規則正しく机に向かい、夕方になると筆をとめて、今も太宰治新居跡の碑が残る自宅近くの銭湯「喜久乃湯」へ行き、帰ってくると湯豆腐で夜半まで晩酌した。美知子の回想によると、ときには「お俊伝兵衛」や「朝顔日記」、「鮨やのお里」の一節を語ったり、歌舞伎の声色を使ったりした。「ブルウタス、お前もか」などと言いだして美知子を手こずらせることもあったが、一日に六合、七合と、本人は飲みたいだけ飲んで、寝てしまったという。

近隣が寝静まった井戸端で、汚れものの片付けなどをしていると、美知子は「太宰が始終口にする「侘しい」というのは、こういうことかと思った」という。

甲府の新婚生活は八か月しかつづかなかった。同年九月一日に三鷹に転居、空襲が激しくなった昭和二十年には甲府に疎開したものの、七月七日空襲で甲府の疎開先が全焼し、青森の生家の離れに疎開。そして、敗戦の翌年の昭和二十一年に三鷹に戻り、「ヴィヨンの妻」「斜陽」などを発表するが、最後は、家よりも仕事場にいる時間の方が長くなった。

〈もう十年、くるしさ、制御し、少しでも明るい世の中つくることに、努力するつもりで、ございます〉と井伏に誓った太宰だが、くるしさの制御は十年もたず、師への誓いのことばから九年後の昭和二十三年六月十三日、「人間失格」を完成させた直後に、妻子を残して山崎富栄と玉川上水で心中自殺する。最後の長編では、脳病院に連れて来られ、〈狂人、いや、廃人という刻印を額に打たれ〉、〈人間、失格。／もはや、自分は、完全に、人間で無くなりました〉と記した太宰だが、美知子と結婚した昭和十四年の「文藝」四月号に発表した「懶惰の歌留多」では、まったく違う文脈で、「人間失格」という言葉を使っている。

苦しさだの、高邁だの、純潔だの、素直だの、もうそんなこと聞きたくない。書け。落語でも、一口噺でもいい。書かないのは、例外なく怠惰である。おろかな、おろかな、盲信である。人は、自分以上の仕事もできないし、自分以下の仕事もできない。働かないものには、権利がない。人間失格、あたりまえのことである。

五十歳を過ぎてから太宰の全集を五、六回読み、好きな作家と公言していた司馬遼太郎は、昭和六十二年九月に仙台で行った講演「東北の巨人たち」で、〈太宰文学は破滅型で、『人間失格』が太宰の人生だというのは、先入観です。先入観では、太宰治を理解することはできません〉としたうえで、こう結論している。〈彼は破滅型でも自堕落でもないということでした。太宰治の精神、文学が持っているたった一つの長所を挙げよといわれれば、聖なるものへのあこがれという一語に尽きるわけです〉。

太宰没後五年の昭和二十八年、御坂峠の天下茶屋の近くに、「富士には　月見草が　よく似合ふ」と刻んだ文学碑が建てられ、除幕式には、檀一雄ら数十名が参列し、長女園子が除幕をした。「富嶽百景」からこの文章を選んだのは井伏鱒二だが、碑文の原本をつくったのは、結婚前に一度、太宰に会いに来て以来、十五年ぶりに御坂峠を訪れた美知子である。直筆原稿が残されていなかったため、太宰の「右大臣実朝」の原稿から文字を切り抜き、筆名は「グッド・バイ」の原稿より切り抜いて集めた。太宰にとって再生の第一歩を刻む小説だった「富嶽百景」は、それを口述筆記した妻、美知子にとっても思い出深く、かけがえのない作品であった。

式の直後、美知子夫人は、井伏に礼状を送り、思いをつづった。

昔を偲び　今を省みますと　胸が一ぱいでございました。

終章

小山初代は、太宰と別れてから青森に戻った後、北海道を転々とし、近藤富枝の調査によれば、中村清という軍属に誘われ、中国大陸の大連、青島に流れて行った。すでに美知子と結婚していたある日、いつでも笑い、冗談ばかり言っていた太宰は、「太宰道場」の弟子だった堤重久の盃に酒を注いでから、溜息を一つつき、「初代も、おれと別れたあと、諸々方々を転々としてね、最近、風の便りによれば、北海道に渡って、処女と偽って、若い男と結婚したそうだ。ばかな女だよ。可哀そうな女でもあるがね」と低く、独り言のように語ったという。

その初代は、昭和十七（一九四二）年に一月ほど日本に帰って来たとき、白麻のスーツ姿で井伏夫人と会い、「お母あちゃん、この仕立て高いのよォ」と自慢した。また青島に帰るというので井伏夫妻がしきりに引き止めたが、きかなかった。このときは眼瞼下垂症という病気にかかっていたようで、「涙が出てしょうがない」とハンカチでいつも目をおさえていたという。

青島で亡くなったのは昭和十九年七月二十三日で、届出人は中村清であった。心臓麻痺とも、病気を苦にした自殺とも伝えられる。近藤によると、青島での初代は「慰安婦だったと噂されている」。太宰との七年間の暮らしを終えてから七年目の出来事で、享年三十二の若さだった。太宰が、それを聞いたのは翌二十年の四月十一日。三鷹の自宅から、妻の実家の甲府に疎開中、梅ヶ枝という旅館で、身の回りにはハンドバッグ一つしか残っていなかったと、井伏から知らされた。太宰の顔を見ると、井伏は、「そうか。君は知らなかったのか……、作家というものは、身うちを食ってしまうよ」と言った。

戦後になって、太宰が亡くなる前に、「だいぶ前のことだがね、初代が死んだよ」とぽつんと呟くのを堤は聞いている。やっぱり、ずっと気にしていたのだなあ、と堤は思った。

妻、美知子にも受難の日々が待っていた。戦後、太宰の名前を一躍世に知らしめた「斜陽」の誕生には、一人の女性の存在があった。太田静子である。東京の実践女学校に学んだ静子は、口語歌集『衣裳の冬』を出すなど文才がある文学少女で、二人が初めて会ったのは昭和十六年九月。その後、何度かやりとりをするうちにそれぞれに思いが芽生え、太宰が故郷・金木町に疎開中の昭和二十一年九月頃からは偽名で文通を始めている。十月ごろには〈なんにも気取らず、はにかまず、おびえない仲。／そんなものでなくちゃ、イミナイと思う。（中略）私はあなた次第です。（赤ちゃんの事も）／あなたの心がそのとおりに映る鏡です〉という甘い手紙を静子に送っている。

なぜ、静子にひかれたのか。この手紙では〈こんな、イヤな、オッソロシイ現実の中の、わずかな、やっと見つけた憩いの草原。（中略）私はうちの者どもを大好きですが、でも、それはまた違うんです〉と書いている。太宰には、戦争協力していた日本人が、戦後一転、民主主義と叫び出したことに敗戦直後から強い違和感があった。終戦三か月後には、井伏に対して〈いつの世もジャーナリズムの軽薄さには呆れます。ドイツといえばドイツ、アメリカといえばアメリカ、何が何やら〉と嘆き、〈共産主義も自由主義もへったくれもない、人間の欲張っているうちは、世の中はよくなりっこありませんよ、日本虚無派というのでも作りましょうか〉と、手紙を書き送っている。翌二十一年一月、井伏への書簡では、自身を「無頼派《リベルタン》」と宣言した。

　このごろの雑誌の新型便乗ニガニガしき事かぎりなく、おおかたこんな事になるだろうと思っていましたが、あまりの事に、ヤケ酒でも飲みたくなります。私は無頼派《リベルタン》ですから、この気風に反抗し、保守党に加盟し、まっさきにギロチンにかかってやろうかと思っています。

〈戦争中には日本に味方するのは日本人として当り前で、馬鹿な親でも他人とつまらぬ喧嘩してさんざんに殴られているとやっぱり親に加勢したくなります。黙って見ているなんて、そんな人間とは、おつき合いごめん〉。そう考えた太宰には、旧軍人を冷たく見つめる戦後の風潮がたまらず、〈（註・戦場に行ったまま）未帰還の友人が気になって〉ならなかった。この直後には堤に〈君、いまさら赤い旗振って、「われら若き兵士プロレタリアの」という歌、うたえますか。無理ですよ。自身の感覚に無理な（白々しさを感ぜしむる）行動は一さいさける事、必ず大きい破たんを生ずる〉と書き送った。無理な、ひどい文章を読むのが生理的に苦手な太宰は、若いころに一時熱中したプロレタリア文学を読むと、〈鳥肌立って、眼がしらが熱く〉なり、そこから離れた。戦後のジャーナリズムの「民主主義踊り」のことばは、それの再来に思え、あわせることができなかった。

自身の感覚に無理するな。それは太宰が失意の果てにつかんだ姿勢である。戦争中に兵隊の心を和ませるユーモア小説は書いたが、行ってもいない戦場を舞台に、兵隊の活躍を描く戦意高揚小説には一切、手をつけなかった。それは必ずしも戦争に反対だったからではない。自分の経験もせぬ生活感情を、あてずっぽうで、まことしやかに書くほど、不遜な人間ではないという矜持があったからだ。〈戦争を知らぬ人は、戦争を書くな〉。そう日中戦争中に短編「鷗」（昭和十五年）で書いた太宰の信条は、敗戦でも変化せず、にわか民主主義の熱狂に踊ることは感覚が許せなかった。イデオロギーへの賛否ではない。ためらいも含羞もなく「正義」を語ることが白々しく感じて、やりきれなかったのだ。敗北を抱きしめることもなく、あっさりと自分を変えてしまっては、未帰還の友に会わせる顔がなかった。

堤には、〈戦時の苦労を全部否定するな〉と忠告し、〈教養とは、まず、ハニカミを知る事也〉と書いた。

この時期には、〈あくまでも天皇陛下万歳で行くつもりです。それが本当の自由思想〉とも宣言している。「天皇支持」と言うと、反動的と言われるようになった戦後にあえて「陛下万歳」と言う。太宰は自由を求めていた。

太田静子と親密な関係になっていくのはこれ以降のことで、太宰は、彼女から日記を借り受け、それをもとに昭和二十二年に「斜陽」を発表、それが評判になり、皮肉にも批判していたジャーナリズムの寵児となった。もとにした日記は、この年の二月二十一日に、神奈川県足柄下郡曽我村で、静子が一人暮らししていた「大雄山荘」で借り、そのまま五日間滞在した。このとき静子は、長女治子を懐妊した。

「斜陽」を書く前、太宰は新潮社の編集者に「傑作を書きます。大傑作を書きます。小説の大体の構想も出来ています。日本の『桜の園』を書くつもりです。没落貴族の悲劇です」と熱弁した。戦後の農地解放で、地主階級は経済的に没落し、再び若い頃の「滅亡の民」という思いが頭をもたげ、「傑作」意識も蘇っていた。戦闘、開始。そんなつもりだった。戦後の復興に沸く風潮に対抗する題名を決めた。「『斜陽』。斜めの陽。『斜陽』です。どうです。いい題でしょう」。

ただ、静子からの日記の入手と彼女の懐妊で、小説の展開は大きく変わった。前半から中盤にかけての大半は、日記にもとづきながら没落貴族の悲喜劇を静謐に描いている。〈人間は恋と革命のために生れて来た〉という有名なせりふも、静子の「斜陽日記」の〈革命と恋、この二つを、世間の大人たちは、愚かしく、いまわしいものとして、私達に教えたのだ。この二つのものこそ、最も悲しく、美しく、おいしいものであるのに。人間は恋と革命のために生れて来たのであるのに〉という文章をほぼそのまま生かした。

だが、終盤、かず子の弟、直治が〈僕は自分がなぜ生きていなければならないのか、それが全然わからないのです〉とし、〈姉さん。／僕は、貴族です。〉という遺書を残して亡くなる場面は、オリジナルである。また流行作家上原の子を身ごもったかず子が、上原を「一匹の老猿」とつきはなしながらも、自分に強さを与えてくれた上原に感謝し、〈こいしいひとの子を生み、育てる事が、私の道徳革命の完成なのでございます〉というくだりも創作で、かず子は高らかに宣言する。

私生児と、その母。
けれども私たちは、古い道徳とどこまでも争い、太陽のように生きるつもりです。

そう書くことが、懐妊がわかってから別れた静子に、太宰ができる心づくしだった。太宰は、「斜陽」の連載が終了した一か月後の昭和二十二年十一月十二日に生まれた治子を一度も抱くことはなく、出産後の静子とも会わなかった。治子の生まれた三日後、静子の弟が太宰を訪れた。太宰は「証／太田治子／この子は　私の　可愛い子で　父をいつでも誇って　すこやかに　育つことを念じている／昭和二十二年十一月十二日／太宰治」という認知書を渡した。〝斜陽の子〟と言われた治子は十七歳で生い立ちの記『手記』を書き、『心映えの記』で坪田譲治文学賞を受賞、『明るい方へ　父・太宰治と母・太田静子』などの著書がある。

太宰は、治子を認知した時、すでに美容師の山崎富栄と知り合い、深入りしていた。山崎は、全国で最初の美容学校である東京婦人美髪美容学校を創立した山崎晴弘の娘で、昭和十九年に三井物産の社員と結婚したが、直後にマニラ出張を命じられた夫は現地で召集され、行方不明になっていた。太宰が太田治子を認知した日の富栄の日記には〈苦しくて、悲しくて、五体の一つ一つが、何処か、遠くの方へ抜きとられてゆくみたいでした〉と書いている。新潮社の編集者、野原一夫によると、その日、太宰は、富栄に「なぜ私に黙っていたんだ」と責められ、太宰治の「治」という「あなたの大事な名前をあげたのが口惜しい」と一晩中泣かれたという。太宰は、「お前にはまだ修の字が残っているじゃないか」となだめるしかなかった。
こうした一連の出来事についての感想を、妻の美知子は一切、公表していない。妻の表情がわかるのは、太宰が、斜陽日記を入手した直後に、静子に宛てた書簡ぐらいである。

昨日はありがとうございました。昨日帰宅したら、ミチは、へんな勘で、全部を知っていて、（手紙のことも、静子の本名も変名も）泣いてせめるので、まいってしまいました。ゆうべは眠らなかった様子で、きょう朝ごはんをすましてから、また部屋の隅に寝ています。お産ちかくではあり、カンガ立っているのでしょう。しばらく、このまま、静かにしていましょう。手紙も電報も、しばらく、よこさない方がいいようです。どうもこんなに騒ぐとは意外でした。では、そちらは、お大事に……

その後、太宰は、友人、知人らに〈僕もいま死にたいくらいつらくて、（つい深入りした女なども出来、どうしたらいいのか途方に暮れたりしていて）〉とか〈何が何やら、病気になった上に、女の問題がいろいろからみ合い、文字通り半死半生の現状也〉と、自分の苦しみばかりに溺れている。こんな太宰の弱点を探すことは難しいことではない。すぐに厭世的になり、命を粗末にしたがる。相手の痛みよりも自分の痛みばかりを気にする。だが、戦後の太宰は、もはやかつてのように、原稿を書く筆をとめることはなかった。同じ頃、田中英光には〈八方ふさがりの時は、（僕にも実にしばしば、その経験があり、いまだって、いつもその危機にさらされて生きているわけですが）

あせって狂奔するよりは、女房にあやまって、ごろ寝するのが一ばんのようです〉と書く、ふてぶてしさもあった。

静子との仲が本格化する直前のことではあったが、疎開先の金木から三鷹の家に戻って間もなくの昭和二十一年暮れから、翌年の正月にかけて、太宰は「ヴィヨンの妻」を書いている。家庭を守るという井伏への誓いがもはや危うくなった状況の中で、太宰は、放蕩無頼な夫をもった妻のけなげな生き方を清冽に描き、ラストで、妻にこう言わせている。

〈人非人でもいいじゃないの。私たちは、生きていさえすればいいのよ〉

井伏が見たことがある美知子の残した手記によると、結婚前の昭和十三年秋、美知子は、太宰をフランソワ・ヴィヨンにたとえた詩のような拙いものを捧げたことがあったという。そして、太宰は、「ヴィヨンの妻に」と題した本を美知子に送ったこともあった。無頼・放浪の生涯を送った詩人ヴィヨンに夫をなぞらえた小説「ヴィヨンの妻」のラスト、〈人非人でもいいじゃないの。私たちは、生きていさえすればいいのよ〉という文章は、小説上の妻に託して、太宰が美知子に送った、心づくしの言葉ではなかったか。

昭和二十二年三月三十日、次女の里子(作家の津島佑子)が生まれ、三人の子供の父親になった年の十月には、「改造」に「おさん」を発表した。自分の将来を予知していたのか、それともありうべき未来を、あらかじめ笑い倒そうとしたのか——。この小説は、ジャーナリストの夫が、恋と革命のためと称して、愛人と自殺する内容で、その遺骨を妻がとりに行く場面で終わる。

妊娠とか何とか、まあ、たったそれくらいの事で、革命だの何だのと大騒ぎして、そうして、死ぬなんて、私は夫をつくづく、だめな人だと思いました。

革命は、ひとが楽に生きるために行うものです。悲壮な顔の革命家を、私は信用いたしません。夫はどうしてその女のひとを、もっと公然とたのしく愛して、妻の私までたのしくなるように愛してやる事が出来なかったのでしょう。地獄の思いの恋などは、ご当人の苦しさも格別でしょうが、だいいち、はためいわくです。

気の持ち方を、軽くくるりと変えるのが真の革命で、それさえ出来たら、何のむずかしい問題もない筈です。自分の妻に対する気持一つ変える事が出来ず、革命の十字架もすさまじいと、三人の子供を連れて、夫の死骸を引取りに諏訪へ行く汽車の中で、悲しみとか怒りとかいう思いよりも、呆れかえった馬鹿々々しさに身悶えしました。

「おさん」を書いてからも精力的な執筆はつづき、昭和二十三年には四月に長女の園子が小学校に入学、五月には数年前から念願の「人間失格」を完成させ、朝日新聞から依頼された連載小説「グッド・バイ」の執筆を始めた。この作品は、十三回まで書いたところでその死によって中断されたが、太宰には珍しく、会話でのやりとりの多い軽いタッチのユーモラスな小説である。日頃の不節制のためにめっきり痩せ細って来た田島という男が主人公で、〈色即是空、酒もつまらぬ、小さい家を一軒買い、田舎から女房子供を呼び寄せて、……という里心に似たものが、ふいと胸をかすめて通る事が多く〉なり、それまで付き合ってきた女たちと別離していく。

でも、気の弱い田島には、別れを切りだすのは死にたくなるほどつらい。そこで初老の不良文士に相談するとこう提案される。

〈女に惚れられて、死ぬというのは、これは悲劇じゃない、喜劇だ。いや、ファース（茶番）というものだ。滑稽の極だね。誰も同情しやしない。死ぬのはやめたほうがよい。うむ、名案。すごい美人を、どこからか見つけて来てね、そのひとに事情を話し、お前の女房という形になってもらって、それを連れて、お前のその女たち一人々々を歴訪する。効果てきめん、女たちは、皆だまって引き下る。どうだ、やってみないか〉

その作戦の第一号の対象が、日本橋のあるデパート内の美容室で働く青木という「三十歳前後の、いわゆる戦争未亡人」であった。連載を始めるにあたり準備していた「作者の言葉」では、或る先輩（註・井伏鱒二）が唐詩選の「〈人生足別離の一句〉」を〈「サヨナラ」ダケガ人生ダ〉と訳したのを引用し、〈現代の紳士淑女の、別離百態と言っては大袈裟だけれども、さまざまの別離の様相を写し得たら、さいわい〉と書いている。

美知子の実弟、石原明の目にはその姿が意気軒昂に見えた。それが六月はじめに明が用事で三鷹を訪れると、太宰は不在で、姉の顔が余りにも暗いので何か問題があるのではないか、と不安を感じた。年譜では、六月六日の朝、太宰はいつものように美知子に「仕事部屋に行ってくるよ」と気軽に言って家を出たまま、そのまま家に戻らなかった。六月十三日、太宰は、富栄と三鷹市の自宅近くの玉川上水で自殺した。

子供は皆　あまり出来ないやうですけど　陽気に育ててやって下さい　たのみます　ずゐぶん御世話になりました　小説を書くのがいやになったから死ぬのです

太宰没後五十年の平成十年に遺族から初公開された妻宛ての遺書にはこうした文言につづき、「いつもお前たちの事を考へ、さうしてメソメソ泣きます」などとあった。そして「津島修治」の署名につづき、「美知様　お前を誰よりも愛してゐました」と締めくくられていた。遺書は、「津島美知様」と書かれた封筒に、藁半紙九枚に書かれ、一部は遺族の意向で非公開になっている。

遺体が見つかったのは入水から六日目の六月十九日朝。生きていれば太宰の三十九回目の誕生日の日だった。石原明が、遺体が見つかったことを姉の美知子に報告すると、自分に言い聞かせるようにポツリと言った。

「死にたかったのだから」

比較的冷静に見えた姉だが、夜になって弟と二人きりになると、「私だけが……」と言いかけて涙にむせてしまった。姉の涙を初めて見た明は、声が出なかった。

長女の園子には「お父ちゃんは間違って水に落っこちて死んだの」と伝えられた。園子が父の本当の死因を知ったのは中学生の時である。亡くなった当時の雑誌記事を読み、とてもショックで、「母を裏切って死んだ父が憎く、自分にもその血が流れているのかと恨めしく」思ったと、『私の太宰　その魅力』（東奥日報社）で回想している。それから、「父と家族のきずなを探す作業」をするために、父親の作品から自分の名前や家族を描いた部分を探して片っ端から読んだという。

たくさん出てきた。大本営が米英軍との戦争開始をラジオ放送した日を描く短編「十二月八日」では、〈ああ、園子をお湯にいれるのが、私の生活で一ばん一ばん楽しい時だ〉とあり、〈ぶんまわしで画いたようにまんまるで、ゴム鞠のように白く柔く、この中に小さい胃だの腸だのが、本当にちゃんとそなわっているのかしらと不思議な気さえする〉と、いとおしむように書いていた。

戦争が激しさを増し、妻の実家のある甲府市に疎開中の昭和二十年、七夕空襲があった日のことを太宰は、小説「薄明」に書いている。そこには妻子を思う、父の姿があった。〈女房や子供がさきにやられて、自分ひとり後に残されてはかなわんという気持のほうが強かった。それは、思うさえ、やりきれない事である。とにかく妻子を死なせてはならない。そのために万全の措置を講じなければならぬ〉。当時、長女は結膜炎で目を患い、父は、もし、このまま目が見えなくなったらとあたふたとしている。〈これまで、ちゃんとした良市民の生活をしていたなら、こんな不幸も起らずにすんだのかも知れない。親の因果が子に報い、というやつだ。罰だ。もし、この子がこれっきり一生、眼があかなかったならば、もう自分は文学も名誉も何も要らない、みんな捨ててしまって、この子の傍にばかりついていてやろう、とも思った〉。空襲で、家屋敷はすべて焼失したが、心配なことは、上の女の子の眼病に就いてだけであったという小説だ。「薄明」は、それから何日かして、娘の目が治るシーンでしめくくられる。

私はただやたらに、よかった、よかったを連発し、そうして早速、家の焼跡を見せにつれて行った。

「ね、お家が焼けちゃったろう？」

「ああ、焼けたね。」と子供は微笑している。

「兎さんも、お靴も、小田桐さんのところも、茅野さんのところも、みんな焼けちゃったんだよ。」

「ああ、みんな焼けちゃったね。」と言って、やはり微笑している。


次女の里子（津島佑子）も成長してから、父の作品に自分を探した。だが、自分が一歳になったばかりで父は亡くなっており、記述は限られていた。姉に並んで、兄の記述も多かったが、それは成長ぶりを心配するものだった。〈子供より親が大事、と思いたい〉という有名な書き出しの「桜桃」では、

子供、……七歳の長女も、ことしの春に生れた次女も、少し風邪をひき易いけれども、まずまあ人並。しかし、四歳の長男は、痩せこけていて、まだ立てない。言葉は、アアとかダアとか言うきりで一語も話せず、また人の言葉を聞きわける事も出来ない。這って歩いていて、ウンコもオシッコも教えない。それでいて、ごはんは実にたくさん食べる。けれども、いつも痩せて小さく、髪の毛も薄く、少しも成長しない。

父も母も、この長男に就いて、深く話合うことを避ける。（中略）母は時々、この子を固く抱きしめる。父はしばしば発作的に、この子を抱いて川に飛び込み死んでしまいたく思う。

そう書いている。妻の視点から書いた「ヴィヨンの妻」では、息子の成長が遅いことについて、〈栄養不足のせいか、または夫の酒毒のせいか、病毒のせいか〉と記していた。

東京・新宿にある「風紋」は、戦後、檀一雄、詩人の田村隆一や作家の埴谷雄高も集い、いまなお現役の文壇バーだ。そこでママをつとめる林聖子は生前の太宰に何度も会い、太宰が疎開先の青森から東京に戻ってから最初に書いた小説「メリイクリスマス」のモデルにもなっている。太宰は「冗談が好きで、とても明るい人だった」と今も思い返す。林には死の前年、太宰が「ぼくは決して死なない。息子を置いて行くわけにはいかないんだ」と、言ったことが忘れられないと、昭和六十一年に記念出版した『風紋25年』に書いている。

しかし、太宰は、長男正樹が三歳のときに死を選んだ。夫の死後、美知子は子供たちに、父親のことを語ることはほとんどなかった。幼いとき、津島佑子が「お父さんはなんで死んだの？」と聞いても、母は一瞬考えてから「うん、心臓が止まったから」と答えただけで、家には何か秘密があると感じていた。ただ一度だけ、ラジオの前に坐らされ、これは子ども向けのものだから、と父の書いた小説をもとにしたラジオドラマを聞かされたことがある。太宰の本当の死を知ったのは小学校四年生になってからだ。それから時間がたち、中学二年の時、兄が突然病気で亡くなった。

平成元年十二月二日に山梨県立文学館で行われた講演「女性と文学」で、その時のことを津島佑子は〈それまでとてもおもしろい冗談も言うし頼りになって非常に陽性だった母親が、さすがにショックを受けて、（中略）閉じこもるようになってしまった〉と回想している。以来、佑子は、兄のような短い生命の意味、夫に次いで長男も失った母の悲しみの意味、そして、自分とは何か、を考えるようになり、白百合女子大在学中から小説を書き始めた。

父と同じように小説を書いていることがわかったら母は悲しむだろうと思い、「安芸柚子」のペンネームで同人誌「文藝首都」に初めて書いた小説が「ある誕生」である。それは、自分の家をモデルに、長女と、知的障害のある長男を抱えた小説家の父親が、どのような気持ちで末っ子の誕生を迎えたのかを想像して描いた短編だ。自分がこの世に生まれて来た意味をさぐる小説では、次女が誕生した時の父の様子をこう記している。

〈父親はうれしかった。さっきの言葉などきれいに忘れていた。浮き浮きと冗談をいいながら赤ん坊をあやしていた。隣りの部屋から母親もうれしそうに微笑んでいた〉

生前は、父太宰についてあまり語ることのなかった津島佑子だが、その没後一年の平成二十九年に甲府市の山梨県立文学館で開催された「津島佑子展」では、同人誌の先輩で、芥川賞作家の北杜夫に書き送った手紙が初公開され、父への思いが語られている。そこには、「父の娘であるということに甘える気持は毛頭ありませんが、いろいろな点で人よりも得をして、やはり感謝すべきなのかもしれないともこの頃思うようになりました。今までは被害妄想ばかりで過してきましたが」と記されていた。そこでは、「母は今となってはただ私がこの若さで筆を荒らしてしまうことだけを心配し、いろいろ父を見て知っているところから貴重な助言をしてくれ、はじめて母をありがたいんだと感謝している」と、母への思いも率直に示している。

その津島佑子が三十七歳の時、長男大夢を八歳で失い、悲嘆にくれた時に、「（喪失は）不運なことだけど、不運に溺れていると不幸になる」と言って、励ましたのが、序章に書いたように、夫と長男、孫を先に失った母、美知子だった。そんな、娘から見れば「強さの権化」でしかない母が、初めて涙を流すのを佑子が見たのは、それから二年ほどたってからのことだった。それは、いつも明るくて陽気で、人を寛がせる母の知人の女性が、実は不幸にも子供を次々と喪っていたことを知ったときに母が見せた表情だった。美知子は、「不思議なもんだね。だからそういうことに遭ってしまうと、ああいうふうに明るくなれるもんなんだね。本当にこれこそセ・ラ・ヴィだね」と言って、涙を流したという。新しもの好きで、ハイカラなことが大好きだった母とはいえ、「これぞ人生」というフランス語が、母の口から出てきた驚きと涙は、佑子の記憶に染みついた。

以来、津島佑子は、声を喪った死者、少数民族など声なき声に耳を傾けるために世界各国を歩いた。国外には一歩も出ず、自分を啄むようにして生き、書いた父親とは異なり、他者の痛み、声を想像する新しい文学をつくった。平成十年に刊行した『火の山　山猿記』（谷崎潤一郎賞、野間文芸賞受賞作）は、ＮＨＫ朝の連続テレビ小説「純情きらり」の原案になった長編で、甲州などに生きた母方三代を描く大河小説である。この作品で佑子は、母が残した手記や叔父石原明の回想をもとに、何度も甲州に足を運び、母をモデルにした笛子と、その夫で、芸術のために生き、敗戦後に家庭を破綻させる画家の杉冬吾を造形した。自分が知らない父親という像を一から作ったのだ。

小説で、夫に先だたれた後の笛子のせりふは、母の強さ、女の強さを象徴している。

笛子《わたし》はこれからも生きつづけなければならないのだ。生きつづける者はいつでもいそがしい。

いつでも用事に追われつづける。

それは、三人の子を残して先だった美知子の夫であり、園子、正樹、里子（津島佑子）の父親である太宰が、「ヴィヨンの妻」に与えた思いと、どこかで相通じている。

〈人非人でもいいじゃないの。私たちは、生きていさえすればいいのよ〉

あとがき

太宰作品で最初に読んだのは、中学教科書の「走れメロス」だった。よい出あいではなかった。授業で友情の大切さを説かれ、なんだ文部省推薦の文学か、と思い、まともに読むこともないまま、無縁の作家と思っていた。

激流にも負けず、山賊にも負けず、韋駄天の如く走り抜き、信頼と友情を守ったメロスが、ラストで、ひとりの少女から緋色のマントを渡され、友人からこう教えられる最後のシーンも、おそらくちゃんと読んでいなかった。

「メロス、君は、まっぱだかじゃないか。早くそのマントを着るがいい。この可愛い娘さんは、メロスの裸体を、皆に見られるのが、たまらなく口惜しいのだ」

勇者は、ひどく赤面した。

だからラストに示される、正しいことを語るときの太宰の含羞にも気づかずにいた。それが、じきに「人間失格」を読み、一転、すっかりはまった。ここには自分が書かれている、と思った。過剰な自意識、羞恥心など、人に知られたら恥かしくてたまらないことが暴かれていて、なんでこの作家は自分のことをこんなによく知っているのか、と驚愕し、夢中になった。坂口安吾や檀一雄、織田作之助など無頼派の作品から太宰が敬愛した芥川龍之介や井伏鱒二……、次々と勉強そっちのけで読み、大学受験はあっさり一次試験で志望校に落ち、名古屋から上京して、当時国内では誕生間もないコンビニ店員をしながら独学した。

〈堕ちる道を堕ちきることによって、自分自身を発見し、救わなければならない〉と「堕落論」に書いた安吾の影響もあった。一刻も早く親から独立し、自分なりの道を探そうと焦っていた。「無頼派《リベルタン》」という太宰への憧れもあったのかもしれない。上京してすぐに太宰や安吾、織田作も戦後に通った銀座の酒場「ルパン」に行った。戦後に太宰が撮られた写真は、ちょっと気取った憂い顔のものが多いが、写真家の林忠彦がこの店で撮った肖像は、ブーツのような兵隊靴を高い椅子に乗せ、長い指で煙草をはさみ、太宰にしては珍しい笑顔である。もちろん、同じ席に腰をかけ、ちょっと気取ってみた。

当時の私は、「無頼」を単に放蕩無頼な生き方というふうに表面的にしか理解していなかったように思う。太宰がいう無頼とは、権威や常識などに何も頼るものが無い、自由人と個人としての無頼である。戦後に発表した「パンドラの匣」でも〈リベルタンってやつがあって、これがまあ自由思想を謳歌してずいぶんあばれ廻ったものです。／たいていは、無頼漢みたいな生活をしていたのです。／時の権力に反抗して、弱きを助ける〉と登場人物に言わせている。

放蕩に耐える強さも金も、むろん弱きを助ける力もなく、翌年、大学に進んだ。その頃になると、少し太宰の文章がなんだか鼻につくようになり、一時離れた。

太宰のユーモア、面白さを再発見したのは、昭和五十八年に読売新聞記者になり、多少なりとも自分をちょっと離れたところから見る余裕が生まれてからだ。とりわけ、戦後に「無頼派」宣言する以前の、美知子との新婚時代からの作品を繰り返し読んだ。

平成三年に文化部記者になり、没後五十年、生誕百年などの機会に太宰の小説の周辺について集中的に取材した。平成四年には太宰と同年生まれの松本清張が亡くなり、その取材や太宰とやはり同年生まれの作家、埴谷雄高への連続インタビューを通して、太宰は、決して遠い時代の作家ではないと感じた。平成九年には妻美知子が亡くなり、その著作『回想の太宰治』などを通して、美知子と太宰について取材する機会も増えた。平成二十一年に甲府市の山梨県立文学館で開かれた「太宰治展　生誕100年」の新聞記事では、美知子との新婚時代に生まれた「富嶽百景」や戦時下の「津軽」「お伽草紙」など、明るく健康だった時代の太宰の面白さを新聞紙上で伝えてきた。

本書では、青春時代のさまざまな苦悩、挫折を経て、美知子と結婚するまでをつづった。年譜を見ると、太宰が激しく苦悩し、挫折した季節には、小説をあまり書かない三度の「空白」時期がある。その空白にスポットを当て、「明るい太宰」が誕生するまでを書こうと思ったのは、韓国、中国・北京、インド、そして東京など国内外で取材した作家、津島佑子の影響である。太宰の次女である津島の小説集『「私」』に収録された「母の場所」は、夫や息子、孫を失ったとき、日記に何も書かなかった母の空白に迫る短編だった。この小説が出版され、津島佑子に取材した時のことが頭に残り、「空白」の時期を見つめることで津島修治が太宰治という一人の作家になるまでを描くアイデアが生まれた。

「空白」の時期なので、資料や証言が限られ、研究とも評論とも新聞記事ともつかぬ文章になったが、無頼派以外のさまざまな太宰の顔を発見してもらえたら幸いである。

美知子と二十九歳で結婚した昭和十四年までが記述の大半であり、二十三年に三十九歳の誕生日を目前に自殺するまでのことは、美知子とのかかわりがある部分を中心に最終章に略述した。題名を「三つの空白　太宰治の誕生」としたのはそれゆえである。

太宰と同年生まれの埴谷雄高は、中学一年まで過ごした台湾での、日本人による現地の人への差別に我慢がならず、治安維持法違反で逮捕され、独房にいた時のカント体験で、新しい文学に目覚めた。自分が自分であることの名状しがたい不快な状態を「自同律の不快」と名付け、実体に対する「虚体」を想像し、戦後、日本では珍しい形而上小説「死霊《しれい》」に取り組んだ。

太宰が亡くなる年に従軍記「俘虜記」を発表した大岡昇平は、克明に戦場体験を調べ尽くすことで、生きてきて、生きていく時代を全体的に見つめた。

太宰の死から二年後、「西郷札」でデビューした松本清張は、とことん事実にこだわり、小学校卒の自分も含め、弱者が圧殺される戦争や占領下の日本の謎に「昭和史発掘」「日本の黒い霧」などで挑んだ。

中島敦は、「臆病な自尊心と尊大な羞恥心」という太宰とよく似たテーマを持ちながらも唯一、太宰よりも早死にした。彼は最晩年、男の自尊心を剝奪する宮刑を受けて宦官になりながらも「史記」の執筆に傾注した司馬遷を描く「李陵」に取り組み、漢文調の硬質な文体をつくった。

太宰と同じ時代を生きながら、それぞれが独自の文学の道を歩んだ背景にも迫りたかったが、それは今後の課題にしたい。

ただ、書き終えて思うことは、自分というものの正体、顔を、挫折し、格闘しながらも終始見つめてきた太宰の一貫性である。もう少し、自分の外の現実に目を向ける強さが必要だと思う人もいるだろう。志賀直哉を敬愛しながらも、太宰を最初に文芸誌「早稲田文学」の同人雑誌評で評価した尾崎一雄（文化勲章作家）は、太宰の文学の弱さについてこう書いている。

現実を生きる、ということに於て、どこかまともでないところがあったようだ。現実という大地につける彼の足のうらは、薄く過敏で、だから直ぐ皮がむけたり、マメが出来たり、——一寸見ると、現実を相手に大格闘を演じてその挙句敗れた、というふうに見えるけれども、始めから弱いのである。したがって、彼の敗戦の状況がひどく悲壮に見え、太宰君の一友人など、私に便りをよこして、「太宰、あっぱれ、討死した」などと云って来たほどだが、ああいう生き方をまともとは、私には思えない。足でちゃんと立って歩くのが人間なのだ。それからの文学なのだ。（「太宰君の場合」）

その通りだろう。しかし、太宰の弱さは人間の弱さであり、そのずるさ、駄目さも人の中にひそむものである。太宰の悩みをわがことのように感じてきた読者は多いだろう。それに太宰は、ただ弱いというだけではなく、ユーモアと、泥中に咲く小さな花の美しさを信じる強さはあった。文化と書いて、それに文化《ハニカミ》というルビを振ることに、少しの含羞もなしに賛成するたくましさ、抵抗の精神もあった。

太宰については、戦後なぜ無頼派宣言し、生活が再び荒廃したのか、そして、なぜ、死を選んだのか、などテーマが多く、平成になってからも多くの研究論文が発表され、長部日出雄の評伝『桜桃とキリスト　もう一つの太宰治伝』など参考になる文献は多い。

太宰の失踪後、紙屑籠から見つかった遺書の下書きと見られる原稿用紙に、殴り書きの乱れた筆文字で、「みんな、いやしい欲張りばかり。井伏さんは悪人です」とあったことの真相を巡っても謎は多い。平成三年に川崎和啓が発表した論文「師弟の訣れ　太宰治の井伏鱒二悪人説」を契機に議論が深まり、猪瀬直樹は評伝小説『ピカレスク　太宰治伝』、文芸評論家加藤典洋は『太宰と井伏　ふたつの戦後』を発表している。本書ではほとんど触れなかった太宰の戦中・戦後については、今後も自分なりに調べていきたい。

本書は、太宰治が第一回芥川賞に落ちた〝事件〟をはじめとした賞の歴史を、選考委員の書いた選評を通して読み解く「芥川賞の謎を解く　全選評完全読破」に次ぐ二冊目の著作である。平成二十七年六月に出版したのと同じタイミングで又吉直樹著「火花」が芥川賞の候補になった。中学時代に「人間失格」を読み愛読者になった又吉さんが、お笑いの道を目指して上京した時、最初に住んだ場所は、後からわかったことだが偶然にも太宰の三鷹の住居跡に建ったアパートだった。芥川賞候補が発表された同年六月十九日、読売新聞紙上にこんな記事を書いた。〈19日はくしくも、又吉さんが「僕にとってのスター」と公言する作家・太宰治の誕生日。長編「人間失格」を残し、情死した太宰の遺体が見つかった「桜桃忌」にもあたる。太宰は、今回制定80年を迎える芥川賞で第1回候補になった（以下略）〉。

この第百五十三回芥川賞は又吉さんと、「スクラップ・アンド・ビルド」の羽田圭介さんの二人が受賞した。二作目の著作が太宰についての作品となったのは、振り返ってみると自然な流れであったようにも思う。

太宰の生誕百十年になる来年の春には還暦を迎える。

さらば読者よ、命永らえてまた他日。

太宰治の没後七十年にあたる平成三十年　二月二日記

著者

参考文献

一　全集・資料集

『太宰治全集別巻』（筑摩書房　平成４年）
『太宰治全集』（全13巻　筑摩書房　平成10〜11年）
『太宰治全集別巻』（筑摩書房　昭和47、平成４年）
「細胞文藝」創刊号（編集兼発行人・津島修治　昭和3年5月　細胞文藝社　復刻版）
『新潮日本文学35　太宰治集』（昭和44年）
『資料集』（第二輯「太宰治・晩年の執筆メモ」平成13年、第五輯「太宰治・旧制弘高時代ノート「英語」「修身」」平成20年、第十輯「太宰治・明治高等小学校時代の学習ノート二種「豫習用讀方帖」「入学試験運算」」平成28年　青森近代文学館）

二　事典類

『金木郷土史』（金木町役場　昭和51年）
『新潮日本文学アルバム19　太宰治』（新潮社　昭和58年）
神谷忠孝・安藤宏編『太宰治全作品研究事典』（勉誠社　平成7年）
日本近代文学館編『図説太宰治』（ちくま学芸文庫　平成12年）
志村有弘・渡部芳紀編『太宰治大事典』（勉誠出版　平成17年）
弘前大学附属図書館編『官立弘前高等学校資料目録』（弘前大学出版会　平成21年）
山内祥史編『太宰治著述総覧』（東京堂出版　平成9年）
山内祥史『太宰治の年譜』（大修館書店　平成24年）

三　論文集・エッセイ集

亀井勝一郎編『太宰治研究』（新潮社　昭和31年）
『太宰治研究』（1〜10巻　審美社　昭和37〜44年）
『太宰治研究　臨時増刊』（審美社　昭和38年）
『太宰治碑建立記念』（青森県北津軽郡金木町太宰治碑建立委員会　昭和40年、五所川原市立図書館所蔵）
小山清編『近代作家研究アルバム　太宰治』（筑摩書房　昭和39年）
青森文学会・弘前文学会『太宰治文学批判集』（審美

社　昭和43年）
『写真集　太宰治の生涯』（毎日新聞社　昭和43年）
関井光男編『太宰治の世界』（冬樹社　昭和52年）
相馬正一編『コロ－キアム太宰治論』（津軽書房　昭和52年）
桂英澄編『太宰治研究Ⅱ　その回想』（筑摩書房　昭和53年）
『一冊の講座　太宰治　日本の近代文学5』（有精堂　昭和58年）
『日本文学研究資料叢書　太宰治Ⅰ』（有精堂　昭和45年）
『日本文学研究資料叢書　太宰治Ⅱ』（有精堂　昭和60年）
「風紋二十五年」の本をつくる会編『風紋二十五年』（「風紋二十五年」の本をつくる会　昭和61年）
『風紋五十年』（パブリック・ブレイン　平成24年）
『群像　日本の作家17　太宰治』（小学館　平成3年）
『太宰治論集　同時代篇』（全10巻、別巻1巻　ゆまに書房　平成4～5年）
『太宰治論集　作家論篇』（全9巻、別巻1巻　ゆまに書房　平成6年）
『太宰治研究』（1～24巻、和泉書院　平成6～28年）
赤木孝之編『注釈『晩年』抄』（新典社　平成8年）
安藤宏編『日本文学研究論文集成41　太宰治』（若草書房　平成10年）
齋藤愼爾編『太宰治・坂口安吾の世界　反逆のエチカ』（柏書房　平成10年）
北の会編『新編太宰治と青森のまち』（北の街社　平成10年）
山内祥史編『太宰治に出会った日』（ゆまに書房　平成10年）
井上ひさし・小森陽一編著『座談会　昭和文学史　第三巻』（集英社　平成15年）
山内祥史・笠井秋生・木村一信・浅野洋編『二十世紀旗手・太宰治　その恍惚と不安と―』（和泉選書　平成17年）
筑摩書房編集部編『女が読む太宰治』（ちくまプリマ－新書　平成21年）
『平成22年度　太宰治自筆ノート研究プロジェクト成果報告集』（平成23年）
『平成23年度　太宰治自筆ノート研究プロジェクト成果報告集』（平成24年）

四　個人著書

饗庭孝男『太宰治論』（小沢書店　平成九年）
赤木孝之『太宰治　彷徨の文学』（洋々社　昭和63年）
赤木孝之『戦時下の太宰治』（武蔵野書房　平成6年）
秋山耿太郎・福島義雄『津島家の人びと』（ちくま学芸文庫　平成12年）
浅見淵『昭和文壇側面史』（講談社文芸文庫　平成8年）
安藤宏『太宰治　弱さを演じるということ』（ちくま新書　平成14年）
安藤宏『「私」をつくる　近代小説の試み』（岩波新書　平成27年）
石上玄一郎『太宰治と私　激浪の青春』（集英社文庫　平成2年）
石上玄一郎『石上玄一郎小説作品集成』（第一巻　未知谷　平成20年）
井上ひさし・こまつ座編著『太宰治に聞く』（文春文庫　平成14年）
猪瀬直樹『ピカレスク　太宰治伝』（『猪瀬直樹著作集4』小学館　平成14年）
井伏鱒二『太宰治』（筑摩書房　平成元年）
大須賀瑞夫『評伝田中清玄　昭和を陰で動かした男』（勉誠出版　平成29年）
太田静子『斜陽日記』（小学館文庫　平成10年）
大高勝次郎『太宰治の思い出　弘高・東大時代』（たいまつ社　昭和57年）
大森郁之助『太宰治への視点』（桜楓社　昭和55年）
奥野健男『太宰治論』（新潮文庫　昭和59年）
奥野健男『太宰治』（文春文庫　平成10年）
尾崎一雄『わが生活・わが文学』（池田書店　昭和30年）
長部日出雄『桜桃とキリスト　もう一つの太宰治伝』（文藝春秋　平成14年）
長部日出雄『辻音楽師の唄　もう一つの太宰治伝』（文春文庫　平成15年）
小野正文『太宰治　その風土』（洋々社　昭和61年）
小野正文『太宰治をどう読むか』（未知谷　平成18年）
小野隆祥『太宰治青春賦』（キリン書房　昭和62年）
桂英澄『歴史と文学の旅　太宰治と津軽路』（平凡社　昭和48年）
桂英澄『わが師太宰治に捧ぐ』（清流出版　平成21年）
鎌田慧『津軽・斜陽の家　太宰治を生んだ「地主貴族」の光芒』（講談社文庫　平成15年）
亀井勝一郎『無頼派の祈り』（審美社　昭和49年）

川西政明『新・日本文壇史7　戦後文学の誕生』（岩波書店　平成24年）
北垣隆一『太宰治の精神分析』（北沢図書出版　昭和49年）
北畠八穂『透きとおった人々』（東京新聞出版局　昭和55年）
木山捷平『玉川上水』（津軽書房　平成3年）
木山捷平『酔いざめ日記』（講談社文芸文庫　平成28年）
久保喬『太宰治の青春像』（朝日書林　平成5年）
黒田猛『幻の画家　阿部合成と太宰治』（幻想社　昭和54年）
小山清『風貌　太宰治のこと―』（津軽書房　平成9年）
今官一『少年太宰治』（すばる書房　昭和51年）
今官一『わが友　太宰治』（津軽書房　平成4年）
近藤富枝『相聞　文学者たちの愛の軌跡』（中央公論社　昭和57年）
斉藤利彦『作家太宰治の誕生　「天皇」「帝大」からの解放』（岩波書店　平成26年）
櫻田俊子『櫻田俊子論考集　太宰治　女性独体「語る女」と「騙る作家」』（丸善雄松堂　平成28年）
佐藤隆之『太宰治の強さ　中期を中心に　太宰を誤解している全ての人に』（和泉選書　平成19年）
司馬遼太郎『北のまほろば　街道をゆく41』（朝日文芸文庫　平成9年）
杉森久英『苦悩の旗手　太宰治』（河出文庫　昭和58年）
相馬正一『太宰治と井伏鱒二』（津軽書房　昭和47年）
相馬正一『増補　若き日の太宰治』（津軽書房　平成3年）
相馬正一『評伝太宰治』（上下　津軽書房　平成7年）
相馬正一『太宰治の原点』（審美社　平成21年）
相馬正一『太宰治と芥川龍之介』（審美社　平成22年）
高見順『昭和文学盛衰史』（文春文庫　昭和62年）
高山秀三『蕩児の肖像　人間太宰治』（津軽書房　平成16年）
滝口明祥『太宰治ブームの系譜』（ひつじ書房　平成28年）
田澤拓也『太宰治の作り方』（角川選書　平成23年）
田中清玄・大須賀瑞夫『田中清玄自伝』（ちくま文庫　平成20年）
田中英光『師　太宰治』（津軽書房　平成6年）
田中良彦『太宰治と「聖書知識」』（朝文社　平成6

年）
檀一雄編『太宰治の魅力』（大光社　昭和41年）
檀一雄『小説太宰治』（岩波現代文庫　平成12年）
檀一雄『太宰と安吾』（バジリコ　平成15年）
津川武一『太宰治と私』（緑の笛豆本の会　上下　平成3年）
辻義一編『太宰治の肖像』（楡書房　昭和28年）
津島美知子『回想の太宰治』（講談社文芸文庫　平成20年）
津島佑子・申京淑『山のある家　井戸のある家』（集英社　平成19年）
堤重久『太宰治との七年間』（筑摩書房　昭和44年）
東郷克美『太宰治という物語』（筑摩書房　平成13年）
東郷克美『太宰治の手紙』（大修館書店　平成21年）
飛島定城『けんか飛一代　飛島定城の回想』（福島民報社　平成6年）
飛島蓉子『誰も知らない太宰治』（朝日新聞出版　平成23年）
長尾良『太宰治その人と』（林書店　昭和40年）
長篠康一郎『人間太宰治の研究』（1～3　虎見書房　昭和43～45年）
長篠康一郎『太宰治七里ヶ浜心中』（広論社　昭和56年）
長篠康一郎『太宰治水上心中』（広論社　昭和57年）
長篠康一郎『太宰治文学アルバム　女性篇』（広論社　昭和57年）
中野嘉一『太宰治　主治医の記録』（宝文館出版　昭和63年）
野原一夫『太宰治　結婚と恋愛』（新潮社　平成元年）
野原一夫『太宰治　生涯と文学』（ちくま文庫　平成10年）
野原一夫『回想　太宰治』（新潮社　平成10年）
野原一夫『太宰治と聖書』（新潮社　平成10年）
野平健一『矢来町半世紀　太宰さん三島さんのこと、その他』（新潮社　平成4年）
林忠彦『文士の時代』（中公文庫　平成26年）
原子修『太宰治　母源への回帰』（柏艪舎　平成25年）
平岡敏男『焰の時灰の時』（毎日新聞社　昭和54年）
福田恆存『太宰と芥川』（新潮社　昭和23年）
藤寿々夢『太宰治・青春の海』（一心社　平成18年）
細谷博『太宰治』（岩波新書　平成10年）
松本和也『昭和十年前後の太宰治　〈青年〉・メディア・テクスト』（ひつじ書房　平成21年）
松本和也『太宰治の自伝的小説を読みひらく　『思ひ

出』から『人間失格』まで』（立教大学出版会　平成22年）
松本健一『増補・新版　太宰治　含羞のひと伝説』（辺境社　平成21年）
松山悦三『太宰治読本』（読売新聞社　昭和49年）
山内祥史『太宰治　文学と死』（洋々社　昭和60年）
山内祥史『太宰治の『晩年』　成立と出版』（秀明出版会　平成27年）
山川健一『太宰治の女たち』（幻冬舎新書　平成21年）
山岸外史『太宰治おぼえがき』（審美社　昭和38年）
山岸外史『人間太宰治』（ちくま文庫　平成元年）
山本龍生『詩譚『青い花』と太宰治』（砂子屋書房　平成21年）
吉田和明『太宰治はミステリアス』（社会評論社　平成20年）
吉本隆明『悲劇の解読』（ちくま学芸文庫　平成9年）
渡部芳紀『探訪　太宰治の世界』（ゼスト　平成10年）

五　図録

『太宰治展』（日本近代文学館　昭和63年）
『山梨の文学』（第6号　山梨県立文学館　平成2年）
『太宰治と檀一雄』（山梨県立文学館　平成12年）
『井伏鱒二と太宰治』（ふくやま文学館　平成13年）
『太宰治の青春―津島修治であったころ』（北海道立文学館　平成19年）
『土地の記憶　まちの記録「六月十九日」』（太宰治記念館「斜陽館」平成19年）
『太宰治　三鷹からのメッセージ　―没後60年記念展―』（三鷹市芸術文化振興財団　平成20年）
『太宰治展　生誕１００年』（山梨県立文学館　平成21年）
『太宰治　生誕一〇〇年特別展』（青森県文学館協会　平成21年）
『生誕一〇五年　太宰治展　―語りかける言葉―』（神奈川近代文学館　平成26年）
『津島佑子展　いのちの声をさかのぼる』（山梨県立文学館　平成29年）

六　雑誌

季刊「桜桃」（発行人・津島園子、発行所・桜桃のつどい）
会誌「馬禿」（金木太宰会）
「追悼太宰治」（「月刊東奥」東奥日報社　昭和23年8月）

「太宰治追悼特集号」（「文藝時代」新世代社　昭和23年8月）
「太宰治読本」（「文藝臨時増刊」河出書房　昭和31年）
「太宰治　作家論と作品論」（「国文学　解釈と鑑賞」至文堂　昭和35年3月）
特集「太宰治における人間と風土　生いたち・人間性・思想・生活・文学風土」（「国文学　解釈と教材の研究」学燈社　昭和38年4月）
「太宰治」（「現代のエスプリ」15号　至文堂　昭和40年9月）
「二十世紀旗手・太宰治」（「国文学　解釈と鑑賞」至文堂　昭和44年5月）
特集「太宰治と津軽」（「太陽」平凡社　昭和46年9月）
特集「太宰治に〝投資〟した青春」（梶山季之責任編集「月刊噂」噂発行所　昭和48年2月）
特集「〝保護者〟が明かす津島家の太宰治」（梶山季之責任編集「月刊噂」噂発行所　昭和48年6月）
特集「太宰治における生と死」（「社会人」三京企画　昭和48年7月）
「太宰治の世界」（「国文学　解釈と鑑賞」至文堂　昭和49年12月）
「文芸読本　太宰治」（河出書房新社　昭和50年10月）
特集「太宰治の問いかけるもの　その軌跡を追って」（「国文学　解釈と教材の研究」学燈社　昭和51年5月）
「新しい太宰治像」（「国文学　解釈と鑑賞」至文堂　昭和52年12月）
「太宰治の肖像」（「国文学　解釈と鑑賞」至文堂　昭和56年10月）
「太宰治特集号」（「信州白樺」第51、52合併号　昭和57年）
特集「太宰治」（「国文学　解釈と鑑賞」至文堂　昭和58年6月）
特集「太宰治―昭和8年〜12年―」（「国文学　解釈と鑑賞」至文堂　昭和60年11月）
特集「太宰治と坂口安吾」（「鳩よ！」マガジンハウス　平成2年7月）
特集「太宰治」（「鳩よ！」マガジンハウス　平成3年7月）
「太宰治事典」（「別冊国文学47」学燈社　平成6年5月）
「太宰治　没後五〇年記念特集」（「ユリイカ」6月臨時増刊号　平成10年6月）

特集「太宰治歿後五十年」（「新潮」平成10年7月）
「没後五十周年　変貌する太宰治」（「国文学　解釈と教材の研究」平成11年6月）
「三鷹に生きた太宰治」（「東京人」都市出版　平成20年12月）
「太宰治生誕１００年記念特集」（「江古田文学」第69号　平成20年12月）
「太宰治　１００年目の「グッド・バイ」」（「文藝別冊」河出書房新社　平成21年）
「女《わたし》が愛した作家太宰治」（「ＮＨＫ知る楽　こだわり人物伝」角田光代、辛酸なめ子、西加奈子、田口ランディ　日本放送出版協会　平成21年10月）

七　新聞

弘高新聞（弘前高等学校交友会新聞雑誌部発行）
「あおもり人国記　太宰治」（読売新聞青森県版　全59回　昭和52年1月5日～5月22日）
「回想　甲州の太宰治」（山梨日日新聞　全17回　平成15年11月4日～11月28日）

引用しなかったためここに掲げていない数多くの文献からも本書は多大な恩恵をこうむっている。とりわけ、山内祥史『太宰治の年譜』（大修館書店）は執筆中たえず参照した。

鵜飼哲夫

本文の引用部分には、現在人権上不適切とされている箇所がありますが、引用書籍等の歴史的背景や文化性等を考慮し、そのままとしました。（編集部）

著者略歴

一九五九年名古屋市生まれ。

中央大学法学部法律学科卒業。

一九八三年読売新聞社に入社。一九九一年から文化部記者として文芸、読書面を担当。現在読売新聞東京本社編集委員。

著書に『芥川賞の謎を解く　全選評完全読破』（文春新書）。

三つの空白　太宰治の誕生

二〇一八年五月一〇日　印刷
二〇一八年五月三〇日　発行

著者　鵜《う》飼《かい》哲《てつ》夫《お》
発行者　及川直志
印刷所　株式会社理想社
発行所　株式会社白水社

東京都千代田区神田小川町三の二四
電話　営業部〇三（三二九一）七八一一
　　　編集部〇三（三二九一）七八二一
振替　〇〇一九〇―五―三三二二八
郵便番号一〇一―〇〇五二
www.hakusuisha.co.jp

乱丁・落丁本は、送料小社負担にてお取り替えいたします。

株式会社松岳社

ISBN 978-4-560-09628-4

Printed in Japan

白水社の本

敵中の人　評伝・小島政二郎

■山田幸伯　著

永井荷風や今東光ら五人の作家からの「嫌われぶり」を基に、目覚ましい活躍で一世を風靡した昭和の名人作家の毀誉褒貶を描く大作。

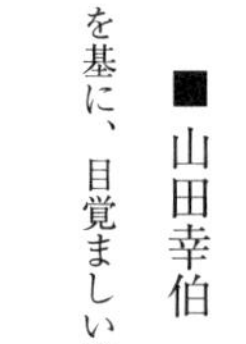

知の巨人　評伝生田長江

■荒波力　著

『わが国で初めてニーチェの翻訳に取り組むなど、明治後半から昭和初期にかけて華々しく活躍しながらハンセン病に侵され、差別の中で忘れ去られた天才知識人の生涯を執念の調査で描く。

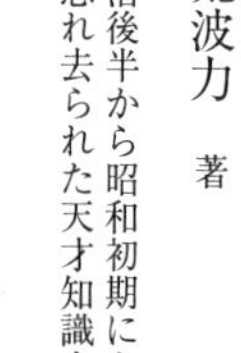

老いの荷風

■川本三郎　著

『濹東綺譚』以降の第二次大戦前後、世相の混乱期に直面した六〇～七〇代を丹念に検証しながら、諸作品や人間関係を中心に新たな荷風像に迫る力作。

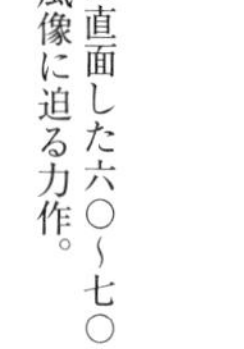

漱石の『猫』とニーチェ

稀代の哲学者に震撼した近代日本の知性たち

■杉田弘子　著

ニーチェ思想が近代日本の知識人に与えた衝撃を鮮やかに描く労作。「近代」に直面した樗牛、漱石、新渡戸、安倍能成、朔太郎、芥川らの苦悩と自己救済の格闘の様が浮き彫りにされる。

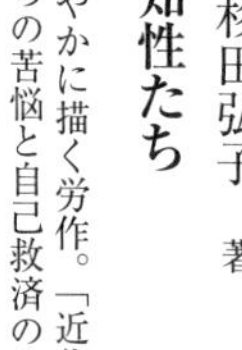